BASTIAN LUDWIG

Des Teufels Mörder

WOLFSSPUR 1863: In dem kleinen Rhöndorf Solkers treibt der Legende nach ein Riesenwolf sein Unwesen. Ist ihm jetzt auch der Bürgermeisterknecht Jakob, der auf der Jagd nach dem Wolf spurlos verschwand, zum Opfer gefallen? Durch eine verleumderische Pressemitteilung seines guten Rufes beraubt, folgt Everd Edinger, um Abstand zu gewinnen, seiner guten Bekannten Ella in das kleine Dorf. Seines Zeichens Privatdetektiv kann er die alten Legenden nicht so recht glauben. Das mysteriöse Verschwinden des Mannes muss eine natürliche Ursache haben. Everd macht sich an die Aufklärung des Falls. Zur Seite steht ihm dabei die reizende Ella. Doch bald schon ergeben sich durch eine seltsame Epidemie unter den Dorfbewohnern und eine Sturzflut, die alle Beweise wegschwemmt, neue Schwierigkeiten.

Bastian Ludwig, geboren 1984 im osthessischen Fulda, studierte Deutsch, Geschichte und Erdkunde auf Gymnasiallehramt. Heute unterrichtet er an einer Fuldaer Berufsschule und lebt nach wie vor in einem kleinen Ort in der Rhön.

BASTIAN LUDWIG

Des Teufels Mörder

Thriller

GMEINER SPANNUNG

Besuchen Sie uns im Internet:
www.gmeiner-verlag.de

Genehmigte Lizenzausgabe für die Gmeiner-Verlag GmbH
Im Ehnried 5, 88605 Meßkirch
Telefon 07575/2095-0
info@gmeiner-verlag.de

1. Auflage 2016

Lektorat: Claudia Senghaas, Kirchardt
Herstellung: Mirjam Hecht
Umschlaggestaltung: U.O.R.G. Lutz Eberle, Stuttgart
unter Verwendung eines Fotos von: © Demian – Fotolia.com
und © Carlo Pedersoli / photocase.de
Druck: CPI books GmbH, Leck
Printed in Germany
ISBN 978-3-8392-1819-8

KAPITEL 1

Frankfurt am Main, September 1863

Gerade noch rechtzeitig bemerkte Everd Edinger die Faust, die direkt auf seine Nase zuhielt. Ausweichen konnte er nicht mehr, ihr aber wenigstens als alternatives Ziel seine Unterlippe anbieten. Den Kerl, dem Everd es verdankte, dass ihm nun der Geschmack seines eigenen Blutes auf der Zunge lag, kannte er nicht. Ebenso wenig den mit dem zotteligen Bart, der die ganze Zeit am Tresen gesessen hatte, nun aber aufsprang, um den Angreifer festzuhalten.

Mihály Belázs eilte ihm zur Seite. Schlägereien hier in seiner Taverne waren für den Wirt nichts Ungewöhnliches. Und jedes Mal verfuhr er mit den Raufbolden auf die gleiche Weise: Ohne Wenn und Aber beförderte er sie in hohem Bogen nach draußen. Bei diesem hier hatte er nicht mehr zu tun, als die Tür aufzuhalten, denn Zottelbart war schon dabei, den Schläger in Richtung Ausgang zu ziehen, auch wenn man dem ansah, dass er sich gerne noch einmal losgerissen hätte, um dem ersten Schwinger einen zweiten folgen zu lassen.

Ein kühler Windhauch fegte herein und ließ die Flammen der Öllampen flackern. Mit sich trug er den Geruch des nahen Mains und das Poltern von Kutschenrädern und Pferdehufen auf Pflastersteinen. Am Himmel draußen zuckte ein Blitz. Für den Bruchteil einer Sekunde tauchte er die Schankstube in blaues Licht. Der Donner ließ nicht lange auf sich warten.

»Das ist doch der Kerl! Der mit dem Mädchen!«, hörte man den Schläger noch von draußen durch den Regen rufen, als Mihály die Tür hinter ihm zuschlug und zurück zu Everd ging. »Alles in Ordnung bei dir?«

»Ja, geht schon. Ist mir lieber als der Typ von vorhin, der mich angespuckt hat.« Everd tastete mit der Zunge die Innenseite seiner Lippe ab. Dort, wo ihn die Faust erwischt hatte, spürte er einen feinen Riss. So einen, an dem man immer wieder herumspielt, nicht obwohl, sondern gerade weil das so angenehm unangenehm brennt. »Selbst ernannte Rächer, die sind schon beim letzten Mal wie Pilze aus dem Boden geschossen.« Er drehte sich zu Zottelbart um, der sich wieder auf seinen Platz gesetzt hatte und gerade einen kräftigen Zug von seinem Bier nahm. »Danke, Mann.«

»Kein Problem«, nuschelte der andere.

Ein grunzendes Lachen erfüllte die Schankstube. Es stammte von einem Kerl, der an einem der Tische saß. Sein Gesicht leuchtete knallrot, was wohl nicht nur an der Anstrengung lag, die ihm das Lachen bereitete. Seine muskelbepackten Arme wurden von einem viel zu engen Hemd überspannt, und die dunklen Haare waren mit so viel Haaröl nach hinten geschleimt, dass jeder Antimakassar ob der Herausforderung kapituliert hätte. So fremd ihm der Schläger und Zottelbart waren, so gut kannte Everd diesen Typen. Leider. Pitt Smirweiler. Privater Ermittler von Beruf, womit er sich diese Profession unglücklicherweise mit Everd teilte … geteilt hatte. In Mihálys Taverne sah man ihn nur selten. Er neigte eher dazu, sich in gehobenen Kreisen zu bewegen … oder in dem, was er dafür hielt. Aber heute wollte er es sich wohl nicht nehmen lassen, Everd auf die Nerven zu gehen.

Bisher hatte Everd die Pappnase nicht beachtet, nun aber machte es sich Smirweiler am Tresen bequem. Sein breites, hämisches Grinsen verriet, dass er nichts Besseres zu tun hatte, als ungefragt seine Meinung zu der kleinen Auseinandersetzung von eben zum Besten zu geben. Noch bevor er aber etwas sagen und somit Everd die Gelegenheit geben konnte, ihn ausgiebig zu ignorieren, war es Zottelbart, der die Aufmerksamkeit aller Anwesenden auf sich zog, indem er ein aus tiefstem Herzen hervorgekramtes »Verdammter Dreck!« in den Raum knurrte. In seinem Mundwinkel steckte eine Zigarette, in seiner Hand hielt er das Ende eines abgebrochenen Streichholzes, dessen Köpfchen vor ihm auf dem Tresen lag. Er begann, seine Kleidung abzutasten, brach seine Suche aber nach kurzer Zeit erfolglos ab. »Haben Sie mal Feuer?«, fragte er Everd.

Der verneinte wortlos, als auch schon Mihály herbeieilte. Der Wirt betrachtete die Zigarette argwöhnisch. Er stand diesem neuartigen Raucherutensil und dem, wie er es sah, giftigen Qualm des billigen Papiers skeptisch gegenüber. Doch war er ein viel zu guter Gastgeber, um sich darüber zu beschweren. Stattdessen entzündete er ein Streichholz und hielt es dem Mann hin.

»Danke«, entgegnete der, wobei ihm dichter Rauch aus Nase und Mund schoss. Mit seinem Bierkrug verzog er sich vom Tresen an einen der Tische.

Damit stand Smirweiler nun nichts mehr im Wege. »Dir fliegen mal wieder die Herzen zu, was, Effi?«

Everd reagierte nicht.

»Wieso denn so pampig? Es lag mir doch immer am Herzen, was die Leute über dich denken. Schon letztes

Jahr. Egal wie sehr sie über dich hergezogen haben. Egal wie oft sie gesagt haben, was für ein Abschaum du bist oder was für ein naiver Schwachmat. Ich bin aufgestanden und habe gesagt: ›Spart euch euer Hörensagen, ihr elenden Schandmäuler. Eure Geschichten, die ihr über drei Ecken erfahren haben wollt. Die Lügen, die ihr im *Postboten* gelesen habt. Ich kenne Effi Edinger. Und ich kann euch aus erster Hand erzählen, was für ein Abschaum und was für ein naiver Schwachmat er wirklich ist.‹« Wieder ließ er sein tiefes Gegrunze ertönen. Er hielt sich für witzig. Und gewitzt obendrein. Nichts hatte ihn bisher vom Gegenteil überzeugen können. »Aber um ganz ehrlich zu sein, Effi«, fuhr er deswegen unbeirrt fort, »du machst es den Leuten auch leicht. Ich meine, man hat ja letztes Jahr schon einiges gehört. Aber was ich da heute Morgen lesen musste. Ich hatte ja keine Ahnung, wie leichtgläubig du wirklich warst. Weißt du, was der Unterschied zwischen uns ist?«

Everd unterstand sich, Smirweilers Gelaber auch noch mit einer Reaktion zu belohnen, was den nicht davon abhielt, weiterzureden.

»Ich sag's dir: Ich zu sein ist im Moment besser als jemals zuvor. Und weißt du auch, wieso?« Er griff in seine Jackentasche, förderte ein kleines glänzendes Metallkästchen zutage und hielt es Everd direkt unter die Nase. »Sieh dir das mal an. Kommt aus Frankreich. Handgefertigt. Ist dort drüben der letzte Schrei. Habe ich von einem Klienten geschenkt bekommen. Als Bonus zu meinem üblichen Salär.« Er öffnete eine Kappe an der Oberseite des Kästchens. Ein Mechanismus kam zum Vorschein, wie man ihn von Tischfeuerzeugen kannte. Mit einem Streichen seines Daumens betätigte er ihn, und begleitet von einem

Knall entzündete sich eine Flamme. »Ein Feuerzeug für die Hosentasche.« Er fuchtelte damit vor Everds Nase herum. »Weißt du, Effi, dieses kleine Ding hier ist genau wie mein Leben: einzigartig, glänzend und voller Feuer.«

»Ja, und wenn man es anpackt, macht man sich die Finger dreckig.« Hinter seinem Tresen war Mihály sichtlich stolz darauf, Smirweiler mit dieser Äußerung vor den Karren gefahren zu sein.

Der sah sich seinen Daumen an, der mit einer dünnen Schicht Ruß bedeckt war. Er lächelte, während er das Feuerzeug zurück in seinen Mantel steckte. »Man könnte auch sagen, wo ich geh und steh, hinterlasse ich einen bleibenden Eindruck.« Der Versuch, den Ruß an der Hose abzuwischen, blieb erfolglos, weswegen er sich in eine Ecke der Schankstube verzog, in der ein Eimer mit noch fast frischem Putzwasser stand.

»Dieser miese kleine Hund.« Mihály schien weitaus erboster zu sein als Everd. »Sag nur ein Wort, und er landet draußen im Matsch.«

Everd quälte ein erschöpftes Lachen hervor. »Lass nur. Wenn du in nächster Zeit jeden rauswirfst, der mich verspottet oder angreift, musst du deinen Laden bald dichtmachen. Das will ich nicht verantworten.« Ein einziger Zug leerte seinen halben Bierkrug. »Von Smirweiler beleidigt zu werden, ist, als ob man in Pferdescheiße tritt; man könnte drauf verzichten, aber es tut auch nicht weh.« Mit der Hand fuhr er sich über das Gesicht. Er sah müde aus, viel abgekämpfter, als es ein Kerl von 31 Jahren hätte sein sollen, so als wäre er seit drei Tagen nicht richtig zum Schlafen gekommen.

Mihály lächelte ihn mitfühlend an. »Na ja, sieh's von der positiven Seite. Wenigstens hast du diesen Typen abgehängt, der dir schon den ganzen Tag im Nacken sitzt. Dohrmann, nicht wahr? Ich meine, ansonsten wäre der doch längst hier aufgetaucht.«

Everd nickte, ohne dabei recht überzeugt zu wirken.

»Du kannst so lange hierbleiben, wie du möchtest«, sagte Mihály, um seinen Freund aus dessen düsteren Gedanken zu reißen. »Und jeder, der dir dumm kommt, fliegt hochkant raus.«

»Danke, Mihály. Bist der Beste. Ich hab den Mist einmal überstanden, das bekomme ich auch noch mal hin. Ich halte mich einfach für eine Weile bedeckt, dann wird das schon wieder.«

»Und gerade für dich dürfte es ein Leichtes sein, unentdeckt durch die Stadt zu kommen. Das ist doch dein Beruf. Verwinkelte Gassen sind deine Freunde, Schatten deine Geliebten und so.« Seine Worte unterstützte der Wirt mit geheimnisschwangeren Gesten.

Everd schmunzelte ob der blumigen Darstellung seiner einstigen Arbeit. »Tja, früher zumindest mal. Aber normalerweise war ich damals derjenige, der anderen hinterhergejagt ist. Ich muss zugeben, dass die Seite, auf der ich jetzt bin, die bei Weitem unangenehmere ist.«

Mit frisch gewaschenen Händen trottete Smirweiler in diesem Moment zurück an den Tresen. Offenbar war er noch nicht alles losgeworden, was seiner Meinung nach gesagt werden musste. »Weißt du, wer der Klient ist, der mir das Feuerzeug geschenkt hat? Ich sag's dir: Gassheimer.«

Bei diesem Namen horchte Everd auf. Obwohl es heute nicht das erste Mal war, dass er darüber stolperte.

»Er kommt morgen in die Stadt, um seine Aussage zu machen, mit seiner Tochter, und er hat mich als Leibwächter angeheuert.«

Zum ersten Mal an diesem Tag, ach was, zum ersten Mal, seit sie sich kannten, hegte Everd den irritierenden Wunsch, Smirweiler weiterreden zu hören. Doch einmal mehr funkte Zottelbart dazwischen. Er torkelte von seinem Platz quer durch die Schankstube und gegen den Tresen, wobei er Smirweiler fast von seinem Hocker riss. »'tschuldigung. Wirt, ich muss mal pissen!«

»Freilich.« Mihály deutete auf eine Tür in der hinteren Ecke des Raumes, hinter der sich die Wendeltreppe in den Keller befand. »Nehmen Sie die hier.« Er reichte eine brennende Öllampe hinüber. »Zappenduster da unten. Die linke Tür, die rechte führt nach draußen. Ist sowieso zugenagelt. Zu viele Zechpreller.« Ein breites Grinsen schmückte sein Gesicht.

Zottelbart machte sich auf, in den Keller hinabzusteigen, während Smirweiler weitersprach, als wäre er nie unterbrochen worden. »Na ja. Gassheimer hat mich jedenfalls ausdrücklich vor dir gewarnt. Ich soll die Augen offen halten.« Mit vor dem Mund zusammengeschlagenen Händen grimassierte er, als ob er sich gerade einen üblen Fehltritt geleistet hätte. »Oje, hätte ich dir lieber nichts von seiner Ankunft verraten sollen? Muss ich mir jetzt Sorgen machen, dass du etwas Dummes tust? Du wirst doch nichts Dummes tun, Effi, oder? Nein, nicht du. Weißt du was? Vielleicht kannst du mir ja sogar helfen. Ich meine, ich bin jetzt der Beschützer des Mädchens, und du kennst ja quasi … die andere Seite. Vielleicht kannst du mir ein paar Hinweise geben. Worauf man so zu achten hat bei der Kleinen. Nein? Ich versteh das schon. Du willst dein Erfolgsrezept lieber für dich behalten. Cleverer Zug!«

Smirweiler wurde unterbrochen von lautem Geschepper, das aus dem Keller polterte, gefolgt von jedem

Anstand spottenden Flüchen und unterstrichen vom bläulichen Flackern eines Blitzes, der gerade die Schankstube erhellte und schon kurz darauf von seinem gewaltigen Donner eingeholt wurde.

Mihály öffnete die Kellertür. »Alles in Ordnung da unten?«

»Jaja, schon gut«, tönte es die Wendeltreppe hinauf. Ein paar Schritte waren zu hören, und schon stand Zottelbart wieder im Raum, in den Händen die erloschene Öllampe, deren Glaszylinder zerbrochen war. »Scheiß Apfelweinkiste. Steht da mitten im Weg. Hab mich komplett hingelegt.«

Everd lächelte. Es war ein hämisches Lächeln. Gespeist von jener besonders süßen Art der Schadenfreude, die man empfindet, wenn man die gebührende Misere eines anderen erkennt, noch lange bevor sie diesem selbst in vollem Umfang oder wenigstens in groben Zügen bewusst wird. Allerdings war nicht das Missgeschick von Zottelbart Quell dieser Schadenfreude.

»Oh ja«, bestätigte Mihály etwas verlegen, »ich weiß. Hinten beim Lokus. Ist heute erst gekommen. Hab ich noch nicht weggestellt. Tut mir wirklich leid.«

Zottelbart drückte ihm die kaputte Lampe grob in die Hände. Der Wirt hielt ihm eine neue entgegen, doch er wies sie zurück.

»Vergessen Sie's.« Grummelnd legte er ein paar Münzen auf den Tresen, bevor er sich seine Jacke schnappte und die Taverne für heute verließ.

Smirweiler schlug die Hände zusammen. »Na, ich denke, ich werde es unserem haarigen Freund gleichtun und auch verduften. Es gibt noch ein paar Sachen vorzubereiten vor Gassheimers Ankunft.«

Er war schon fast an der Tür, als Everd sich umdrehte. »Hey, Smirweiler! Danke für die ganzen aufmunternden Worte. Lass mich dir im Gegenzug was dafür geben: einen Tipp. Falls du dein Feuerzeug zurückhaben willst, solltest du dich schnell hinter ›unserem haarigen Freund‹ hermachen.«

Smirweiler sah Everd verständnislos an. Dann griff er in seine Tasche. Mit finsterer Miene zog er seine Hand wieder heraus. Er warf einen Blick zum Ausgang, doch es war klar, dass er den Dieb nicht mehr würde einholen können. »Woher hast du das gewusst?«

»War nur geraten.«

Everds Tiefstapelei verärgerte Smirweiler nur noch mehr. »Schon klar. Du willst mir weismachen, es hätte irgendwelche Anhaltspunkte gegeben, die ich übersehen habe, du aber nicht. Ich sag dir, wie es war: Du hast zufällig mitbekommen, wie er es aus meiner Tasche gezogen hat. Das ist keine Meisterleistung.«

»Na, wenn das jemand sagt, der mit Meisterleistungen per Du ist, wird es wohl so sein.«

Smirweilers Gesicht versteinerte. Es ließ sich leicht erkennen, dass er versuchte, seine gelassene Fassade nicht durch die Demütigung einreißen zu lassen, die er nun verspüren musste. »Wie auch immer«, entgegnete er angriffslustig. »Ach übrigens: Wie ich gehört habe, wollte Gassheimer eigentlich Konrads als Personenschutz nehmen, aber jemand muss ihm gesteckt haben, dass du dort … was auch immer du bei Konrads eben machst. Also hat er sich lieber an eine Ermittleragentur mit untadeliger Reputation gewendet. Das kann man ihm ja wohl kaum übel nehmen, denkst du nicht auch? Dich in die Scheiße zu reiten, ist ja eine Sache, aber dass du jetzt auch noch dem guten Konrads in die Eier trittst …« Mit einem hämischen Grinsen stürmte Smirweiler nach draußen.

Everd indessen versuchte, sich von seinem Aufprall auf den Boden der Tatsachen zu erholen. Konrads hatte mehr für ihn getan, als er es verdient hatte. Er war ein Freund seines Vaters gewesen, vor dem Tod von Everds Eltern. Everd aber hatte ihn erst kennengelernt, als er im Knast auftauchte und seine Beziehungen als einstiger Gendarm nutzte, um ihn herauszuholen. Er gab ihm Arbeit in seiner gerade eröffneten Ermittleragentur. Als Bote, als Putzmann. Später setzte er ihn als Detektiv ein. Und selbst nach dem ganzen Mist im letzten Jahr hatte er Everd nicht hängen lassen. Offenbar bekam er dafür nun die Quittung präsentiert. Unablässig rüttelte der Wind an den Fenstern und der Regen peitschte gegen die Scheiben. Draußen spiegelte das Wetter mit seinen Blitzen und Donnerschlägen recht genau Everds Stimmung wider.

Mihály hingegen schien mehr als zufrieden. »Der kommt so schnell nicht wieder.« Er lächelte Smirweiler hinterher. »Sag mal, woher hast du es gewusst? Das mit dem Feuerzeug, meine ich.«

Everd ließ sich gerne ablenken. »Zottelbart hat es benutzt. Im Keller. Nachdem die Öllampe zerbrochen war. Er wusste, was sich in der Kiste befand, über die er gestolpert ist. Er wird ja wohl kaum die Aufschrift gelesen haben, bevor er drübergefallen ist. Und Feuer hatte er keins mehr. Sonst hätte er dich nicht darum gebeten.«

»Und trotzdem geht er noch auf den Lokus? Ganz schön risikofreudig.«

»Oder klug. Regel Nummer eins: Den miserablen Kartenspieler erkennst du daran, dass sich sein Verhalten der Qualität seiner Karten anpasst.«

Der Wirt ließ sich diese Worte durch den Kopf gehen. Schließlich hellte sich sein Gesicht auf, auch wenn nicht ganz klar war, ob er Everds Erklärung wirklich nachvollziehen konnte. »Siehst du.« Er klopfte ihm gegen die Schulter. »Du kannst es noch immer.«

»Ja, vor allem kann ich es noch immer nicht lassen«, seufzte Everd. Er war seinem Freund dankbar für den Aufmunterungsversuch, doch so recht wollte er nicht wirken. »Der mysteriöse Fall des verschwundenen Feuerzeugs wird nur leider nicht die Erinnerungen an die Gassheimer-Affäre aus den Köpfen der Leute vertreiben … Nun ja. Mihály, ich muss wieder los. Vielen Dank für alles.«

»Aber, aber. Es ist doch noch früh. Hier, nimm noch einen.« Der Wirt drehte sich zu dem großen Fass um, das hinter dem Tresen aufgebaut war, und befüllte Everds Krug neu.

»Nein, wirklich nicht. Ich muss noch mal zurück in die Agentur. Morgen bin ich wieder da und …« Everd stockte.

Mihály hatte sich vom Fass abgewandt und Everd das Bier vor die Nase gesetzt, doch nun stand er wie angewurzelt da und starrte zur Tür. Erst schien er überrascht zu sein, doch sofort explodierte sein Gesicht im herzlichsten Lächeln, das Everd je von seinem Freund gesehen hatte. Noch bevor er sich umdrehen konnte, machte sich der Quell der Freude bemerkbar. »Guten Tag, Mihály. Hätte ich gewusst, dass mein Auftauchen bei dir diesen Gesichtsausdruck hervorruft, wäre ich schon früher zurückgekommen.«

Everd zuckte zusammen. Diese Stimme. Das durfte nicht sein. Nicht sie. Jeder, nur nicht sie. Jederzeit, nur nicht heute. Er betastete seine Unterlippe, wo der Riss, den ihm der Schläger zugefügt hatte, noch immer brannte, und hoffte, dort keine Schwellung vorzufinden, die unangenehme Fragen provozieren würde. Glück gehabt. Dann wollen wir mal. Beinahe widerwillig schob er sich auf seinem Hocker herum. Ja, sie war es. Dort vor dem Ausgang. Nicht mehr das 18-jährige Mädchen, das er in Erinnerung hatte, aber dennoch unverkennbar. Sie war groß, mancher mochte vielleicht sagen, zu groß, und ihre schmale Figur unterstützte den Eindruck noch. Ihr rotes lockiges Haar umrahmte ein Gesicht, auf dem man nur wenige Stellen ohne Sommersprossen finden konnte.

Mihály tänzelte hinter seinem Tresen hervor. Mit weit geöffneten Armen lief er auf den Neuankömmling zu. »Isabella, mein Kind. Wie ich mich freue, dich zu sehen.« Er schloss sie so fest in die Arme, dass sie fast zu ersticken drohte. Und doch wirkte sie glücklich und fast peinlich berührt ob der warmen Begrüßung. »Everd, sieh sie dir an. Ist sie nicht bezaubernd?« Stolz präsentierte Mihály die junge Frau, fast so, als ob sie seine eigene Tochter wäre.

Everd saß noch immer auf seinem Hocker. Er war froh, sie zu sehen. Daran bestand kein Zweifel. Er verfluchte nur, dass sie sich den denkbar ungünstigsten Tag ausgesucht hatte, um wieder hier aufzutauchen. Aber was sollte er machen. Sie war nun einmal da und blickte ihn mit weit geöffneten Augen keck an. Langsam erhob er sich von seinem Platz und ging auf sie zu.

»Hallo, Everd«, säuselte sie mit sanfter Stimme.

»Hallo, Ella«, entgegnete er. »Ist schon eine Weile her.«

Sie nickte.

Er schloss sie fest in die Arme. »Schön, dich zu sehen.« Das war nicht nur eine Floskel, sondern sein voller Ernst.

»Ich freue mich auch«, erwiderte Ella. »Ich hätte viel früher wieder hierherkommen sollen.«

»Kommt schon, kommt schon«, unterbrach Mihály die Begrüßung. »Was stehen wir denn hier rum? Setz dich, Kind. Ihr habt bestimmt eine Menge zu bereden. Hast du schon was gegessen, Isabella? Ich hol euch etwas Paprikás. Wie von Mutter.«

Mihály war ganz außer Rand und Band. Noch bevor Ella oder Everd etwas sagen konnten, schob der Wirt sie beide zu einem seiner Tische, rückte Ella den Stuhl zurecht und verschwand zu einer Feuerstelle in der anderen Ecke der Schankstube, über der in einem schwarzen gusseisernen Topf eine braune Masse leise vor sich hin blubberte.

»Wunderbar«, schmunzelte Ella, »er hat sich kein bisschen verändert. Es ist genau wie früher.«

»Ja, wie früher«, nuschelte Everd abwesend. Es gab vieles, über das sie hätten sprechen können, doch er konnte an nichts anderes denken als an die Gassheimer-Tochter. Er hatte Ella nie etwas darüber erzählt. Davor hatten sie sich regelmäßig Briefe geschrieben, danach aber wusste er nicht, was er noch zu Papier bringen sollte, ohne sie anzulügen. Sie machte nicht den Eindruck, als ob sie von anderer Seite etwas darüber gehört hätte, und das war auch gut so. Freilich, in den Straßen von Frankfurt, ausgerechnet dieser Tage, war das ein Geheimnis, das man nicht lange im Verborgenen halten konnte. Früher oder später würde sie es erfahren. Wenn es nach Everd ging, lieber später und in seiner Abwesenheit, sodass er ihr dabei nicht würde in die Augen sehen müssen. Jetzt und hier sollten andere Themen ihr Gespräch bestimmen. »Also … endlich zurück in der Heimat. Hast du einen besonderen Grund? Außer alte Freunde zu besuchen, meine ich.«

»Nun ja, ich möchte nach Tante Margarete schauen. Und ich treffe mich mit Tante Hildegards Notar. Noch ein paar Kleinigkeiten wegen des Erbes erledigen. Sie hat ihre Angelegenheiten nie nach Solkers verlagert, also bin ich hier.«

»Ich habe von Hildegards Tod gehört«, sagte er. »Mein Beileid.«

»Danke.«

»Du und Margarete redet also wieder miteinander?«

Ella nickte. »Nachdem Tante Hildegard gestorben war, ist Margarete letztes Jahr nach Solkers gekommen, und wir haben uns ausgesprochen. Wir hätten das früher machen sollen. Eigentlich war mir schon lange klar, dass sie mich nur in die Rhön geschickt hatte, um mich zu schützen vor …«

»… vor mir«, beendete Everd Ellas Satz. »Ich meine, ich war nicht gerade der beste Umgang für eine Tochter aus gutbürgerlichem Haus. Da hatte Margarete schon recht.«

»Vor der Stadt, wollte ich eigentlich sagen«, korrigierte Ella, »aber wenn du es so ausdrücken willst, will ich dir nicht widersprechen. Wenn es so weitergegangen wäre, hätten sie nicht nur dich ins Gefängnis gesteckt. Aber damals habe ich das nicht verstanden. Ich war noch ein halbes Kind. Und zornig. Nun ja«, seufzte sie, »das ist die Vergangenheit. Die muss man irgendwann hinter sich lassen.«

Mihály kam an den Tisch und stellte zwei Schüsseln, gefüllt mit in einer braunen Soße schwimmenden Fleischbröckchen, vor ihnen ab. »Lasst es euch schmecken.« Summend verzog er sich wieder hinter seinen Tresen.

»Aber was ist denn mit dir?«, fuhr Ella fort. »Everd Edinger, der große Detektiv.«

Ein sarkastischer Unterton schwang in der Bemerkung ohnehin mit, typisch Ella eben, am heutigen Tag aber wirkte sie auf Everd geradezu zynisch, wenn auch wahrscheinlich unbeabsichtigt. Eine geeignete Replik fiel ihm nicht ein.

»Na komm schon«, legte Ella nach. »Nicht so bescheiden. Ich meine, ich bin mir sicher, dass du in deinen Briefen übertrieben hast, aber wenn nur die Hälfte davon stimmt ... Die gestohlenen Juwelen von Jenny Erl, der Würger von Berkersheim. Und das ist schon zwei Jahre her. Ich wette, seitdem hast du noch mehr kniffligе ...«

»Wie lange bleibst du denn noch in Frankfurt?«

»Nur noch bis morgen.«

»Weißt du, was du unbedingt machen solltest? Bei Hendrik vorbeischauen. Du hast ihn doch schon ewig nicht mehr gesehen. Sechs Jahre? Er wohnt noch bei seinen Eltern. Hat sich da zwei Zimmer eingerichtet. Träumt noch immer davon, ein großer Poet zu werden, aber ich sage dir: Wenn er sich nicht bald richtige Arbeit sucht, dann muss ich als Nächstes ermitteln, wie der Schuh seines Vaters in seinen Hintern gekommen ist und ...«

»Also schön.« Ellas Gesicht war das eines Mädchens, das die Spielchen satthatte. »Wie lange willst du noch um den heißen Brei herumreden?«

Everd machte keine Anstalten, zu zeigen, dass er verstand, was sie meinte.

Um ihm zu helfen, kramte sie einen Papierbogen aus ihrer Tasche und breitete ihn auf dem Tisch aus; die Titelseite des heutigen *Frankfurter Postblattes*. Das Exemplar war schon einigermaßen verschlissen, als ob Ella es irgendwo von der Straße aufgelesen hätte. Drei Artikel waren darauf zu sehen. Zum einen ein Bericht über die anstehende Dippemess, zum zweiten die Ankündigung eines Vortrags des Gelehrten Charles Darwin über seine neusten biologischen Theorien. Mehr als die Hälfte des Blattes aber wurde eingenommen von einem langen Artikel, der mit dem Titel »Gassheimer-Fall wird verhandelt: Pagenzeller vor Gericht« überschrieben war. Dieser Artikel umrahmte den Abdruck eines Steckbriefs von jener Art, wie man sie immer wieder überall in der Stadt angeschlagen finden konnte.

Everd musste ihn sich nicht angucken. Er wusste nur zu gut, was dort abgebildet war. Die Konterfeis fünf verschiedener Personen nämlich: ein grob aussehender Typ mit kleinen Augen und breiter Nase, einer mit hoher Stirn und langen welligen Haaren, eine Frau, einige Jahre jünger als Ella, ein Kerl, dessen langer Bart zu unzähligen kleinen Zöpfen verflochten war und … Everd.

Unter den einzelnen Abbildungen fanden sich lange Listen mit Name, Alter, Beruf, einer genauen Beschreibung und was man nicht noch alles über eine Person wissen konnte.

Zuunterst stand in kleiner Schrift:

»Die hierüber abgebildeten Hannes Ohnsorg, Laurenz Müller, Claudius (Nachname unbekannt), Everd Edinger und Silvia Gernstetten, allesamt Bürger der Freien Stadt Frankfurt, werden der Verbrechen des Einbruchs, der körperlichen Gewalt und der Entführung beschuldigt. Es wird vermutet, dass sie sich noch immer in Frankfurt aufhalten und ihnen womöglich Unterschlupf gewährt wird. Jedermann ist deswegen aufgefordert, so er eines oder mehrerer der Gesuchten habhaft werden kann, dies zu tun oder sich bei Hinweisen an die entsprechenden Behörden zu wenden.

Im Namen des Peinlichen Verhöramtes der Freien Stadt Frankfurt, Kriminalrat Augustus von Agenberg. Freie Stadt Frankfurt am 12. Juli 1862.«

»Gut«, kommentierte Everd das Titelblatt. »Und was möchtest du jetzt von mir hören?«

»Stell dich nicht so an. Ich komme nach sechs Jahren nach Frankfurt, und das Erste, was ich sehe, bist du auf einem Steckbrief. Du hast mir kein Wort davon geschrieben. Was ist los?«

»Es liegt doch da vor dir. Du musst nur lesen.«

Ella knüllte den Papierbogen zusammen und pfefferte ihn in die Ecke. »Ich will es aber lieber von dir hören.«

»Du hast wirklich keine Ahnung, was passiert ist, nicht wahr?«

»Nachrichten haben einen weiten Weg bis in die Rhön. Und nicht wenige verlaufen sich unterwegs.«

»Klingt zu schön, um wahr zu sein.« Everd lächelte bitter. »Also die gute Nachricht ist, dass ich dich in meinen Briefen nicht belogen habe. Konrads hat mich aus dem Gefängnis geholt, ich habe für ihn als Ermittler gearbeitet. Nur … nehme ich im Moment andere Aufgaben in der Agentur wahr.«

»Wegen dieser Gassheimer-Sache? Aber was auf dem Steckbrief steht, kann doch nicht stimmen. Ansonsten säßest du im Zuchthaus oder Schlimmeres. Auf jeden Fall würdest du nicht hier herumlaufen.«

»Wenn du einem keine Vorwürfe machen kannst, dann dem Steckbrief. Er sagt die volle Wahrheit. Ich hab bei Konrads ziemlich gute Arbeit geleistet. Nach einer Weile wollte ich nicht mehr auf Anweisungen hören. Also habe ich mich mit den anderen auf dem Steckbrief zusammengetan, nicht alle Ermittler, aber jeder ziemlich talentiert auf seinem Gebiet, und wir haben unsere eigene Agentur aufgemacht. Schon bald kam ein großer Fall. Die Tochter eines Industriellen, Frank Gassheimer, war entführt worden. Wir konnten sie aufspüren und befreien. Das dachten wir zumindest. Der Mann, Pagenzeller, unser Auftraggeber, hatte sich als Sekretär von Gassheimer ausgegeben. Das war er aber nicht. Ein Zusammenschluss aus Konkurrenten Gassheimers hatte ihn beauftragt. Sie wollten Gassheimer an seiner empfindlichsten Stelle treffen: seiner Tochter. Sie lebte schon seit ihrer Kindheit unter falschem Namen und permanenter Bewachung auf einem Landgut. Gassheimer wusste wohl, dass sie eine Zielscheibe abgab. Pagenzeller wollte sich die Hände nicht schmutzig machen, also hat er sich Hilfe geholt: uns. Wir haben die Tochter nicht befreit, wir waren diejenigen, die sie entführt haben. Wir hatten Glück. Konnten Pagenzellers Rolle in der Sache beweisen. Man hat uns freigesprochen. Ende der Geschichte.«

Ella atmete erleichtert auf.

»Das Problem ist nur, dass wir zur Befreiung der Kleinen einige Dinge getan haben, die man mit Entführern machen kann, aber eben nicht mit den Bewachern einer Tochter aus gutem Hause. Ganz abgesehen von der Entführung selbst. So etwas bleibt an dir hängen wie der Geruch von Pferdemist. Konrads hat mir danach wieder Arbeit gegeben, aber er meinte, dass ich nicht mehr als Ermittler arbeiten sollte, weil mein Ruf auf die Detektei abfärben könnte. Also setzte er mich wieder für Handlangertätigkeiten ein.«

»Und heute beginnt die Verhandlung gegen Pagenzeller.«

»Ja, er ist damals entkommen. Inzwischen haben sie ihn

geschnappt. Man hat ihn hier in Frankfurt vor Gericht gestellt. Grund genug für diese Papierverschwender des *Postblattes*, die ganze Sache aufzuwärmen und den alten Steckbrief abzudrucken. Und jetzt darf ich mich die nächsten Wochen von den Straßen fernhalten, weil mich die Leute wieder anstarren werden, als wäre ich eines der exotischen Tiere im Zoologischen Garten.«

Ella wusste sichtlich nicht, was sie sagen sollte, also ließ sie es bleiben. Die nächste halbe Stunde saßen sie einfach so da, blickten sich nicht an und konzentrierten sich ganz auf das Essen, das vor ihnen stand.

»Wie wäre es«, begann sie unvermittelt, »wenn du dich nicht nur von den Straßen, sondern von der ganzen Stadt fernhalten würdest?«

»Was meinst du?«

»Komm mit mir nach Solkers. Im Wirtshaus, das ich von meiner Tante übernommen habe, gibt es eine Menge zu tun. Du könntest mir zur Hand gehen. Und Gernot, mein Bursche für alles, wäre bestimmt auch dankbar für ein bisschen Hilfe.«

»Das heißt also, ich soll da genau das Gleiche machen wie auch hier bei Konrads?«

»Vielleicht. Aber zumindest ist die Umgebung angenehmer.«

»Nein, vergiss es. Wenn ich hätte weglaufen wollen, hätte ich das schon letztes Jahr tun können.«

»Was nicht heißt, dass du es nicht jetzt noch tun kannst. Sei kein Dickkopf. Du tauchst für ein paar Wochen unter, bis Gras über die Sache gewachsen ist.«

»Es geht schon. Meine Aussage habe ich gestern gemacht, und morgen macht Gassheimer seine. Danach wird das alles schnell vergessen sein.«

»Also schön.« Mit gespielter Gleichgültigkeit versuchte Ella, ihre Besorgnis zu kaschieren. Vielleicht auch einen Hauch enttäuschter Wut. »Tu, was das Beste für dich ist.«

»Mach ich doch immer.«

Mit ein klein wenig zu viel Schwung erhob sie sich von ihrem Platz. »Ich muss jetzt los.«

»Richte Margarete schöne Grüße aus.« Everd ließ sich das noch einmal durch den Kopf gehen. »Nein, lass es lieber. Als ich sie das letzte Mal gesehen habe, hat sie mit einer Tasse nach mir geworfen.«

Ohne ein weiteres Wort drehte Ella ab. »Mihály, ich danke dir für das Essen. Ich muss mich jetzt mal bei Tante Margarete blicken lassen. Sie wird sicherlich verärgert sein, wenn ich sie nicht anständig begrüße.«

»Gern geschehen, Isabella. Und lass nicht wieder neun Jahre vergehen, bevor du dich hier blicken lässt.«

»Bestimmt nicht. Vielleicht hast du es ja geschafft, ihm ein wenig Verstand einzuprügeln, wenn ich das nächste Mal hier bin.«

»In dem Fall solltest du vielleicht erst in 100 Jahren wiederkommen.«

Ella lächelte, und Everd sah zu, wie sie durch die Tür verschwand.

Eine Weile später verabschiedete auch er sich von Mihály. Der Regen war zu einem leichten Nieseln geworden, aber noch immer hingen dichte graue Wolken tief über den Dächern. Nur wenige Menschen hatten sich auf die Straßen verirrt. In den engen Häuserschluchten war es dunkler als für diese Tageszeit üblich, und die Laternenanzünder gingen schon herum, um die Straßenbeleuchtung zu entfachen.

Eine Droschke kam über den dampfenden Asphalt herangepoltert und zwang Everd dazu, zur nächsten Hauswand hin auszuweichen. Er lief ein Stück die Hauptstraße hinunter und bog dann in einen schmaleren Weg ab. Die Häuser hier waren zwar alt, aber dennoch wurden sie von ihren Besitzern sorgsam gepflegt. Eine der Fassaden auf der gegenüberliegenden Straßenseite stach aus der Häuserfront heraus, denn ihre vier Stockwerke waren komplett mit dunkelgrauen Schieferplatten verkleidet. Das Erdgeschoss wurde von einem Geschäft für Kleidungsstücke eingenommen. Ein Schild, fast so breit wie das Gebäude selbst, hing über dem Schaufenster: *A. Hellenhof – Garderobe* für Herren und Damen. Rechts neben dem Haus führte eine schmale Gasse entlang. Ein weiteres braungrünes Schild, viel unscheinbarer als das erste, ragte in sie hinein. *Erkundungsbüro für wirtschaftliche und andere Privatermittlungen – Inh. P. Konrads* stand darauf in weißer Schrift geschrieben.

Everd wollte gerade die Straße überqueren, als eine schrille Stimme, die ohne Probleme das Klappern eines vorbeifahrenden Pferdeomnibusses übertönte, an sein Ohr drang. »Hallo, Herr Edinger! Herr Edinger!«

Seine Mundwinkel orientierten sich in Richtung Boden.

Der Quell seines Unmuts schälte sich aus dem Schatten eines Stapels aus Kisten, Tonnen und Säcken, aufgehäuft neben einem Lebensmittelgeschäft ein paar Häuser weiter. Ein Mann Anfang 30 in grauen Hosen und grünlicher Tweedjacke. Er war von schlaksiger Statur mit im Verhältnis zu seinem Oberkörper lächerlich langen Beinen, die ihn nun schnellen Schrittes herantrugen.

Everd eilte über die Straße. Er war schon fast in die Dunkelheit der Gasse abgetaucht, als sich ihm der Typ in den Weg stellte. »Hallo, Herr Edinger«, wiederholte er.

»Platz da, Dohrmann!«, knurrte Everd.

Der andere schien das überhört zu haben. Oder es scherte ihn nicht. »Endlich erwische ich Sie. Ich würde sagen, dass wir heute Morgen einen schlechten Start erwischt haben. Aber ich wollte mir einfach nicht die Gelegenheit entgehen lassen, Ihnen noch mal eindringlich ans Herz zu legen, über meinen Vorschlag nachzudenken. Ich meine, Ihre Mitarbeit würde meinen Artikeln ein ganz neues Maß an Authentizität verleihen.«

Everd baute sich vor dem Mann auf, obgleich der ihn um fast einen ganzen Kopf überragte. »Es gibt nur eine Sache, die ich klar machen möchte: Schieben. Sie. Sich. Ihre. Artikel. In. Den. Arsch.«

»Gedruckt auf Papier gefallen Sie mir dann doch besser«, antwortete Dohrmann unbeeindruckt. »Ich verstehe Sie ja, Herr Edinger, ganz ehrlich. Ich mag Sie, und nichts wäre mir lieber, als Ihnen Unbill zu ersparen. Aber was soll ich denn machen? Ihre Geschichte ist einfach so verdammt gut. Die hat für jeden was. Die einen können Sie für das hassen, was Sie gemacht haben, für die anderen sind Sie einfach nur ein Idiot. Und die Menschen lieben es, über jemanden zu lesen, der noch einfältiger ist als sie selbst. Ich denke nicht, dass Sie ein Idiot sind. Sie sind einfach nur ein Kerl, der einen Fehler gemacht hat, aber wer fragt mich schon? Und da Sie leider der Einzige Ihrer Bande sind, der in Frankfurt geblieben ist, richten sich nun eben alle Augen auf Sie. Die Leute haben ein Bedürfnis nach Informationen. Darauf müssen Sie schon Rücksicht nehmen. Wer sein Leben für sich leben will, der kann das auch tun. Ich meine, es hat Sie ja niemand gezwungen, so in den Mittelpunkt zu treten.«

»In den Mittelpunkt treten?« Everd konnte es nicht fassen. »Sie schleimiges Wiesel.«

»Aber, aber, Herr Edinger«, entgegnete der Reporter verlogen jovial, »weswegen denn so vulgär? Ich bin doch auf Ihrer Seite. Aber wenn ich die Geschichte nicht weiterverfolge, tritt mir mein Hauptschriftleiter in den Hintern. Und das wollen wir doch beide nicht. In dem Jahr seit Ihrer Verhandlung sind eine Menge neuer Details über den Fall ans Licht gekommen. Genug, um die Sache noch einmal ganz groß aufzuziehen. Die ganze Geschichte, von vorne bis hinten erzählt. Tut mir wirklich leid, aber ein paar Wochen wollen die Leute damit noch gefüttert werden.«

Everd atmete tief durch. »Oh Dohrmann, Dohrmann. Sie sind wirklich die Krönung eines beschissenen Tages.«

»Sie müssten es doch verstehen«, fuhr der Reporter fort. »Ich meine, Sie waren mal Ermittler. Wo ist denn schon der große Unterschied zwischen einem Reporter und einem Detektiv? Beide zerren die Wahrheit ans Tageslicht.«

»Ich glaube, Sie zerren die Wahrheit lieber in einen Hinterhof und schlagen sie da zusammen. Sie haben schlafende Hunde geweckt, und diese Hunde zerfetzen jetzt meine Klamotten, pissen mir ans Bein und beißen mich in den Arsch. Also sagen Sie jedem bei Ihrem verdammten Schmierblatt, wenn ihr mich nicht in Ruhe lasst, dann sind das Nächste, was ihr schreiben könnt, eure eigenen Nachrufe.«

»Darf ich das als Zitat verwenden oder … wollen Sie das noch mal überarbeiten?«

Schnaubend schob Everd Dohrmann beiseite und tauchte in das Dunkel der Gasse. Der Reporter folgte ihm nicht. Wahrscheinlich sah er sich als Sieger dieser Runde. Zeit für ihn, sich in seine Ecke zurückzuziehen und auf den nächsten Gong zu warten.

Die Gasse glich einem schmalen Korridor, der an einer Mauer endete. Auf halbem Weg führte eine Tür nach links ins Haus und dort auf eine enge Treppe, über die man hinauf ins erste Geschoss gelangen konnte, wo Konrads' Ermittleragentur direkt über dem Bekleidungsgeschäft lag.

Everd hoffte, dass da oben endlich ein wenig Ruhe auf ihn wartete. Der beißende Geruch aber, der ihm in die Nase stieß, kaum dass er beim ersten Treppenabsatz angekommen war, schien es sich zur Aufgabe gemacht zu haben, diese Hoffnung auf der Stelle wieder zu pulverisieren. Je weiter sich Everd die Stufen nach oben kämpfte, desto stärker wurde der Geruch, bald schon nur schwerlich zu ertragen. Auch mit dem Ärmel vor Mund und Nase ging es kaum besser.

Der Eingang der Agentur lag am Ende eines Flurs. Schon von Weitem war das zu erkennen, was diesen bestialischen Gestank verursachte. Der Kadaver einer fetten Ratte, sicherlich schon seit Wochen tot, war mit einer Schnur um den Hals wie ein Erhängter am Türknauf festgebunden worden. Man hatte dem Tier den Bauch aufgeschlitzt. Die fauligen Eingeweide hingen heraus, und eine Mischung aus Blut und anderen Säften tröpfelte auf die Dielen. Everd dachte an Dohrmann. Von der einen Ratte zur anderen. Jene hatte ihm eine Nachricht gebracht, diese hier stellte selber eine dar. Jemand wollte ihm noch einmal unmissverständlich klarmachen, was man da draußen in den Straßen von Frankfurt von ihm hielt. Der feine Riss in Everds Lippe, fast schon vergessen, schien plötzlich wieder ein wenig stärker zu brennen. Während er den Strick mit einem Messer durchtrennte, und der modrige Fleischklumpen in einen eilig herbeigeholten Eimer klatschte, seufzte er bitter.

Die Nachricht war angekommen.

KAPITEL 2

»Wo wollten Sie noch mal aussteigen?«

Ella streckte ihren Kopf aus dem kleinen Fenster der Postkutsche. »In Solkers bitte!« Sie musste brüllen, um das Rattern der Räder und Klappern der Pferdehufe zu übertönen.

»Solkers! Genau!«, rief der Postillion zurück. »Da wohnt doch Wilker Herchenhahn, nicht wahr?«

»Ja, kennen Sie ihn?«

»Hab letzte Woche einen Brief für ihn mit nach Thüringen genommen! Wenn Sie ihn sehen, können Sie ihm sagen, dass er gut angekommen ist!«

»Werde ich machen!«

Die Kutsche wackelte auf dem unebenen Boden hin und her, und Ella plumpste zurück in die Kabine zu Everd, der sich in seine Jacke eingewickelt und die Schiebermütze tief ins Gesicht gezogen hatte. Es mochte nicht die angenehmste Art sein, auf die sie in den letzten fünf Tagen seit ihrem Aufbruch aus Frankfurt gereist waren, immerhin aber eine schnelle Möglichkeit, die letzten Kilometer von Fulda in die Rhön zurückzulegen.

Weit war es nicht mehr. Vor dem Hintergrund des grauen Himmels erhoben sich schon die rauen Kuppen des Mittelgebirges. Aus den dichten Wäldern, in deren dunkles Blättermeer sich die ersten Farben des nahenden Herbstes mischten, dampften Nebelschleier. Je weiter sich die Reisenden in der hügeligen Landschaft vorkämpften, desto kälter zog die Luft in die Kabine hinein. Vorbei polterten sie an kleinen verstreuten Gehöften, an Bächen, in denen eisiges Wasser kristallklar vor sich hin plätscherte, an mächtigen, von Moosen überwucherten Felswänden. Hier draußen konnte man über eine offene Ebene fahren, mit einer Sicht bis weit in die Ferne, nur um von jetzt auf gleich in einen Wald einzutauchen, in den sich kaum ein Lichtstrahl verirrte. Und in einem ebensolchen kam die Kutsche schließlich quietschend zum Stehen.

»So!«, rief der Postillion von draußen. »Ich werde Sie hier herauslassen. Ich muss weiter nach Walderodt.«

»Ja, vielen Dank.« Ella reichte dem Mann ein paar Münzen hoch auf seinen Kutschbock. Er lupfte dankend seinen Hut, bevor er die Pferde antrieb und den Weg nach rechts hinunter ins Tal einschlug, während sie mit Everd weiter geradeaus ging.

»Es ist nicht mehr weit.« Sie deutete zwischen den Bäumen hindurch, die den Pfad säumten. »Da vorne ist der Wald zu Ende, und direkt dahinter kommen die ersten Häuser von Solkers.« Sie seufzte zufrieden und reckte die Arme gen Himmel. »Ich freue mich schon auf mein Bett. Und auf den Apfelkuchen von Birte. Sie ist meine Köchin im *Mühlenrad*. Sie kann alles zubereiten, das sage ich dir. Aber ihr Apfelkuchen! Einfach fantastisch! Birte arbeitete seit Jahren für meine Tante. Wenn sie nicht schon da gewesen wäre, als ich das Wirtshaus übernommen habe, dann hätte ich sie einstellen müssen.«

»Klingt nicht schlecht. Wobei ich dreimal die Woche bei Mihály esse. Ich wäre also schon mit was zufrieden, das nicht nach nasser Katze schmeckt.«

»Da mach dir mal keine Sorgen. An guten Mahlzeiten wird es dir nicht mangeln. Ich gehe jede Wette ein, dass dich unser Bürgermeister sofort zum Essen einladen wird.«

»Zum Essen einladen? Wirklich?« Everd sah aus wie ein Kind, das man aufgefordert hatte, für die Sonntagsmesse die unbequemsten Klamotten im Schrank anzuziehen.

»Jetzt stell dich nicht so an. Er macht das immer so. Für ihn bist du … na ja … hoher Besuch.«

»Hoher Besuch?«

»Du kommst nicht aus der Gegend hier. Außerdem aus der Stadt. Das reicht schon. Wilker betrachtet sich selbst nicht nur als Bürgermeister, sondern vielmehr als einen ›Mann von Welt‹. Leider verirrt sich die Welt nicht so oft in die Rhön. Also muss eben das Nächstbeste herhalten.«

Der Wald endete abrupt. Unter Ella und Everd erstreckte sich ein Tal, an dessen beiden Hängen, durchquert von einem kleinen Fluss – der Ulster, wie Ella erklärte – Solkers lag. Vielleicht 1000 Menschen mochten hier leben, womit man im Umkreis von einem halben Tagesmarsch wohl keine größere Siedlung finden konnte. Der Pfad schlängelte sich vorbei an zwei Höfen und direkt hinunter in das Dorf, wo er in eine breitere Straße mündete. Ella und Everd überquerten den Fluss auf einer hölzernen Brücke. Rechts von ihnen, nah beim Wasser, war das *Mühlenrad* zu sehen, ein kleines rustikales Gebäude aus dunklem Fachwerk und hellem Putz. Ella jedoch machte keine Anstalten, Everd zu ihrem Wirtshaus zu bringen. Stattdessen blieben sie auf der Straße, die sich hier auf der anderen Seite des Tals den Hang wieder hinaufquälte. Waren die Häuser des Dorfes bisher noch eher verstreut gewesen, reihten sie sich nun nebst Scheunen, Ställen und Gärten dicht aneinander und kündeten so vom herannahenden Kern des Ortes. Den markierte ein kleiner Marktplatz, dessen eine Seite von einer größeren Scheune begrenzt wurde. Everd hatte ihn schon von der gegenüberliegenden Seite des Tals aus bemerkt, doch da hatten sich noch allerlei Leute darauf getummelt. Jetzt, nur wenige Minuten später, war er wie leer gefegt.

Die Straße ging noch weiter, ließ eine Kirche, die im Mittelpunkt des Dorfes alle anderen Gebäude bei Weitem überragte, neben sich liegen und wand sich, wiederum vorbei an einigen letzten versprengten Häusern und Höfen, gemächlich dem Bergrücken entgegen. Ella aber bog nach links ab und hielt auf die Scheune zu, die von Nahem nicht mehr wie das landwirtschaftliche Gebäude aussah, für das Everd sie zunächst gehalten hatte. Viel eher stellte sie einen Versammlungsort dar, ein Gemeinschaftshaus in der Mitte von Solkers.

»Was machen wir hier?«, wollte er wissen.

»Nur ein paar Leute begrüßen. Ich war ja eine ganze Weile weg.«

»Es waren doch keine zwei Wochen.«

Ella schmunzelte. »Hier draußen ist das schon eine halbe Ewigkeit.«

Everd hörte gedämpfte Geräusche. In dem Moment, in dem Ella die Scheunentür aufzog, schlugen sie ihm als lautes Stimmengewirr entgegen.

Direkt vor ihnen drängten sich Menschen Schulter an Schulter, und ehe Everd sich versah, war Ella mit ihm auch schon in die Menge hineingetaucht. Drückende Wärme hatte sich hier angestaut; er zog seine Mütze vom Kopf. Ein gemütliches Dorftreffen sah anders aus. Die Stimmung zeigte sich unübersichtlich, aufgeladen, angespannt. Manche der Leute tuschelten miteinander. Hastig. Hinter vorgehaltener Hand. Manche unterstützten weniger gesittete Diskussionen mit ausladenden Gesten. Einige begrüßten Ella, andere hörten weiter einem weißbärtigen stämmigen Mann zu, der von einer kleinen Bühne aus den allgemeinen Trubel mit seinem tiefen Bass zu übertönen versuchte.

Ella ging nah an Everds Ohr, damit er sie verstehen konnte. »Das ist unser Bürgermeister Wilker Herchenhahn, von dem ich dir erzählt habe«, erklärte sie mit Blick auf den Redner.

Der versuchte gerade, die Menge mit erhobenen Händen zu beschwichtigen. »Jetzt seid doch mal alle ein wenig ruhiger!« Schweißperlen hatten sich auf seiner Stirn gebildet. Sein weißer Haarkranz klebte durchnässt an Nacken und Schläfen. »Ich kann ja verstehen, dass euch allen der Gedanke nicht gefällt. Und wie ich euch versichern kann, geht es mir ebenso. Josch ist gerade noch mit ein paar Leuten unterwegs. Sie müssten jeden Moment zurück sein, und wenn sie heute wieder keinen Erfolg hatten …« Er machte eine Pause. Aus seiner Weste zog er ein graues Taschentuch und wischte sich damit über den Kopf. »An einem bestimmten Punkt muss man der Realität ins Auge sehen.«

Das Stimmengewirr schwoll an zu einem ausgewachsenen Grollen. »Was soll das denn heißen?«, schallte es irgendwo aus der Menge.

Man konnte Herchenhahn anmerken, dass ihm die Antwort nicht leicht fiel. Und doch fuhr er mit bestimmter Miene fort: »Es sind jetzt fast zwei Wochen, und eure Beharrlichkeit ist bewundernswert. Ich bin wirklich stolz auf euch, aber ab einem gewissen Punkt muss man sich fragen, ob man der Hoffnung die Oberhand über die Vernunft geben darf.«

Während er von Ella getrieben begann, sich zwischen den Menschen hindurch nach vorne zu arbeiten, konnte Everd nicht wenige Köpfe ausmachen, die dem Bürgermeister Zustimmung bekundeten, was von anderen mit Entsetzen zur Kenntnis genommen wurde.

»Herr Herchenhahn hat doch recht«, meldete sich ein junger schmaler Kerl zu Wort. »Zehn Tage habe ich mich jetzt schon an der Suche beteiligt. Und ich habe es, ohne zu zögern, getan. Aber auf meinem Hof bleibt die Arbeit liegen. Und bis zur Ernte ist es nicht mehr lange hin.«

»Dann geh doch auf deinen Hof, du Arschloch!«, tönte es irgendwo von links.

»Heißt das jetzt, du verbietest uns, weiterzusuchen, Wilker?«, kam von rechts.

Der Bürgermeister schenkte den Dörflern das Lächeln eines liebe- wie sorgenvollen Vaters. »Als ob ich das könnte. Ich möchte euch nur bitten, ganz genau darüber nachzudenken, welche Chance ihr wirklich noch seht.«

Ella und Everd hatten inzwischen fast den ganzen Pulk hinter sich gelassen und waren vor der Bühne angekommen. Der Bürgermeister stand links von ihnen, während an der rechten Seite eine junge Frau Everds Aufmerksamkeit auf sich zog. Sie saß auf einem Stuhl etwas abseits der Menge. Bildeten die restlichen Menschen hier ungeachtet ihrer unterschiedlichen Ansichten eine von Emotionen getriebene Einheit, so stand sie abseits, sanft ruhend, eingehüllt in eine Aura der Zerbrechlichkeit, fern in ihrer eigenen Welt. Einer Welt der Trauer, wie es schien. Sie weinte bitterlich. Sicherlich war sie an anderen Tagen ein ausgesprochen hübsches Mädchen. Braune Locken, zarte Hände, ein Kleid, das mit seinem hellgrünen Karomuster ihre leicht geröteten Wangen betonte.

Nun aber saß sie da, zusammengesackt, das Gesicht von Kummer verzerrt.

Einen verblüffenden Kontrast dazu bildete die Rubensfrau an ihrer Seite. Mit kleinen runden Augen blickte sie das Mädchen sorgenvoll an. Obwohl auch sie traurig wirkte, schien ihr volles, rot glühendes Gesicht mit seinen Wangen wie Äpfel und der fleischigen Nase eine innere Fröhlichkeit auszustrahlen, die von nichts überschattet werden konnte. Ihren massigen Arm hatte sie schützend um die Schultern der jungen Frau gelegt, als wollte sie jeden weiteren Schmerz abwehren, der es wagen würde, dieser zu nahe zu kommen.

Bevor Everd auch nur die Gelegenheit bekam, zu fragen, was hier eigentlich passierte, wurde es plötzlich merklich leiser. Die Blicke der Menschen richteten sich auf den Eingang der Scheune, durch den Ella und er selbst erst vor wenigen Minuten gekommen waren. Dort bildete sich ein schmaler Korridor, und eine Gruppe von sechs Männern trat herein. Ihre Kleidung wirkte ebenso verdreckt und abgerissen wie sie selbst, hier und da konnte man Schrammen und kleine Wunden an ihnen erkennen. Die Männer sahen müde aus. Es war nicht jene Art von Müdigkeit, wie man sie nach einem Tag harter Arbeit verspürt, die am nächsten Morgen nach erholsamem Schlaf aber auch schon wieder verschwunden ist. Es war die Erschöpfung von Wochen zehrender Mühsal für Körper und Geist. Everd bemerkte, dass sich der Missmut, den die Gruppe ausstrahlte, auch auf den größten Teil der anderen Leute übertrug. Manche senkten die Köpfe, anderen rollten Tränen über die Wangen, Nachbarn schlossen sich tröstend in die Arme.

An vorderster Stelle des Trupps lief ein Mann, nur ein paar Jahre älter als Everd, Mitte 30 vielleicht. Obgleich nun zerzaust war sein vorne lichter werdendes hellblondes Haar akkurat gestutzt. Unter seinem dicken grauen Mantel sah man einen dunkelgrünen Anzug hervorblitzen, eine militärische Uniform zweifelsohne, die Everd aber nicht zuordnen konnte.

Das Gesicht des Mannes wirkte seltsam. Nicht etwa, weil es außergewöhnliche Merkmale aufwies. Ganz im Gegenteil. Es erschien in seiner absoluten Ebenmäßigkeit völlig nichtssagend. Everd war es gewohnt, sich Gesichter sehr genau zu merken, aber bei diesem konnte er nichts finden, das er sich hätte einprägen können.

Auch der Junge, der an dritter Stelle lief und eine recht eigentümliche Figur abgab, stach aus der Gruppe heraus. Er war ein Kerl nahe dem 20. Geburtstag, der versuchte, sein jugendliches Aussehen mit einem dünnen, dafür aber langen Bart zu kaschieren. Obgleich er sicherlich schon ausgewachsen war, maß er nicht viel mehr als 1,60 Meter. Überhaupt nicht zu diesem Wuchs passen wollte sein muskulöser, geradezu bulliger Körperbau, der erst zur völligen Geltung kam, nachdem der Junge seinen langen Mantel ausgezogen hatte.

Während er sich an die Wand der Scheune lehnte und die restlichen vier des Trupps neben ihm zur Ruhe kamen, trat der Anführer zu Herchenhahn auf die Bühne.

Die beiden wechselten hastig einige Worte, wobei die Miene des Bürgermeisters zusehends trüber wurde. Was auch immer der Mann ihm berichtete, es schien nicht das zu sein, was er zu hören gehofft hatte. Auch den Dorfbewohnern blieb dies nicht verborgen.

»Also wieder nichts«, flüsterte eine Frau direkt neben

Everd zu ihrem Mann, und sicherlich war sie nicht die Einzige im Saal, der gerade ein solcher Gedanke durch den Kopf ging.

Nur einer aber wagte es, diesen auch laut auszusprechen. Es war der schmale Kerl, der sich schon zuvor zu Wort gemeldet hatte. »Sie haben nichts gefunden, Leutnant Goldbach, nicht wahr.« Es war keine Frage, die er stellte.

Der Mann neben dem Bürgermeister sah ihn an. Dann blickte er weiter durch die Menge, pickte einige erwartungsvolle Gesichter heraus und musterte sie ganz genau. Schließlich schüttelte er den Kopf. Mehr als ein bitteres »Nein« vermochte er nicht auszusprechen.

»Dann müssen wir es lassen«, fuhr der Schmale fort. »Es hat einfach keinen Sinn mehr. Wir haben alles getan, was wir konnten.« Diese Feststellung traf er nicht leichtfertig, das konnte man sehen. Doch seine feste Stimme ließ keinen Zweifel daran, dass seine Meinung durch nichts erschüttert werden konnte.

Die Faust, die ihn plötzlich mit voller Wucht traf und ihm wohl am nächsten Tag ein blaues Auge bescheren würde, war gewillt, diese Standhaftigkeit auf die Probe zu stellen. Geschwungen wurde sie von dem kleinen Bulligen, der seinen Platz an der Scheunenwand verlassen hatte und, ehe sich jemand versah, durch die Menschenmasse gepflügt war.

»Alles getan, was wir konnten?«, brüllte er. Speichel sprühte aus seinem Mund.

Der Schmale taumelte zurück. Er hielt sich das Auge. »Verdammt, Ortwin! Bist du irre?«

Der Bullige setzte zu einem zweiten Schlag an, doch Goldbach sprang von der Bühne und hielt ihn, unterstützt von einem anderen Mann, fest. Das Gleiche mussten sie mit dem Schmalen machen, der sich durchaus angriffslustig zeigte, obwohl Ortwin ihn wie ein Streichholz hätte zerbrechen können, auch wenn jener ihn um anderthalb Köpfe überragte.

»Alles getan, was wir konnten?«, wiederholte Ortwin schnaubend. »Lass mich los, Josch. Wenn ich mit dem Mistkerl fertig bin, wird er nie wieder irgendetwas tun können.«

Der Leutnant zog ihn zu sich herum und sah ihn ernst an. »Ortwin, ich sage es ungern, aber wenn du dich jetzt nicht beruhigst, sperre ich dich für die nächsten paar Tage in eine Zelle. Dann kannst du überhaupt nichts mehr für deinen Bruder machen.«

Ortwin schien überhaupt nicht zu verstehen, weswegen Goldbach das zu ihm sagte. Als wäre es für ihn völlig unbegreiflich, dass man auf die Worte des Schmalen auch nur ansatzweise anders reagieren konnte, als er selbst es gerade getan hatte. »Was soll das heißen, Josch? Bist du Hanks Meinung?« Die Wut in Ortwins Stimme wurde abgemildert von einem Hauch einsamer Verzweiflung. »Seid ihr etwa seiner Meinung?«, fauchte er in die Runde.

»Nein, Ortwin«, entgegnete ihm Goldbach. »Aber es bringt nichts, wenn wir uns gegenseitig die Köpfe einschlagen. Wir müssen alle zusammenhalten. Niemand wird Jakob aufgeben. Nicht wahr?«

Wilker Herchenhahn war es, dem diese letzten Worte galten. Weniger stellten sie eine Frage dar, als vielmehr eine Aufforderung, sich zu der Suche nach diesem Jakob noch einmal mit unmissverständlichen Worten zu bekennen und so der Spaltung der Dörfler Einhalt zu gebieten. Doch der Bürgermeister sprang nicht an Goldbachs Seite.

Den irritierte das Zögern. Wenig verwunderlich, hatte er doch nicht gehört, wie Herchenhahn kurz zuvor selbst dafür plädiert hatte, die Suche einzustellen. Dem Streit in der Menge aber gab das Schweigen des Bürgermeisters neues Feuer, und rasch schwoll das Stimmengewirr wieder zu einem lauten Tosen an.

Ella sah zu der jungen Frau hinüber, die ihr Gesicht vollends an der Schulter ihrer Beschützerin vergraben hatte; ihr Körper bebend, ihre Hände zitternd. Und sie sah zu ihrem Bürgermeister hinauf, der in die Menge starrte, in der der Zwist der beiden Lager immer höhere Wellen schlug. Als Letztes blickte sie zu Everd, der neben all dem stand und überhaupt nicht wusste, in was er da hineingeraten war.

Unter den verwunderten Augen des Bürgermeisters sprang Ella mit einem Satz auf die Bühne. »Hallo!«, donnerte sie in den Saal, doch der Ruf verhallte im Getöse der streitenden Dorfbewohner. Auch ein zweiter Versuch blieb folgenlos. Ellas Blick wanderte durch die Scheune, auf der Suche nach rabiateren Methoden, um sich Gehör zu verschaffen, und blieb auf zwei Säcken ruhen, vielleicht gefüllt mit Getreide, die unter dem Dachstuhl baumelten, gehalten von einem Seil an einem Haken in der Wand. Rasch löste sie die Verankerung, und die beiden Säcke rauschten dem Boden entgegen. Mit einem lauten Knall schlugen sie auf. Bretter knirschten, Splitter flogen, Staub wurde aufgewirbelt. Und Aufmerksamkeit war Ella jetzt gewiss.

»Danke«, begann sie, noch bevor jemand fragen konnte, was diese Aktion denn sollte. »Hank Apsel hat recht. Wir kommen nicht weiter. Das Gebiet ist einfach zu groß und wir wissen ja nicht einmal, ob Jakob wirklich am See gewesen ist. Wir wissen überhaupt nichts. Wir schießen ins Blaue. Und mit jedem Tag, der vergeht, wird es unwahrscheinlicher, dass wir etwas finden.«

»Was heißt hier *wir*?«, brüllte jemand aus der Menge. »Du bist doch schon vor Tagen abgehauen. Und jetzt kommst du zurück und willst uns erzählen, wir hätten nichts erreicht?«

Die anklagenden Worte trafen Ella tief, und doch sprach sie gefasst weiter. »Ja, ich war weg. Aber ich habe euch nicht im Stich gelassen. Ich habe Hilfe geholt.«

Everd horchte auf. Hatte sie das wirklich gesagt? Verwunderte Augenpaare, die sich auf ihn richteten, schienen »Ja« zu antworten.

»Das ist Everd Edinger. Ich kenne ihn schon mein ganzes Leben lang. Er hat Erfahrung darin, Dinge herauszufinden, die sich hartnäckig im Verborgenen halten. Er hat die Juwelen von Jenny Erl, der berühmten schwedischen Sängerin, zurückgebracht, die ihr gestohlen wurden, als sie im Frankfurter Comoedienhaus auftrat. Und er war es, der den Würger von Berkersheim gestellt hat, der vier Frauen ermordet und die Polizei ein Jahr lang an der Nase herumgeführt hat.«

Everd hörte nur mit einem Ohr zu, wie Ella weitere seiner Fälle, große wie kleine, schilderte. In diesem Moment war er froh, dass er in seinen Briefen nicht zur Übertreibung geneigt hatte. Ella leistete auch so ausgezeichnete Arbeit, seine Taten als bei Weitem heldenhafter darzustellen, als sie es wirklich gewesen waren.

Immer mehr Dörfler begafften ihn argwohnisch, tuschelten, schüttelten den Kopf, nickten, lächelten. Seine wachsende Prominenz missfiel Everd, doch niemand beunruhigte ihn so sehr wie die junge trauernde

Frau am Rand der Menge, die sich ihre Tränen getrocknet hatte und ihn nun mit roten verquollenen Augen durchbohrte, in denen sich nur noch eines spiegelte: pure Hoffnung.

Bisher hatte Bürgermeister Herchenhahn dem Schauspiel nur zugesehen, nun griff er ein. Er trat zu Ella und legte ihr sachte die Hand auf die Schulter. Ein stummes Zeichen, ihren kleinen Auftritt zu beenden und ihm zu folgen. Ein Nicken zu Leutnant Goldbach reichte aus, und dieser ließ von Ortwin ab und kam ebenfalls auf die Bühne, nicht ohne sich vorher im Vorbeigehen Everd geschnappt zu haben.

Im hinteren Teil der Scheune, vom großen Saal aus nicht einsehbar, war ein Verschlag abgetrennt.

»Sie warten hier«, befahl der Bürgermeister Everd. Während er mit Ella und Goldbach in dem kleinen Raum verschwand, schwoll im Hintergrund das Stimmengewirr wieder an. Offensichtlich gab es dort wie hier einiges zu besprechen.

»Verdammt, Ella. Was hast du da draußen gemacht?« Wilker sprach leise, kontrolliert, doch hinter seinen Worten lag Druck.

»Seit wann lassen wir unsere Angelegenheiten von Fremden regeln?«, setzte Josch weitaus ungehaltener nach.

Zusammen konnten die beiden Männer durchaus einschüchternd wirken, doch bei Ella waren sie damit an der falschen Adresse. Sie war nicht bereit, sich in eine Ecke drängen zu lassen. »Everd ist kein Fremder. Wir sind Freunde. Wir sind zusammen aufgewachsen.«

Wilker lächelte. »Das gibt dir nicht das Recht, ihn uns einfach so vor die Nase zu setzen, auch wenn ich nicht daran zweifele, dass er ein feiner Kerl ist.«

»Feiner Kerl, pah!« Josch rümpfte die Nase und machte eine abfällige Geste. »Er ist dieser private Ermittler, von dem du mir mal erzählt hast, nicht wahr? Ich kenne diese Kerle. Sie tun so, als wären sie die Polizei, haben aber kein hoheitliches Mandat. Denen geht es nicht um Recht und Ordnung. Sie werfen sich jedem an den Hals, der ihnen genug dafür zahlt, und kein Mittel ist ihnen zu schäbig, um ihren Auftraggeber zufriedenzustellen. Was soll so einer schon tun, um uns zu helfen?«

»Eine ganze Menge. Ihr wollt Jakob finden, indem ihr den Wald durchstreift. Das ist bestimmt richtig, aber was, wenn er schon lange nicht mehr im Wald ist?« Josch wollte Einspruch erheben, doch Ella ließ ihn nicht zu Wort kommen. »Ich weiß, wir haben darüber gesprochen, und du glaubst nicht daran, dass er entführt wurde, aber was wäre, wenn? Oder, wenn etwas anderes mit ihm geschehen ist? Irgendetwas. Was wäre, wenn Jakob nicht mehr im Wald ist?«, wiederholte sie standhaft. „Dann würde alles Suchen nichts nützen. Everd hat eine andere Art, an eine solche Sache heranzugehen. Ich weiß auch nicht genau, aber vielleicht kann er etwas finden, das deinen Suchmannschaften entgangen ist. Wilker hat es selbst gesagt: Wir sind in einer Sackgasse. Wir kommen alleine nicht weiter.«

»Wir sind noch nicht am Ende!« Der Verschlag wackelte, als Josch gegen die Bretterwand trat. Ella kannte ihn als einen kontrollierten Mann, doch die letzten Tage hatten sichtlich an seinen Nerven gezerrt. Er atmete tief durch und versuchte, seine Contenance wiederzufinden. »In den letzten Tagen hat uns der dichte Nebel behindert. Jetzt ist die Sicht wieder besser. Morgen nehmen wir uns den Rest des Hinteren Büchenbergs vor. Möglich, dass Jakob dort in eine der Felsspalten gestürzt ist. Es hat in den letzten zwei Wochen genug geregnet. Und wenn er noch ein paar seiner Vorräte hatte … Er kann so lange überlebt haben. Ich sage, wir trommeln noch mehr Leute für die Suchmannschaften zusammen und schicken diesen Edinger geradewegs zurück nach Frankfurt.«

»Aber Wilker hat nicht vor, die Suchmannschaften zu verstärken.« Ella meinte das als Vorwurf, und sie war nur allzu bereit, es auch nach einem klingen zu lassen. Sie trat neben Josch, der Wilker verständnislos anstarrte. »Er hat vorhin gesagt, dass er die Suche einstellen will«, fügte sie mit gedämpfter Stimme hinzu.

Für einen Augenblick war es ruhig, peinlich still beinahe. Dem Bürgermeister fiel es sichtlich schwer, die richtigen Worte zu finden. »Ich weiß, wie ihr euch fühlt. Glaubt ja nicht, dass euch Jakobs Verschwinden mehr bekümmert als mich. Er war nicht nur mein Knecht. Er war mein Freund.«

»Dann lass uns weitersuchen.« Ella missfiel es, dass Wilker von Jakob sprach, als hätten sie ihn schon unter die Erde gebracht. Und sie sah, dass Josch das Gleiche dachte. »Denk doch an Aga. Sieh sie dir an. Die Hoffnung ist das Einzige, das sie morgens aufstehen lässt. Wenn wir ihr die nehmen …«

»… dann wird das schmerzhaft für sie«, forderte Wilker das Recht, zu sprechen, zurück. »Doch sie wird lernen, damit zu leben. Aber an jedem Tag, der mit Hoffnung beginnt und mit Enttäuschung endet, stirbt ein bisschen mehr von ihr. Wieder und wieder. Ebenso bei Ortwin, auch wenn er es nicht mit Tränen zeigt. Und den anderen im Dorf geht es genauso. Sie können nicht anders. Sie sind treue Seelen. Solange die Wunde offen gehalten wird, kann die Heilung nicht einsetzen. Und wir haben doch gerade da draußen gesehen, wohin das führt. Jemand muss aussprechen, dass Jakob tot ist. Und wir müssen das akzeptieren. Es muss einen Gottesdienst geben. Dann können wir um ihn trauern, und nur dann können wir die Trauer überwinden.«

»Vielleicht hast du recht.« Joschs Hände waren zu Fäusten geballt, so fest, dass seine Fingerknöchel weiß anliefen. »Aber noch nicht jetzt. Es ist zu früh dafür. Die meisten sind noch nicht bereit, aufzugeben. Und du kannst sie nicht dazu zwingen.«

»Nein, das kann ich nicht. Aber ich könnte dir befehlen, die Suche nicht mehr länger zu organisieren.«

Mit einem Mal war Joschs Ärger verflogen. Hilflosigkeit hatte seinen Platz eingenommen. »Bitte tu das nicht.«

»Die Leute schauen auf dich, Josch. Würdest du mit der Suche aufhören, dann würden auch sie es bald aufgeben.«

»Nicht Ortwin.«

»Früher oder später auch er.«

Josch seufzte tief. »Wenn du es anordnest, dann kann ich das nicht verweigern. Darum bitte ich dich, es nicht zu tun. Gib uns noch ein wenig Zeit. Nur noch ein wenig.«

»Ich habe die Verantwortung für die Menschen hier. Sie haben mich gewählt, damit ich sie beschütze. Zu meinen schwersten Pflichten gehört es, zu entscheiden, was das Beste für sie ist. Und ich hatte mich entschieden. Aber jetzt, da Ella diesen Herrn Edinger mitgebracht hat …«

»Du kannst ihn nicht einfach wegschicken«, warf Ella ein.

Wilker nickte. »Wenn ich das tue, muss ich vor den anderen rechtfertigen, weswegen ich Hilfe ausschlage. Viele werden das nicht verstehen.«

Ella hatte den Bürgermeister in eine Zwickmühle gebracht. Er mochte darüber verärgert sein, aber ihr war das egal. Für sie stellte sich nur die Frage, welchen Nutzen sie daraus ziehen konnte. »Wie wäre es, wenn du Everd etwas Zeit gibst, ein paar Tage, vielleicht eine Woche, um zu sehen, ob er etwas herausfinden kann. Und so lange kann Josch mit seiner Suche fortfahren.« Sie musste alles auf eine Karte setzen. »Wenn wir in einer Woche nichts gefunden haben, kannst du die Suche einstellen, und Josch und ich werden ohne Einschränkungen hinter dir stehen.«

Josch gefiel es gar nicht, hier zum Teil eines Handels gemacht zu werden, ohne dass man ihn vorher gefragt hatte. »Das ist doch Unsinn, Wilker, wir kennen die Gegend hier. Wir können Jakob finden. Du musst uns nur lassen. Wenn du diesen Edinger nicht wegschicken kannst, muss er eben von sich aus gehen. Er kann ja behaupten, dass … wir ihm nicht genug Geld bieten konnten.«

»Er hat mir versprochen, uns zu helfen, und daran wird er sich halten«, log Ella. »Ohne Wenn und Aber. Und du solltest eins bedenken, Josch: Wilker hat keinen Grund, dich die Suche fortsetzen zu lassen, wenn Everd nicht mehr hier ist. Ist es nicht so, Wilker?«

Betretenes Schweigen erfüllte den Raum, bis der Bürgermeister Ella ernst ansah. »Ist Herr Edinger wirklich so gut, wie du es da draußen dargestellt hast?«

»Ich vertraue ihm. Er kann das.«

Wilker war schon immer ein Mann, der den Kompromiss der Sturheit vorzog. Zu Recht hatte Ella auch dieses Mal darauf vertraut. »Also gut. Eine Woche. Und du,

Ella, wirst dafür sorgen, dass sich Herr Edinger an unsere Regeln hält. Wenn Josch recht hat, und er sich Mitteln jenseits von Recht und Ordnung bedient, kann ich ihm auch nicht mehr helfen.«

Ella nickte, ohne zu zögern. Josch fiel es schwerer, diesen dahergelaufenen Ermittler in sein Territorium zu lassen. Doch welche Wahl blieb ihm schon? Widerwillig stimmte er zu.

»Dann ist es entschieden«, sagte Wilker. »Ich werde es gleich den anderen berichten, bevor noch irgendwelche Mutmaßungen aufkommen.«

Everd stand noch immer vor der Tür, als die drei wieder nach draußen kamen. Wenn überhaupt, hatte er bestenfalls die lauteren Stellen ihres Gesprächs mit anhören können. Dass es recht emotional hergegangen war, konnte ihm aber nicht entgangen sein.

Wilker trat neben ihn und ergriff seine Hand. »Herr Edinger, ich entschuldige mich, dass ich Sie bisher noch nicht angemessen in Solkers begrüßt habe. Seien Sie uns hiermit herzlich willkommen. Ich möchte Ihnen danken, dass Sie sich bereit erklärt haben, uns in dieser schweren Stunde zur Seite zu stehen. Bitte seien Sie morgen Abend mein Gast, zusammen mit Ella selbstverständlich.«

Everd ließ die Rede des Bürgermeisters schweigend über sich ergehen. Ein »Vielen Dank, gerne« und ein höfliches Nicken stellten seine ganze Replik dar.

Wilker und Josch machten sich auf zum Saal, Ella und Everd blieben zurück. Sie konnte sich denken, dass er einiges mit ihr besprechen wollte. Er wartete nur noch, bis sich die Schritte der beiden anderen im Gemurmel der Menschenmenge aufgelöst hatten.

»Dein kleiner Auftritt vorhin hat den beiden wohl nicht gefallen, was?«, begann er zahm.

»Nein, sie waren …«

»Kann ich sehr gut verstehen. Was zum Teufel hast du dir dabei gedacht?« Everd war verärgert, und Ella konnte es ihm nicht verdenken.

Rasch überlegte sie, wie sie am besten zu einer Erklärung ansetzen sollte. »Das Mädchen, das vorne am Rand der Bühne sitzt. Du hast sie gesehen, nicht wahr? Sie ist meine Freundin, Everd. Ihr Name ist Agatha Rothenberger. Sie ist die Magd auf dem Hof des Bürgermeisters. Sie lebt dort zusammen mit ihrem Mann Jakob, Wilkers Knecht. Jakob ist vor zwölf Tagen in den Wald auf die Jagd gegangen. Seitdem hat ihn niemand mehr gesehen. Zwölf Tage«, wiederholte sie eindringlich. »Josch Goldbach ist unser Gendarm. Er hat sofort die Suche nach Jakob organisiert, aber auch nach einem ganzen Tag gab es keine Spur von ihm.«

»Also dachtest du dir: Gehe ich doch nach Frankfurt, lulle Everd mit meinem Gerede ein, lüge ihm ins Gesicht und locke ihn hierher.«

»Nein, glaub mir, ich hab das alles eigentlich gar nicht so geplant. Ja, ich bin nach Frankfurt gekommen, um dich um Hilfe zu bitten. Also bin ich zu Herrn Konrads gegangen. Er hat mir erzählt, dass du nicht mehr als Ermittler für ihn arbeitest, und er hat mir auch gesagt, dass es nicht seine Entscheidung war, sondern deine.«

»Also wusstest du alles über den Gassheimer-Fall, noch bevor du bei Mihály aufgetaucht bist.«

Ella sah förmlich, wie Everd nach dem Dolch tastete, den er in seinem Rücken wähnte. »Nein, das musst du mir glauben. Ich habe Herrn Konrads zwar gefragt, warum du nicht mehr für ihn arbeiten willst, aber er meinte, das solltest du mir lieber selbst erzählen. Dann hab ich die Titelseite des *Postblattes* gefunden. Aber ich habe sie nicht gelesen. Wirklich. Erst als du mir erzählt hast, was passiert ist … Ich hatte Angst, dass du »Nein« sagst, wenn ich dich einfach frage, ob du hierherkommst, um uns zu helfen. Also dachte ich mir, wenn du erst mal hier bist, und der Ärger in Frankfurt hinter dir liegt, und du Aga siehst …«

»Du wolltest mich unter Druck setzen.« Everd warf Ella ein bitteres Lächeln zu. »Du hast gedacht, wenn ich deine verheulte Freundin sehe und mich 400 Augen anstarren, muss ich zustimmen.«

»Ich dachte mir, wenn du die Menschen hier erst einmal kennenlernst … Ich hatte nicht vor, dich ins kalte Wasser zu werfen, aber als Wilker erklärt hat, dass er die Suche einstellen will, als sich Hank und Ortwin zu prügeln begannen … Du hast Aga doch gesehen.«

»Netter Plan. Nur leider wird er nicht aufgehen. Ich mische mich nicht mehr in die Angelegenheiten anderer ein.«

»Komm schon, denk darüber nach. In Frankfurt willst du vielleicht kein Ermittler mehr sein. Aber ich kenne dich. Ich weiß, dass du gerne wieder an einem Fall arbeiten möchtest. Und hier liegt er vor dir. Du musst nur zugreifen.«

»Ich bin nicht hierhergekommen, um einen Fall zu lösen, sondern um Schweine zu füttern oder Kühe zu melken oder was ihr auf dem Land sonst noch so macht, und genau das werde ich auch tun. Und morgen Früh bin ich dann weg.«

»Du kannst doch nicht einfach so verschwinden. Wilker hat den Leuten jetzt schon erzählt, dass du uns helfen wirst.«

»Du hast ja bewiesen, wie pfiffig du sein kannst. Dir wird schon was einfallen.«

»Was ist denn mit dir los? Für die Straßenkinder in unserem Viertel warst du damals immer zur Stelle. Mehr als eines von ihnen hätte ohne dich den einen oder anderen Winter nicht überlebt.«

»Die Leute damals waren das, was für mich einer Familie am nächsten kam. Die Menschen hier sind Fremde.«

»Aber ich bin keine Fremde.«

»Nein, angeblich bist du eine Freundin.« Bisher war Everd ruhig geblieben. Doch nun brach sich Rage Bahn. »Und trotzdem hast du mich hereingelegt. Großer Gott, du hast so getan, als ginge es dir um mich, und dabei brauchst du nur jemanden, der die verdammte Scheißarbeit erledigt.« Noch bevor Ella ein weiteres Wort herausbrachte, drehte er sich um und stapfte durch die Hintertür der Scheune davon.

Draußen war es dämmerig geworden. Everd orientierte sich kurz und machte sich dann auf den Weg zum *Mühlenrad.*

»Sie haben da drin ja ganz schön für Furore gesorgt.« Leutnant Goldbach stand in einer Ecke des Marktplatzes im Halbschatten, sodass von ihm nicht viel mehr zu sehen war als ein dunkler Umriss. »Ella hält viel von Ihnen. Und Wilker traut Ihnen wohl auch zu, das zu schaffen, was mir in den letzten beiden Wochen nicht gelungen ist.«

Eigentlich hatte Everd beim besten Willen keine Lust darauf, sich auf weitere Diskussionen über das Für und Wider seines Hierseins einzulassen. Trotzdem blieb er stehen. »Wenn ich Ihren dramatischen Auftritt hier richtig deute, sind Sie anderer Meinung.«

»Wer weiß, möglicherweise sind Sie tatsächlich der Richtige dafür. Nach allem, was man so hört, ist Ihnen ja neben umfassenden praktischen Fertigkeiten auch ein außerordentlich heller Verstand zu eigen.«

»Mein Verstand ist nicht heller als der anderer Menschen«, entgegnete Everd trocken. »Ich gebrauche ihn nur besser.« Hier hätte das Gespräch wohl besser enden sollen, doch irgendetwas brachte Everd dazu, noch einmal nachzulegen. »Und Sie wollen also tatsächlich die Art von Gendarm sein, der seine Position von einem privaten Ermittler bedroht sieht? Das ist nicht die dankbarste Rolle, die Sie spielen können. Glauben Sie mir, ich habe es schon oft genug erlebt.«

Josch trat aus dem Schatten heraus auf Everd zu. »Ich fühle mich nicht von Ihnen bedroht, aber ich erkenne, dass Sie eine Gefahr sind. Recht und Ordnung sind für Sie ein Geschäft. Sie tun alles, um Ihre Kunden zufriedenzustellen, nicht wahr, solange das Geld stimmt. Für Sie heiligt der Zweck die Mittel.«

»Beeindruckend«, erwiderte Everd ungerührt. Er hatte Goldbach nur halb zugehört. Zu sehr lenkte ihn dessen Gesicht ab, das selbst jetzt, da der Gendarm aufgebracht war, kaum die Ausdrucksstärke einer Bauchrednerpuppe erreichte. »Sie kennen mich ja besser, als ich mich selbst. Wenn ich wirklich so schlimm bin, warum lassen Sie mich dann nicht einfach rauswerfen? Wichtig genug scheinen Sie ja zu sein. Ich wette, ein Wort von Ihnen, und ich bin schneller von hier verschwunden, als Sie Ihre Uniformknöpfe poliert haben.«

Der Leutnant antwortete nicht. Er stand nur da und

pflegte seine finstere Miene. Everd konnte das nur recht sein, gab es ihm doch die Gelegenheit, das Gespräch zu beenden und sich wieder aufzumachen. Doch der Gendarm hielt ihn zurück. »Jakob ist mein bester Freund. Ich werde nicht zulassen, dass Sie die Suche nach ihm in irgendeiner Weise gefährden. Wenn ich Sie dabei erwische, wie Sie nur eine der Regeln dieser Gemeinschaft missachten, landen Sie schneller in meiner Zelle, als Ihnen lieb ist. Guten Abend.«

Goldbach zog ab und ließ Everd mit dem wohligen Gefühl zurück, einen neuen Freund gewonnen zu haben.

KAPITEL 3

Eine Laterne erhellte einen kleinen Platz hinter dem *Mühlenrad*. Everd holte weit aus und ließ die Axt mit aller Kraft nach unten sausen. Er war zufrieden. Dieses Mal hatte er das Holzscheit ziemlich in der Mitte getroffen und auch schon halb gespalten. Er drehte die Axt samt Scheit mit dem Rücken zum Hackklotz und gab dem Holz mit einem kräftigen Hieb den Rest.

»Wenn du die Axt weiter hinten anfasst und sie in einer geraden Linie schwingst, kommst du auch mit einem Schlag durch.« Ella war hinter der Ecke ihres Wirtshauses hervorgekommen. »Ich hätte nicht erwartet, dich hier zu finden.«

Everd zuckte mit den Schultern. »Du hast mich doch hierher eingeladen.« Er platzierte ein neues Holzstück.

»Die Versammlung ist zu Ende. Ich werde es noch so lange wie möglich vor Wilker geheim halten, dass du wieder nach Frankfurt gehst. Vielleicht verschafft das Josch noch ein, zwei weitere Tage.«

»Pfiffig, wie ich schon sagte.« Die Axt fiel auf das Scheit. Anstatt es in zwei sauber links und rechts vom Hackklotz zu Boden fallende Teile zu spalten, schabte sie nur einen schmalen Span von der Seite ab.

»Ich wünsche dir eine gute Nacht.« Ella klang traurig, aber Everd ignorierte das.

»Dir auch eine gute Nacht«, murmelte er und sah erst in ihre Richtung, als sie schon dabei war, im Haus zu verschwinden.

Noch einen Augenblick verweilten seine Augen auf der schon geschlossenen Tür. Plötzlich schwang er die Axt weit nach hinten und trieb sie mit aller von Frustration gespeisten Kraft in den Hackklotz, dem er gleich darauf noch einen kräftigen Tritt mitgab. Dann einen zweiten, der den Klotz seitlich umkippen ließ. Ziellos stapfte Everd hinaus in die Nacht.

Die Gassen von Solkers lagen still da. Der Mond schien hell und tauchte sie in ein diffuses Licht. Kühl und klar war die Luft, und doch konnte man nicht einen Stern am Himmel sehen. Es dauerte nicht lange, und Everd hatte den östlichen Rand des Dorfes erreicht. Er setzte sich an einen Baum und starrte ins Leere.

Langsam legten sich die Menschen zur Ruhe, Lichter erloschen, und die Stimmen, die man hier und da noch aus der Ferne hatte erklingen hören, verstummten. Außer Everd schien niemand mehr auf den Beinen zu sein bis auf den Bauern des Hofes zu seiner Linken – nicht viel mehr als eine graue Silhouette vor schwarzem Hintergrund –, dem die Stunde offenbar noch nicht zu spät war, um seiner Scheune einen Besuch abzustatten. Eingehüllt in einen Umhang als Schutz vor der Kälte der Nacht huschte er an dem Gebäude vorbei, um schon im nächsten Moment dahinter zu verschwinden.

Everd zog sich die Mütze tiefer ins Gesicht, streckte seine Füße aus, rekelte sich und gähnte. Er war schon dabei, ein wenig wegzudösen, als er plötzlich aufblickte. Der Bauer war auf der anderen Seite der Scheune wieder aufgetaucht, nur um den gleichen Weg noch einmal zu beschreiten, den er schon vorher gegangen war. Er umrundete das Gebäude, aber nicht nur das: Hier und da blieb er stehen, tastete die Scheunenwand ab, duckte sich, kauerte sich nieder, schien zu lauschen, nur um dann weiterzuschleichen.

Everd beugte sich nach vorn.

Vielleicht war es die Müdigkeit gewesen. Nach fünf Reisetagen, gekrönt von einer Ankunft voll unangenehmer Überraschungen, ließ sie seinen Körper langsam bleiern werden.

Vielleicht war es der Streit mit Ella gewesen. Er beschäftigte Everd mehr, als er das vor sich selbst zugeben wollte.

Vielleicht war es Solkers gewesen. Mit den kleinen Fachwerkhäusern, den gemütlich weidenden Kühen, dem Kirchturm, der das ganze Dörfchen überragte, erwartete man hier einfach kein Verbrechen, das über eine zünftige Kneipenschlägerei hinausging.

Dafür aber, dass er diese Gestalt, die dort in finstrer Nacht und ohne Licht, eingehüllt in einen Umhang mit Kapuze, auf einem Hof herumschlich, auch nur für eine Sekunde für den Bauern dieses Hofes hatte halten können, hätte sich Everd am liebsten in den Arsch getreten.

Er war schon halb aufgestanden, als er sich eines Besseren besann und sich zurück an den Baum lehnte. Morgen um diese Zeit würde er schon weit weg von Solkers sein. Er war nur auf der Durchreise. Es konnte nicht seine Aufgabe sein, sich in die Angelegenheiten der hiesigen Bevölkerung einzumischen. Nicht seine Aufgabe, sich überhaupt in jemand anderes Angelegenheiten einzumischen. Wenn dort drüben bei der Scheune gerade etwas vor sich ging, das sich mit Recht und Gesetz nicht vereinbaren ließ, dann sollte sich doch dieser Goldbach der Sache annehmen.

Everd bemerkte erst jetzt, dass er aufgestanden war.

Der Kapuzenmann – und ein Mann war es, davon konnte man anhand von Größe und Statur ausgehen –

war noch immer da. Seine Bewegungen waren bemerkenswert elegant, kontrolliert, fließend. Und er war leise. Verdammt leise. Die Nacht zeigte sich so still, dass man erwarten konnte, jedes Geräusch auf 20 Meter Entfernung zu hören. Doch bei diesem dort: nichts.

Everd setzte sich zurück unter seinen Baum, doch nicht an die Stelle, die er sich in der letzten Stunde so angenehm vorgewärmt hatte, sondern etwas weiter nach links, von wo aus er einen besseren Blick auf die Scheune hatte. Ihm zugewandt war ihre Giebelseite. Neben einer Öffnung dicht unter dem Dach, wohl für das Befüllen eines Oberbodens, waren das große Scheunentor und eine kleine darin eingelassene Tür die einzigen sichtbaren Eingänge. Tor und Tür waren geschlossen, dennoch schien Letztere die Aufmerksamkeit des Unbekannten nun völlig in Beschlag zu nehmen. Mit gebeugtem Rücken pfriemelte er dort herum, wo das Schloss sein musste, und da er die Tür nicht einfach öffnete, machte er sich allem Anschein nach gerade daran zu schaffen. Everd konnte zwar nicht sehen, was genau er damit anstellte, aber was es auch war, es schien nicht von Erfolg gekrönt zu sein, denn nach einiger Zeit ließ er von der Tür ab. Er musterte die Scheune von links nach rechts und von unten nach oben bis zum Giebel.

Dann schmiegte er sich dicht an die Wand, und noch bevor Everd ahnen konnte, was er vorhatte, begann er, diese zu erklimmen. Gewandt wie eine Katze war er, und schon einen Augenblick später lagen einige Meter zwischen ihm und dem Boden. Von seinem Versteck aus konnte Everd die Beschaffenheit der Scheunenwand nicht genau erkennen, doch sie schien nicht anders zu sein als die anderer Scheunen. Kaum zu glauben, dass der Kapuzenmann in den schmalen Fugen des Holzes Halt finden konnte.

Der hing nun direkt unterhalb einer Stelle, an der der Giebel um gut und gerne einen Meter ausgekragt war. Was für die meisten ein unüberwindbares Hindernis dargestellt hätte, schien ihm nicht die geringsten Probleme zu bereiten. Während er sich mit den Füßen und der einen Hand weiter an der Wand festhielt, griff er mit der anderen um die Kante der Auskragung herum. Er suchte nach festem Griff, fand ihn, und schon einen Augenblick später hing er frei in der Luft, nur gehalten von seiner Rechten, der sich sogleich die Linke zur Unterstützung hinzugesellte. Den nächsten Meter musste er allein mit der Kraft seiner Arme bewältigen, bevor die Füße wieder die Gelegenheit bekamen, ihren Teil beizutragen. Das Ziel der gesamten Kletteraktion stellte die Öffnung im Giebel dar, das war Everd von Anfang an klar gewesen, und nun war der Unbekannte auch schon darin verschwunden.

Everd konnte sich nicht mehr zurückhalten. Er eilte zur Tür. Gesichert war sie mit einem Sperrfederschloss einfacher Machart. Ein Stückchen Draht wäre besser gewesen, doch in Ermangelung dessen tat es auch ein dünner leicht gebogener Ast. Ein paar Sekunden später ließ sich der Bügel aufziehen.

Everd öffnete die Türe vorsichtig. So flink, wie der Kapuzenmann war, hätte er inzwischen überall in der Scheune sein können, doch er stand noch immer auf dem Oberboden; ein schwaches Licht verriet ihn. Zu sehen war er nicht, zu hören aber, denn ganz so leise wie draußen noch stellte er sich nun nicht mehr an. An irgendetwas schien er herumzuwerkeln.

Eine Leiter lag neben der Tür. Behutsam hob Everd sie auf und lehnte sie an die Wand. Sprosse für Sprosse bahnte er sich seinen Weg hinauf. Immer wieder hielt er inne, um sicherzugehen, dass der Unbekannte ihn nicht bemerkt hatte. Am Ende der Leiter angekommen spähte er vorsichtig über den Rand des Oberbodens. Der Kapuzenmann stand einige Meter entfernt mit dem Rücken zu Everd. Kisten und Fässer lagerten dort, zwischen denen er herumstöberte. Streichhölzer spendeten ihm ein wenig Licht. Everd hielt die Luft an. Kein Geräusch durfte er von sich geben. Er stieg vom oberen Ende der Leiter und ertastete sich mit den Zehenspitzen zuvorderst Halt auf dem unebenen Holzboden. Knacks. Er verharrte in Starre. Der Kapuzenmann schien nichts gehört zu haben; zu sehr war er mit seiner Suche beschäftigt. Everd setzte den ganzen Fuß auf und zog den anderen hinterher. Kleine Schritte machen. Einen nach dem anderen. Es sind nur ein paar Meter. Nicht zu fest auftreten. Auf eine Armlänge herankommen. Nicht zu laut atmen. Bloß nicht …

Plötzlich Flügelgeflatter! Federn flogen umher. Der Schrei einer Taube, die sich im Gebälk eingenistet hatte. Der Kapuzenmann schreckte auf und wirbelte herum. Ohne zu zögern, stürzte Everd nach vorne. Mit seinem ganzen Gewicht ließ er sich auf den Unbekannten fallen, sodass dieser rückwärts gegen eines der Fässer polterte. Kisten klapperten, Glas klirrte. Everd spürte, wie große Hände seine Schultern ergriffen und ihn zu Boden warfen. Noch ehe er seinen Stand wiedergefunden hatte, schleuderte ihn sein Gegner ein zweites Mal herum. Er prallte hart mit dem Rücken auf. Ein Brennen schoss durch seine rechte Schulter; irgendetwas hatte sich in seinen Rücken gebohrt. Er schob den Schmerz beiseite. Das war nun unwichtig. Er musste wieder auf die Beine kommen. Am Boden liegend stellte er ein leichtes Ziel für seinen Angreifer dar.

Doch der schickte sich nicht an, erneut auf Everd loszugehen. Erst stand er nur da, nicht mehr als ein schwarzer Schemen. Dann sprang er. Vom Oberboden in die Scheune. Mit Anlauf. Ein Heuhaufen an der Wand federte den Sturz ab.

Everd dachte nicht im Traum daran, es ihm gleichzutun. Für ihn war die Leiter der einzige Weg nach unten, doch sie rechtzeitig zu erreichen, um den Unbekannten noch zu erwischen, schien aussichtslos. Er konnte nicht mehr machen, als sich aufzurappeln und durch die Öffnung im Giebel zuzugucken, wie der andere in der Dunkelheit verschwand.

Everd griff nach seiner Schulter. Jetzt, da der Adrenalinschub des Kampfes langsam abzuklingen begann, pochte sie vor Schmerzen. Warmes Blut floss ihm den Rücken hinunter. Seine Finger ertasteten eine Wunde. Und noch etwas war dort, steckte in seinem Fleisch. Mit einem Ruck zog er das Ding heraus. Der Schmerz schwoll an, nur um dann langsam nachzulassen. Was Everd in der Hand hielt, war ein Holzsplitter, breit wie ein Daumennagel und doppelt so lang. Er warf das Teil beiseite und sah sich auf dem Oberboden um. Ohne das Licht der Streichhölzer lagen die Kisten und Fässer in tiefster Dunkelheit. Was der Unbekannte hier gewollt hatte, ließ sich kaum erkennen, soweit Everd das aber beurteilen konnte, war nichts geöffnet worden. Vielleicht war er hereingeplatzt, bevor der Kapuzenmann seine Suche hatte beenden können.

Er kletterte die Leiter hinunter, nicht ohne sie anschließend wieder dorthin zu legen, wo er sie gefunden hatte. Durch die Tür fiel der Schein des Mondes vorbei an ein paar Apfelkisten direkt auf den Heuhaufen. Unfassbar. Der Kapuzenmann war dort tatsächlich hineingesprungen, ohne dass es ihm auch nur das Geringste ausgemacht hatte.

Everd wollte das Heu gerade links liegen lassen und aus der Scheune verschwinden, als er stoppte. Hing dort nicht etwas direkt neben dem Heuhaufen an der Wand und wiegte sich im schwachen Luftzug hin und her? Er ging ein wenig näher. Tatsächlich. Es war ein kleines dunkelgrünes Stück Stoff mit hellgrünem Karomuster. Ohne Zweifel vom Umhang des Kapuzenmanns. Es musste bei seinem Sprung abgerissen sein. So weit, so gut, wirklich bemerkenswert wurde der Fund aber durch eine andere Tatsache: Everd kannte das Muster. Er hatte es schon einmal gesehen. Vor wenigen Stunden erst, bei der Versammlung in der Marktscheune. Es sah genauso aus wie der Stoff, aus dem das Kleid gefertigt war, das Agatha Rothenberger dort getragen hatte. Offenbar kaufte hier jemand beim gleichen Schneider ein wie sie.

Everd war zufrieden. Wenigstens eine kleine Spur, die … Moment mal. Eine Spur? Was soll das heißen, eine Spur? Spuren gibt es bei einem Fall. Bei einem Fall, in dem jemand ermittelt. Und Everd konnte sich mehr als sicher sein, dass hier niemand am Ermitteln war. Wer konnte schon sagen, ob es hier überhaupt etwas zu ermitteln gab? Schließlich war allem Anschein nach nichts gestohlen worden. Nun ja. Es gab einen Einbruch. Everd sah sich die Scheunentür an. Also gut, zwei Einbrüche, aber sobald der Bolzen des Vorhängeschlosses mit einem Klick eingerastet sein würde, wäre alles so wie zuvor. Zumindest was ihn beträfe. Regel Nummer eins: Die Angelegenheiten anderer sollen die Angelegenheiten anderer bleiben. Everd klemmte das Stück Stoff zurück an die Stelle, an der er es von der Scheunenwand genommen hatte. Er ging zwei Schritte in Richtung der Tür.

Eine geheimnisvolle Gestalt taucht auf und trägt einen Umhang aus dem gleichen Stoff, aus dem das Kleid der Frau gefertigt ist, deren Mann seit zwei Wochen vermisst wird. Pfff, was soll daran schon interessant sein? Er warf einen Blick zurück. Das Stück Stoff hing noch immer da, wo er es entdeckt hatte. Er tat einen schlendernden Schritt zurück zum Heuhaufen, nur um drei hin zur Tür zu machen. Dort blieb er stehen, auch wenn er das nicht wollte.

Everd seufzte resigniert, pflückte das Stück Stoff von der Wand, steckte es in die Tasche und sperrte die Scheunentür mit dem Vorhängeschloss zu. Ohne sich umzudrehen, rannte er los, als ob er so seiner eigenen Neugier entkommen könnte, und wenige Minuten später sank er in seinem Bett im *Mühlenrad* in den Schlaf.

KAPITEL 4

Ella zog ein dickes Bündel Flachs aus dem Röstofen und schleppte es zur Breche. Fein säuberlich legte sie die Stängel auf das einem Sägebock ähnelnde Gerät. Während sie das Bündel langsam über den Holm zog, schlug sie den Brechhebel mit aller Kraft nach unten. Wieder und wieder. Die hölzernen Kerne der Stängel ächzten unter der Wucht der Schläge, knackten und brachen, Holzsplitter flogen in alle Richtungen.

Birte, die gestern noch der Fels in der Brandung für Aga gewesen war, sah von ihrer Arbeit auf. »Ich glaube, du hast seinen Hals endgültig durchtrennt.«

Ella wischte sich den Schweiß von der Stirn und atmete tief durch. »Was meinst du? Ich will nur diese verdammten Stängel herausbekommen.«

»Na dann ist ja alles in Ordnung.« Die Rubensfrau schmunzelte. »Alles andere wäre auch jammerschade. Dieser Everd ist ein schmucker Bursche, der würde zu dir passen.« Sie wusste, Ella musste das als Stichelei auffassen, und so wollte es Birte auch verstanden wissen, wenngleich sie tatsächlich dieser Ansicht war. »Dann hätten die Leute im Dorf auch nichts mehr über dich zu tuscheln.«

Ella sah sie scharf an, doch Birte störte das wenig. Sie wusste, der Blick galt eigentlich nicht ihr. Es war wohl Everds Glück, dass sie und Ella sich schon vor Stunden hierher zur Brechhütte außerhalb des Dorfes aufgemacht hatten, bevor er aus seinem Zimmer gekommen war.

Sie arbeiteten schweigend weiter.

»Weißt du, was mich ärgert?«, schoss es plötzlich aus Ella hervor. »Er hat es tatsächlich geschafft, dass ich mich schuldig fühle. Er stand einfach da, berstend vor Selbstgerechtigkeit. Als ob er nie etwas Falsches gemacht hätte, um etwas Richtiges zu machen.« Sie hielt inne und ließ sich den letzten Satz noch einmal durch den Kopf gehen. »Du weißt, was ich meine. Und ich bin darauf hereingefallen.«

»Das mag ja sein, aber du musst schon zugeben, dass du ihn ziemlich reingelegt hast.«

Mit einem einzigen lauten Schlag ließ Ella die Breche zuknallen. Es war egal. Der Flachs war inzwischen ohnehin nicht mehr zu gebrauchen. Die Fasern waren fransig und zerrupft, stellenweise hatten die Holzsplitter des Stängels sie vollständig durchgetrennt. »Siehst du? Dich hat er auch erwischt. Dieser Mistkerl. Und du hast nicht mal mit ihm gesprochen. Oh, das kann er gut. Den getretenen Hund spielen. Ich wette, sogar seine erbärmlichen Holzhackversuche haben nur dazu gedient, noch mehr Mitleid zu erregen.« Mit kleinen, schnellen Schritten stapfte sie um ihre Flachsbreche herum und gestikulierte mit den Armen wild in der Luft herum. »Ihm hat man übel mitgespielt? Was ist mit Jakob? Was ist mit Aga?« Sie blieb wie angewurzelt stehen. »Die arme Aga. Wenn Everd verschwindet und Wilker die Suche einstellen lässt … ich weiß nicht, wie wir ihr helfen sollen, damit umzugehen.«

Birte kam zu ihr und legte ihr die Hand auf die Schulter. »Wir werden für sie da sein. Wie wir es immer sind.«

»Ja, werden wir.« Ellas Stimme war leise, nachdenklich. Aber nur für einen Augenblick. Sofort sprudelte es wieder aus ihr heraus. »Nein. Nein, das kann er nicht mit uns machen. Er bleibt hier, und wenn ich ihn im Hinterhof an die Kette legen muss.«

»Wenn du das wirklich vorhast, solltest du sie schon mal bereithalten.« Birte deutete über Ellas Schulter hinweg nach Solkers, wo gerade Everd zwischen den Häusern hervortrat und den kleinen Pfad einschlug, der direkt zur Brechhütte führte.

Ella rückte ihre Fassung zurecht und ging ihm ein Stück des Weges entgegen. »Du bist ja noch da«, begrüßte sie ihn schroff, als sie sich schließlich gegenüberstanden.

»Dachtest du, ich würde einfach verschwinden?«

Sie zuckte mit den Schultern. »Überraschen würde es mich inzwischen nicht mehr.«

»Warum hab ich das Gefühl, dass ich hier auf einmal der Böse bin?«

»Nein, nicht der Böse. Nur der Mistkerl, der sich weigert, einer Freundin zu helfen.«

Für einen Moment reagierte Everd nicht. Er stand nur da, konzentriert, und nickte leicht mit dem Kopf, als würde er Ellas Worte, alle Worte, die seit gestern gesprochen worden waren, in seinem Schädel hin und her schütteln. »Wozu brauchst du mich hier überhaupt?«, fragte er schließlich. »Euer Gendarm Goldbach scheint doch ein … kompetenter Gendarm zu sein.«

»Ja, das ist er auch, aber … mit Suchmannschaften den Wald zu durchkämmen? Ich bin mir nicht sicher, ob das die richtige Herangehensweise ist.«

»Was meinst du?«

»Ich glaube nicht, dass Jakob einfach nur einen Unfall hatte.«

»Denkst du, er ist weggelaufen?«

Weggelaufen? Natürlich, auf diese Idee musste Everd ja kommen. Auch in Solkers gab es nicht wenige, die diesen Verdacht hegten. Doch für jemanden, der Jakob so gut kannte wie Ella, gab es nur eine Antwort darauf. »Nein, auf keinen Fall. Jakob hätte Aga niemals verlassen. Sie war sein Leben und Solkers seine Heimat. Aber … ich glaube, jemand könnte für sein Verschwinden verantwortlich sein.«

»Wie kommst du auf so eine Idee?«

Irgendetwas war seltsam an Everd. Er bemühte sich zwar, den Eindruck zu erwecken, was sie hier taten, sei nicht mehr als eine zwanglose Plauderei, aber auf Ella wirkte es anders, vielmehr … wie ein Verhör. Sie musste ein Lächeln unterdrücken. »Weswegen interessiert dich das?«

»Tut es nicht.« Er versuchte, überzeugend zu klingen. Ob gegenüber Ella oder gegenüber sich selbst, vermochte sie nicht genau zu sagen. »Aber solltest du nicht Goldbach von so einem Verdacht erzählen?«

»Da du uns nicht helfen willst, muss ich das wohl. Aber was soll das schon bringen? Wenn du weg bist, wird Wilker die Suche ohnehin einstellen lassen.«

Wieder schwieg Everd. Dann setzte er plötzlich ein Gesicht auf wie einer, der gerade einen großen Löffel Lebertran verabreicht bekam. »Also schön, wenn es dir hilft, bleibe ich noch eine Weile hier. So könnt ihr den Schein wahren, und Goldbach hat noch eine Woche Zeit.« Nase zu, schlucken und bloß nicht zu viel schmecken.

Ella ließ sich ihre Erleichterung nicht anmerken. Es war ein Teilsieg; weniger, als sie erhofft, aber mehr, als sie noch vor zehn Minuten erwartet hatte. »Warum der plötzliche Sinneswandel?«, fragte sie schelmisch.

»Herr Edinger, Herr Edinger!« Ein Junge mit zerzaustem braunen Haar und flickenübersäten Hosen rannte den Weg hinauf und bewahrte Everd davor, Ella antworten zu müssen. Der Knabe mochte vielleicht zehn sein, und er lief so schnell, dass man fürchten musste, er würde jeden Moment stolpern und sich überschlagen.

»Kaum hier, und schon scheint mich das ganze Dorf zu kennen«, bemerkte Everd zu Ella.

»Herr Edinger!« Der Junge kam japsend vor ihnen zum Stehen.

»Hallo, Martin.« Ella beugte sich ein wenig zu ihm hinunter. »Alles in Ordnung bei dir? Was machst du denn hier draußen?«

»Hallo …«, er keuchte, »hallo, Fräulein Farning. Ich hab nur … ich hab Herrn Edinger die Straße runterlaufen gesehen … und da hab ich zu Großmutter gesagt, dass der Wilhelm erzählt hat, dass der Herr Rothenberger vom Riesenwolf gefressen wurde, und dass ihm die Katharina das glaubt, also dem Wilhelm glaubt sie das, meine ich, und ich habe dem Wilhelm aber gesagt, dass er Lügengeschichten erzählt, und dass es gar nicht der Riesenwolf war, der den Herrn Rothenberger gefressen hat, weil es nämlich der Bötz war, der die bösen Kinder entführt, also der hat den Herrn Rothenberger nicht gefressen, sondern mitgenommen hat er ihn, und da hat die Katharina gesagt, dass der Herr Rothenberger ja gar kein Kind ist, und dass er bestimmt auch nicht böse war, und da hab ich gesagt, dass sich der Bötz ja vielleicht geirrt hat und den Herrn Rothenberger aus Versehen mitgenommen hat, und dass ich es ihnen schon noch beweisen werde und …« Martin verschluckte sich an seinem eigenen Redeschwall. Er schnappte nach Luft und kam langsam wieder zu Atem.

»Der Bötz ist eine Kinderschreckgestalt aus der Gegend hier«, sagte Ella als Erklärung zu Everds fragendem Gesicht. Dann wandte sie sich wieder Martin zu. »Jetzt beruhige dich erst einmal. Warum bist du denn hinter Herrn Edinger hergelaufen?«

»Ich hab Großmutter gesagt, dass da draußen gerade der Herr Edinger vorbeiläuft, der den Herrn Rothenberger sucht. Das machen Sie doch, Herr Edinger, oder? Und das Fräulein Farning hilft Ihnen.«

»Na ja, also …« Everd neigte den Kopf leicht zur Seite und sein Blick wanderte in der Gegend herum.

Ella nahm ihm das Heft aus der Hand. »Ja, das machen wir. Denn noch weiß niemand, was eigentlich mit Herrn Rothenberger passiert ist. Und bestimmt möchte deine Großmutter nicht, dass du den Leuten irgendwelche Schauergeschichten von abscheulichen Riesenwölfen und dem Bötz erzählst.«

Martin schüttelte so heftig den Kopf, dass seine braunen Haare wild in alle Richtungen schleuderten. »Nein, das mache ich nicht, Fräulein Farning, versprochen. Großmutter hat gesagt, dass sie was weiß über den Herrn Rothenberger, und dass ich den Herrn Edinger ganz schnell zu ihr bringen soll, damit sie es ihm erzählen kann.«

Viele Worte für eine einfache Nachricht. Eine Nachricht, die Ella gerade sehr gelegen kam. »Nun, Everd, was sagst du? Wollen wir uns nicht anhören, was Martins Großmutter zu erzählen hat?« Sie grinste ihn herausfordernd an, und Martin trug mit seinen großen, erwartungsvollen Augen seinen Teil dazu bei, dass Everd die Bitte keinesfalls ausschlagen konnte.

Der Junge eilte voraus, Ella direkt hinter ihm. Everd trottete den beiden missmutig nach. Er konnte es nicht fassen. Er war praktisch auf Knien zu ihr gekrochen, um sie anzuflehen, doch hierbleiben zu können. Auch wenn er versucht hatte, sich gönnerhaft zu geben, hatte sie ihn natürlich durchschaut, so wie jedes Mal. Und es gefiel ihr. So wie jedes Mal. Und weswegen das alles? Wegen eines verdammten Stofffetzens? Wegen einer Verbindung zwischen einem Einbrecher und einem Vermissten? Einer Verbindung, von der er nicht einmal annähernd sagen konnte, wie sie aussah. Und einem Vermissten, den er nicht einmal suchen wollte.

Everds Stimmung war trübe, und sie wurde keinesfalls dadurch aufgehellt, dass Martin mit Ella und ihm die Straße östlich der Kirche ansteuerte. Denn irgendwo hier hatte er die Begegnung mit diesem elenden Mistkerl von Kapuzenmann gehabt. Doch im Licht des Tages erkannte er kaum etwas von der Gegend wieder. Nicht wenige Höfe waren hier verteilt, und ebenso viele Scheunen. Daneben Häuschen, nicht dicht an dicht gebaut wie an der Hauptstraße, sondern inmitten kleiner Gärten gelegen. Vielleicht waren sie am Schauplatz der Ereignisse der vergangenen Nacht schon vorbeigekommen. Vielleicht auch nicht. Die Hütte, auf die sie nun zusteuerten, kam Everd auf jeden Fall nicht im Geringsten bekannt vor.

»Frau Hesselbach ist sogar Martins Urgroßmutter«, antwortete Ella auf eine Frage, die niemand gestellt hatte. »Sie ist schon sehr alt und kann sich nicht mehr um das Haus kümmern, deswegen helfen wir ihr ein wenig damit. Vor allem Hektor, unser Schmied, hält eine Menge in Schuss.«

Die Eingangstür schien tatsächlich vor nicht allzu langer Zeit instand gesetzt worden zu sein. Die Farbe zeigte sich noch kräftig, und die Tür schwang ohne Knarren auf. Nicht im Mindesten war Everd ob der hübschen Fassade auf den Geruch gefasst, den die Tür sorgsam hinter sich verbarg. Es roch modrig, aber bestimmt nicht, weil das Zimmer zu selten gelüftet wurde. Ganz im Gegenteil, auch jetzt stand ein Fenster einen Spaltweit offen, und im Haus war es kaum wärmer als draußen. Vielmehr schien es wie ein Geruch, der so tief in jeden Winkel des Zimmers eingesickert war, dass wohl nichts und niemand ihn je wieder würden vertreiben können. Der Geruch zahlloser Mahlzeiten, die auf einer kleinen Feuerstelle in der einen Ecke des Raumes zubereitet worden waren. Der Geruch tausender Pfeifen, geraucht an langen Abenden vor dem qualmenden Feuer. Wahrscheinlich wagte es kein anderer Duft, sich durch den Fensterspalt zu zwängen und diesem Geruch seinen angestammten Platz streitig zu machen.

Direkt am Fenster saß in einem ausladenden Sessel eine runzlige Gestalt, die man auf den ersten Blick leicht übersehen konnte, war sie doch von der Sohle bis dicht unters Kinn eingewickelt in mehrere ebenso dicke wie abgewetzte Decken. Sehr alt sei sie, hatte Ella gesagt. Alt war gar kein Ausdruck. Die 90 Jahre hatte sie bestimmt schon weit hinter sich gelassen, wahrscheinlich auch die 100. Ihre weißen Augen zeugten von ihrer Blindheit. Dafür schien ihr Gehör noch in bester Ordnung zu sein, denn sie drehte ihren Kopf den Besuchern zu.

»Martin?«, fragte sie mit dünner, kehliger Stimme.

»Ja, Großmutter. Ich bin's. Und den Herrn Edinger habe ich auch mitgebracht. Und das Fräulein Farning ist auch da.«

»Guten Tag, Frau Hesselbach«, begrüßte Ella die alte Frau.

Ein schweigsamer Augenblick war vergangen, als Everd spürte, wie ihm ein Ellenbogen in die Flanke gebohrt wurde. »Äh, guten Tag, Frau Hesselbach«, echote es jetzt auch aus seinem Mund.

»Ich grüße dich, Ella, mein Kind. Und Sie heiße ich willkommen, Herr Edinger.«

Everd blieb im Hintergrund, während Ella näher an den Sessel herantrat und sich zu Füßen der Alten hinkniete. »Wie geht es Ihnen, Frau Hesselbach?«

»Es geht, wie es geht.« Ein gutmütiges Lächeln überzog ihr Gesicht und ließ die tiefen Falten zu wahren Schluchten werden. »Herr Althoff gibt mir eine neue Arznei, wenn die Schmerzen zu stark werden.«

»Birte macht morgen einen Eintopf. Wenn Sie möchten, werde ich Ihnen und Martin etwas davon vorbeibringen.«

Dankbar tätschelte die alte Frau Ellas Wange. »Nun, Herr Edinger. Bestimmt möchten Sie wissen, weswegen Martin Sie zu mir bringen sollte.«

Etwas verlegen trat Everd einen Schritt näher. »Der Junge hat gesagt, dass Sie uns etwas erzählen möchten, das mit dem Verschwinden von Jakob Rothenberger zu tun hat.«

»Ja, so ist es«, entgegnete Frau Hesselbach. »Ich weiß, was Sie denken: Was soll eine alte, blinde Frau, die ihre vier Wände in den letzten Jahren kaum verlassen hat, schon zu berichten wissen? Aber Martin hier erweitert mein Gehör und ersetzt mir die Augen. Und ein paar Dinge gibt es, die man ohnehin nicht mit den Augen sehen kann.« Die letzten Worte keuchte sie nur noch. Sicherer, als man es von ihr erwartet hätte, griff sie nach einem Glas Wasser auf dem Beistelltisch zu ihrer Linken und nahm einige kleine Schlucke, bevor sie weitersprach: »Martin, sei ein braver

Junge und geh nach draußen spielen. Ich muss etwas mit Fräulein Farning und Herrn Edinger besprechen.«

Der Junge tat, wie ihm geheißen, und nachdem er die Tür hinter sich geschlossen hatte, begann Frau Hesselbach mit ihrer schwachen, krächzenden Stimme zu erzählen: »Ich lebe schon lange hier in Solkers, länger als irgendjemand sonst. Deswegen kann sich auch niemand daran erinnern, dass ich nicht hier geboren wurde, sondern jenseits der Berge im Osten in einem kleinen Dorf.« Sie machte eine kurze Pause. »Ich weiß gar nicht mehr, wie es hieß.« Ein leises, müdes Lachen war zu hören.

»Soldaten mit Schwertern und Gewehren zogen durch das Land. Es herrschte wohl Krieg. Ich weiß nicht einmal, ob unser Dorf daran beteiligt war, aber jedenfalls wir blieben nicht verschont. Ich war noch klein, vielleicht fünf Jahre, lassen Sie es sechs gewesen sein. Eines Nachts musste ich mich anziehen, meine paar Habseligkeiten packen und zusammen mit meinen Eltern und meiner Schwester davonlaufen.

Vater meinte, dass wir auf der anderen Seite des Gebirges Schutz finden würden bei seinem Bruder und dessen Frau. Wissen Sie, Herr Edinger, wenn man von der einen auf die andere Seite der Rhön kommen möchte, tut man gut daran, sich an die Flüsse zu halten und in den Tälern zu bleiben. Doch damals lauerten da überall Soldaten. Ich nehme es meinen Eltern nicht übel, dass sie sich dazu entschieden, uns bis in die wildesten Höhen der Berge zu führen.

Einige Soldaten sahen uns und kamen uns nach. Wir stiegen höher und höher, Stunde um Stunde, doch sie ließen nicht von uns ab, nahmen immer wieder unsere Spur auf. Schließlich kamen sie uns so nah, dass wir nur noch rennen konnten. Wir irrten umher, bis uns plötzlich eine steile Felswand den Weg versperrte. Nach links und rechts gab es kein Entrinnen, und hinter uns hörten wir die Rufe der Soldaten. Mutter entdeckte eine Spalte im Felsen, kaum breit genug für einen Menschen, in die wir uns zwängten. Dort begann sie zu beten; meine Schwester und ich taten es ihr gleich. Auch Vater betete, doch etwas an seinen Worten war seltsam. Die Sprache, die aus seinem Mund kam, hatte ich noch nie gehört, doch etwas an ihr klang falsch … unheilvoll.

Aber ich vergaß den Schauer, den sie mir über den Rücken laufen ließ, als die Stimmen der Soldaten plötzlich leiser wurden. Vater wagte sich aus unserem Versteck. Sie waren verschwunden.

Ich war erleichtert. Wir alle hätten erleichtert sein müssen. Mein Vater war es jedoch nicht. Schon vorher war er ängstlich gewesen, hatte sich oft umgesehen, besorgt den Horizont abgesucht. Aber von diesem Moment an wurde es immer schlimmer. Bei jedem Geräusch aus dem Wald, jedem Schatten, der an uns vorbeihuschte, zuckte er zusammen.

Es war Abend, als er zusammenbrach. Wir wussten nicht, woher es kam. Er konnte nicht mehr gehen, seine Stirn glühte. Mutter suchte Kräuter und verarztete ihn. Er schrie, und Schaum quoll aus seinem Mund. Sie versuchte, sein Fieber zu senken. Wir durften ihm nicht zu nahe kommen. Irgendwann schlief er endlich. Es war das letzte Mal, dass ich ihn gesehen habe.

Mutter rüttelte uns aus dem Schlaf. Ihre Augen waren weit aufgerissen, ihr Mund starr vor Angst. Wir durften nichts mitnehmen, sie zog uns an den Händen durch die Nacht. Wir sollten nicht zurückblicken, aber ich tat es doch. Erst konnte ich in der Dunkelheit nichts erkennen, doch plötzlich war *es* da. Größer als ein ausgewachsener Mann. Mit langen zotteligen Haaren von Kopf bis Fuß, verklebt von dunkelrotem Blut. Zähne, so lang wie Finger, Klauen, die im Mondlicht blitzten. Sein Knurren ließ die Erde erbeben. Meine Blicke suchten nach Vater, aber sie konnten ihn nicht finden. Wir liefen nur. Liefen und liefen, bis wir nicht mehr konnten.

Am nächsten Tag kamen wir nach Solkers. Mutter erzählte uns immer wieder, ein Wolf hätte uns angegriffen und Vater getötet. Ich hatte bis zu dem Zeitpunkt nur drei Mal einen Wolf gesehen, tot, von den Männern unseres Dorfes von der Jagd mitgebracht. Das Tier in jener Nacht sah so ähnlich aus … und doch ganz anders.

Irgendwann hat sie gar nicht mehr darüber gesprochen, und meine Schwester und ich haben nicht mehr danach gefragt, aber immer, wenn in der Ferne das Heulen eines Wolfes erklang, saß Mutter am Fenster und starrte in die Nacht.« Frau Hesselbach drehte sich zu Everd und wandte ihre blicklosen Augen in seine Richtung, zum ersten Mal, seit er das Haus betreten hatte. »Ich mag Sie vielleicht nicht sehen, Herr Edinger, aber ich weiß, was Sie denken. Sie sind ein Mann der, wie Sie es nennen würden, Vernunft. Doch was ist Vernunft mehr, als den Teil der Welt, den man nicht versteht, einfach zu leugnen? Für Sie ist das hier ja vielleicht schon die Wildnis. Aber gehen sie nur ein paar Kilometer nach Osten, hoch in die Berge. Dort finden Sie Wälder, die kaum ein Mensch je betreten hat, Schluchten, in die niemals Tageslicht fällt. Aus den Mooren schlägt Ihnen der Geruch von Verwesung entgegen. Geister aus Feuer versuchen, Sie in den Sumpf zu locken, während der kopflose Musikant Ihnen ein Totenlied spielt. Dort oben lädt der Teufel die Hexen zum Tanz ein, und manchmal greift er nach armen Seelen voller Verzweiflung, um sie zu sich in die nach Schwefel stinkenden Tiefen zu ziehen und zu Mitgliedern seines Hofstaates zu machen. Hier unten mag er das zwar auch versuchen, aber es ist immer nur die Hochrhön, die einen bis dahin guten Menschen dazu bringt, die Hand des Teufels nicht wegzuschlagen, sondern sie sogar zu küssen. Einen guten Mann, wie mein Vater einer war. Seit meiner Kindheit habe ich zu Gott dafür gebetet, dass es den Schreckensgestalten der Hochrhön dort oben niemals langweilig wird; dass sie niemals neugierig auf das werden, was sich am Fuß der Berge finden ließe. Aber jetzt scheint uns das Glück verlassen zu haben. Und der arme Herr Rothenberger ist der Erste, der das am eigenen Leib erfahren musste.« Frau Hesselbach hustete. Ella reichte ihr das Wasserglas. Zitternd nahm die alte Frau einen großen Schluck.

Everd wusste nicht, was er sagen sollte. Jedem anderen hätte er ins Gesicht gelacht und ihn für verrückt erklärt, bevor er ohne ein weiteres Wort aus dem Zimmer gegangen wäre. Aber wie er die Alte dort sitzen sah in ihrem Sessel, die Haut fahl, die Augen müde und leer, wie sie von der Anstrengung des Erzählens schwer atmete, verspürte er großes Mitleid.

Er war froh, dass ihm Ella die Aufgabe abnahm, eine passende Reaktion auf ihre Geschichte zu finden. »Machen Sie sich keine Sorgen, Frau Hesselbach. Herr Edinger wird uns helfen, was auch immer es war, aufzuspüren. Es wird niemandem mehr etwas antun.«

»Ja.« Die alte Frau lächelte, wie man es nur in den letzten Jahren eines unvorstellbar langen Lebens zu tun vermag. »Ich bin mir sicher, dass Sie uns von diesem Wesen befreien werden.«

Doch wirklich sicher, das wussten Everd und Ella, als sie das kleine Häuschen verließen, war sich Frau Hesselbach nicht.

»Das war … überraschend«, sagte Everd, als sie die Straße hinunterschlenderten.

»Jakobs Verschwinden bringt wohl nicht nur die Fantasie der Kinder zum Sprudeln.«

»Es sieht ganz so aus. Aber Satan, der Menschen in einen … einen was? … einen Werwolf verwandelt? Das ist nicht schlecht.«

»Ich habe dir doch erzählt, dass Jakob auf die Jagd gegangen war, als er verschwand. Am Garbener Loch, einem Basaltsee ein paar Kilometer von hier, war am Tag zuvor ein Wolf gesichtet worden. Und allem Anschein nach muss es ein riesiges Exemplar gewesen sein. Viel größer als alle, die jemals hier aufgetaucht sind. Dieses Tier hat Jakob gejagt. Wölfe gibt es hier in der Gegend nicht viele. Und nachdem Jakob nicht zurückkam, hat das die Spekulationen angefeuert. Auch wenn ich bisher noch keine so … bunte Variante wie die von Frau Hesselbach gehört habe. Sie muss völlig verängstigt sein von den Geschichten, die hier die letzten Tage die Runde machen. Und sie versucht, auf ihre Art damit umzugehen. So wie wir alle.«

Nach außen hörte Everd Ella einfach nur zu, innerlich aber fluchte er. Jakob Rothenberger war nicht der einzige Jäger gewesen, auch Everd war von etwas als Beute auserkoren worden. So wie der Kapuzenmann die Scheune, hatte es ihn unbemerkt umkreist: ein Rätsel. Geschickt hatte es sich im Schatten versteckt, hinter Häuserecken gekauert, darauf gewartet, dass er einen Moment lang unaufmerksam war, um sich dann noch ein wenig näher an ihn heranzupirschen. Er hatte seinen Atem im Nacken gespürt, doch immer wenn er sich umgedreht hatte, war da niemand gewesen außer Ella. Er hätte die Härchen, die sich auf seinen Unterarmen aufstellten, als Warnung begreifen und verschwinden sollen. Doch er war geblieben, und nun war es zu spät. Das Rätsel hatte ihn von hinten überfallen und hielt ihn fest umklammert. Everd hatte sich gewehrt, natürlich, aber wie er sich jetzt eingestehen musste, hatte er schon vom ersten Moment an keine Chance gehabt. »Wer?«, fragte der Detektiv seufzend.

»Was wer?«, entgegnete Ella.

»Wer hat diesen riesigen Wolf gesehen, den Rothenberger jagen wollte?«

Ella lächelte. Nein, sie grinste. Ein breites Grinsen. Das Grinsen eines Siegers. Eine Mischung aus ehrlicher Freude und ungesunder Überheblichkeit. Ein Grinsen, das keinen Frohsinn verströmte, sondern ihn wie ein Mahlstrom aus der Umgebung absaugte. Ella ließ sich auch nicht dadurch abhalten, dass sich Everds Miene verfinsterte, nicht aus Zorn, sondern aus Missmut ob der Niederlage. Der Niederlage gegen Ella, der Niederlage gegen das Rätsel, der Niederlage gegen sich selbst.

»Ach spar dir deine Selbstgefälligkeit.« Er rotzte die Worte einfach heraus.

Ella zeigte sich nicht beleidigt. »Hermann Althoff. Er ist hier im Dorf der Apotheker. Soll ich dich zu ihm bringen?«

Everd nickte mürrisch und folgte ihr zur Dorfmitte wie ein Schuljunge, den man dazu zwang, zum Unterricht zu gehen.

Offizin – Inh. H. Althoff stand in großen schlichten Lettern auf einem Schild über der Tür. In den Laden hineinsehen konnte man nicht. Das Schaufenster war von oben bis unten zugestellt mit großen braunen Flaschen, kleinen Ampullen und Theriakgefäßen aus Steinzeug.

Everd runzelte die Stirn. »Offizin?«

Ella zuckte mit den Schultern. »Ich weiß auch nicht. Der junge Herr Althoff hat das Geschäft Anfang des Jahres von seinem verstorbenen Vater übernommen und das Schild austauschen lassen. Vorher stand da einfach ›*Apotheke*‹.«

Sie öffnete die Tür, und Everd folgte ihr hinein in einen düsteren Verkaufsraum. Niemand war hier. Eine kleine Glocke hätte den Besuch wohl ankündigen sollen, jedoch war ihre Halterung über der Tür leer, die Glocke abmontiert. An den Wänden reihten sich unter Töpfchen, Fläschchen und Döschen ächzende Regale aneinander. Auf der rechten Seite befand sich ein kleiner Tresen mit einer glatt polierten Waage darauf. Zu seinen Füßen ruhte ein großer Korb mit saftiggrünen Äpfeln. Hinein war ein Schild mit der Aufschrift »Bedienen Sie sich!« gesteckt. Everd zögerte nicht, der Aufforderung Folge zu leisten. Hinter dem Tresen führte ein mit einem Vorhang verdeckter Durchgang in einen anderen Teil des Hauses, aus dem ein Knirschen ertönte.

»Herr Althoff? Hallo? Ich bin's, Ella Farning.«

Das Knirschen ging weiter, aber keine Antwort war zu hören. Ella zog den Vorhang ein wenig zur Seite. »Herr Althoff?«

Noch immer keine Antwort, noch immer Geknirsche. Nach einem Augenblick hörte es auf.

»Was denn?«, schallte es aus dem Durchgang.

»Herr Althoff, hier ist Ella Farning. Ich habe Herrn Everd Edinger bei mir. Hätten Sie einen Moment Zeit für uns?«

Wieder vergingen einige Sekunden.

»Kommen Sie her. Ich kann hier nicht weg.«

Ella und Everd schlüpften durch den Vorhang. Sie zwängten sich durch einen kurzen, niedrigen Gang – Ella musste sich ein wenig ducken, Everd konnte gerade so aufrecht bleiben –, der sie in ein Laboratorium, etwas größer als das Verkaufszimmer, führte. Ein langer, dünner Mann mit eingefallenen Wangen und hoher Stirn stand an einem langen Holztisch und arbeitete mit aller Kraft mit Mörser und Stößel. Sein dünnes Haar war glatt nach hinten gekämmt, nur eine Strähne fiel nach vorn und wippte hektisch hin und her. Neben ihm blubberte eine grünliche Flüssigkeit in einer Retorte vor sich hin, die alle paar Sekunden einen Tropfen klaren Destillats in ein Becherglas entließ. Everd setzte an, ein großes Stück aus seinem Apfel herauszubeißen.

»Dürfte ich Sie bitten, das zu unterlassen? Das hier ist ein Laboratorium, kein Gasthaus.« Althoff sah nicht auf, sondern arbeitete weiter an seinem Mörser. »Also was wollen Sie?«

»Die Glocke an ihrer Tür fehlt«, begann Ella.

»Ja, ich weiß. Ich hab sie abgeschraubt. Das Geklingel hat mich abgelenkt, wenn jemand in die Apotheke gekommen ist. Wie es aussieht, kommen die Leute dafür jetzt direkt nach hier hinten, um mich zu stören. Ich muss das also noch mal durchdenken. Was wollen Sie?«

Althoff schien nicht der Typ für einen netten Plausch zu sein. Ella ließ sich davon nicht beirren. »Das hier ist Everd Edinger. Vielleicht haben Sie schon von ihm gehört.«

Der Apotheker warf Everd einen flüchtigen Blick zu. »Sollte ich das?«

So wie Ella ihn beschrieben hatte, war es nicht verwunderlich, dass Althoff nichts von Everd wusste. Sie meinte, dass er den Kontakt mit den anderen Bewohnern von Solkers außerhalb seiner Funktion als Apotheker, so gut es ging, zu vermeiden pflegte. Und selbst wenn sie als seine Kunden zu ihm kamen, lag ihm nur wenig an ausufernder Konversation.

»Nein, nicht unbedingt«, erwiderte Ella. »Er ist hier, um uns bei der Suche nach Jakob Rothenberger zu helfen.«

»Nun, hier werden Sie ihn wohl kaum finden.« Vom Apotheker erklang ein leise hüstelndes blasiertes Gekicher. Er schien sich über seine Äußerung blendend zu amüsieren.

Ella ließ sich davon nicht irritieren. »Wären Sie so freundlich, Herrn Edinger über den riesigen Wolf zu berichten, den Sie im Wald gesehen haben? Den Jakob Rothenberger jagen wollte?«

Althoff seufzte verächtlich und machte sich wenig Mühe, das zu verbergen. »Schön, dass Sie konkretisiert haben, welchen ›riesigen Wolf‹, den ich gesehen haben soll, Sie genau meinen, Fräulein Farning. Bei all den ›riesigen Wölfen‹, die mir über den Weg laufen, komme ich leicht durcheinander.« Erst jetzt unterbrach er seine Arbeit, legte den Stößel beiseite und drehte sich zu Ella und Everd um. Er musterte den Ermittler eingehend von oben bis unten. »Sie kommen nicht aus Solkers, Herr Edinger, habe ich recht?«

»Richtig«, bestätigte Everd.

»Also sind Sie extra hierher gereist, um etwas über den ›Riesenwolf‹ in Erfahrung zu bringen.« Das Wort ›Riesenwolf‹ betonte der Apotheker ganz besonders.

»Nicht direkt. Eigentlich interessiert mich das Verschwinden von Jakob Rothenberger. Aber wie Fräulein

Farning schon gesagt hat, soll es da eine enge Verbindung geben.«

Althoff zog eine abschätzige Grimasse. »Wissen Sie, Herr Edinger, unter normalen Umständen wäre es mir völlig egal, wenn sich hier im Dorf mal wieder ein Hirngespinst ausbreitet. In diesem Fall allerdings fühle ich mich in meiner persönlichen Ehre angegriffen, da mich jeder hier zum Urheber dieses Ammenmärchens erklärt.«

»Sie haben also nichts im Wald gesehen?«

Der Apotheker nahm ein kleines Fläschchen aus einem Wandschrank hinter sich, schüttelte es und gab einige Tropfen zu dem grünen Brei in seinem Mörser. Ein gelblicher Schaum bildete sich, aber schon nach wenigen Sekunden löste er sich wieder auf, und nur einige Flocken blieben zurück. Wieder nahm Althoff den Stößel zur Hand, um die Masse zu bearbeiten. »Herr Edinger. Sogar draußen in der Walachei wurde in den letzten 20 Jahren kein Wolf mehr gesehen. Und auch wenn dem nicht so wäre, hätte ein hier heimischer Wolf eine Länge von der Schnauze bis zum Rumpf von … unter einem Meter. Selbst die größten bekannten Wolfsarten der Welt kommen höchstens auf eine Länge von, sagen wir, anderthalb Metern. Das Tier, das ich gesehen habe, maß aber gut zwei Meter. Ich behaupte nicht, dass ich nichts gesehen habe. Ich habe nur keinen Wolf gesehen, egal welche Eigenschaften man ihm andichten mag.«

»Soso.« Everd begann, ein wenig durch das Laboratorium zu schlendern. Bei der Retorte blieb er stehen und klopfte mit Zeige- und Mittelfinger gegen den Glaskörper wie gegen ein Aquarium, in dem man die Fische aufscheuchen möchte.

Althoff zuckte zusammen. »Ich muss Sie bitten, das

zu unterlassen, Herr Edinger. Diese Instrumente sind hochempfindlich und nicht für die Hände von Laien bestimmt.«

Everd quittierte die Bemerkung mit einem breiten Grinsen. »Wer hat denn als Erster von einem Riesenwolf gesprochen, wenn nicht Sie?«

»Das dürfen Sie nicht mich fragen. Ich denke, das gute Fräulein Farning dort ist an den bierseligen Wirtshaustischen des Dorfes heimischer, als ich es bin. Mich würde es nicht wundern, wenn die Geschichte dort über dem einen oder anderen geleerten Krug zusammengesponnen wurde.« Althoff entwich ein bitteres Lachen. »Es ist schon ironisch, wie nah völlige Starre im Geist und überbordende Fantasie beisammen liegen können. Nehmen wir zum Beispiel die Äpfel, Herr Edinger.« Er deutete auf Everds Hand, in der noch immer die saftige grüne Frucht ruhte. »Ich verabscheue diese Dinger. Weder schmecken sie noch enthalten sie irgendwelche Wirkstoffe, die zu extrahieren sich lohnen würde. Dennoch bin ich gezwungen, unserem werten Herrn Bürgermeister Unmengen davon abzukaufen. Und weswegen? Weil mein Vater das seit über 25 Jahren getan hat. Das ist der einzige Grund. Es ist seit einem Vierteljahrhundert so, also steht heute ein neuer Korb mit Äpfeln in meiner Apotheke, genauso wie am vergangenen Dienstag und am nächsten Dienstag und an jedem anderen Dienstag, der noch kommen wird. Auf ein schlichtes »Nein« hat der Bürgermeister mit nicht enden wollendem Schwadronieren über Freundschaft und den Vater ehren und was weiß ich geantwortet. So unbeweglich sind diese Menschen. Wie sie auf der anderen Seite, ohne zu zögern, die Wirklichkeit mit den abenteuerlichsten neuen Kreaturen bevölkern, mag mir nicht in den Kopf gehen. Es scheint, dass ein tumber Geist eher eine Abart von etwas akzeptiert, das er kennt, als etwas völlig Neues in Betracht zu ziehen.«

Everd war sich nicht wirklich sicher, ob Ella ihren Ärger brillant verbarg oder ob sie sich gar nicht ärgerte. Vielleicht kannte sie den Apotheker auch nur zu gut, als dass sie sich von seinen Worten hätte aus der Ruhe bringen lassen. Jedenfalls war ihre Stimme völlig entspannt, als sie Althoffs selbstgefälligen Monolog unterbrach. »Wie würde denn ein ... weniger tumber Geist die Sache sehen?«

»Er, Fräulein Farning, würde die Fakten zusammentragen und keine Schlussfolgerungen ziehen, solange die nicht ausreichen, was sie in diesem Fall nicht tun. Und jetzt wollen Sie natürlich wissen, wie diese Fakten aussehen.«

Everd hatte sich inzwischen wieder ein Stückchen hinter Ella platziert. »Wenn es Ihnen nicht zu viel Mühe bereitet.«

Der Apotheker deutete die ironische Variante eines Dieners an. »Es war heute vor zwei Wochen, am Tag, bevor man Rothenberger das letzte Mal gesehen hat. Ich war draußen am Basaltsee, Kräuter sammeln. Als es dämmerte, wollte ich mich auf den Rückweg machen. Ein Plätschern im Wasser erregte meine Aufmerksamkeit. Ich sah nach und beobachtete eine Gestalt beim Schwimmen. Dadurch war sie natürlich nur teilweise zu sehen, und es war auch schon recht dämmrig. Ich würde ihre Länge vom Kopf bis zu den Füßen auf etwas über zwei Meter schätzen. Vier Gliedmaßen, im Vergleich zum Torso recht lang gestreckt. Der Körper war, soweit ich das sehen konnte, vollständig mit Kurzhaar bedeckt, eventuell auch mit Borsten, was auf ein Säugetier hindeutet. Ich sah ihm etwa eine Minute beim Schwimmen zu. Dann wollte ich etwas näher heran. Ich war unvorsichtig und machte ein Geräusch. Als ich sah, dass mich das Tier bemerkt hatte, lief ich zurück ins Dorf.«

Everd grinste. »Sie sind abgehauen?«

Althoff tat es ihm gleich und präsentierte ein Gebiss, das zu viele Zähne zu besitzen schien, die dafür ungewöhnlich klein ausgefallen waren. »Sparen Sie sich Ihre Überheblichkeit, Herr Edinger. Ich bin Apotheker, kein Jäger.«

»Was für ein Tier könnte es denn Ihrer Ansicht nach gewesen sein?«, wollte Ella wissen.

»Auch bin ich kein Tierkundler, jedoch habe ich noch nie von etwas Ähnlichem gehört. Bären können so groß werden, und sie sind ausgezeichnete Schwimmer, kommen hier aber nicht häufiger vor als Wölfe, und das Tier war dafür auch nicht massig genug. Es war eher … schlaksig.«

»Was haben Sie gemacht, nachdem Sie zurück in Solkers waren?«

»Ich beschloss, alles dem Bürgermeister zu berichten. Rothenberger war auch da, und aus einem mir nicht nachvollziehbaren Grund erklärten die beiden das Wesen zur Gefahr, die erjagt werden müsste. Also sind er und Manuel Spiegel am nächsten Morgen losgegangen …«

»Moment mal«, unterbrach Everd. »Rothenberger war nicht allein? Davon hast du nichts gesagt, Ella.«

»Stimmt. Ja. Manuel Spiegel ist mit Jakob zum See gegangen. Er ist dort bis zum späten Nachmittag geblieben. Dann wurde er zurück ins Dorf gerufen. Bei seiner Frau hatten die Wehen eingesetzt. Jakob ist alleine am See geblieben.«

»Ich muss diesen Spiegel sprechen.«

»Er kommt erst in ein paar Tagen zurück. Er ist mit seiner Frau und dem Säugling ins Hospital nach Fulda gereist. Das Kind hat es mit der Lunge.«

Althoff räusperte sich. »Das ist ja alles hochinteressant, aber könnte ich vielleicht meinen Bericht abschließen, damit ich mich wieder mit Dingen beschäftigen kann, die weniger schwachsinnig sind? Also: Rothenberger ist auf jeden Fall nicht mehr von dieser Jagd zurückgekehrt. In den Tagen darauf hat das Dorf das Wesen zum Riesenwolf erklärt und offensichtlich vergessen, dass ich nie auch nur im Entferntesten etwas Ähnliches angedeutet habe. Wenn Sie beide mich nun entschuldigen würden. Ich habe noch eine Menge Arbeit zu erledigen. Ich hoffe aber, dass Sie sich im Fall einer schweren Krankheit vertrauensvoll an mich wenden.« Mit einem leisen Schnauben drehte er ihnen den Rücken zu und begann, in seinen Giftschränken herumzustöbern.

Ella und Everd geleiteten sich selbst nach draußen. Dort schlugen sie den Weg zum *Mühlenrad* ein.

»Und? Was meinst du?«, fragte Ella.

Da musste Everd nicht lange überlegen. »Ich würde sagen, er ist ein Knilch.«

»Ich sehe, dass du deinem Ruf als Spürnase gerecht wirst. Er kommt aus Solkers, hat dem Dorf aber schon früh den Rücken gekehrt, um zu studieren. Anfang des Jahres zwang ihn sein Pflichtgefühl gegenüber seinem Vater dazu, die Apotheke zu übernehmen. Das frustriert ihn ziemlich.«

»Ja, ich bleibe lieber bei: ›Er ist ein Knilch‹. Aber trotzdem scheint er alles andere zu sein als ein Spinner. Und falls er nicht zu viel an seinen eigenen Tränken geschnüffelt hat, wird er wohl wirklich etwas im Wald gesehen haben.«

»Aber ein unbekanntes Tier? Vielleicht hat er sich verschätzt in der Größe und dem Gewicht. Wer weiß?«

»Bei so einer Aussage kannst du davon ausgehen, dass mindestens die Hälfte fehlerhaft ist, sei es, weil einen die Sinne oder das Gedächtnis im Stich lassen oder man bewusst etwas Falsches erzählt. Aber trotzdem könnte da ein wildes Tier im Wald herumstreunen. Vielleicht hat es den Jäger zur Beute gemacht.«

»Aber dann hätten wir etwas finden müssen. Jakobs Ausrüstung. Irgendetwas.«

»Stimmt, aber das habt ihr nicht, eben? Also gut. Wer ist losgegangen, um Manuel Spiegel vom See zu holen?«

»Wir haben Gernot geschickt.«

»Und der hat Rothenberger noch am See gesehen?«

»Da bin ich mir sicher. Nachdem das Verschwinden von Jakob bekannt geworden war, kam Gernot zu mir. Er war ganz außer sich, weil er Jakob als Letzter gesehen hatte.«

»Na schön. Morgen gehen wir als Erstes zu diesem - wie hieß der See? Garbener Loch? Und ich muss mit Rothenbergers Frau sprechen, Agatha, nicht wahr? Das machen wir am besten gleich als Nächstes.«

»Da muss ich dich schon wieder enttäuschen. Sie ist heute im Nachbarort. Besorgungen machen. Aber sie wird nachher sicherlich bei Wilkers Abendessen dabei sein. Dann findet sich bestimmt eine Gelegenheit, mit ihr zu sprechen.«

»Das Abendessen?« Everd verzog das Gesicht und stöhnte.

Ella nickte, die Augen voll von gespieltem Mitleid. »Darum wirst du wohl nicht herumkommen, jetzt wo du doch hierbleibst.«

KAPITEL 5

Ella und Everd gingen über den kleinen Innenhof von Wilker Herchenhahns Gut, der von drei Gebäuden eingefasst wurde. Auf der linken Seite lag ein Stall, der allerdings nicht so aussah, als würde er im Moment für die Unterbringung von Tieren genutzt. Rechts daneben eine aus Holz gebaute Hütte, nicht groß, aber doch groß genug, dass zwei Leute darin wohnen konnten. Licht brannte in einem der Fenster. Dort lebten Agatha und Jakob, wie Ella Everd aufklärte, als sie auf das Haupthaus, etwa doppelt so groß wie die Hütte und aus hübschem Fachwerk gebaut, zuhielten. Jenseits dieser drei Gebäude war das Anwesen in Dunkelheit gehüllt, doch auch so konnte Everd sagen, dass Herchenhahn mit Sicherheit zu den wohlhabenderen Bewohnern in Solkers gehörte.

Schon kurz, nachdem Ella geklopft hatte, öffnete ein sichtlich geschaffter Bürgermeister die Tür. Die Ärmel hatte er hochgekrempelt, und mit einem Handtuch versuchte er, sich seine Hände sauber zu rubbeln. Um seine Hüften war eine Schürze geschwungen, die … Everd stockte. Die Schürze, die sich Wilker Herchenhahn umgebunden hatte, war aus einem groben Leinenstoff gewebt. Sie war hauptsächlich dunkelgrün, durchzogen von einem feinen Muster aus hellgrünen Streifen. Everd tastete nach dem Stofffetzen, den er nach wie vor in seiner Tasche trug. Schon wieder dieses Muster? Das konnte doch kaum sein. Wobei: Wie viele Schneider gab es in einem so kleinen

Dorf schon? Vielleicht trug die Hälfte der Menschen hier Kleidungsstücke aus diesem Stoff. Damit hätte diese Spur mit einem Schlag rapide an Wert verloren.

»Ella, herzlich willkommen. Herr Edinger, schön, dass Sie hier sind«, begrüßte sie Herchenhahn freundlich. »Kommt herein, kommt herein.«

Das Haus präsentierte sich von innen so schlicht, wie es wohl üblich war hier in der Rhön, aber doch so gemütlich, wie man es von außen erwartete. Ella und Everd folgten ihrem Gastgeber durch einen Flur in das Esszimmer, das hauptsächlich von einem großen Tisch eingenommen wurde.

»Legt doch schon mal ab und setzt euch. Verzeiht, dass ich dabei nicht helfen kann.« Um seine Entschuldigung zu unterstreichen, hielt der Bürgermeister seine fettig verschmierten Hände nach oben. Das Handtuch hatte wenig genützt. »Die letzten beiden Wochen habe ich das Essen ja bei deiner Birte geholt, damit Aga sich nicht noch mit der Küche herumplagen muss. Aber heute wollte ich mal selber ran.«

»Sie ist zu Hause, nicht wahr?« Ella warf einen besorgten Blick aus dem Fenster, durch das man das Gesindehaus sehen konnte.

»Ja«, antwortete Herchenhahn, während er schon fast durch eine Tür verschwunden war, die offenbar direkt in die Küche führte. »Ich habe sie gefragt, ob sie mit uns essen möchte, aber sie wollte früh zu Bett gehen. Ich glaube nicht, dass es gut für sie ist, so viel Zeit alleine zu verbringen, aber ich kann sie ja nicht zwingen.«

Eine Weile ertönte von nebenan geschäftiges Treiben, dann huschte der Bürgermeister wieder ins Esszimmer, dieses Mal ohne Schürze, in den nun blitzsauberen Händen links eine Schüssel mit dampfenden Kartoffeln, die, eher zu kleinen Kunstwerken geschnitzt als fachmännisch geschält, darauf hindeuteten, dass er nicht allzu oft am Herd stand, und rechts eine mit grob gehackter Schwarzwurzel in einer milchigen Soße. Beides platzierte er in der Mitte des Tisches. Noch einmal verschwand er, doch bevor die Küchentür auch nur die Gelegenheit hatte, zuzufallen, stand er auch schon wieder bei seinen Gästen, diesmal mit einer Platte, auf der ein golden gebräunter Kaninchenbraten darauf wartete, dass man sich über ihn hermachte.

»An Aga und Birte komme ich sicherlich nicht heran«, sagte Herchenhahn, »aber im Moment ... na ja, nun müsst ihr euch halt mit meinen Kochkünsten begnügen. Damals bei der Armee stand ich durchaus im Ruf, ein recht talentierter Koch zu sein.«

Der Bürgermeister nahm einen Krug und füllte sein eigenes Glas und die Gläser seiner Gäste mit Apfelwein. Dann setzte er sich auf seinen Stuhl, senkte den Kopf und faltete ebenso wie Ella die Hände. Everd tat es ihnen gleich.

Nachdem das Dankgebet mit dem ›Amen‹ beendet war, blickte der Bürgermeister fröhlich auf. »Dann lasst es euch schmecken.«

Er nahm Messer und Gabel und verfrachtete eine Keule und ein großes Stück Rücken auf seinen Teller. Danach trennte er einen der Vorderläufe und ein Stückchen Bauchfleisch aus dem Braten heraus. »Die Dame zuerst. Er lächelte seinen Gast freundlich an und legte Ella vor, bevor er Everd den zweiten Lauf und ein weiteres Stück Bauch auf den Teller legte. Nur einen Augenblick später hatte Herchenhahn auch schon die freien Stellen auf seinem Teller mit Kartoffeln und Schwarzwurzel bedeckt. Gabel um Gabel schob er sich in den Mund. Immer wenn er zwei oder drei Mundvoll hinuntergeschlungen hatte, nahm er eine Serviette, um sich damit die Mundwinkel sauber zu tupfen.

»Wirklich lecker, Wilker«, lobte Ella, nachdem auch sie etwas von dem Essen probiert hatte. »Du warst beim Militär nicht zu Unrecht als guter Koch bekannt.«

»Ach ja, was soll ich sagen, man tut halt, was man tun muss. Am Anfang versorgte uns ein richtiger Koch, aber dann … Schrapnell. Direkt in den Hals. War kein schöner Anblick. Auf jeden Fall mussten wir uns danach selbst um unser Essen kümmern. Manchmal gab es richtig gute Sachen, wenn wir gerade in einer Stadt haltgemacht hatten. Oder nach der Eroberung eines Dorfes. Oft gab es aber nichts als Zwieback und Sauerkraut. Aber mit ein bisschen Glück konnten wir was erjagen. Ich musste es dann zubereiten, und – ohne anzugeben – die Kameraden haben sich die Finger danach geleckt.«

Locker ging die Plauderei weiter. Herchenhahn gab bereitwillig einige Anekdoten aus seiner Soldatenzeit zum Besten, was Everd nur recht war, da es den Raum für Fragen nach seiner Arbeit als Detektiv in Frankfurt verringerte, bei denen es ohne Zweifel schwierig gewesen wäre, dem Vorfall mit der Gassheimer-Tochter bis zum Ende auszuweichen. Mit der Zeit leerten sich die Teller, während sich die Mägen füllten.

Es war schon stockfinster draußen, als sie sich auf ihren Stühlen zurücklehnten.

»Es ist mir ein Gräuel«, setzte der Bürgermeister an, »einen so angenehmen Abend mit düsteren Fragen zu verderben, aber ich muss wissen, ob Sie schon etwas herausgefunden haben, Herr Edinger.«

Everd sah auf. »Was soll ich sagen? Ein Tag ist natürlich recht wenig Zeit, um schon Ergebnisse vorzuweisen. Mit Ellas Hilfe habe ich mir erst einmal einen Überblick verschafft.« Knapp und unverbindlich. Nicht übel.

»Selbstverständlich«, erwiderte Herchenhahn etwas unzufrieden.

»Aber ich werde Sie natürlich sofort informieren, sobald ich etwas Handfestes habe«, setzte Everd deswegen nach.

»Das wäre wirklich sehr nett von Ihnen. Gute Nachrichten wären mir dabei freilich die liebsten. Etwas, das ich mit dem Dorf teilen könnte.«

Everd lehnte sich auf seinem Stuhl nach vorn und stützte die Ellbogen auf den Tisch. »Ich verstehe Sie. Die Menschen hier sind sicherlich ein ruhigeres Leben gewohnt.«

Der Bürgermeister nickte nachdenklich. »Müßig geht das Leben auf dem Land zwar nicht, aber dass einer unserer Leute einfach so verschwindet, ist doch etwas mehr Aufregung als üblich.«

»Ja«, stimmte Everd zu, »wir haben mit Frau Hesselbach gesprochen.«

Wilker lächelte sanft. »Sie hat Ihnen sicher eine ihrer Geschichten erzählt, die einem gebildeten Städter wie Ihnen sicherlich als Humbug erscheinen muss?«

»Sehen Sie das anders?«

»Wissen Sie, Herr Edinger, ich bin hier aufgewachsen und kenne natürlich all die alten Geschichten, die man sich in unserem Tal erzählt. Ob ich sie für wahr halte? Nein, das tue ich nicht. Ich verlasse mich lieber auf das, was ich sehe, als auf das, was mir zu Ohren kommt. Aber für viele hier im Dorf liefern diese Geschichten nun einmal Erklärungen für Dinge, die ihnen im Laufe des Lebens begegnen, die sie aber nicht so einfach begreifen können. Das ist harmlos. Weit mehr Sorgen mache ich mir wegen denjenigen, die von einem möglichen Verbrechen sprechen.«

»Verständlich. Das ist hier auch nicht gerade eine Gegend, in der man Verbrechen erwartet; Einbrüche, Diebstahl, Räubereien …«

»Nein, was das angeht, können wir uns wirklich glücklich schätzen. Freilich gibt es hier und da mal Zank und Hader, aber seit dem Ende der Gebrüder Zunderstein ist das hier ein sicheres Fleckchen Erde.«

»Die Gebrüder Zunderstein?«, hakte Everd nach.

Die Augen des Bürgermeisters leuchteten auf. »Kaspar und Georg. Die Anführer einer berüchtigten Räuberbande, die vor … mal nachdenken … das müssen jetzt … über 25 Jahre sein. Ich werde wirklich langsam alt. Damals haben sie das ganze Ulstertal in Angst und Schrecken versetzt. Man konnte sich kaum noch aus den Dörfern herauswagen.«

»Was ist mit ihnen passiert?«

»Wir haben ihr Versteck gefunden und es ausgehoben.«

Ella lächelte. »Nicht so bescheiden, Wilker. Du hast das Versteck gefunden und den Trupp angeführt, der sich die Räuber geschnappt hat. Und wenn die Geschichten nicht übertreiben, warst du es auch, der die Brüder gestellt hat. Wilker hat die Zundersteins mit ihrem Gesindel an den Galgen gebracht. Seitdem reicht es, die Geschichte nicht in Vergessenheit geraten zu lassen, damit es sich jeder Räuber zweimal überlegt, ob er seine Schandtaten hier vollbringen möchte.«

Bescheidenheit ließ Herchenhahn widersprechen. »Geschichten neigen meist zur Übertreibung. Ich habe es ja nicht allein gemacht. Eine Menge guter Männer aus dem ganzen Tal war dabei.« Bei diesen Worten verschwand der Glanz in seinen Augen schlagartig. »Jakobs Vater war einer von ihnen.«

»Sie und die Rothenbergers kennen sich wohl schon lange.«

Der Bürgermeister atmete tief durch. »Jakobs Familie lebt am Ende des Tals. Meine Eltern haben schon mit seinen Großeltern Handel getrieben, als ich und Jakobs Vater Helmut noch Buben waren. Es war für mich selbstverständlich, Jakob hier anzustellen.« Es schien, als schwinde mit jedem weiteren Wort die Kraft aus seiner Stimme. »Zumal er ein großartiger Bursche war. Fleißig, ehrlich, immer bemüht, das Richtige zu tun und es gut zu tun. Und ein Dickkopf war er. Hätte öfter auf mich hören sollen.« Langsam wurden seine Augen feucht, doch der Bürgermeister wischte sie trocken, bevor sich auch nur eine Träne lösen konnte. »Nun ja«, sagte er mit gefasster Fröhlichkeit, »Sie wissen schon: Kinder eben.« Er sah sich im Esszimmer um. »Ist etwas kühl hier, nicht wahr?«

Rasch drehte er sich zu dem kleinen Ofen, der in einer Ecke vor sich hin knisterte. Er legte frisches Holz auf und stocherte mit einem Eisen in der Glut herum. Etwas verlegen saßen Ella und Everd da. Sie wussten nicht, was sie sagen sollten. Sie sah sich im Esszimmer um, betrachtete die Schmuckstücke, die die Wand zierten, er starrte in sein Glas. Leer. Trotzdem setzte er es noch einmal an seine Lippen, einfach nur, um beschäftigt zu sein.

»Da ist doch schon seit einer Viertelstunde nichts mehr drin«, bemerkte Ella.

»Na und?«

»Komm, ich füll es auf.«

Ein Blick in den Weinkrug zeigte ihr, dass sie ihn bis zum Boden ausgetrunken hatten. »Wilker, ich hol noch etwas Wein.«

Der Bürgermeister war noch immer mit seinem Feuer beschäftigt und hörte nur auf einem Ohr zu. »Ja, mach das«, antwortete er beiläufig.

»Stehen die Flaschen noch im Keller?«

»Ja … was? Moment.« Herchenhahn legte das Eisen beiseite und sprang zu Ella, die schon vor der Küchentür stand. »Ich mach das.« Er griff nach dem Krug in ihren Händen. »Wir haben dort unten eine echte Rattenplage. Fette Biester. Außerdem bist du mein Gast. Setz dich nur hin und unterhalte dich noch ein wenig mit Herrn Edinger. Ich bin gleich wieder da.«

Ella sah ihm sorgenvoll hinterher, als er in der Küche verschwand. »Die ganze Sache nimmt ihn ziemlich mit. Und trotzdem muss er vor allen anderen stark wirken.«

»Das ist nun einmal seine Aufgabe.«

Ella nickte. »Everd.« Sie blickte ihn fest an. »Ich weiß nicht genau, was dich dazu gebracht hat, uns doch zu helfen. Aber ich bin wirklich froh, dass du es tust. Und das meine ich ganz ohne Schadenfreude.«

Ein knappes »Ja« stellte Everds ganze Antwort dar. Ellas Worte waren ihm unangenehm. Lieber wollte er das Thema in eine andere Richtung lenken. »Wo du gerade die Ermittlungen erwähnst. Ich hab da mal eine Frage: die Schürze, die der Bürgermeister vorhin beim Kochen umhatte. Weißt du, wo er sie gekauft hat?«

Ellas Verwirrung war Everd gewiss. »Das muss ich nicht verstehen, oder?«

»Nicht unbedingt. Ich hab da nur so eine Idee.«

»Na schön.« Sie dachte kurz nach. »Er hat sie gar nicht

gekauft. Aga hat sie gemacht. Im letzten Winter, wenn ich mich recht erinnere.«

»Und woher kam der Stoff?«

»Den hat sie gewebt.«

Everd war überrascht. Gleichzeitig war er es nicht. »Natürlich, wir sind hier auf dem Land.« Mit der Handfläche schlug er sich gegen die Stirn. »Ich bin so ein Dummkopf. Hat sie aus dem Stoff noch andere Kleidungsstücke gefertigt?«

»Was sind denn das für Fragen?«

»Ziemlich gute Fragen.«

Ella kramte in ihrem Gedächtnis. »Sie hat sich ein Kleid daraus genäht, und eine Tischdecke, glaube ich …«

»Und einen Umhang? Mit Kapuze?«

»Stimmt, woher weißt du das?«

»Für wen hat sie den Umhang gemacht?«

»Sie hat ihn für Jakob geschneidert.«

Wieder war Everd überrascht. Dieses Mal ohne Einschränkung.

»Alles in Ordnung mit dir?«, fragte Ella, nachdem er sich einen Augenblick nicht gerührt hatte.

Er ging zur Küche und lugte hinein. Von Herchenhahn keine Spur. Hinter einer Tür waren gedämpfte Geräusche zu hören. Sie musste in den Keller führen. Everd setzte sich zurück zu Ella an den Esstisch. Er griff in die Tasche seiner Jacke und zog das kleine, an den Rändern zerfaserte Stück Stoff hervor.

»Wo hast du das her?«

Everd brauchte nicht lange, um ihr in groben Zügen von seiner nächtlichen Begegnung zu erzählen. Ein Mann in einem Umhang. Eine beeindruckende Demonstration ausgefeiltester Kletterkunst an einer Scheune. Ein kurzer

Kampf. Ein waghalsiger Sprung vom Oberboden. Mit offenem Mund verfolgte sie seinen Bericht.

»Deswegen hast du Wilker auf Einbrüche und Diebstähle angesprochen«, stellte sie fest, nachdem er fertig war.

Everd nickte. »Aber es scheint ja keine gegeben zu haben. Zumindest keine, von denen jemand etwas mitbekommen hat.«

Ella nahm ihm den Fetzen aus der Hand und rieb den Stoff zwischen den Fingern hin und her, als ob sie überprüfen wollte, dass er wirklich echt war.

»Dir ist klar, was das bedeuten könnte?«

Natürlich war es ihr klar. »Entweder trägt jemand Jakobs Umhang.«

»Genau«, warf Everd ein. »Dann ist die Frage, woher er ihn hat. Das würde für deine Annahme sprechen, dass irgendjemand anderes mit dem Verschwinden von Rothenberger zu tun hat. Oder …?«

Die zweite Möglichkeit zu formulieren, fiel Ella ungleich schwerer, stellte sie doch alles auf den Kopf, was sie in den letzten beiden Wochen zu wissen geglaubt hatte. »Oder der Mann im Umhang ist Jakob.«

»Ich weiß, dass du dir nicht vorstellen kannst, dass Rothenberger aus freien Stücken untergetaucht sein könnte, aber sieh es mal von der Seite: Wenn er der Mann im Umhang ist, ist er zumindest noch am Leben.«

»Aber warum sollte er verschwinden? Um nachts Einbrüche in Solkers zu begehen? Und was ist mit der Kletterei? Jakob ist zwar gewandt, aber das, was du beschrieben hast … Ich glaube nicht, dass er das könnte.«

»Also schön. Wir müssen versuchen, diesen Unbekannten aufzuspüren. Dann wissen wir es genau.«

»Wo hast du ihn gesehen?«

Everd blickte verschämt in der Gegend herum. »Ich … weiß es nicht genau.«

Ella sah Everd an, als hätte er einen Witz gemacht, über den sie rein gar nicht lachen konnte.

»Es war Nacht«, verteidigte er sich. »Und in diesem verdammten Dorf sieht doch jede Ecke gleich aus.«

Das Knirschen einer Tür und das Geräusch von Schritten aus der Küche befreiten Everd für den Moment aus dieser peinlichen Situation. Herchenhahn war lange weg gewesen, aber jetzt kam er zurück ins Esszimmer. Eilig nahm Everd den Stofffetzen und ließ ihn in seine Tasche wandern.

»Entschuldigt, dass es etwas gedauert hat.« Der Bürgermeister setzte den vollen Weinkrug auf dem Esstisch ab. »Ich bin unten im Keller gegen einen Balken gestoßen und musste mich erst mal verarzten.« Er neigte sich nach vorne und präsentierte seine Tonsur. Fast kreisrund war hier die Haut aufgeschabt.

»Oh, das sieht aber übel aus«, sagte Ella.

Herchenhahn winkte ab. »Kein Problem. Nur ein Kratzer. Ich lass mir morgen von Doktor Keuper eine Salbe geben. Also, worüber habt ihr gesprochen?«

Während im Haupthaus das Essen weiterging, saß Aga jenseits des Innenhofes in ihrer Stube und starrte auf ein weißes Blatt Papier, das vor ihr ausgebreitet auf dem Tisch lag; ihre Miene erstarrt und ausdruckslos, ihre Schultern hängend. Man konnte denken, dass sie sich seit Stunden nicht gerührt hatte.

Plötzlich kam Leben in ihre Hand. Sie zog einen Federhalter aus einem Tintenfass, das vor ihr auf dem Tisch stand, und streifte den Tropfen ab, der sich vorne an der Federspitze gebildet hatte. Dennoch gab es einen kleinen Klecks, als sie diese auf dem Papier ansetzte. Mit großer Leichtigkeit machte sie einen ersten Strich, dann einen zweiten, dann eine Wellenlinie. Eine bestimmte Form zu zeichnen, etwas, das man erkennen konnte, war nicht ihr Ziel. Die Feder raste über das Papier, schlug Haken, wechselte die Richtung. Die Linien waren kraftvoll und doch fein, mit Schwung und doch präzise. Aber sie wurden schwächer mit der Zeit und gröber, jedoch nicht, weil der Feder die Tinte auszugehen begann.

Agas Hand zitterte. Ihre Augen füllten sich mit Tränen. Ihre Finger hielten den Federhalter nicht mehr locker umschlossen, sondern verkrampften sich um ihn, gerade so, als hätte sie Angst, dass man ihn ihr aus der Hand reißen würde.

Eine ganze Weile saß sie so da in ihrer Trauer und hätte wohl auch noch für Stunden so dagesessen, wenn nicht ein Geräusch sie hätte aufschrecken lassen. Ein Knarren. Draußen. Aga kannte es genau. Es stammte von einem der Bretter vor der Tür. Jakob hatte die Reparatur den ganzen Sommer lang vor sich hergeschoben. Normalerweise folgte diesem Geräusch entweder das der sich öffnenden Eingangstür oder ein Klopfen. Doch diesmal blieb alles still.

Aga ließ die Feder fallen. Dort, wo die Spitze auf dem Papier auftraf, breitete sich ein tiefschwarzer Fleck aus. Sie sprang zur Tür und riss sie auf. Nichts war dort zu sehen außer einem Schatten drüben beim Stall, der aber sogleich mit der Dunkelheit verschmolz.

KAPITEL 6

»So, DAS SOLLTE für den Rest des Tages halten.« In der Wirtsstube des Mühlenrades legte Birte das Verbandszeug beiseite und überprüfte noch einmal Everds Schulter, indem sie die geschwollene Haut um den Verband abtastete. Dann nahm sie ein Handtuch, das sie hinten in ihre Schürze gesteckt hatte, und wischte sich damit über ihr Gesicht, das jetzt noch viel röter glühte als zwei Tage zuvor, sicherlich ein ebenso ungeliebter wie unvermeidbarer Zustand, wenn man einen guten Teil des Tages in der Küche direkt neben einem glühend heißen Ofen stehen musste.

»Vielen Dank.« Vorsichtig zog Everd sein Hemd wieder an. Die Wunde, die er sich durch den Holzsplitter zugezogen hatte, sah nicht schlimm aus, und doch hatte sie ihn die ganze Nacht hindurch mit Brennen und Jucken gepiesackt. Allein gestaltete es sich schwierig, sie richtig zu versorgen, zu einem Arzt wollte er aber wegen einer solchen Lappalie auch nicht gehen. Da kam es ihm wie gerufen, dass die Köchin des *Mühlenrades* ihre Hilfe anbot.

»Wissen Sie«, rief Birte, die inzwischen wieder in ihrer Küche war, aus der der Duft von frischem Apfelkuchen in den Wirtsraum strömte, »ich verstehe ja immer noch nicht so ganz, wie Sie sich mit einer Axt eine solche Wunde zugezogen haben, aber auf jeden Fall hatten Sie Glück. Meinem Schussel von Bruder ist beim Holzhacken wirklich schon Schlimmeres passiert.«

»Ja.« Everd versuchte, seine Schulter ein wenig zu bewegen. Was auch immer Birte ihm auf die Wunde gerieben hatte, es zeigte schon Wirkung. »Ich muss beim nächsten Mal einfach vorsichtiger sein.«

»Das sollten Sie wirklich.« Birte trat zurück in die Wirtsstube, wo sich Everd gerade über sein Frühstück hermachte. Sie wischte die Hände an ihrer Schürze ab. Aus dem hinteren Teil des Gasthauses ertönten Schritte. »Hören Sie? Ella kommt. Dann werde ich mal noch etwas mehr Brot, Wurst und Käse holen. Und wissen Sie was? Wenn es Ihnen peinlich ist, brauchen Sie ja niemandem zu erzählen, was Ihnen beim Holzhacken passiert ist.«

Everd winkte ab. »Nein, nein, das ist mir nicht peinlich.«

»Von mir kommt kein Ton.« Die Köchin presste ihre dicken Finger auf die wulstigen Lippen und grinste verschwörerisch. »Wir denken uns einfach was aus. Wir können ja sagen, dass sie mit jemandem gerauft haben.«

Everd wusste nicht genau, was er dazu sagen sollte, aber das war auch gar nicht nötig. Birte war schon wieder in ihrer Küche verschwunden. Im selben Moment öffnete sich die hintere Tür der Wirtsstube, und Ella kam herein.

»Guten Morgen.« Sie warf einen sorgenvollen Blick auf das herumliegende Verbandszeug. »Was ist denn hier los?«

Everd zog noch einmal sein Hemd von seiner Schulter und präsentierte die verbundene Wunde.

»Gute Güte! Was ist dir denn passiert?«

Er schob sich ein Stück Käse in den Mund. »Ein Holzsplitter. Auf dem Scheunenboden. Gestern habe ich es kaum gespürt, aber heute Nacht hat es angefangen zu jucken. Ist aber nicht der Rede wert.«

»Guten Morgen, Ella.« Birte wirbelte aus der Küche und platzierte einen zweiten Teller auf dem Tisch.

»Oh vielen Dank, Birte.«

»Lasst es euch schmecken. Aber behaltet noch ein bisschen Platz. Wenn ihr nachher wiederkommt, gibt's leckeren Eintopf und frischen Apfelkuchen.«

Ella schnupperte. »Ja, er duftet herrlich. Ich kann es kaum erwarten. Ach, genau. Ich habe Frau Hesselbach versprochen, ihr und Martin etwas von dem Eintopf zu bringen. Könntest du nachher vielleicht bei ihnen vorbeisehen? Ich werde wohl mit Herrn Edinger unterwegs sein.«

Birte strahlte so heftig, dass sich ihre Wangen zu zwei roten fleischigen Bällchen verformten. »Auf jeden Fall mache ich das. Und zwei Stücke Kuchen bringe ich ihnen auch noch mit. Ich wollte heute sowieso nicht den ganzen Tag drinnenbleiben. Wo es doch jetzt schon so warm ist.« Schlagartig wurde ihr Gesicht ernst. »Schlimm, was da mit Herrn Edinger passiert ist, nicht? Hat es mit dem Ortwin zu tun bekommen. Der war ja immer so ein Haudrauf.« Sie blinzelte Everd, ihrer Meinung nach, unauffällig, zu.

»Ortwin?« Ella formte den Namen stumm mit den Lippen in Everds Richtung, doch er zuckte nur mit den Schultern.

»Oh, ich muss mal nach dem Feuer gucken.« Und schon war Birte wieder verschwunden, vor sich hin trällernd wie eh und je.

Everd wischte sich die Brotkrumen vom Mund. »Also, am besten gehen wir jetzt als Erstes zu Frau Rothenberger. Ich muss mit ihr sprechen, und es wäre auch nicht verkehrt, wenn ich mir ihr Zuhause ansehen könnte. Nach zwei Wochen, in denen die Räume weiter genutzt wurden, dürfte es zwar schwierig werden, dort noch etwas Brauchbares zu finden, aber man weiß ja nie. Und dann müssen wir zum Garbener Loch.«

»Und wir sollten uns im Dorf umsehen«, ergänzte Ella. »Wenn wir versuchen, den Weg wiederzufinden, den du vorletzte Nacht genommen hast, finden wir vielleicht auch die Scheune.«

»Einen Versuch ist es wert. Aber wir warten bis nach Sonnenuntergang. Dann sieht alles wenigstens ungefähr so aus wie …«

Ein Scheppern donnerte aus der Küche und löste Birtes Gesang ab.

»Was war das?« Ella sprang auf und stürzte nach nebenan. Everd folgte dicht hinter ihr. Eine Wolke aus Mehlstaub war gerade dabei, sich langsam im Raum auszubreiten, eine Holzschüssel rotierte auf dem Boden. Der fand sich übersät mit den Resten von geschälten Karotten, Äpfeln und Rüben, Besteck, Schneidebrettchen, einem Nudelholz, zerschlagenen Eiern. Und zwischen dieser Unordnung lag Birte mit hochrotem Gesicht, ohne sich zu rühren.

»Birte! Birte!« Ella schüttelte die Köchin, schlug ihr sanft mit der Hand ins Gesicht.

Neben dem Weg über die Wirtsstube war die Küche auch über den Hinterhof des *Mühlenrades* zu erreichen. Everd warf einen Blick nach draußen. Zwei Tonnen mit Abfällen, ein paar Gartengeräte, einige Holzplanken, eine große Schubkarre; sonst war der Hof leer, und es waren auch keine Schritte zu hören, die in der Ferne verklangen.

»Ich glaube, sie atmet nicht.« Ella zog den Ermittler an der Hand zu Birte. »Mach irgendetwas! Ich … ich laufe los und hol Doktor Keuper.« Mit den letzten Worten stürmte sie auch schon hinaus und ließ Everd zurück.

Birtes Gesicht glühte, überzogen von einem dünnen Schweißfilm. Am Hals war kein Puls zu fühlen. Möglicherweise dämpfte ihn die Fettfalte völlig ab, die sich zwischen Gesicht und Körper heraus beulte. Everd versuchte sein Glück am Handgelenk. Ebenfalls nichts.

Rasch kniete er sich hinter Birtes Kopf, nahm ihre Arme, schob sie zu ihrem Brustkorb, wo er einen festen Druck ausübte. Im Halbkreis führte er die Arme zurück hinter ihren Kopf, um sie dann mit einem kräftigen Ruck zu sich zu ziehen, bevor er die Prozedur von vorn begann.

Einige Minuten waren es wohl, die er versucht hatte, sie auf diese Weise wiederzubeleben, als plötzlich die Hintertür aufsprang und Ella in der Küche stand. Sie war allein. Mit feuchten Augen blickte sie erst auf Birte, dann hilflos zu Everd. »Doktor Keuper kann nicht kommen. Birte ist nicht die Einzige. Es sind noch sechs andere in Ohnmacht gefallen. Einer hat seine Zunge verschluckt, und jetzt versucht der Doktor, sie wieder herauszuholen. Deswegen kann er im Moment nicht kommen.« Sie war völlig außer sich.

Everd unterbrach seine Behandlung. Noch einmal suchte er nach einem Puls – und tatsächlich, ein ganz sanftes Pochen war zu spüren. »Schnell, gib mir den Löffel da.« Eilig polierte er ihn und hielt ihn vor Birtes Mund. Ganz sachte beschlug das Metall. »Sie lebt noch, soweit ich das sehen kann. Wir drehen sie jetzt auf den Bauch, damit mit ihrer Zunge nichts passiert, und dann warten wir, bis der Doktor kommt. Vielleicht wacht sie ja bis dahin wieder auf.«

»Und wenn nicht?« In Ellas Stimme lag tiefe Verzweiflung. »Wir müssen sie zu ihm bringen.«

Everd überlegte, was das Schwerste war, das er bisher in

seinem Leben gehoben hatte. Vielleicht anderthalb Zentner? Wenn Ella nicht mit deutlich größerer Kraft überraschte, als man ihr vom äußeren Anblick her zutraute, war dieser Plan von vorneherein zum Scheitern verurteilt. Doch sie würde Birte mit Sicherheit nicht einfach hier liegen lassen. Eine Lösung musste her.

Die Schubkarre drückte sich tief in den lehmigen Straßenboden. Sie im Gleichgewicht zu halten, war nicht leicht für Ella und Everd, und es half auch nicht, dass das *Mühlenrad* am tiefsten Punkt von Solkers lag, und ihr Weg sie deshalb stetig bergauf führte. Am schwierigsten aber war es gewesen, Birte vom Küchenboden in die Schubkarre hineinzubefördern.

Es dauerte einige Minuten, bis sie am Kopf der Marktstraße angekommen waren. Doktor Keuper praktizierte nahe dem Dorfzentrum, zwei Häuser hinter der Marktscheune, die Everd bereits bei seiner Ankunft kennengelernt hatte. Doch so weit kamen sie gar nicht. Das Tor der Scheune stand weit offen, und eine stattliche Menschenmenge hatte sich davor versammelt. Ein paar der Leute entdeckten Ella und Everd. »Es sind zu viele für Keupers Praxis. Er behandelt sie jetzt hier«, informierte sie einer der Schaulustigen. Rasch bildete sich ein Korridor, durch den Ella und Everd die Schubkarre in das provisorische Krankenhaus manövrierten.

Obgleich es drinnen deutlich heller war als noch zwei Tage zuvor und auch lange nicht so überfüllt und stickig, wirkte es auf Everd bedrückender. Ella hatte von sechs Bewusstlosen gesprochen, insgesamt konnte er aber sieben Menschen zählen, die auf behelfsmäßigen Lagern auf den Boden gebettet waren. Ein alter Mann, sicherlich jenseits der 60, drei Frauen und ein Mann in mittlerem Alter und zwei Kinder, der Junge mochte acht, das Mädchen vielleicht zwölf sein. Keiner von ihnen rührte sich. Der alte Mann war wohl alleinstehend. Die anderen konnten sich glücklich schätzen, Angehörige zu haben, die sich um sie kümmerten. Dazu noch zwei Frauen, die eine bekleidet mit der typischen Schürze und der weißen Haube einer Krankenschwester, die andere in normalen Straßenklamotten, die zwischen den Lagern umherliefen, hier Füße hochlegten und dort Stirnen mit feuchten Tüchern abtupften.

Bürgermeister Herchenhahn und Leutnant Goldbach standen in der einen Ecke des Raumes. Sie unterhielten sich mit einem Mann, der anhand des Stethoskops um seinen Hals leicht als Doktor Keuper zu identifizieren war. Als die drei Männer Ella und Everd, die bewusstlose Birte vor sich herschiebend, hereinkommen sahen, beendeten sie ihre Unterhaltung und kamen herüber.

»Schnell, Sie da!« Keuper zeigte auf Everd. »Und Wilker, Josch. Fasst mit an.«

Gemeinsam gelang es ihnen, den massigen Körper der Köchin auf einen Haufen mit Stoff abgedeckten Heus zu legen, den die beiden Helferinnen des Arztes rasch bereitet hatten. Sofort machte sich der Doktor an seine Untersuchung. Goldbach, heute in seiner glattgebügelten Uniform samt Mütze und Säbel, sah es derweil als seine Aufgabe an, ihm den dafür nötigen Raum zu verschaffen. Vielleicht wollte es der Gendarm auch nur vermeiden, nutzlos in der Gegend herumzustehen. »Vielen Dank, dass ihr sie hergebracht habt.« Er schob Ella und Everd ein wenig zurück. »Wir werden uns um sie kümmern. Ich muss euch jetzt bitten, zu gehen. Der Doktor hat zu arbeiten.«

»Nein, sie sollen noch einen Moment warten.« Keuper kniete über Birte und hielt sein Ohr dicht an ihren Mund. »Können Sie mir sagen, was mit ihr passiert ist?«

»Nicht mehr, als ich Ihnen vorhin schon erzählt habe.« Ella schob sich an Goldbach vorbei und kniete sich neben den Arzt. »Sie war in ihrer Küche beim Backen. Wir saßen in der Wirtsstube. Dann hörten wir sie zu Boden fallen und haben sie so gefunden. Sie hat nicht geatmet, aber Everd konnte sie wiederbeleben. Was ist denn nur mit ihr los?«

Keuper antwortete nicht sofort. Stattdessen nahm er sein Stethoskop und hörte damit Birtes Brustkorb ab, wobei er den anderen gebot, ruhig zu sein. »Es ist auf jeden Fall eine starke Form der Bewusstlosigkeit«, erklärte er, als er fertig war. »Eine Art tiefer Schlaf. Sie atmen flach, der Herzschlag ist langsam, und die Muskeln sind erschlafft, die Pupillen reagieren nicht auf Licht.« Er holte eine lange Nadel aus einer seiner Taschen hervor und stach Birte damit in die Innenseite der linken Hand. Ihre Finger zuckten zusammen, blieben dann aber wie zuvor regungslos liegen. »Sie spüren Reize, lassen sich aber auch durch Schmerz nicht wecken.«

»Ist es ansteckend, Hugo?« Herchenhahn warf einen besorgten Blick auf die draußen wartenden Menschen.

»Wenn ja«, meinte Leutnant Goldbach, »müssen wir die Kranken auf jeden Fall aus dem Dorf bringen.«

Keuper zog seine Brille von der Nase und rieb sich mit Daumen und Zeigefinger die Augen. »Mir ist zumindest keine ansteckende Krankheit bekannt, die nur ein einziges, so klar abgegrenztes Symptom hat und ohne jede Vorwarnung so plötzlich auftritt. Wenn überhaupt, steht Bewusstlosigkeit am Ende einer langwierigen Infektion, und Inga Schmidt dort ist die Einzige, die schon seit einer Woche an einer Erkältung leidet. Wenn sie so spontan auftritt, ist sie meist nach kurzer Zeit auch schon wieder vorbei. In diesem Maße entsteht Bewusstlosigkeit normalerweise im Hirn. Durch einen Schlag auf den Schädel, zu viel Sonne oder Kälte oder Ähnliches. Aber auf so etwas habe ich keine Hinweise gefunden.«

»Es ist doch aber praktisch unmöglich, dass es bei so vielen Menschen passiert, ohne dass es einen gemeinsamen Ursprung hat.« Auch Everd ließ sich nun nicht mehr von Goldbach zurückhalten.

Der Doktor stand etwas umständlich auf und gesellte sich wieder zu den anderen. »Da gebe ich Ihnen recht, Herr …«

»Edinger«, vervollständigte Herchenhahn seinen Satz. »Everd Edinger.«

»Ah, selbstverständlich. Der junge Städter, der bei der Suche nach Jakob Rothenberger helfen möchte. Nun, Herr Edinger, da gebe ich Ihnen recht. Es ist höchstwahrscheinlich ein und dieselbe Ursache, die die Bewusstlosigkeit bei all diesen Menschen ausgelöst hat.«

Der Bürgermeister trat etwas näher an den Doktor heran, um seine Stimme dämpfen zu können. »Wenn du dich festlegen müsstest, Hugo, was würdest du als Ursprung am ehesten in Erwägung ziehen?«

Man konnte sehen, wie Keuper tief im Inneren seines Hirnes sorgfältig nach einer Antwort forschte. »Ich würde auf eine Vergiftung tippen.«

»Gift?«, versicherte sich Everd.

»Gut möglich.«

»Also waren es keine Unfälle.« Offenbar unbewusst umklammerte Goldbach den Griff seines Säbels.

Herchenhahn hingegen schien geradezu erschüttert zu sein von dieser neuen Erkenntnis.

»Das ist nicht gesagt.« Keuper rückte seine Brille zurecht. »Die meisten Gifte kommen in der Natur vor, in Tieren oder Pflanzen, und können dementsprechend auch ohne Absicht in den menschlichen Körper gelangen. Die Frage ist also, wie sie da hingekommen sind.«

Everd sah zu Birte hinüber, deren Gesicht inzwischen seine Röte verloren hatte und kreidebleich geworden war. »Lässt sich sagen, wann die Menschen dem Gift ausgesetzt waren?«

»Nicht genau, solange ich nicht weiß, um welches Gift es sich handelt. Allerdings zeigen Gifte ihre Wirkung bei jedem Menschen nach einer anderen Zeitspanne. Diese Fälle hier ereigneten sich aber alle binnen einer Stunde. Es muss also ein recht schnell wirkendes Gift sein. Ich würde sagen, es ist innerhalb der letzten paar Stunden in ihren Körper gelangt. Ich möchte zu diesem Zeitpunkt keine Möglichkeit ausschließen.«

In Goldbach, der bis jetzt steif wie eine Statue dagestanden hatte, kam Bewegung. »Ich werde sofort ein paar Männer zusammentrommeln, und wir durchsuchen die Häuser aller Kranken. Dort sollte etwas zu finden sein.«

»Was ist mit der Suche nach Jakob?« Ella hatte bisher an Birtes Seite gekniet und der Köchin die Stirn mit einem feuchten Tuch gekühlt. Nun war sie aufgestanden und zu den anderen gekommen. Mit ihrer Frage hatte sie bei Goldbach einen wunden Punkt getroffen. Er schien hin und her gerissen zwischen der Loyalität gegenüber seinem Freund und der Verantwortung gegenüber den Bewohnern von Solkers. Es war ein kurzer Kampf. »Zwei Trupps sind im Wald unterwegs. Ortwin führt sie an. Die kommen auch ohne mich zurecht. Das hier ist im Moment dringlicher.« Seine Worte schienen ihm selbst am wenigsten zu gefallen. Sofort eilte er zu den Dörflern, die nach wie vor neben ihren kranken Angehörigen saßen, wechselte einige rasche Worte mit ihnen und kam kurz darauf zurück, die Hand voller Haustürschlüssel. Der Mann, der eben noch am Lager des achtjährigen Jungen gewacht hatte, folgte ihm. Everd kannte ihn. Er hatte bei der Dorfversammlung zu Goldbachs Trupp gehört.

»Erwin hat sich bereit erklärt, uns bei der Suche zu unterstützen, die anderen wollen lieber bei ihren Familien bleiben. Uns fehlt noch der Schlüssel von Herrn Berger. Aber Martina wird im Laden sein. Sie soll uns einfach in die Wohnung lassen.« Zusammen mit seinem Helfer machte er sich auf den Weg.

Herchenhahn wendete sich an Doktor Keuper. »Ich werde auch erst mal gehen. Es sind sicherlich viele Fragen bei den anderen zu beantworten. Du lässt es mich wissen, wenn es etwas Neues gibt, Hugo.«

In dem Moment, in dem der Bürgermeister am Scheunentor angekommen war, teilte sich die Menge, und ein Mann Mitte 40 kam herein. In den Armen trug er eine Frau gleichen Alters. Ebenfalls ohne Bewusstsein. Sofort eilten der Doktor und die beiden Pflegerinnen zu ihm, um den neunten Patienten zu versorgen.

Grübelnd ließ Everd seinen Blick über die Krankenlager wandern. Das konnte kein Zufall sein. Für ein verschlafenes Nest hatte Solkers in der letzten Zeit zu viele ungewöhnliche Ereignisse erlebt. Irgendwo musste da ein Zusammenhang bestehen.

»Du willst dich mit den Leuten hier unterhalten, nicht wahr?«

Las Ella seine Gedanken? »Wird der Doktor irgendwelche Probleme machen?«

Sie sah zu Keuper hinüber, der seine Untersuchung des Neuzugangs in seiner kleinen Behelfsklinik abgeschlossen hatte und nun mit dem Mann sprach. »Ihm geht es nur darum, seine Patienten möglichst schnell gesund zu bekommen. Solange er nicht den Eindruck hat, dass wir ihn dabei stören, dürfte es ihm egal sein.«

»Gut.« Everd nickte zufrieden. »Kennst du die Kranken alle?«

Die Frage war überflüssig. »Der alte Mann dort ist Wolfgang Berger. Ihm gehörte früher der Laden unten in der Marktstraße. Er ist Witwer. Erst in einer solchen Situation merkt man, wie traurig das ist. Ich frage mich, wer ihn überhaupt hierhergebracht hat.«

»Weißt du, was mit seinem Bein ist?«

Die Schwestern hatten Berger zugedeckt, ein Stückchen seines rechten Unterschenkels lag aber frei. Er war mit einer Schiene fixiert worden.

»Er ist vor Kurzem gestürzt und hat es sich dabei gebrochen. In seinem Alter ist das wirklich schlimm. Ich glaube, seitdem hat er kaum noch das Haus verlassen.« Ellas Blick ruhte noch einen Moment auf dem alten Mann, dann setzte sie die Runde der Kranken fort. »Die beiden Frauen sind Inga Schmidt und Hannelore Flechtner. Daneben sitzen ihre Männer Jonas und Sven. Dort drüben liegt das Ehepaar Hasenkamp, Lena und Bert. Die junge Frau mit den roten Wangen ist Lenas Schwester Beate. Der kleine Junge heißt Michael, seine Eltern sind Lydia und Erwin Weber, der gerade mit Josch weggegangen ist, und das Mädchen ist Hildegard Körner mit ihrer Mutter Waltraut. Silvia Steutebeck ist die Frau, die gerade von ihrem Mann Jens hereingebracht wurde.«

»Fällt dir irgendetwas ein, das diese Leute gemeinsam haben? Wohnen sie in der gleichen Gegend? Holen sie ihr Wasser aus dem gleichen Brunnen? Kommen sie bei irgendeiner Gelegenheit zusammen?«

Ella kramte alles Wissen, das sie über die Erkrankten und ihre Familien besaß, hervor, doch ihr fiel nichts ein.

»Na schön.« Everd hatte auch nicht erwartet, dass es so einfach sein würde. »Dann sprich du doch als Erstes mit Jonas Schmidt. Keuper hat vorhin gesagt, seine Frau sei schon seit einer Woche krank gewesen. Vielleicht kann er dir genauer sagen, was sie hatte. Ich gehe zu Frau Weber und Frau Körner.«

Langsam näherte sich Everd den beiden Jüngsten unter den Kranken. Sie lagen auf Feldbetten, die Augen geschlossen, die Gesichter entspannt, fast friedlich. Ihre Gesichter waren fahl, viel mehr noch als das von Birte. Abgesehen davon hätte man denken können, dass sie nur schliefen. Doch die beiden Frauen, die neben ihnen saßen, benahmen sich nicht einfach wie Mütter, die den ruhigen Schlaf ihrer Kinder beobachteten.

Frau Körner kniete am Boden. Die Hand ihrer Tochter hielt sie sich nah ans Gesicht, als wollte sie dem schlaffen Körper mit ihrem eigenen Atem wieder Leben einhauchen. Frau Weber hingegen saß auf einem kleinen Schemel und strich Michael die blonden Strähnen aus der mit feinen Schweißperlen bedeckten Stirn.

»Entschuldigen Sie?« Everd schämte sich geradezu, sie bei ihrer Wacht zu stören. Die beiden Frauen drehten sich zu ihm um und zeigten Gesichter, die nicht weniger blass waren als die ihrer Kinder.

»Mein Name ist Everd Edinger.« Keine Reaktion. Vielleicht gehörten sie zu den wenigen Einwohnern von Solkers, die noch nichts von dem Detektiv gehört hatten. Wahrscheinlich war es ihnen im Moment auch einfach nur egal. »Ich bin ein Freund von Ella Farning«, fügte er sicherheitshalber hinzu.

»Ja«, erwiderte Frau Körner mit leiser Stimme. »Ich habe schon von Ihnen gehört.«

»Sie haben doch mit dem Doktor gesprochen. Gibt es schon etwas Neues?« Hoffnungsvoll sah Frau Weber Everd an.

Der ging in die Knie, um auf Augenhöhe mit den Damen zu sein. »Nein, ich fürchte nicht. Aber im Moment helfe ich Doktor Keuper dabei, herauszufinden, woran Ihre Kinder leiden. Könnten Sie mir erzählen, was die zwei heute getan haben, bevor sie … krank geworden sind? Alles, was Ihnen einfällt, kann vielleicht helfen.«

Wieder streichelte Frau Weber über das Gesicht ihres Jungen. »Es war nichts Ungewöhnliches. Michael ist mit seinem Handwagen unterwegs gewesen, Milch ausfahren, so wie jeden Mittwoch. Vor ungefähr einer Stunde ist er zurückgekommen. Er hat mir dabei geholfen, das Haus sauber zu machen. Er hat den Boden gewischt. Plötzlich rief er, dass ihm schlecht ist, und bevor ich bei ihm war, lag er schon …« Sie musste ihre Tränen unterdrücken.

»Es tut mir leid.« Everd gab ihr einen Moment, bevor er weiterfragte. »Ist Ihnen etwas aufgefallen, als Michael nach Hause kam? Oder hat er Ihnen vielleicht von etwas Außergewöhnlichem erzählt, das ihm heute Morgen passiert ist?«

»Überhaupt nicht, alles war genauso wie immer«, schluchzte sie.

Er wendete sich an Frau Körner. »War Hildegard heute Morgen auch im Dorf unterwegs?«

»Nein. Sie hat den ganzen Morgen in der Schule verbracht. Dort ist sie auch zusammengebrochen. Der Lehrer hatte sie schon hierhergebracht, als man mir Bescheid gesagt hat.«

»Und Michael war nicht in der Schule?«

Frau Weber blickte auf. »In der Erntezeit lassen wir ihn zu Hause, damit er uns hilft. In die Schule gehen kann er auch im Winter.«

»Wo kommt Michael denn überall vorbei, wenn er Milch ausfährt?«

»Wir haben ein paar feste Kunden, hauptsächlich Leute, die selbst kein Vieh haben. Hektor, unseren Dorfschmied, den Herrn Schulmeister Schiebelhut, Pfarrer Heumüller, den jungen Herrn Althoff, der die Apotheke seines Vaters übernommen hat, den Bullenhalter Markgraf und ein paar andere. Den meisten bringen wir die Milch schon seit Jahren. Schon bevor Michael geboren wurde.«

»Also haben sowohl Michael als auch Hildegard diesen Lehrer Schiebelhut heute Morgen gesehen?«

»Herr Schiebelhut ist vormittags in der Schule. Michael stellt ihm die Milch vor seine Haustür.«

»Überschneidet sich denn der Schulweg von Hildegard mit dem Weg, auf dem Michael seine Milch ausliefert?«

Frau Körner zog die Decke ihrer Tochter ein wenig fester. »Eigentlich nicht. Die Schule ist oben bei der Kirche, wo wir auch wohnen. Hildegard muss nur die Straße runter … aber heute war sie auch in der Marktstraße. Vor der Schule habe ich sie noch in die Apotheke geschickt, Medizin für mich abholen.«

»Dann ist sie bestimmt bei Herrn Markgraf vorbeigekommen«, warf Frau Weber ein. »Und Frau Brenner und der Metzger Leicht liegen auf dem Weg; denen bringen wir die Milch auch.«

»Und den Weg zwischen Kirche und Apotheke ist sie gegangen so etwa zwischen …?«

»Die Schule fängt um acht an«, sagte Frau Körner. »Also dürfte es so halb acht gewesen sein.«

»Michael fängt mit seiner Runde erst gegen halb neun an, nachdem die Kühe gemolken wurden.«

»Also schön.« Everd überlegte, ob noch irgendwelche tröstenden Worte von ihm erwartet wurden. Doch selbst wenn, wären ihm keine eingefallen. »Ich danke Ihnen. Ich hoffe, dass es den Kindern bald besser geht. Sie erfahren es sofort, sobald wir etwas Neues herausgefunden haben.« Er ließ die beiden Mütter mit ihren Kindern allein.

Auch Ella hatte ihre Befragung von Jonas Schmidt beendet.

»Was hat er gesagt?«, wollte Everd wissen.

»Inga kränkelte schon seit acht Tagen. Husten, Hals- und Kopfschmerzen, Schnupfen. Nichts Außergewöhnliches, wenn auch ein wenig hartnäckig.«

»War sie in Behandlung?«

»Ja. In den ersten Tagen hat sie sich selbst behandelt mit Tee, den sie aus selbst gesammelten Kräutern gebraut hat. Als es nicht besser wurde, hat Jonas sie überredet, zu Doktor Keuper zu gehen.«

»Und wie ist sie bewusstlos geworden?«

»Das weiß Jonas nicht. Sie ist heute Morgen einfach nicht aufgewacht.«

»Dann müsste sie schon irgendwann gestern Abend vergiftet worden sein.«

»Oder im Schlaf.«

Everd nickte und sah sich nach dem Doktor um. Der stand ein wenig abseits der Patienten. »Entschuldigen Sie, Doktor Keuper. Inga Schmidt war doch Ende letzter Woche schon bei Ihnen in Behandlung?«

»Ja, sie hatte sich erkältet. Nichts allzu Schlimmes. Dank ihrer Tees befand sie sich auch schon auf dem Weg der Besserung, aber ihrem Mann ging es wohl nicht rasch genug. Er bestand darauf, dass sie noch etwas anderes nimmt.«

»Haben Sie ihr etwas verschrieben?«

»Ihre Behandlung mit Kräutertee war schon recht vernünftig. Ich habe ihr noch zu einem Saft auf Spitzwegerichbasis geraten.«

»Haben Sie ihr den gegeben?«

»Nein. Für so etwas ist Herr Althoff zuständig. Er weiß, wie man die Wirkstoffe aus den Pflanzen extrahiert und zu Arzneien weiterverarbeitet. Er ist ziemlich gut. Beherrscht sowohl die natürliche als auch die künstliche Art der Medikamentenherstellung … Wieso wollen Sie das wissen? Sie brauchen nicht zu denken, dass dieses Medikament etwas mit Ingas Zustand zu tun hat.« Keuper ging zu einem kleinen Tisch und kam mit einem Fläschchen zurück. »Das hier ist es. Jonas hat es mitgebracht, weil auch er dachte, dass es für die Bewusstlosigkeit verantwortlich sein könnte. Das kann es aber nicht. Es ist völlig harmlos.«

Everd nahm das Fläschchen in die Hand. Es war noch fast voll. Auf dem Etikett standen eine Menge Informationen, mit denen der Ermittler ohnehin nichts anfangen konnte. Nur der Punkt ›Datum der Abfüllung‹ erregte seine Aufmerksamkeit. Das Fläschchen war auf gestern datiert. Er nahm Ella beiseite und hielt ihr das Etikett entgegen. »Kannst du Herrn Schmidt fragen, wer das Fläschchen gestern abgeholt hat? Er oder seine Frau? Und ich würde gerne wissen, ob Hannelore, Silvia oder Lena gestern oder heute die Apotheke von Herrn Althoff aufgesucht oder eine Arznei von dort genommen haben.«

»Wieso das denn?«

»Michael Weber und Hildegard Körner waren heute Morgen dort.«

»Und Inga hat Medizin genommen, die dort gestern abgefüllt wurde. Denkst du, dass Althoff etwas mit der Sache zu tun hat?«

»Das will ich nicht unbedingt behaupten. Aber wo würde man in einem Dorf wie Solkers eine giftige Substanz erwarten, wenn nicht in einer Apotheke?«

Ella machte sich auf, und Everd gab das Fläschchen zurück an Doktor Keuper. »Wer hat eigentlich Herrn Berger hierhergebracht?«

»Martina, die seinen Laden übernommen hat, nachdem Wolfgangs Frau gestorben war, sieht manchmal nach ihm. Sie hat ihn heute Morgen entdeckt und mich gerufen.«

»Wo genau hat sie ihn gefunden?«

»Sie meinen, in welchem Zimmer? In der Wohnstube lag er. Mitten auf dem Boden.«

»Ella hat mir erzählt, dass sich Herr Berger das Bein gebrochen hat.«

»Ja, vor gut zwei Wochen. Er ist von einem Stuhl gestürzt.«

»Und seitdem hat er seine Wohnung kaum noch verlassen?«

»Er kann das Bein noch nicht belasten, und Krücken sind in seinem Alter eine schwierige Sache. Außerdem hat er seit seinem Sturz eine recht starke Form der Melancholie gezeigt. In den nächsten Tagen hätte ich ihn dazu gezwungen, mal wieder nach draußen zu gehen. Hektor ist gerade dabei, eine Art Rollstuhl zusammenzubasteln.«

»Sie haben ihn also zu Hause behandelt?«

»Sehr richtig. Ich habe jeden Tag nach ihm geschaut.«

»Wann zum letzten Mal?«

»Gestern Abend. Und ich bin mir völlig im Klaren, dass mich das wohl zur letzten Person macht, die Wolfgang bei Bewusstsein gesehen hat.«

Everd lächelte, obgleich er Doktor Keupers letzten Satz nur noch halb wahrgenommen hatte. Eine Person, die ihm bisher in all dem Durcheinander noch gar nicht aufgefallen war, fesselte seine Aufmerksamkeit. »Keine Sorge, Herr Doktor«, bemerkte er deshalb beiläufig. »Noch stehen Sie auf keiner Verdächtigenliste.«

Die Gestalt saß in der hintersten Ecke der Scheune auf einem Schemel und döste an die Wand gelehnt vor sich hin, als ob um sie herum nicht das Chaos ausgebrochen wäre. Es war der Schmale von der Dorfversammlung. Everd versuchte, sich an seinen Namen zu erinnern. Irgendetwas mit K? Nein, mit H – Heinrich? Ungewöhnlicher, irgendwie ausländisch. Henry? Hank, genau, so hieß er. Was war mit ihm geschehen? Hanks linkes Auge war unter einer rötlich-lilafarbenen Schwellung verschwunden. Auch seine rechte Wange war aufgebläht, und um seinen Kopf schlang sich ein Verband.

»Doktor Keuper?«, wendete sich Everd noch einmal an den Arzt.

Der sah ihn mit gespielt strenger Miene an. »Herr Edinger, wenn Sie mich weiter von meiner Arbeit abhalten, muss ich *Sie* vielleicht auf eine Verdächtigenliste setzen.«

»Ich wäre untröstlich. Nur noch eines: Was ist mit Hank da drüben passiert?«

Der Arzt überlegte kurz. »Das hat sicherlich nichts mit den Ohnmachtsfällen zu tun und bestimmt auch nicht mit Ihren Ermittlungen.«

»Nun, Herr Doktor, ich wäre Ihnen trotzdem dankbar, wenn Sie mir etwas erzählen könnten. Es wäre nicht das erste Mal, dass ein Detail erst im Nachhinein an Bedeutung gewinnt, und ich würde nur ungern etwas verpassen.«

Keuper kratzte sich im Nacken. »Er sagt, der Wagen sei über einen Stein gepoltert und er daraufhin vom Kutschbock gefallen.«

»Sie klingen nicht überzeugt.«

»Nun ja, es wäre durchaus möglich. Ein paar blaue Flecken, eine Platzwunde an der Stirn, ein paar Abschürfungen – das kann schon alles von einem Sturz stammen.«

»Aber?«

»Wissen Sie, Herr Edinger, die Jugend im Dorf hat ihre eigenen Regeln, wie sie mit Konflikten unter sich umgeht. Das war zu meiner Zeit so und auch zur Zeit meines Großvaters, und das ist gut so. Manchmal braucht jemand, der aus der Reihe tanzt, einfach eine Abreibung. Wobei ich mir nicht sicher bin, ob die Jugend von heute die Grenzen kennt.«

»Und wer gehört zu dieser Jugend?«

»Kommen Sie schon, Herr Edinger. Es ist nur eine Vermutung. Da werde ich doch nicht wild mit dem Finger auf Leute zeigen.«

Aus dem Arzt ließ sich in dieser Sache nichts herausbekommen, das war klar. Und ohnehin standen auf Everds

Liste schon genug Rätsel, die es zu lösen galt. Der Fall des lädierten Hank fand da keinen Platz mehr.

Also verabschiedete er sich von Keuper und ging zu Ella, die gerade von ihrer Befragung zurückkehrte. »Jonas hat die Arznei gestern Abend abgeholt«, begann sie ihren Bericht. »Inga hat er dazu überredet, im Bett zu bleiben. Beate konnte mir nichts über Lena oder Bert sagen. Sie lebt nicht im Haus der Hasenkamps und hat ihre Schwester vor zwei Tagen das letzte Mal gesehen. Sven und Jens meinten, dass ihre beiden Frauen, soweit sie das sagen können, die Apotheke nicht besucht haben, und dass sie im Moment auch sonst keine Medikamente von Althoff nehmen. Allerdings waren sowohl Hannelore als auch Silvia heute Morgen unterwegs. Garantieren konnten sie es mir also nicht.«

Everd dachte kurz nach. »Wo wohnt Herr Berger?«

»Noch immer über seinem alten Laden.«

»Ich muss mir die Wohnung ansehen.«

»Was willst du dort?«

»Das weiß ich, wenn ich es sehe. Die Apotheke ist der einzige Ort, an dem sowohl Michael Weber als auch Hildegard Körner heute Morgen waren. Und Inga Schmidt hat Medikamente genommen, die dort gestern abgefüllt wurden.«

»Aber sie war nicht selbst da. Und die anderen hatten, soweit wir wissen, gar nichts mit der Apotheke zu schaffen. Zumindest nicht in den letzten Tagen. Auch Birte war nicht dort, soweit ich weiß.«

»Das stimmt. Die Apotheke ist mehr so ein Bauchgefühl von mir. Und da kommt Wolfgang Berger ins Spiel. Er hat seine Wohnung seit Tagen nicht verlassen, und als Doktor Keuper gestern seinen Hausbesuch bei ihm gemacht hat, war noch alles in Ordnung. Martina hat Berger heute Morgen gefunden. Was immer ihm also zugestoßen ist, muss bei ihm zu Hause passiert sein. Heute Nacht.«

»So einfach kannst du da nicht rein. Aber wir könnten Wilker fragen.«

Ella ging voran nach draußen. Noch immer wartete hier die Menschenmasse. Herchenhahn aber war nirgendwo zu sehen. Auch wusste niemand, wohin er gegangen war. Sie mussten sich also mit der zweiten Wahl begnügen, Leutnant Goldbach, der sich zusammen mit seinen Leuten im Haus der Hasenkamps finden ließ. Dort führte er die Aufsicht über das, was seiner Ansicht nach wohl eine geordnete Durchsuchung war. Das war sie wohl auch, wenn man seinen verlegten Schlüssel wiederfinden wollte. Die sensible Sicherung feinster Spuren aber verlangte mehr Vorsicht, als der Gendarm und seine grobschlächtigen Helfer in der Lage waren, aufzubringen. Für das gewöhnliche Auge mochten sie das Haus der Hasenkamps behutsam behandeln, aus der Sicht eines Ermittlers herrschte Chaos.

»Josch!«, rief Ella von draußen in das Haus hinein, und wenige Augenblicke später stand der Gendarm vor ihnen.

»Was wollt ihr hier?«

»Ich muss dich um etwas bitten. Wir müssten uns die Wohnung von Herrn Berger ansehen.«

Der Leutnant kniff die Augen zusammen. »Weswegen?«

»Wir haben mit den Leuten in der Scheune geredet, und es ist gut möglich, dass wir bei Herrn Berger die Ursache für die Bewusstlosigkeit finden.«

Everd meinte, Leutnant Goldbachs Zähne knirschen

zu hören. »Ihr habt mit den Leuten gesprochen? Wie es mir scheint, ist Herr Edinger mit der Suche nach Jakob mehr als ausgelastet. Zumindest sind mir bisher noch keine Ergebnisse seiner Ermittlungen zu Ohren gekommen, oder irre ich mich? Da solltet ihr euch nicht auch noch mit so etwas belasten.«

»Aber vielleicht gibt es eine Verbindung zwischen der Bewusstlosigkeit und Jakobs Verschwinden.«

»Und wie soll diese Verbindung aussehen?«

Darauf konnte Ella keine Antwort geben. Sie sah Everd an, doch auch er wusste nicht, wie er ihr hätte zur Seite springen können.

»Beeindruckend«, unterbrach der Gendarm ihr gemeinsames Schweigen. »Ich gehe dann mal wieder hinein. Und ich verspreche euch, dass wir Wolfgang Bergers Wohnung besonders genau unter die Lupe nehmen werden, wenn sie an der Reihe ist.«

Ella wollte ihn noch zurückrufen, doch Everd griff sie am Arm, zog sie vom Hasenkamp'schen Haus weg und zielstrebig die Straße entlang.

»Wo willst du hin?«

Er grinste.

»Ist das dein Ernst?«

»Du hast die Trampeltiere doch gesehen. Wenn die vor mir durch Bergers Wohnung wüten, finde ich dort überhaupt nichts mehr.«

»Was ist, wenn Josch auftaucht. Er hat doch ziemlich deutlich gemacht, dass er dich hier nicht dabeihaben möchte.«

»Hat er das?« Everd machte ein betont verständnisloses Gesicht. »Alles, was ich gehört habe, war das Blöken eines Hammels.«

Ella schmunzelte. »Wenn es dabei hilft, Birte wieder gesund zu machen, möchte ich dir da nicht widersprechen.« Sie übernahm die Führung. »Aber es ist gefährlich. Du hast zwar eine gewisse Narrenfreiheit, aber du bist nicht unantastbar.«

»Was meinst du mit Narrenfreiheit?«

»Nun ja, Wilker hat nur zugestimmt, dass Josch mit der Suche nach Jakob weitermachen darf, solange du noch am Ermitteln bist.«

Ellas Worte zauberten ein zufriedenes Lächeln auf Everds Gesicht. »Seine Drohungen waren also nur zahnloses Geknurre. Er braucht mich. Das muss er ja hassen.«

»Ja, aber wenn du bei einem Einbruch erwischt wirst, wird er sich auch nicht mehr gegen Wilker durchsetzen können. Außerdem bleibt noch das Problem, wie du an Martina vorbeikommst. Ihr gehört jetzt der Laden, und um zur Eingangstür von Herrn Bergers Wohnung zu kommen, muss man durch das Geschäft gehen.«

»Hm, damit wird die Sache schwieriger für dich.«

»Wieso? Soll ich … Nein. Ich soll sie ablenken? Ich kann so was nicht. Ich weiß gar nicht … Wie soll ich das denn machen?«

Everd zuckte mit den Schultern. »Lass dir was einfallen. Wie ich schon sagte: Du hast dich doch als pfiffig erwiesen.« Er schob Ella in die Richtung der mit *Gemischtwaren W. Berger* überschriebenen Tür, während er selbst draußen auf der Straße wartete.

Der Laden bestand nur aus einem einzigen Raum, der bis unter die Decke vollgestopft war mit allem, was das Herz begehren konnte. Lebensmittel stapelten sich in der einen Ecke, daneben Schreibwaren, Stoffe und Kurzwaren. Rauchzeug hatte es sich zusammen mit Alkohol in einer düsteren Nische gemütlich gemacht. Seifen, Schwämme und Bürsten belagerten ein halbes Regal. Ein zweites war allein für Bücher reserviert, die Herr Berger über alles liebte, und die Martina ihm zuliebe in ihrem Sortiment behielt, auch wenn die Nachfrage überschaubar war. Mehl, Zucker und was man sonst noch in der Küche brauchte, füllte die Schränke hinter der Ladentheke mit der großen Waage; und sie waren dort nicht allein. Vor ihnen stand eine junge Frau, Anfang 20 vielleicht, das blaue Kleid von einer blütenweißen Schürze geschützt, die blonden Haare zu einem strengen Zopf geflochten.

»Guten Tag, Martina«, begrüßte Ella sie.

»Hallo, Ella, schön dich zu sehen.« Die Frau lächelte, doch es ließ sich leicht erkennen, dass sich hinter der professionellen Freundlichkeit die Sorge um Herrn Berger verbarg, die sich auch sogleich Bahn brach. »Hast du schon mitbekommen, was passiert ist?«

»Ja, ich war eben an der Marktscheune. Birte ist auch erkrankt.«

Martina schlug die Hände vor dem Mund zusammen. »Nein, das ist ja furchtbar. Die Ärmste. Was ist das nur für ein schreckliches Unheil?«

»Das kann ich dir wirklich nicht sagen, Martina, aber ich bin sicher, dass Doktor Keuper und Josch es herausfinden werden.«

»Ja, das hoffe ich. Es wird einem ja angst und bange, wenn man nur daran denkt.« Nervös zupfte sie an der Schleife ihrer Schürze. Dann rückte sie ihr Haar zurecht und erinnerte sich daran, dass da nicht nur eine Freundin, sondern auch eine Kundin vor ihr stand. »Aber genug der düsteren Gedanken. Was kann ich denn heute für dich tun?«

Da fiel es Ella wieder ein. Sie war ja gar nicht gekommen, um mit Martina zu plaudern. Sie war nicht einmal gekommen, um etwas zu kaufen. Stattdessen war sie hier, um das Vertrauen, dass sie sich in Jahren der Redlichkeit erarbeitet hatte, zu benutzen, um eine ihrer Freundinnen hinters Licht zu führen. »Ich ... äh ...« Rasch sah sie sich im Laden um, auf der Suche nach etwas, das man hier aller Wahrscheinlichkeit nach nicht erwerben konnte. »Ich suche eine Häkelnadel. Eine ... mit ... zwei Haken. Hast du so eine?«

Martina lächelte freundlich. »Aber selbstverständlich.« Sie griff unter ihre Theke und zog eine Holzschachtel hervor, aus der sie eine hell glänzende Häkelnadel herausfischte, an deren beiden Enden je ein Haken zu sehen war. »Hier haben wir sie schon. Ich bekomme dann bitte elf Kreuzer von dir.«

Ella nahm die Häkelnadel in die Hand und beäugte sie argwöhnisch, nur um ein wenig mehr Zeit zum Nachdenken zu schinden. »Ja«, setzte sie schließlich zögernd an, »das war es nicht, was ich gemeint habe. Ich meinte ... zwei Haken ... an einer Seite.«

Kleine Falten kräuselten sich auf der Stirn der Verkäuferin. »Ich glaube nicht, dass es so etwas gibt.«

»Doch, doch.« Ella legte alle Überzeugungskraft, die sie besaß, auf die Ladentheke. »Ich bin mir ganz sicher. Ich hatte ja eine zu Hause. Sie ist mir aber leider zerbrochen. Sie war schon etwas älter.«

»Und was genau soll man damit machen können?«

»Man kann damit, na ja, zwei Fäden ... durch zwei Maschen gleichzeitig und dann ... von der Seite ...« Ella unterstützte ihre Ausführungen mit ungelenken Handbewegungen, die so aussahen, als hätte sie gerade einen schmerzhaften Krampf. In all ihren Fingern gleichzeitig. »Das ist wirklich schwer zu beschreiben. Man braucht sie nur ganz selten für besonders verzwickte Muster. Kommt aus Italien.«

Martina schien nicht vollends überzeugt zu sein, aber als Händlerin sah sie es nicht als ihre Aufgabe an, die Wünsche eines Kunden zu hinterfragen. Sie musste sie nur erfüllen. »Hast du die kaputte Nadel denn mitgebracht? Dann könnte ich mir das mal ansehen.«

Ella warf die Arme in die Luft. »Nein, natürlich nicht. Daran hätte ich wirklich denken müssen. Aber ich weiß, dass diese Nadel damals hier bei Herrn Berger gekauft wurde. Von meiner Tante. Deswegen dachte ich mir, dass du vielleicht noch welche davon haben könntest.«

»Nein, tut mir leid.« Martina wirkte richtiggehend bekümmert. »Aber so eine Nadel ist mir wirklich noch nie untergekommen.«

»Hast du nicht vielleicht noch alte Waren aus der Zeit, als Herr Berger das Geschäft führte? Ich brauche diese Nadel wirklich dringend, weil ich … ohne sie nicht weiterhäkeln kann. Es soll ein Geschenk werden.«

Die Verkäuferin grübelte kurz. »Nun ja, unten im Lager stehen noch ein paar Kisten von Herrn Berger, aber ich glaube nicht, das …«

»Es wäre großartig, wenn du für mich nachsehen könntest.«

»Also schön. Mal schauen. Wenn ich eine finde, musst du mir unbedingt zeigen, wie das funktioniert.«

»Auf jeden Fall.«

»Es kann einen Moment dauern.«

»Überhaupt kein Problem. Ich werde warten.«

Martina verschwand durch eine Tür zwischen den Regalen hinter der Ladentheke, die direkt auf eine Treppe führte, über die man in den Keller des Gebäudes gelangte. Sobald sie verschwunden war, lief Ella zum Haupteingang und hielt die kleine Glocke fest, die das Eintreten eines Kunden verkündete.

»Schnell«, flüsterte sie zu Everd, »beeil dich! Ich weiß nicht, wie lange sie weg ist.«

Er huschte durch den Verkaufsraum. Aus dem Keller polterte es. Ella hielt den Atem an, doch Everd schien das nicht zu stören. Seelenruhig öffnete er die Tür zu Bergers Wohnung.

»Wie kommst du denn wieder heraus?«, flüsterte Ella hastig.

»Du wirst hier warten müssen. Ich gebe dir ein Zeichen, dann musst du Martina noch mal ablenken, falls sie bis dahin wieder da ist.«

»Noch mal?«

»Ich mach schnell.« Mit einem Grinsen ließ er Ella im Laden zurück, die nun heftig darüber grübelte, welche ausgedachten Dinge heute sonst noch auf ihrer Einkaufsliste stehen könnten.

Eine Treppe führte in einer Kurve in das erste Stockwerk, wo ein schmaler Flur von ihr abzweigte; die Treppe selbst ging auf der linken Seite weiter nach oben. Vom Flur aus konnte man in vier verschiedene Räume gelangen.

Offenbar hatte in der Küche niemand Ordnung geschaffen, nachdem Berger zum Doktor gebracht worden war.

Auf dem Tisch lagen ein Laib Brot samt Messer und daneben, halb ausgepackt, eine gut abgehangene Mettwurst. In einer Schüssel trocknete ein Brei vor sich hin, den Everd nicht so recht einzuordnen wusste. Eilig durchforstete der Ermittler Schubladen und Wandschränke, doch viel mehr als Küchenutensilien und ein paar Lebensmittel waren darin nicht zu finden.

Weitere Vorräte waren in einer kleinen Speisekammer verstaut. Eine Vergiftung durch Nahrung wäre zwar durchaus infrage gekommen, jedoch zeigte eine dünne Staubschicht auf dem Boden, dass dieser Raum seit einigen Tagen nicht mehr betreten worden war.

Im Schlafzimmer fand sich nichts, was man hier nicht erwartete. Allein die Schublade einer kleinen Kommode verbarg Interessantes. In ihr bewahrte Berger einige Fläschchen und Ampullen auf, wie Everd sie schon in der Apotheke gesehen hatte. Rasch überflog er die Etiketten. Einige datierten Jahre zurück, andere waren aus dem vergangenen Winter, alle wohl noch von Herrn Althoffs Vater unterzeichnet, denn auch wenn Everd die krakeligen Buchstaben nicht entziffern konnte, war die Signatur eine andere als die des jetzigen Apothekers. Dessen Name fand sich nur auf einer einzigen Flasche, doch auch diese Arznei war schon vor drei Wochen abgefüllt worden. Everd stellte sie zurück und schob die Schublade wieder zu.

In der Wohnstube war Herr Berger gefunden worden. Sie präsentierte sich spartanisch eingerichtet; zwei Sessel, ein Tisch mit drei Stühlen. Trotzdem wirkte der Raum beengt, denn er war über und über mit Büchern zugestellt. Eines lag noch aufgeschlagen auf dem Tisch. Offensichtlich hatte Berger während des Frühstücks darin gelesen, denn daneben fanden sich, halb aufgegessen, das Brot, die Wurst und der Brei aus der Küche wieder, dazu noch die Reste von zwei Äpfeln und ein Becher samt einem Krug mit Wasser. Sollte sich das Rätsel wirklich so leicht lösen lassen? Warum aber auch nicht? Everd lächelte zufrieden.

Doch er fand keine Zeit, seine Hochstimmung zu genießen. Das Wohnzimmerfenster gab den Blick frei auf die Marktstraße. Und dort kam gerade Leutnant Goldbach mit seinen Männern um die Ecke. Martinas Gemischtwarenladen war ihr Ziel. Schon klar, so musste es ja kommen. Der Gendarm und seine Mannschaft hätten nicht noch ein wenig länger im Haus der Hasenkamps bleiben können. Und sie hätten sich auch nicht als Nächstes das Heim eines der anderen Erkrankten vornehmen können. Das wäre wohl wirklich zu viel verlangt gewesen. Es gab diese Tage, an denen sich das Glück als echter Mistkerl erwies. Natürlich, von Goldbach musste Everd wenig befürchten, denn wie Ella erzählt hatte, war der auf ihn angewiesen. Dummerweise war der Gendarm aber nun mal nicht alleine unterwegs.

Einen zweiten Ausgang aus Bergers Wohnung gab es nicht, und zumindest in diesem Stockwerk führten alle Fenster in Richtung Marktstraße. Er hätte hinausklettern können, doch es war sicherlich nicht die beste Idee, direkt vor dem Schaufenster von Martinas Laden zu landen. Noch während Everd seine Möglichkeiten durchdachte, konnte er hören, wie sich unten die Tür zwischen Wohnung und Laden öffnete, gefolgt vom lauten Poltern zahlreicher Schuhe.

In einem Gebäude nach oben zu flüchten, ist eine wirklich dumme Entscheidung, denn in den wenigsten Fällen kann man davon ausgehen, dass sich die Anzahl möglicher Ausgänge mit steigender Entfernung vom Erdboden erhöht. Everd blieb aber keine andere Wahl.

Josch folgte seinen Männern, als sie die Stufen in das erste Geschoss hinaufstiegen. Aufhalten konnte er sie nicht mehr, auch wenn er das gerne getan hätte. Ella war unten im Laden, von diesem Detektiv nichts zu sehen. Es war offensichtlich, was da oben in Wolfgang Bergers Wohnung geschah; und es gefiel ihm ganz und gar nicht. Edinger, dieser verdammte Idiot! Wie eine Ratte saß er hier irgendwo und wartete nur darauf, entdeckt zu werden. Er hatte es tatsächlich geschafft, sich in eine solche Situation zu manövrieren. Und damit direkt ins Gefängnis. Das Ende für die Suche nach Jakob.

Und Ella half ihm auch noch dabei. Eine Häkelnadel mit zwei Haken. Wollte sie ihn für dumm verkaufen? Seit dieser Edinger aufgetaucht war, verhielt sie sich ihm gegenüber völlig anders als sonst. Er schien Ellas übelste Charakterzüge zum Vorschein zu bringen. Nie hätte Josch gedacht, ihr einmal misstrauisch gegenübertreten zu müssen.

Everd hatte die Treppe ins zweite Stockwerk mit nur drei Schritten genommen. Nun stand er in einer kleinen Diele mit zwei Türen. Rechts ging es über eine Trittleiter noch einmal weiter nach oben. So leise er konnte, drückte Everd die erste Klinke nach unten und sah sich nichts als einer kleinen, muffigen Abstellkammer gegenüber; keine Fenster, kein anderer Ausgang.

»Hans, Theo, seht euch bitte hier in den Räumen um«, schallte Goldbachs Stimme von unten. »Ihr wisst ja: alles, was euch verdächtig vorkommt. Erwin, Jerome, ihr kommt mit mir.«

So, Hans und Theo waren fürs Erste beschäftigt. Zumindest war dieser Edinger nicht dumm genug, sich gleich hier zu verkriechen. Er musste weiter oben im Haus sein. Josch konnte nur hoffen, dass er ihn als Erster entdecken würde. So sehr ihm das widerstrebte, in diesem Fall würde er sich wohl blind stellen müssen.

Im zweiten Geschoss gab es zwei Türen. Sofort war Erwin Weber zur Stelle. »Die eine ist verschlossen, hinter der anderen ist nur Gerümpel«, stellte er fest. Erwin zeigte sich schon immer ungestüm, dieses Mal umso mehr, denn es ging auch um das Leben seines Sohnes. Sein Enthusiasmus konnte Josch hier Probleme bereiten. Besonders jetzt. Denn eine verschlossene Tür innerhalb einer Wohnung … hatte sich Edinger dahinter verbarrikadiert?

»Sollen wir sie aufbrechen?«, wollte Jerome wissen.

»Nein«, entgegnete Josch. »Wir sollten hier nichts kaputt machen, wenn wir nicht unbedingt müssen. Vielleicht gibt es einen Schlüssel.«

»Hab ihn vielleicht schon.« Erwin präsentierte einen kleinen Messingschlüssel, den er irgendwo in der Gerümpelkammer gefunden haben musste. Noch ehe Josch reagieren konnte, hatte er die Tür aufgesperrt. Vor ihnen lag ein Raum, eingerichtet wie ein Schlafzimmer – Bett, Schrank, ein Sessel –, obgleich er wohl schon länger nicht mehr als solches benutzt wurde. Die Fenster waren mit dicken Gardinen zugehängt. Niemand war hier.

»Erwin, guck dich hier mal um«, befahl Josch.

Die Trittleiter machte einen scharfen Knick und endete an einer Falltür. Everd schob sie einen Spalt auf und sah in den Dachboden des Hauses. Das Ende der Fahnenstange war erreicht. Licht fiel durch ein zweiflügeliges Fenster auf der gegenüberliegenden Dachseite. Der Speicher war vollgestellt mit allerlei Krimskrams, den Everd auf die Schnelle kaum überblicken konnte: ausrangierte Möbelstücke, Werkzeuge und Kisten. Auch hier stach eine beeindruckende Ansammlung von Büchern hervor, jedoch lange nicht so pfleglich behandelt wie ihre Geschwister in der Wohnstube.

Zurückzugehen war keine Option, also stieg Everd die letzten Stufen der Trittleiter empor. So leise wie möglich schloss er die Falltür hinter sich. Nicht leise genug.

Josch horchte auf. Was war das? Der Spitzboden? Man sah Erwin an, dass er das Geräusch auch gehört hatte.

»Erwin, durchsuchst du bitte das Zimmer?«, wiederholte Josch seinen Befehl mit Nachdruck, während er Jerome anwies, die Gerümpelkammer zu inspizieren.

Doch Erwin stand wie angewurzelt da. »Habt ihr das nicht gehört?« Er kniff die Augen zusammen.

Josch tat unwissend. Jerome war es wohl tatsächlich.

»Oben auf dem Speicher ist jemand«, versicherte Erwin.

»Ich werde nachsehen«, wollte Josch gerade sagen, doch da hatte sich Erwin an ihm vorbeigeschoben und war schon die halbe Trittleiter hochgestiegen. Josch konnte ihn nicht mehr aufhalten, ohne sich dabei verdächtig zu machen.

Sie waren direkt unter ihm. Ein schneller Blick zeigte Everd keine Möglichkeit, sich einigermaßen Erfolg versprechend zu verstecken. Er eilte zum Fenster, schob eine Kiste mit altem Zaumzeug zur Seite und drückte die Fensterflügel auf. An eine Flucht auf das Dach war nicht zu denken. Der First war zu weit entfernt und der Dachübergang ein unüberwindliches Hindernis, wenn man nicht gerade ein Einbrecher mit Umhang und Kapuze war. Unter ihm befand sich eine schmale Parallelgasse der Marktstraße. Bis zum Boden waren es bestimmt sieben oder acht Meter.

Sprosse für Sprosse erklomm Erwin den Weg nach oben. Josch folgte ihm. Eine Falltür versperrte ihnen den Weg. Erwin tastete sie sachte an. Sie war nicht verschlossen und auch nicht auf andere Weise versperrt. Mit einem Ruck stieß er sie auf, um gleich darauf mit einem Satz in den Raum zu springen.

»Hier ist niemand!«, hörte Josch ihn rufen.

Er stieg ihm hinterher. Tatsächlich. Der Raum war leer, wenn man von alten Möbeln und Werkzeugen, einem Haufen Büchern und allerlei Kisten absah. Vielleicht war dieser Edinger doch nicht so dumm gewesen. Zumindest nicht dieses Mal. Noch einmal ließ Josch seinen Blick durch das Zimmer schweifen, dann folgte er Erwin, der schon wieder nach unten gegangen war, und ließ die Falltür hinter sich zuknallen.

Einige Sekunden lang lag der Dachboden in völliger Stille. Doch dann: ein dumpfes Klatschen. Eine Hand, von außen gegen die Scheibe des linken Fensterflügels gedrückt; sie tastete nach dem Rahmen und zog das Fenster auf. Eine zweite Hand, die Halt an der inneren Fensterbank suchte. Ein Schnauben und Ächzen, dann der hochrote Kopf eines Ermittlers, der sich mit aller Mühe nach oben zog. Er wuchtete seinen Körper durch die Öffnung und plumpste ungelenk zurück auf den Dachboden.

Zügel, die er sich aus der Kiste mit dem Zaumzeug geliehen hatte, waren fest um seinen rechten Unterarm gewickelt. Sie schnürten ihm das Blut ab, würden sicherlich dunkle Striemen auf der Haut hinterlassen. Doch ohne sie, geschlungen um den Mittelpfosten des Fensters, hätte er sich niemals so lange draußen halten können, bis die Luft rein war.

Noch eine ganze Weile hörte er Goldbachs Truppe das Haus auf den Kopf stellen. Auf den Dachboden kam aber niemand mehr. Nachdem es still geworden war, wartete Everd noch einige Minuten, bevor er es wagte, die Falltür zu öffnen und nach unten zu steigen. Ob die Männer des Leutnants etwas gefunden hatten, konnte er nicht sagen. Auf jeden Fall waren sie bei ihrer Arbeit ähnlich unbeholfen vorgegangen wie schon zuvor im Haus der Hasenkamps.

Everd lauschte an der Tür zum Laden. Stille. Vielleicht war Martina noch einmal in den Keller gegangen. Vorsichtig lugte er hinein. Niemand da. Er hastete durch den Verkaufsraum. Gerade wollte er die Eingangstür öffnen, als ihn die Stimme der Verkäuferin in den Rücken traf: »Oh, guten Tag.« Sie klang überrascht. »Ich habe Sie unten im Keller gar nicht gehört. Entschuldigen Sie. Wie kann ich Ihnen denn behilflich sein?«

Everd schwenkte herum und lächelte ihr freundlich entgegen. »Ich … möchte eigentlich nichts kaufen. Ich suche nur eine Freundin. Ella Farning. Sie wollte hierherkommen, um … irgendetwas zu besorgen.«

»Ja, sie war hier, aber sie ist schon vor einer ganzen Weile gegangen. Ich weiß nicht, wo sie hinwollte.«

»Dennoch vielen Dank«, verabschiedete sich Everd rasch. »Ich werde sie einfach weitersuchen.«

»Ja, viel Glück und einen schönen Tag noch.«

Bei Martinas letzten Worten hatte er den Laden schon hinter sich gelassen.

Er lief die Straße hinauf, direkt zur Apotheke, die nur drei Häuser entfernt lag. Durch die gläserne Vordertür konnte er sehen, dass Althoff nicht im Verkaufsraum war. Wie schon am Tag zuvor gab es keine Glocke, die Everds Eintreten hätte ankündigen können. Geschäftiges Klappern tönte aus dem Laboratorium und machte keine Anstalten, zu pausieren. Ohne zu zögern, ging der Ermittler zu dem Korb mit den grünen Äpfeln, der nach wie vor am Fuß des Verkaufstresens stand. Inzwischen waren schon einige Leute dem ›*Bedienen Sie sich!*‹-Schild gefolgt. Nicht aber so sehr wie Everd, der sich gleich den ganzen Korb schnappte und die Apotheke so schnell, wie er gekommen war, wieder verließ.

Draußen trugen ihn seine Schritte weg von der Marktstraße hin zu den Häusern abseits des Dorfkerns. Stehen blieb er vor einem kleinen Hof mit einem angrenzenden Gehege, in dem sich zwei dicke Säue im Schlamm wälzten, während drei weitere ihre Rüssel tief in einen Trog voll offenbar leckerem Brei tunkten. Bei ihnen kniete sich Everd nieder, nahm einen Apfel und hielt ihn einer der Säue hin. Dann noch einen und noch einen. Man merkte, dass das Tier noch längst nicht genug von den saftigen Früchten hatte, aber mehr wollte Everd ihm nicht zumuten. Er nahm etwas Abstand zum Gehege und wartete.

Eine ereignislose Viertelstunde verstrich, bis Ella um die Ecke der Marktstraße gebogen kam. »Gott sei Dank.« Erleichtert fiel sie ihm um den Hals. »Ich dachte schon, sie hätten dich.«

»Haben sie aber nicht.«

»Ich habe nach dir gesucht. Es tut mir leid, dass ich verschwunden bin. Josch hätte es sicherlich merkwürdig gefunden, wenn ich die ganze Zeit vor dem Laden gewartet hätte. Was machst du hier? Hast du etwas bei Herrn Berger gefunden?«

Gefunden hatte Everd tatsächlich etwas, auch in Bergers Wohnung, vor allem aber im Schweinegehege hinter Ella. Wie gebannt starrte er über ihre Schulter hinweg. »Warte einen Moment. Vielleicht werden beide Fragen gerade auf einmal beantwortet.« Langsam ging er auf die Schweine zu.

Vier von ihnen schien es nach wie vor ausgezeichnet zu gehen, doch das fünfte Tier, die Sau, der Everd die Äpfel gegeben hatte, sah blass um die Schnauze aus, wenn Tiere überhaupt blass werden konnten. Eben war sie noch langsam von der einen Seite der Umzäunung zur anderen geschlendert, doch nun stand sie wie angewurzelt da. Ihre Beine zitterten, wurden weich. Sie versuchte, stehen zu bleiben, doch schließlich sackte sie in sich zusammen, klatschte mit einem kräftigen Platsch in den Matsch und blieb liegen, als würde sie tief und fest schlafen. Everd zeigte sich mehr als zufrieden.

Ella weniger. Verständnislos eilte sie zu der Schweinedame, streichelte ihr über die Flanke und rüttelte an ihrem Rücken, sodass die wabbeligen Fettrollen vibrierten. »Was hast du getan?«, fragte sie entgeistert.

Everd trat einen Schritt vor, um sich das Tier noch einmal genau anzusehen. »Althoffs Apotheke war die richtige Adresse, allerdings waren es keine Arzneimittel. Ich hab der Sau einige seiner Äpfel gegeben.«

»Seine Äpfel?«, wiederholte Ella nachdenklich. Plötzlich weiteten sich ihre Augen. »Birtes Apfelkuchen.«

»Ja, ein paar der Kranken haben sich vielleicht Äpfel aus der Apotheke mitgenommen. Oder sie haben sie woanders herbekommen. Und Herr Berger hatte welche zum Frühstück.«

»Die Äpfel, die Birte für den Kuchen verwendet hat: Ich kaufe sie direkt von Wilkers Hof.«

»Wo auch die von Althoff herkommen«, ergänzte Everd.

»Wir müssen es den anderen sagen.«

»Nein. Falls die Äpfel absichtlich vergiftet wurden, muss es auch jemanden geben, der sie vergiftet hat. Und derjenige sollte wenn möglich nicht mitbekommen, dass wir seine Fährte aufgenommen haben.«

»Wie willst du das machen? Wir müssen sofort dafür sorgen, dass keine Äpfel von Wilker mehr gegessen werden.«

Everd wusste, dass Ella recht hatte, auch wenn es taktische Überlegungen eigentlich verboten, die Ermittlungen so in die Öffentlichkeit zu tragen. »Wir sagen es dem Bürgermeister«, schlug er nach kurzem Überlegen vor. »Er muss den Leuten sagen, dass die Äpfel von seinem Hof nicht mehr genießbar sind. Aber er muss klarmachen, dass wir noch keinen Schimmer haben, was genau damit ist. Wenn es einen Giftmischer gibt, sollten wir ihn so weit wie möglich im Unklaren darüber lassen, was wir wissen. Und wir müssen die Äpfel zu Doktor Keuper bringen. Vielleicht kann er mit Althoffs Hilfe herausfinden, um was für ein Gift es sich handelt.«

Ella war einverstanden. Bevor sie gingen, warf sie noch einen letzten Blick auf die leblos im Schlamm liegende Schweinedame. »Du hast die Sau einfach vergiftet«, entfuhr es ihr plötzlich mit einem Entsetzen in der Stimme, als ob ihr diese Erkenntnis erst jetzt gekommen wäre.

Doktor Keuper hatte die Äpfel mit stoischer Miene entgegengenommen und keine Fragen gestellt, die über das hinausgingen, was er unbedingt wissen musste, um die Proben untersuchen zu können. Ihn interessierte nur, dass sie sich jetzt möglicherweise auf dem richtigen Weg befanden, um eine Erklärung für die seltsame Krankheit zu finden.

Am Marktplatz hatten sie den Bürgermeister nach wie vor nicht finden können. Offenbar hatte ihn schon eine ganze Weile niemand mehr gesehen. Nun standen sie im Innenhof von Herchenhahns Gut. Beim Haupthaus reagierte niemand auf ihr Klopfen, auch im Stall regte sich nichts.

In diesem Moment trat Agatha Rothenberger aus dem Gesindehaus und lief auf sie zu. Die beiden Frauen begrüßten sich und wechselten einige Worte, die Everd nicht genau verstehen konnte, bei denen es aber offensichtlich um Birtes Zustand ging. Der Inhalt des Gesprächs interessierte den Ermittler ohnehin weniger als die Befindlichkeit von Frau Rothenberger, denn zu Everds Überraschung war nicht viel zu spüren von der bleiernen Schwere, welche die Magd damals bei seiner Ankunft im Gemeinschaftshaus von Solkers umgeben hatte.

»Ich glaube«, sagte Ella, als die beiden Frauen fertig waren, mit Blick auf Everd, »bisher hat man euch noch gar nicht richtig vorgestellt. Aga, das ist Everd Edinger. Everd, Agatha Rothenberger.«

Agatha nahm Everds ausgestreckte Hand. »Herr Edinger, ich danke Ihnen dafür, dass Sie bei der Suche nach meinem Mann helfen.«

»Ich tue, was ich kann. Es freut mich, dass es Ihnen heute besser zu gehen scheint als vorgestern bei der Dorfversammlung.«

»Ja.«

Kam es Everd nur so vor, oder wirkte sie ein wenig … ertappt?

»Der Tumult dort hat mich einfach überwältigt.«

»Selbstverständlich.« Für den Moment ließ er es dabei bewenden.

»Aga«, meldete sich Ella zu Wort, »hast du Wilker irgendwo gesehen?«

»Seit er heute Morgen weggegangen ist, habe ich ihn nicht mehr gesehen.«

»Und du weißt auch nicht, wohin er gegangen ist oder wann er zurückkommt?«

Die Magd schüttelte den Kopf. »Ich dachte eigentlich, er würde sich um die Erkrankten kümmern.«

Das war nicht die Antwort, die sich Ella und Everd erhofft hatten.

»Na schön«, sagte Ella. »Die Äpfel, die ihr an Herrn Althoff und mich geliefert habt. Sind davon noch welche übrig?«

»Ja, drüben in der Scheune steht noch ein ganzer Stapel volle Kisten. Möchtest du noch eine Kiste kaufen?«

»Können wir uns die mal anschauen?«

»Was ist denn los?«, fragte Agatha argwöhnisch.

»Wir haben Hinweise gefunden, dass diese seltsame Bewusstlosigkeit möglicherweise durch Essen übertragen wird.«

Agatha zeigte sich so schockiert, wie man es nach einer solchen Nachricht erwarten konnte. »Du meinst, unsere Äpfel haben etwas damit zu tun?«

»Wir können noch nichts Genaues sagen. Aber wir sollten vorsichtig sein.«

Die Magd nickte und ging voraus zu einer Passage zwischen Gesindehaus und Stall. Ella und Everd folgten ihr. Erst sahen sie da nur Bäume, dann kam ein Zaun zum Vorschein und dahinter Beete mit Karotten, Runkelrüben, Kopfsalat und anderem Gemüse. Schließlich schob sich die Scheune von Herchenhahns Gut in ihr Sichtfeld. Überrascht blieb Everd stehen. Bei Tag sah es hier völlig anders aus als in der Nacht, und doch gab es keinen Zweifel. Die Tür mit dem Schloss, die Wand mit der Auskragung, der Zugang am Giebel, sogar der Baum, unter dem er gedöst hatte: Everd stand vor der Scheune, die als Bühne für das kleine Schauspiel mit ihm selbst nebst dem Kapuzenmann als Hauptdarsteller gedient hatte.

Anders als in jener Nacht stand das große Tor jetzt weit offen und gab den Blick frei auf den Haufen Heu, den der

Unbekannte bei seiner spektakulären Flucht zum unfreiwilligen Komplizen hatte werden lassen. Während er in die Mitte der Scheune ging, wanderten Everds Blicke vom Heuhaufen zur Leiter, die nicht mehr an die Wand gelehnt stand, wie er sie zurückgelassen hatte, sondern umgekippt dalag, und von dort hoch zum Oberboden, der sich jetzt kaum einsehen ließ. Erst am Schluss bemerkte er die vier Kisten voll mit Äpfeln, die neben dem Heu aufgestapelt waren. Everd mochte bei seinem ersten Besuch hier an ihnen vorbeigegangen sein, doch damals hatte Wichtigeres seine Aufmerksamkeit gefordert. Und auch jetzt galt sein vorderstes Interesse der Gelegenheit, den Ort seiner Begegnung mit dem Unbekannten noch einmal bei Tageslicht begutachten zu können. »Dürfte ich mich dort oben mal umsehen?«

»Ja, ich denke schon«, erwiderte Agatha. »Den Oberboden benutzen wir allerdings praktisch nur noch für Gerümpel.«

Das hielt Everd nicht davon ab, sich unter Ellas verwirrtem Blick erneut die Leiter zu schnappen.

Im ersten Moment präsentierte sich der Oberboden genauso, wie er ihn schon zuvor kennengelernt hatte. Scheinbar hatte sich in jener Nacht kein Hinweis der Dunkelheit bedient, um sich zu verstecken, und keine Spur hatte die Ablenkung durch den Kapuzenmann genutzt, um sich heimlich davonzustehlen. Was der Unbekannte hier gesucht hatte, konnte der Ermittler auch jetzt nicht sagen. Die Kisten und Fässer zu öffnen, wäre hilfreich gewesen, aber dafür hätte er das richtige Werkzeug gebraucht … und die Erlaubnis des Bürgermeisters wäre auch nicht schlecht gewesen … na ja, zumindest, solange dessen Magd in der Nähe war.

Weder Werkzeug noch Erlaubnis brauchte Everd aber für das, was er in diesem Moment hinter dem Stapel aus Lagergut entdeckte. Eine Scherbe lag dort, braunes dickes Glas, leicht gekrümmt. Der Rest eines Gefäßes, das, der Bruchstelle nach zu urteilen, mit großer Wucht zerschlagen worden war. Und das vor nicht allzu langer Zeit, denn welche Flüssigkeit auch immer dieses Gefäß einmal beinhaltet hatte, ein Hauch davon benetzte noch immer die Dielen. Everd fuhr mit dem Finger durch die breiten Spalten, die zwischen den Bodenbrettern klafften. Auch hier ließ sich Feuchtigkeit spüren. Der größte Teil der Flüssigkeit musste sich seinen Weg dort entlang gebahnt haben. Und durch die Spalten war nichts anderes zu sehen, als … die Körbe mit den Äpfeln.

Everd zog seine Hand zurück. Seine Finger wischte er an seiner Hose ab, solange bis die Kuppen anfingen, rot zu werden. Ganz ruhig. Alle Opfer haben davon gegessen. Es gibt keinen Grund, anzunehmen, dass der Kontakt reicht. Er rubbelte noch ein wenig länger, bis er sich sicher war, nicht in der nächsten Sekunde bewusstlos umzufallen. Es besaß keinen Geruch, auch keine Farbe. Ein hinterhältiges Zeug.

Everd sah sich nach dem Rest der Flasche um. Keine Spur. Man hatte sie weggeräumt. Alles bis auf die Scherbe. Einen feinen Film hatte die Flüssigkeit darauf hinterlassen. Er klebte noch immer. Heuhalme, Haferkörner, Federn und Schmutz hafteten daran. Was noch an der Scherbe haftete, wenn auch nicht dank des Films, war ein Stück Papier, der Rest eines Etiketts. Viel erkennen konnte man darauf nicht, doch es war eines jener Schilder, mit denen man die dickbauchigen braunen Flaschen zu beschriften pflegte, die in den Regalen einer jeden Apotheke zahlreich zu finden waren. Herrmann Althoff, lautete der erste Gedanke, der Everd durch den Kopf schoss. Sofort verwarf er ihn wieder. Apothekerflaschen waren keine Seltenheit.

Vorsichtig schlug er sein Taschentuch um die Scherbe und steckte sie in seine Umhängetasche, bevor er sich wieder nach unten begab.

Dort war inzwischen ein neues Gesicht aufgetaucht.

»Hektor, hallo«, begrüßte Agatha den Mann, dessen Statur niemanden unbeeindruckt lassen konnte. Gute zwei Meter groß präsentierte er sich mit Beinen wie Baumstämmen, Oberarmen wie Bierfässern und dem Nacken eines Stiers. Sein Kopf war kahl bis auf einen zum Pferdeschwanz gebundenen Haarkranz. Es war zweifelsohne der Schmied, den Ella erwähnt hatte.

»Hallo, Agatha. Hallo, Ella. Guten Tag.« Der letzte Gruß galt Everd, der sich inzwischen zu den anderen gesellt hatte. Hektor streckte der Magd einen Zettel entgegen. »Wilker hat neulich ein paar Sachen bei mir gekauft, und ein Teil der Bezahlung steht noch aus.«

Sie nahm das Blatt Papier entgegen und überflog es. »Das ist aber happig.«

»Das war ja auch nicht irgendein Firlefanz«, erwiderte Hektor ein wenig brüskiert, »sondern ausgezeichnete Schmiedearbeit. Eine starke Eisenkette und eines meiner besten Vorhängeschlösser. Jeden einzelnen Kreuzer wert.«

Die junge Frau merkte, dass sie sich wohl im Ton vergriffen hatte. »Daran habe ich keine Zweifel, Hektor.«

»Außerdem kann Wilker froh sein, dass ich nicht viel mehr verlange, wo er mich in aller Herrgottsfrühe aus dem Bett geworfen hat.« So richtig zufrieden schien der Schmied erst jetzt zu sein, nachdem er das noch einmal klargestellt hatte.

»Wilker ist aber leider gerade nicht da«, fuhr die Magd fort, »und ich habe so viel Geld im Moment nicht parat.«

Hektor winkte ab. »Das Geld hat er mir gleich gegeben. Nur der Zentner Weizen fehlt noch.«

»Oh, stimmt; hier steht es ja. Da muss ich mal nachsehen.« Sie ging in eine andere Ecke der Scheune, wo einige Leinensäcke aufeinandergestapelt waren.

Ella machte es sich unterdessen zur Aufgabe, Hektor zu unterhalten. »Soso, Wilker hat dich also aus dem Bett geklopft«, sagte sie mit einem verschmitzten Grinsen.

»Ja, und?« Der Schmied schielte misstrauisch zu ihr hinüber.

»Nichts.« Ella legte eine Unschuldsmiene auf. »Ich meine nur. Ein großer, starker Mann wie du. Da würde man nicht meinen, dass du anfängst zu quengeln wie ein Kleinkind, wenn man dich vor der Zeit aus dem Bettchen holt.«

»Nicht so frech, Fräulein. Ich brauch eben meinen Schlaf. Na und? Schufte ja auch schwer genug. Und dann sind wir an dem Tag auch noch bis spät in die Nacht durch den Wald gelatscht, weil Jakob am Morgen nicht aufgetaucht war. Da hat es mir wirklich gereicht.«

»Ja, hier sind sie«, rief Agatha von der anderen Seite der Scheune und deutete auf zwei Säcke, auf denen sich mit viel Fantasie Hektors Name entziffern ließ. Der Schmied ging zu ihr und warf die Säcke über seine Schulter. An seinen gewaltigen Oberarmen spannten sich die Muskeln; er konnte den Weizen mit einem Arm tragen.

Lächelnd trat Ella zu Everd. »Hektor ist ein Nörgler, aber in seinem Innersten eine herzensgute Seele. Auch wenn er es nie zugeben würde, bin ich mir sicher, dass er es war, der die anderen dazu gebracht hat, auch nach Einbruch der Dunkelheit nicht mit der Suche aufzuhören. Mir tut es manchmal fast ein bisschen leid, dass es mir so viel Spaß macht, ihn zu ärgern.« Sie deutete auf den Oberboden. »Was hattest du dort zu suchen?«

»Das hier ist die Scheune, in die der Mann mit dem Umhang eingebrochen ist.«

Mit einem Mal war alle Heiterkeit aus Ellas Gesicht verflogen.

»Dort oben habe ich mit ihm gekämpft. Und nun habe ich das hier gefunden.«

Everd wickelte die Glasscherbe aus seinem Taschentuch. »Die hier lag direkt über den Apfelkörben. Die gehört zu einer Apothekerflasche. Sie muss da oben vor Kurzem zerbrochen sein. Ihr Inhalt ist durch die Dielen gesickert und auf die Äpfel getropft. Ich wäre überrascht, wenn das nicht die Ursache für unsere Ohnmachtsanfälle ist.«

Ella wollte noch etwas erwidern, doch in diesem Moment kamen Aga und der Schmied auch schon wieder zu ihnen zurück.

»Damit wäre das erledigt«, sagte Hektor zu der Magd. »Den unteren Abschnitt des Schuldscheins kannst du als Beleg behalten, aber den oberen hätte ich gern wieder. Nicht dass Wilker mir noch vorwirft, den Weizen zu Unrecht genommen zu haben. Das hatten wir ja schon mal.«

Agatha teilte das Papier auseinander und gab Hektor die eine Hälfte. Der verabschiedete sich noch von Ella und Everd und stapfte dann davon.

Everd wendete sich an Agatha. »Hätten Sie noch einen Augenblick Zeit? Ich habe ein paar Fragen an Sie.«

»Selbstverständlich.«

»Schön. Können Sie mir erzählen, was passiert ist, bevor Ihr Mann verschwunden ist?«

»Nun«, begann Agatha zögerlich, »ich weiß ja gar nicht, was Sie schon von Ella erfahren haben.«

»Das ist nicht so wichtig«, erwiderte Everd. »Den gleichen Sachverhalt von zwei verschiedenen Personen zu hören, kann manchmal sehr aufschlussreich sein.«

»Also schön. Von dem Riesenwolf, den unser Apotheker Althoff im Wald gesehen hat, wissen Sie sicher schon. Jakob hat sich bereit erklärt, das Tier gemeinsam mit Manuel Spiegel aufzuspüren und es notfalls zu erlegen.«

»Und er hat so etwas nicht zum ersten Mal gemacht?«

»Jakob ist ein erfahrener Jäger. Ebenso wie Manuel.«

»Aber Herr Spiegel war nicht die ganze Zeit bei Ihrem Mann.«

»Nein, er ist weggegangen, weil seine Frau ihr Kind bekommen hat.«

»Und danach wurde Ihr Mann nicht mehr gesehen.«

Aga nickte zaghaft.

»Fällt Ihnen irgendjemand ein, der Ihrem Mann etwas Böses möchte, Frau Rothenberger?«

»Nein, wieso? Was meinen Sie damit?«

»Nun, wir dürfen nicht vergessen, dass er vielleicht nicht einfach nur verschwunden ist.« Everd beobachtete Aga ganz genau. Er hatte schon oft mit Angehörigen gesprochen. Von Bestohlenen, Verletzten, Ermordeten … auch von Vermissten. Selten war es leicht für sie, wenn sie dazu gezwungen waren, ihre Lieben, ohne sich etwas vorzumachen, als die Opfer eines Verbrechens zu begreifen. Verdrängtes wurde zum Bewussten, unterdrückter Schmerz brach sich Bahn. Bei Agatha Rothenberger war etwas anders, aber Everd konnte nicht mit dem Finger darauf zeigen. »Nun gut«, fuhr er fort. »An dem Morgen, an dem Jakob aufbrach, ist Ihnen da irgendetwas Ungewöhnliches aufgefallen?«

»Was meinen Sie?«

»Hat er sich anders verhalten als sonst, wenn er zur Jagd gegangen ist? Hat er andere Dinge mitgenommen?«

»Nein. Nein. Es war alles so wie immer. Er hat seinen Rucksack geschnürt, seinen Jagdumhang mitgenommen und die restliche Ausrüstung auf das graue Mäje gepackt.«

»Das graue Mäje?«

»Unsere Eselin.«

»Den Esel haben wir am Garbener Loch nirgendwo gefunden«, erklärte Ella.

Everd indessen war weiter irritiert von Agathas Verhalten. Sie war ruhig, bedächtig, vielleicht bekümmert, und doch wirkte sie … zu gelöst. Es mochte der Kontrast sein zu der tiefen Trauer, in der sie sich auf der Versammlung befunden hatte, der diesen Eindruck verstärkte. »Wie war Jakob denn so?«, fragte er.

»Wie er war?«

»Ich meine … wie standen Sie beide zueinander? Gab es Streit?«

»Nein, wir …«

»Er hat nie gesagt, dass er unzufrieden ist?«

Agatha schien gar nicht recht zu begreifen, worauf Everd hinauswollte. Was er andeutete, lag in ihrer Welt offenbar fern jeder Vorstellungskraft.

Ella hingegen verstand sehr gut, und sie quittierte seine Bemerkung mit einem Blick, den er schon einmal gesehen hatte, nur dass sein Besitzer damals zugleich der Besitzer eines Faustmessers gewesen war, mit dem er Everds Eingeweide auf dem Boden eines Klosters an der Küste vor Friesland verteilen wollte. Everd war froh, dass Ella kein Faustmesser bei sich trug. »Aga und Jakob sind die beiden treuesten Seelen, die ich kenne«, zischte sie.

»Tut mir leid, Ella, aber ich muss so etwas fragen.«

»Und dich dabei verhalten wie ein Hornochse? Du wirst kein Paar finden, das mehr füreinander bestimmt ist als die beiden.«

»Der Schein kann trügen.«

»Ich habe es dir schon mal gesagt: Wenn du andeuten willst, dass Jakob aus freien Stücken verschwunden ist, kannst du das gleich wieder vergessen.«

»Nichts sollte man von Anfang an ausschließen.«

»Doch, wenn es außerhalb jeder Möglichk…«

Plötzlich rief sich Agatha zurück in das Gedächtnis der beiden Streithähne, indem sie sich ohne ein Wort umdrehte und festen Schrittes in Richtung Scheunentor davoneilte.

»Was hast du angerichtet?«, zischte Ella ihn an, bevor sie ihrer Freundin hinterherhastete. Everd folgte ihnen.

Die Magd verließ die Scheune, ging am Gemüsegarten vorbei und direkt zum Gesindehaus.

»Warte doch!«, rief ihr Ella hinterher. »Seine Zunge überholt manchmal seinen Verstand.«

Agatha ließ sich nicht beirren. Als sowohl Ella als auch Everd an der Tür ihres bescheidenen Heimes angekommen waren, riss sie diese auf. Den beiden präsentierte sich ein überschaubarer, aber umso gemütlicher eingerichteter Raum. Vorbei an einer Kochecke, einem Tisch mit zwei Stühlen und einem Spinnrad führte Agatha sie in die hinterste Ecke des Zimmers. Dort, direkt neben einem großen Fenster, durch das die letzten rötlichen Strahlen der

Abendsonne hineinschienen, wähnte man sich plötzlich nicht mehr in einer Wohnstube, sondern vielmehr im Atelier eines Künstlers. Dutzende Blätter, kleine und große, waren an den Wänden befestigt, und auf jedem einzelnen konnte man das gleiche Motiv sehen: das Gesicht von Agatha. Feine Skizzen mit Bleistift, Studien von Licht und Schatten in Kohle, Experimente mit Farben und Schattierungen. Sie alle umrahmten eine große Leinwand auf einer Staffelei, bemalt mit der Zusammenführung all dieser Entwürfe; einem kunstvoll gestalteten Porträt, auf dem die junge Magd einem Engel glich. Das Bild war zwar noch nicht vollendet, aber schon jetzt durchdrungen von großem Talent und noch mehr liebevoller Leidenschaft.

»So ist Jakob, Herr Edinger«, erklärte Agatha mit zitternder Stimme. »So sind wir. Er hat es zwei Wochen vor seinem Verschwinden begonnen. Hätte er das getan, wenn er vorgehabt hätte, wegzugehen? Noch am Morgen, an dem er sich zum Garbener Loch aufgemacht hat, saß Jakob dort an diesem Tisch und machte eine weitere Zeichnung von mir. Sagen Sie mir, Herr Edinger, hätte er das getan in dem Wissen, das dies das letzte Mal ist, dass wir uns sehen?«

Everd trat etwas näher zu den Zeichnungen, betrachtete die feinen Linien, den kraftvollen Schwung, die eleganten Schraffuren. »Nein, Frau Rothenberger«, sagte er ernst. »Das hätte er wohl nicht getan.«

KAPITEL 7

Es war schon spät, als Ella und Everd Agatha an diesem Abend verließen. Sie hatten über vieles geredet, nur über Jakob war kein Wort mehr gefallen.

»Der Mann in Jakobs Umhang ist in die Scheune des Bürgermeisters eingebrochen?« Kaum hatten sie den halben Innenhof von Herchenhahns Anwesen hinter sich gelassen, platzte es förmlich aus Ella heraus. Den ganzen Besuch über hatte sie es sich wohl verkneifen müssen, über diese neue Wendung zu sprechen. »Und weswegen? Um Äpfel zu vergiften?«

»Das glaube ich nicht. Die Flasche ist zerbrochen. Vielleicht als wir miteinander gekämpft haben. Die Flüssigkeit ist nur zufällig auf den Äpfeln gelandet. Wenn er etwas anderes damit anstellen wollte, habe ich ihn wahrscheinlich dabei gestört. Dort oben lagern eine Menge Kisten, an denen er herumgewerkelt hat. Agatha meinte, das sei alles nur Gerümpel, aber wer weiß.«

Ella blieb wie angewurzelt stehen. »Möglicherweise ein Anschlag. Vielleicht wollte er Wilker etwas antun.«

»Denkbar. Um es genau zu wissen, müssten wir die Kisten durchsuchen.«

»Mal sehen, vielleicht kann ich das morgen arrangieren.« Sie deutete auf Everds Umhängetasche. »Und was ist mit dieser Scherbe? Eine Apothekerflasche? Also doch Althoff?«

»Regel Nummer eins: Wenn ich der einzige Mensch im

Umkreis von 30 Kilometern mit chemischem Sachverstand bin, verübe ich kein Attentat mittels einer chemischen Substanz. Auch nicht, um danach gerade mit diesem Argument von mir abzulenken. Und solche Flaschen findest du in jeder Apotheke und in jedem chemischen Laboratorium.«

Ella wollte noch etwas erwidern, doch in diesem Moment gebot Everd ihr wortlos, leise zu sein.

»Was ist denn los?«, flüsterte sie kaum hörbar.

Er deutete auf den Pfad, der zwischen Gesindehaus und Stall zur Scheune führte. »Da ist jemand.«

»Wo denn?« Ella versuchte, in dem Dämmerlicht etwas auszumachen.

»Links im Gebüsch, gegenüber der Scheune hat sich etwas bewegt.« Everd sah sich um. Den Pfad entlangzugehen, war nicht möglich. Dort hätte man sie schon entdeckt, bevor sie am Stall vorbei gewesen wären. »Du gehst neben den Stall«, beschloss er schließlich. »Falls jemand wegläuft, musst du versuchen, an ihm dranzubleiben. Ich schleiche um das Gesindehaus und komme von hinten.«

Während sich Ella einen Platz im Schatten suchte, von dem aus sie den ganzen Pfad überschauen konnte, ohne dabei selbst gesehen zu werden, machte sich Everd daran, das Haus der Rothenbergers zu umrunden. Bald lag die Stelle, an der er die Bewegung gesehen hatte, direkt vor ihm. Eine kleine Gruppe von Büschen, nicht weit von eben jenem Baum entfernt, von dem aus Everd den Kapuzenmann das erste Mal beobachtet hatte. Niemand war dort zu sehen. Wer auch immer es gewesen war, weggelaufen konnte er nicht sein, denn Ella stand noch immer beim Stall, ein vager Schatten, völlig unsichtbar, wenn man nicht genau wusste, wonach man Ausschau hielt. Sie regte sich nicht.

Plötzlich ein Rascheln rechts. Everd ging tiefer in die Hocke, hielt den Atem an, wartete kurz ab. Dann schoss er nach vorne. Eine Gestalt sprang aus dem Gebüsch. Der Ermittler stürzte sich auf sie, riss sie zu Boden, verwundert darüber, wie wenig Widerstand ihm sein Gegner bot. Er kippte einfach um, als ob auch ein Windhauch ausgereicht hätte, ihn umzuwerfen. Noch bevor sich Everd klar darüber werden konnte, was das zu bedeuten hatte, begannen kraftlose Fäuste auf ihn einzuschlagen und kleine Füße traten gegen seine Flanke. Dazu ertönte schmerzliches Gejammer, das man niemand anderem als einem Kind zuschreiben konnte. Rasch ließ Everd von seinem Opfer ab.

»Martin?« Ella hatte sich aus ihrem Versteck begeben und kam zu ihnen herübergelaufen.

Tatsächlich, es war der kleine Enkel von Frau Hesselbach, mit seinem zerzausten braunen Haar und den geflickten Hosen, der da am Boden vor Everd saß und jämmerlich heulte. Sofort kniete sich Ella neben ihn, nahm ihn in den Arm und stellte sich als schützendes Bollwerk vor den verängstigten Jungen. Erst nachdem Everd einen gebührenden Abstand zwischen sich und Martin gebracht und Ella dem Knirps mit sanfter Stimme tröstende Worte zugesprochen hatte, ließ sich dieser so weit beruhigen, dass man mit ihm reden konnte.

»Was hast du denn hier zu suchen?« Mit dem Ärmel ihrer Bluse wischte sie ihm den Schmutz aus dem Gesicht.

»Wilhelm und Katharina«, schluchzte er, »haben gesagt, dass ich ein kleines Kind bin und dass ich noch an Märchen glaube. Und da wollte ich's denen beweisen.«

»Was wolltest du ihnen beweisen?«

»Dass ich kein kleines Kind bin, sondern dass es ihn wirklich gibt.«

»Ihn?«

»Den Bötz, den *Schwarzen Mann*, der den Herrn Rothenberger mitgenommen hat.«

Everd horchte auf. Was normalerweise wie kindische Spinnerei hätte klingen müssen, kam von Martin mit einer Selbstverständlichkeit, die jeden Anflug überbordender Fantasie vermissen ließ. Gerne hätte Everd ein paar Fragen zu diesem »Schwarzen Mann« gestellt, doch er wagte es nicht, näherzukommen oder das Kind gar anzusprechen. Martin würde dann vielleicht kein Wort mehr herausbringen.

Glücklicherweise schien auch Ella die Fährte aufgenommen zu haben. »Und weswegen bist du dann hier auf Bürgermeister Herchenhahns Hof?«

»Na, weil der Bötz hier halt immer ist.«

»Du hast ihn gesehen?«

»Ja, das habe ich Ihnen doch schon gestern gesagt.«

»Wann hast du ihn gesehen?«

»Gestern Nacht. Durch mein Fenster.« Martin deutete durch das Gebüsch und die Bäume. Dort konnte man, fast verdeckt vom Dickicht, das Haus von Großmutter Hesselbach erkennen. Von seinem Zimmer aus musste Martin einen Blick direkt auf die Rückseite der Scheune haben.

»Was hat der Bötz denn gemacht?«

»Er ist rumgelaufen. Hier auf dem Hof vom Bürgermeister. Und dann ist er verschwunden.«

»Letzte Nacht?«, hakte Ella nach. »Bist du sicher, dass das nicht vorgestern Nacht passiert ist?«

»Doch, da auch. Und auch in der Nacht davor.«

Fast wäre Everd nun doch zu den beiden getreten, aber Ella hielt ihn zurück.

»Du hast ihn die letzten drei Nächte gesehen?«, vergewisserte sie sich noch einmal. »Und immer hier an der Scheune von Bürgermeister Herchenhahn?«

Martin nickte. »Und da dachte ich mir, dass er heute Nacht bestimmt wieder kommt. Und dann könnte ich ihn fangen.«

Tatsächlich fand sich dort, wo Martin zwischen den Büschen sein Lager aufgeschlagen hatte, die komplette Jagdausrüstung eines kleinen Jungen: ein altes Netz, von einem Fischer vielleicht, eine selbst gebaute Schleuder samt Munition, ein langes Seil, ein wenig Verpflegung.

»Das hätte aber ganz schön gefährlich für dich werden können.«

»Ich hab keine Angst vor Gespenstern.« Martin legte einen grimmig-heroischen Gesichtsausdruck auf, so gut das einem zehnjährigen am Boden liegenden Kind mit verweinten Augen eben gelingen konnte.

»Weiß deine Großmutter, dass du hier bist?«

Schon war der Ausdruck wieder verschwunden. »Nein«, wimmerte Martin. »Bitte erzählen Sie ihr nichts, Fräulein Farning. Ich darf so spät nicht mehr draußen sein.«

»Also gut.« Ella strich dem Jungen mit der Hand durch die Haare. »Bleib noch einen Moment hier sitzen. Ich muss kurz mit Herrn Edinger sprechen.«

Sie nahm Everd und zog ihn ein Stück an die Seite.

»Der Mann im Umhang. Er war die letzten drei Nächte hier«, fasste sie den Kern ihres Gesprächs mit Martin noch einmal zusammen.

Everd fuhr sich mit den Fingerspitzen über das Kinn. »Dann besteht tatsächlich die Chance, dass er heute wieder auftaucht. Das hätte ich nicht gedacht nach unserer letzten Begegnung. Was immer er hier vorhat, er scheint seine Aufgabe nicht so leicht erledigen zu können.«

»Ich muss den Jungen nach Hause bringen. Am besten, ohne dass seine Großmutter etwas merkt. Er hat es ja nicht böse gemeint.«

»Dann werde ich seinen Platz als ›Geisterjäger‹ einnehmen.«

»Das habe ich mir gedacht. Hast du einen Plan, was du machst, wenn der Mann tatsächlich auftaucht?«

»Das Netz des Jungen scheint ja schon mal keine schlechte Sache zu sein. Wenn ich nah genug an ihn herankomme, sollte ich ihn damit erwischen können.«

»Ich komme so schnell wie möglich zurück, wenn ich Martin zu Hause abgeliefert habe.«

»Besser nicht. Es könnte gefährlich sein.«

Mehr als amüsieren konnte Everd Ella mit einer solchen Warnung nicht.

»Also gut«, lenkte er ein. »Aber sei vorsichtig und halte dich versteckt. Und um Gottes willen, erschreck mich bloß nicht.«

Ella und Martin waren schon eine Weile weg. Auf ihre Bitte hin hatte der Junge Everd großzügig das Netz überlassen. Von seinem Versteck aus ließ der Ermittler seinen Blick über die Gegend um die Scheune schweifen. Eine Bewegung im Dunkeln? Nein, doch nur der Schatten eines sich im Wind wiegenden Baumes. Oder nicht? Doch. Nein. Everd starrte angestrengt in die Nacht. Und auf einmal war er da. Schnell und leise. Der Kapuzenmann schlich auf die Scheune zu, genauso, wie Everd es erwartet hatte. Doch kurz davor drehte er ab, ließ das

Gebäude links von sich liegen und lenkte seine Schritte vorbei am Stall hin zum Innenhof. Everd wartete ein paar Sekunden, ohne den Unbekannten aus den Augen zu lassen. Dann heftete er sich an seine Fersen; das Netz in der Hand, bereit zum Wurf.

Der Kapuzenmann bewegte sich vorsichtig, stets auf der Hut. Schon das kleinste Geräusch ließ ihn stoppen, lauschen, ehe er seinen Weg fortsetzte. Durch die Wolken kam das Mondlicht zwar nur spärlich hindurch, dennoch versuchte er, sich im Schatten zu halten. Inzwischen war er am Rand des Innenhofes angekommen. Das Haupthaus lag im Dunkeln; Herchenhahn war noch immer nicht nach Hause gekommen. Doch das Heim des Bürgermeisters schien den Kapuzenmann ohnehin nicht zu interessieren. Agathas Wohnstube, in der die junge Magd im Licht einer Kerze am Esstisch saß, dafür umso mehr.

Rechts von ihrem Fenster presste er sich an die Wand, außerhalb des Lichtscheins, der von innen auf den Hof fiel. Doch so verharrte er nur wenige Sekunden. Immer weiter schob er sich in Richtung der Scheibe. Es schien ihn nicht zu stören, dass der vordere Rand seiner Kapuze im Licht hell zu leuchten begann. Die letzte Vorsicht ließ er fahren, als er sich so drehte, dass er einen Blick hinein in das Zimmer werfen konnte. Einen ganzen Moment lang rührte er sich nicht, starrte nur durch das Fenster, unbemerkt, wie es schien, denn die junge Frau saß einfach nur da. Bis sie plötzlich ihren Kopf wendete.

Er wieder? Vorsichtig schielte Aga zum Fenster. Für eine Sekunde hatte sie den Eindruck, draußen ein Gesicht gesehen zu haben, aber jetzt zeigte sich da nicht mehr als ein flatternder Schatten, der sofort verschwand. »Jakob?«, flüsterte sie. Sofort sprang sie von ihrem Stuhl auf, warf ihren Mantel über und stürzte zur Tür. Doch der Hof war leer.

Schnell tauchte der Kapuzenmann in die Dunkelheit ab, hinaus aus Agathas Sichtfeld. Geduckt huschte er über den Innenhof zurück in Richtung des Stalls. Und damit direkt auf ihn zu. Es war ein Akt der Verzweiflung, als sich Everd so flach an die Stallwand drückte, dass er sich Sorgen machen musste, für die nächsten Tage mit Abdrücken der Bretterfugen am Rücken herumzulaufen. Komm schon. Geh vorbei. Geh einfach vorbei. Mach schon. Mach schon. Nein, nein. Nein. Nein! Der Unbekannte drehte seinen Kopf in Everds Richtung. Unter der Kapuze sah der Detektiv nichts weiter als Schwärze. Sie verhüllte das Gesicht, aber er war sich sicher, dass dort zwei Augen lauerten, die ihn ganz genau gesehen hatten. Er ließ das Netz zu Boden fallen. Hier besaß es keinen Nutzen mehr für ihn.

Der Kapuzenmann lief weiter, und aus der Suche nach Schutz vor den Augen von Agatha Rothenberger war für ihn schlagartig eine Flucht geworden. Eine Flucht vor Everd.

Das rhythmische Peitschen schneller Schritte erfüllte die Straßen des nächtlichen Dorfes. Der Kapuzenmann war scharf nach rechts abgebogen und durch Herchenhahns Gemüsegarten tiefer zwischen die dunklen Häuser vorgedrungen. Er war schnell, aber lange nicht so schnell, wie es Everd nach der Demonstration seines akrobatischen Geschicks erwartet hätte. Nur wenige Meter trennten sie voneinander; ein bisschen näher, und er hätte den Saum des flatternden Umhangs ergreifen können.

Everd hatte in den letzten Tagen die eine oder andere Ecke von Solkers kennengelernt. Dennoch konnte er nicht einmal raten, wo sie gerade waren. Aus dem Bauch heraus hatte er den Eindruck, dass sie im Kreis liefen.

Sie bogen um die Ecke eines Hauses und kamen in eine kleinere, kerzengerade Gasse. Der Boden hier war feucht, matschig, rutschig. Den Kapuzenmann schien es nicht zu stören. Langsam gelang es ihm, den Abstand zu vergrößern. Wenigstens glich die Gasse einem Hohlweg, ohne Möglichkeit für ihn, nach links oder rechts zu entkommen, solange er nicht wieder seine Kletterfertigkeiten bemühte.

Everd zog das Tempo an, um den Rückstand aufzuholen. Seine anfängliche Freude, dem Unbekannten ein ebenbürtiger Gegner zu sein, war verfrüht gewesen. Denn wo bei diesem die Schritte noch immer behände waren, spürte der Ermittler schon jetzt, wie die Kraft aus seinen Gliedern wich. Schweiß rann ihm über die Stirn und floss ihm in die Augen. Haarsträhnen klebten in seinem Gesicht. Das Ende der Gasse kam immer näher. Danach ein flinkes Ausweichmanöver, und der Kapuzenmann wäre verschwunden, ehe Everd auch nur das Ende der Häuserreihe erreichet hätte.

Plötzlich schoss etwas über die Straße, einer Schlange gleich, um in der nächsten Sekunde nach oben zu schnellen. Ein Seil, gespannt zwischen den beiden letzten Häusern der Gasse, stellte sich dem Flüchtenden in den Weg. Er hatte keine Möglichkeit mehr, der Stolperfalle auszuweichen. Seine Beine verhedderten sich, er taumelte, verlor das Gleichgewicht und stürzte kopfüber dem Boden entgegen.

Everd jauchzte und eilte nach vorne. Doch der erhoffte Anblick – der Unbekannte am Boden, sich im Matsch windend – blieb aus. Stattdessen gelang es diesem, seinen Fall mit katzenhafter Geschicklichkeit zur Rolle umzugestalten. Zwei, drei Male überschlug er sich, am Ende stand er wieder auf den Füßen und setzte seinen Lauf fort, als ob nichts gewesen wäre.

Aus dem Augenwinkel sah Everd Ella neben der Hauswand kauern, das eine Ende des Seils in der Hand, einen überraschten Ausdruck im Gesicht. Auch sie hatte sich den Ausgang dieses improvisierten Hinterhalts anders vorgestellt. Dennoch hatte sie es geschafft, den Vorsprung des Kapuzenmannes deutlich schrumpfen zu lassen.

Die Straße war nun leicht abschüssig und mündete in einen kleinen Platz. Auf der gegenüberliegenden Seite versperrte eine Mauer den Weg. Rechts war sie von einem Durchlass unterbrochen, doch der Unbekannte beachtete ihn nicht. Er hielt direkt auf die Mauer zu, überwand sie mit einem Satz und tauchte dahinter unter. Von ihm blieb nicht mehr als das Hämmern seiner Schritte, das immer leiser wurde.

Everds Atem ging flach, seine Seite begann zu schmerzen, seine Schritte wurden schleppender. Die kalte Nachtluft trocknete ihm den Mund aus. Er nahm den Durchlass, legte so viel Kraft, wie er noch aufbringen konnte, in einen Sprint, und sah so gerade noch, wie der Umhang hinter einem Haufen gestapelter Holzscheite verschwand.

Der Weg direkt nach links schien Everd kürzer und so wählte er ihn ungeachtet des Risikos, den Kapuzenmann vollends aus den Augen zu verlieren. Tatsächlich. Als er das Ende des Holzhaufens erreichte, war auch der Unbekannte gerade erst dort angekommen. Ohne dabei anzuhalten, schnappte sich der Ermittler einen der Holzscheite und schleuderte ihn in die Richtung des Flüchtenden. Das Geschoss erwischte diesen am Bein und ließ ihn straucheln, sodass Everd fast bis auf Armlänge an ihn herankam. Jetzt ein Satz nach vorne. Everds Muskeln brannten. Zwischen seinen Fingerspitzen spürte er den Saum des Umhangs.

Länger würde er die Jagd nicht mehr aushalten, und der Verfolgte schien keine Anstalten zu machen, in absehbarer Zukunft erschöpft zusammenzubrechen. Die dichter besiedelten Ecken von Solkers hatten die beiden inzwischen hinter sich gelassen. Vereinzelte Häuser standen hier weit auseinander und wenige Meter vor ihnen, jenseits einer kleinen Wiese, begann schon der Wald. Jetzt oder nie musste Everd die Jagd beenden.

Wie ihm das eigentlich gelingen sollte, wusste er selbst nicht so genau, denn sein Gegner, das hatte ihre letzte Begegnung gezeigt, war ihm an Körperkraft deutlich überlegen. Dessen ungeachtet machte Everd weiter Boden gut, zog sich am Umhang entlang und erhaschte schließlich den feinen Stoff eines Hemdärmels.

Der Kapuzenmann bremste ab, bäumte sich auf, versuchte seinen Verfolger abzuschütteln wie ein lästiges Insekt. Er schlug seinen Arm nach hinten, nur um ihn gleich wieder nach vorn zu reißen. Mit einem krächzenden Geräusch platzten die Nähte des Hemdes, und der Stoff teilte sich in zwei Lappen. Everd verlor den Halt und griff nach, doch nicht die Kleidung, sondern den Arm des Unbekannten bekam er zu fassen. Ein kalter Schauer lief ihm den Rücken hinunter.

Das, was er da erst nur ertastete, dann aber sah, ließ ihn zusammenzucken, seinen Griff lösen und zurückschwanken. Der muskulöse Arm des Kapuzenmannes zeigte sich über und über mit dichten schwarzen Haaren bedeckt. Nicht an einer Stelle schimmerte Haut unter dem dichten Fell hindurch, das vom Oberarm über den Unterarm bis auf den Handrücken verlief.

Für einige Sekunden vergaß Everd die Verfolgung völlig, starrte nur auf diesen Arm. Aus seinem Zustand aus Ekel und Faszination herausgerissen wurde er erst wieder durch einen Ellenbogen, der ihm mit voller Wucht ins Auge gerammt wurde. Er taumelte betäubt zurück, unfähig, die Verfolgung wieder aufzunehmen. Nach Luft japsend musste er abermals zusehen, wie der Unbekannte zwischen den Bäumen verschwand.

»So, nimm den hier und gib mir den anderen.« Ella kam aus ihrer Küche in die Schankstube des *Mühlenrads* und tauschte den Lappen in Everds Hand gegen einen neuen mit kühlem Wasser getränkten aus. Er drückte ihn gegen sein linkes Auge, das inzwischen von einem bräunlichen Blau umringt war.

»Vielen Dank.« Es brannte leicht, aber kurz darauf stellte sich herrliche Entspannung ein.

»Ich habe dir doch gesagt, dass du auf dich aufpassen sollst«, sagte sie vorwurfsvoll.

»Nein, hast du nicht.«

»Und das ist Grund genug, dich verprügeln zu lassen? Was genau ist denn passiert?«

Everd versuchte, ein wenig mit dem Lappen zu tupfen,

ein ziehender Schmerz ließ ihn die Idee aber schnell wieder vergessen. »Er ist aufgetaucht, wie wir es uns dachten. Aber er ging nicht zur Scheune. Er ging in den Innenhof und … er hat Agatha beobachtet.«

Ella wurde es angst und bange. »Was wollte er denn von ihr?«

»Ich weiß es nicht.« Everd zuckte mit den Schultern. »Sie muss ihn bemerkt haben. Er ist weggelaufen. Wahrscheinlich hätte er sich nur versteckt, aber dann hat er mich entdeckt.«

»Ich muss zugeben, dass ich dachte, du übertreibst ein wenig, als du mir erzählt hast, wie er die Scheunenwand hochgeklettert sein soll. Aber jetzt, nachdem ich gesehen habe, wie er diesen Sturz abgefangen hat … Das sah mir nicht nach Jakob aus. Das war wirklich beeindruckend.«

»Wenn dich das schon beeindruckt, solltest du dich lieber setzen, bevor ich dir erzähle, welche Überraschung er noch auf Lager hatte.«

»Was meinst du?«

»Dieser Kerl. Ich hatte ihn. Seinen Arm meine ich. Sein Ärmel ist abgerissen, und ich habe ihn am Arm erwischt.« Die richtigen Worte zu finden, fiel Everd nicht leicht. Egal wie er es drehte und wendete, die Sache erschien einfach zu absurd.

»Was ist denn los mit dir? Warum druckst du so herum?«

»Sein Arm«, setzte er erneut an, »sein Unterarm – er war behaart. Ich meine nicht einfach nur, dass er viele Haare hatte. Er … war komplett behaart. Wie der eines … Tieres.«

Ella nickte zögerlich. »Also schön. Kann es sein, dass er dich schwerer erwischt hat, als wir dachten?«

»Sehr witzig. Ich meine, es war dunkel und alles ging verdammt schnell, aber ich weiß, was ich gesehen habe. Da war nicht das kleinste bisschen unbehaarte Haut.«

»Also hat Großmutter Hesselbach doch richtig gelegen. Wir haben es mit einem Werwolf zu tun.« Ella schmunzelte.

Everd tat es ihr gleich. »Mir wäre das recht. Dann wäre die ganze Sache weit weniger verwirrend.«

Sie setzte sich zu ihm an den Tisch. »Waren die Haare rot?«

»Ich weiß nicht. Wieso?«

»Jakob hat feuerrote Haare. Das kannst du dir nicht vorstellen. Nicht so wie meine. Sie haben wirklich die Farbe … einer Rose.«

»Die Haare waren grau. Alles war grau. Es war dunkel.«

»Verdammt. Warum bin ich nicht früher da gewesen?«

»Na ja, das mit dem Stolperseil war keine schlechte Idee von dir.«

»Ich kam gerade von den Hesselbachs zurück, als ich euch laufen sah. Ihr musstet auf jeden Fall durch die Schwarze Gasse kommen. Und ich kenne eine Abkürzung. Also dachte ich mir, dass ich vielleicht helfen kann. Aber es hat leider nichts gebracht.«

Eine Weile schwiegen sie.

»Wir müssen es noch einmal probieren.« Energisch klopfte Ella mit der Faust auf den Tisch. »Wir legen uns bei Wilkers Hof auf die Lauer. Vielleicht können wir ja auch noch ein, zwei Männer einweihen. Wir besorgen uns Seile und Netze und …«

»Nein, vergiss es. Jetzt wird er das Risiko bestimmt nicht mehr eingehen und noch mal ins Dorf kommen. Zumindest nicht wieder zum Hof des Bürgermeisters.«

»Das heißt, wir haben nicht den Hauch einer Spur.« Enttäuscht sackte Ella auf ihrem Stuhl zusammen, doch ihre Schwarzseherei wollte Everd nicht gelten lassen. »Morgen gehen wir als Erstes zum See. Vielleicht lässt sich da ja noch was finden, was die Suchmannschaften übersehen haben. Jetzt geht es erst richtig los.«

KAPITEL 8

STILL LAG DAS Garbener Loch vor ihnen. Jahrtausendelanger Vulkanismus hatte hier einen Krater erschaffen, der von stetem Regen und einem kleinen Bächlein immer wieder bis zum Rand mit Wasser gefüllt wurde. Fast kreisrund, bestimmt drei Kilometer im Durchmesser. An den meisten Stellen umgaben den See steile Hänge, übersät mit skurrilen Basaltformationen. Hier und da waren die Säulen von der Natur fein gearbeitet worden und standen ordentlich aufgereiht wie Nadeln in einem Nadelkissen. An anderen Stellen lag der Basalt in groben Blöcken und bildete chaotische Strukturen. Auf der einen Seite des Seekraters schließlich reckten sich die Felsen als mächtiger Berghang dem Himmel entgegen. Das Gestein ließ das Wasser schwarz erscheinen.

Die Umgebung des Sees gehörte dem Wald mit seinem Dickicht aus Bäumen, Sträuchern und Gräsern. Es fiel Everd nicht schwer, sich vorzustellen, dass hier ein Mann spurlos verschwinden konnte. Jemand hätte dort liegen können, keine drei Meter entfernt in einem wilden Geflecht aus Brennnesseln, Farnen und anderem Gestrüpp, und man wäre einfach an ihm vorbeigelaufen. Besonders an einem Tag wie heute, an dem das Wetter der Rhön einen bemerkenswerten Sinn für Dramatik bewies, indem es in der vergangenen Stunde einen seltsam unregelmäßigen Nebel hatte aufziehen lassen, an manchen Stellen so weiß wie Milch, an anderen nicht mehr als ein dunstiger Schleier.

Dort, wo es der Basalt zuließ, hatte sich der Wald bis dicht an den See geschoben. Nur an wenigen Uferabschnitten konnte man das Wasser ohne Schwierigkeiten erreichen. An einer dieser Stellen näherten sich Ella und Everd dem letzten Ort, von dem man wusste, dass Jakob dort gewesen war.

»Wie viele Leute haben denn nach Rothenberger gesucht?«, fragte Everd.

»Ich weiß nicht genau.« Ella balancierte vorsichtig über den glitschigen Boden. »80 oder 90 in den ersten Tagen nach seinem Verschwinden, denke ich. Später wurden es dann von Tag zu Tag weniger.«

So etwas hatte Everd befürchtet. Anderen mochte der Wald wild und unberührt erscheinen, doch er konnte die Spuren Dutzender trampelnder Füße, die die Natur in den letzten Tagen noch nicht wieder hatte ausgleichen können, gut erkennen.

»Wir haben zu viel kaputt gemacht, nicht?« Ella konnte ihre Enttäuschung kaum verbergen.

»Ich befürchte, ja. Ich habe zwar gehofft, dass wir hier etwas finden, aber sieh dir das an …« Everd ging zu einem Busch und deutete auf abgeknickte Äste, deren Bruchstellen zwar schon ausgetrocknet, von der Zeit aber noch nicht verfärbt worden waren. »Man kann kaum sagen, was von euch und was von Jakob oder irgendwem anders stammt.« Er zog seine Mütze vom Kopf, starrte eine Weile auf das schwarze Wasser und dachte darüber nach, wie er diesem Ort doch noch ein paar Geheimnisse entlocken könnte, doch ihm fiel beim besten Willen nichts ein. Erst nach einer Weile brach er sein Schweigen. »Den See selbst habt ihr auch abgesucht?«

»Gleich als Erstes sind Leute auf Flößen rausgefahren

und haben den Grund mit Stäben abgestochert, soweit sie ihn überhaupt erreichen konnten, aber nichts gefunden. Außerdem hätte eine Leiche doch inzwischen längst wieder nach oben getrieben werden müssen, nicht wahr?«

»Wäre möglich.«

»Also haben wir uns auf die Umgebung des Sees konzentriert und dort angefangen, wo wir Jakobs Sachen gefunden haben.«

»Wo war das?«

Ella führte Everd am See entlang in den Wald und zeigte ihm die wenigen Stellen, an denen etwas auf Jakobs Anwesenheit hingedeutet hatte. Verteilt zwischen den Bäumen hatte man einige Tellereisen gefunden, glücklicherweise nicht, indem man in eines von ihnen hineingetreten war. Mehr Pech hatte einer der Suchenden bei seiner schmerzhaften Entdeckung einer Fallgrube gehabt. Zwei andere konnten danach noch aufgedeckt werden. Eine weitere hatte man etwas abseits gefunden. Sie war nicht mehr abgedeckt gewesen. Offensichtlich hatte ein Tier Bekanntschaft mit ihr gemacht, war aber wieder entkommen. Von Jakobs Rucksack, seinem Gewehr und seinem Jagdmesser fehlte nach wie vor jede Spur.

Überragt wurde der ganze Uferabschnitt von einem alten Hochsitz. Diesen hatten sich die beiden Jäger laut Manuel Spiegel zum Nachtlager ausgewählt. Eine gute Wahl. Dort oben konnte man nicht nur die Umgebung überblicken, man war auch geschützt vor den Gefahren des nächtlichen Waldes. Und für den Fall, dass einen doch ein wildes Tier in Bedrängnis bringen sollte, war am Fuß des Hochsitzes ein großer Haufen aus Holz und Reisig aufgetürmt worden, ordentlich getränkt mit Öl und bereit, sich in Sekundenschnelle zu entzünden.

»Nicht viel, was ihr da zusammengetragen habt«, bemerkte Everd abwertender, als es von ihm beabsichtigt gewesen war.

Ella zögerte, bevor sie erwiderte: »Also eine Sache muss ich dir noch zeigen. Ich habe dir doch erzählt, dass ich dieses Gefühl hatte, dass Jakob nicht einfach nur verschwunden ist. Dass ich dich deswegen nach Solkers geholt habe.«

Everd erinnerte sich.

»Das Gefühl kam nicht nur so einfach aus dem Bauch heraus.«

Sie ging mit ihm zu einem von Bäumen gesäumten Weg, der vom See wegführte, eigentlich der einzige richtige Zugang zum Garbener Loch, obgleich Ella und Everd bei ihrer Ankunft eine Abkürzung durch den Wald gewählt hatten. Es war kaum mehr als ein Trampelpfad, wohl stets kurz davor, wieder von der Natur überwuchert zu werden. Ella führte Everd ein paar Meter den Weg hinauf und deutete dann auf eine Stelle auf der linken Seite am Waldrand, die er auch ohne ihr Zutun bemerkt hätte. Ein Bereich, der es vom Pfad bis in das angrenzende Gebüsch hinein auf eine Fläche von etwa zwei mal drei Metern brachte, war dort fein säuberlich mit einem Ring aus faustgroßen Steinen abgegrenzt worden.

»Wer hat das gemacht?«, wollte Everd wissen.

»Das war ich«, antwortete Ella.

Everd beugte sich vor. »Abgeknickte Äste«, stellte er fest. »Und die Steine hier liegen mit der bemoosten Seite nach unten; sie wurden umgedreht. Der Boden könnte aufgewühlter sein, als es normal ist, aber das lässt sich nach zwei Wochen Regen kaum sagen.« Er blickte zu Ella auf. »Das hier wart nicht ihr?«

Sie schüttelte den Kopf. »Alles innerhalb des Steinkreises ist noch genau so, wie ich es gefunden habe.«

Er nahm den Ort noch etwas genauer unter die Lupe, teilte Sträucher, drehte Steine um, fuhr mit der Hand durch die Erde. »Ein bisschen viel Unordnung dafür, dass jemand nur hier durchgelaufen ist. Sieht eher aus …«

»… als ob ein Kampf stattgefunden hätte.«

»Wenn du dir das schon gedacht hast, weswegen hast du mir die Stelle dann nicht als Erstes gezeigt?«

»Ich habe es damals am ersten Tag der Suche gleich entdeckt, als wir hier angekommen sind. Ich habe Wilker gerufen und es ihm gezeigt, aber er war sich sicher, dass das von irgendeinem Tier stammt. Die anderen haben ihm zugestimmt. Hier draußen ist es für ein Mädchen noch schwieriger als in Frankfurt, sich gegen eine Bande von Kerlen durchzusetzen.«

Everd lächelte wie ein stolzer Vater, dessen Tochter gerade zum ersten Mal vor der versammelten Verwandtschaft mit Bravour ein Geigenstück zu Ende gebracht hatte. »Ella, dir konnte sich noch nie jemand in den Weg stellen. Ein Tier war das hier wohl kaum. Ein Kampf von Tieren. Möglicherweise. Obwohl …« Er kniete sich auf den matschigen, von Blättern überdeckten Boden und begann, die Erde aufzuscharren. Als er wieder aufstand, hielt er einen Klumpen aus Dreck, Steinchen, kleinen Ästen und Laub in der Hand. Zusammen mit Ella ging er hinunter zum Ufer und tauchte ihn in das eisige Gebirgswasser. Bald war der ganze Unrat weggewaschen, und in Everds Handfläche lag nichts als zwei kleine, metallene Kügelchen mit matter Oberfläche, jede kaum größer als ein Weizenkorn. »Schrot«, sagte er zu Ella.

»Also doch kein Kampf zwischen Tieren«, fügte sie

hinzu. »Die sind mir nicht aufgefallen, als ich die Stelle entdeckt habe.«

»Hat Jakob eine Flinte?«

»Ja, einen alten Vorderlader. Und seine Munition bewahrt er in einem Beutel auf, den er an seinem Gürtel trägt.«

»Dann könnte er die während eines Kampfes verloren haben.«

Sie gingen zurück zu der Stelle, an der die Schrotmunition gelegen hatte. Je länger sie suchten, desto mehr der kleinen Kugeln ließen sich in der Erde finden, nicht nur in dem Bereich, den Ella abgezäunt hatte, sondern über den halben Weg verteilt, der vom Wetter der letzten beiden Wochen und von den zahllosen Füßen der Suchtrupps ordentlich durchgemischt worden war.

»Sein Schrotbeutel muss ja praktisch explodiert sein.«

Als hätte Ella ihn mit ihren Worten heraufbeschworen, hallte plötzlich ein Knall, laut wie ein Donnerschlag, durch die Bäume.

»Was war das?« Everd lief den Pfad hinunter zum Uferbereich.

»Klang wie der Schuss eines Gewehres.«

»Jagd hier noch jemand außer Jakob?«

»Vielleicht. Ich denke schon. Ich meine … ich weiß es nicht.«

Wieder war ein Knall zu hören. Noch gewaltiger als der vorherige grollte er ihnen entgegen.

»Das kam von dort.« Everd deutete in Richtung des Berghangs hinter dem Garbener Loch. »Schnell, beeil dich!« Sofort stürzte er los.

Ella schaffte es nur mit Mühe, ihn einzuholen und an der Schulter herumzureißen. »Lass dich nicht täuschen.

Schall kann hier im Gebirge tückisch sein. Komm mit mir.«

Sie lotste ihn in die entgegengesetzte Richtung. Ein Stück links des Pfades tauchten sie in den Wald ein. Äste schlugen Everd ins Gesicht, und bei jedem Schritt hatte er das Gefühl, den Halt zu verlieren; zu uneben war der Boden durch Wurzeln und Steine. Doch Ella legte eine beeindruckende Geschwindigkeit vor. Sie schlängelte sich vorbei an Bäumen, sprang über Totholz und schien dabei nicht ein einziges Mal ins Straucheln zu geraten.

Ein paar Minuten waren sie so durch das Dickicht gehetzt, als erneut ein Schuss ertönte. Sein Ursprung lag ohne Zweifel vor ihnen; Ella hatte recht gehabt. Aber wo war sie? Eben hatte er sie noch gesehen, jetzt war sie irgendwo zwischen den Bäumen verschwunden. Noch ehe er ansetzen konnte, nach ihr zu rufen, riss ihn etwas von den Beinen, als hätte ihn eine Kutsche angefahren. Er wurde ein Stückchen zurückgeschleudert, versuchte, Halt zu finden, taumelte weiter nach hinten, und schlug hart auf. Benommen bemerkte er, dass er gegen die Reste einer zerfallenen Lore geprallt war, die über die Jahre hinweg immer mehr mit dem sie umgebenden Wald verschmolzen war.

»Verdammt, aus dem Weg!« Die Stimme war nicht die von Ella, sondern ein brummender Bass, aber Everd hatte seine Orientierung noch nicht wiedergewonnen, und so konnte er nicht genau sagen, woher sie kam. Erst als er sich wieder aufgerappelt hatte, sah er, wie ein mächtiger Rothirsch mit seinen Vorderläufen auf einen am Boden liegenden Mann eintrat und ihn mit seinem langen Geweih malträtierte.

Nun sah er auch Ella wieder. Sie hatte sich vor dem Kampf in den Ausgang eines alten Bergwerksstollens gerettet und lehnte an einer zweiten Lore, die von Geröll, das den Tunnel versperrte, halb zerquetscht worden war. Ihre linke Hand drückte sie fest auf den rechten Oberarm. Darunter färbte sich der Stoff ihres Kleides rot. Everd hastete zu ihr.

»Nur ein Kratzer«, beantwortete sie die stumme Frage des Ermittlers. »Los, wir müssen ihm helfen.«

Everd neigte dazu, ihr zuzustimmen, doch im nächsten Augenblick änderte er seine Meinung, denn im Gegensatz zum ersten Eindruck, schien der Mann keineswegs das hilflose Opfer der Hirschattacke zu sein. Geschickt rollte er sich zur Seite, um den Hufen auszuweichen. Sofort folgte ein rascher Sprung nach vorn. Doch der Hirsch war schon wieder da. Blitzschnell schützte der Mann seinen Schädel mit den Armen und wehrte so einen weiteren Tritt ab. Als sich das Tier hoch auf seine Hinterläufe stellte, um Schwung für eine nächste Attacke zu holen, war der Mann auch schon außer Reichweite. Wieder hechtete er nach vorn, und nun konnte Everd sein Ziel sehen: Ein Gewehr lag da am Boden, nur wenige Meter von den Kämpfenden entfernt. Halb robbend, halb krabbelnd kam der Mann der Waffe näher, den Hirsch direkt neben sich.

Ella und Everd konnten nun nichts mehr sehen als den sehnigen Torso des Tieres, halb verdeckt vom Gestrüpp, wie er dort in Kampfesbewegungen hin und her wankte, als ein weiterer Schuss ertönte. Der Hirsch wurde ruhig. Dann sackte er in sich zusammen.

Sie liefen zu dem braunen Fleischberg. Der Mann lag da, halb unter dem Tier begraben, sein Gewehr in der Hand. Er atmete schwer, Schweiß lief ihm über das mit roten Flecken übersäte Gesicht. Der Rest seines Körpers konnte nicht viel besser aussehen.

Everd wagte nicht zu fragen, ob alles in Ordnung war, stattdessen halfen er und Ella, den Mann unter dem Tier hervorzuziehen. Dunkelrotes Blut floss über seinen Brustkorb. Doch sein eigenes war es nicht. Es sprudelte aus dem Hals des Hirsches.

Der Mann stand auf, noch etwas wackelig auf den Beinen. Er klopfte sich den Schmutz aus den Klamotten, die sicher schon vor diesem Kampf die eine oder andere Beanspruchung überlebt hatten. Sie wirkten wie ein Flickenteppich verschiedener, nicht zueinander gehörender, ja, wahrscheinlich nicht einmal aus ein und demselben Land stammender Kleidungsstücke; die am Körper getragene Andenkensammlung eines weit Gereisten. Er war ein großer, vitaler Kerl, auch wenn sich seine 50er sicherlich schon ihrem Ende näherten, das Gesicht schmal und kantig mit vorstehenden Wangenknochen, die durch eingefallene Wangen noch betont wurden. Hauptsächlich wurde es eingenommen von einer schmalen, aber langen und leicht gekrümmten Nase. Von ihren Flügeln zogen sich tiefe Falten hinunter zu den Mundwinkeln. Alles in allem war er eine wirklich markante Erscheinung.

Nachdem er seinen festen Stand wiedergefunden hatte, kniete er sich neben den Hirsch und legte dem Tier die flache Hand auf den Brustkorb. »Vielen Dank für Ihre Hilfe.« Zum ersten Mal sah er Ella und Everd direkt an und streckte den beiden seine Hand entgegen. »Ignaz Varrentrapp, Hamburg«, fügte er mit ernster Miene hinzu.

Ella schüttelte ihm zurückhaltend die Hand. »Ella Farning. Und das hier ist Everd Edinger.«

Auch Everd wurde von Varrentrapp mit einem knappen Händedruck begrüßt. Sein Griff war fest.

»Nun, Herr Varrentrapp«, sagte Ella, »nichts liegt mir ferner als unhöflich zu sein, aber darf ich fragen, was Sie hier im Wald machen? Sie können hier nicht so einfach Tiere erlegen. Dazu brauchen Sie eine Genehmigung.«

Varrentrapp warf das Gewehr über die Schulter. »Und falls ich vorhaben sollte, hier Tiere zu erlegen, werde ich mir eine holen. Aber zunächst einmal bin ich nur hier, um zu sehen, ob es sich überhaupt lohnen würde. Ganz abgesehen davon, dass der Begriff ›erlegen‹ ohnehin nicht passt. ›Fangen‹ trifft es wohl eher.«

»Ich könnte schwören, der da ist anderer Meinung.« Everd deutete auf den Hirschkadaver.

»Reiner Zufall. Normalerweise neige ich nicht dazu, die Viecher zu töten. Muss ihn aufgescheucht haben. Er wurde aggressiv. Wäre mir lieber gewesen, wenn es anders geendet hätte. Lassen Sie sich von dem Gewehr nicht täuschen. Ist nur zur Verteidigung gedacht.« Er deutete auf die Wunde an Ellas Oberarm. »Das sollten Sie verarzten lassen. Mein Lager ist nicht weit von hier.«

Ella schien schon ablehnen zu wollen, doch Everd nahm Varrentrapps Vorschlag an, bevor sie die Gelegenheit bekam, ein Wort zu sagen.

»Adalbert, schau dir das mal an!«, rief Klaus dem alten Zimmermann zu, der unter ihm am Ufer der gemütlich vor sich dahinfließenden Ulster stand. Adalbert sah hoch zu seinem jungen Kollegen auf der obersten Ebene des Baugerüstes, knapp unter dem Dach. Er war gerade damit fertig geworden, ein weiteres Gefach des alten Fachwerkhauses vom bröckelnden Putz zu befreien und dessen Füllung aus einem mit Lehm durchzogenen Holzgeflecht aufzudecken. Der richtige Zeitpunkt für eine Unterbrechung. Also legte er Hammer und Meißel beiseite und begann, die Leiter hinaufzuklettern, welche die Ebenen des Gerüstes miteinander verband.

Die Ulster war ein verlässliches Flüsschen. Mochte sie auch im heißesten Sommer hin und wieder eher einem Bach gleichen, und auf der anderen Seite nach langem Regen gerne mal ihre wilde Seite herauslassen, so zeigte sie sich doch als treue Seele, von deren Wassern die Menschen von Solkers nicht das Geringste zu befürchten hatten. Aber an manchen Tagen gehen die Dinge einen anderen Weg.

Die Gerüstkonstruktion aus mit dicken Tauen verbundenem Holz, gestärkt von einzelnen Eisenstreben, schwankte bedenklich. Adalbert ließ sich davon nicht stören. Er hatte sein ganzes Leben auf solchen Gerüsten verbracht, schon bevor sie durch den Einsatz von Metall so stabil gebaut wurden, wie man es heute tat. Solange man seine letzte Mahlzeit im Magen behielt, konnte von Schwanken gar keine Rede sein. Klaus sah das ein bisschen anders und hielt sich an der Wand des Hauses fest. Diese jungen Leute. Kein Wunder, dass die nichts mehr aushielten in der heutigen Zeit. Adalbert war stolz auf seinen Beruf und stolz darauf, wie gut er ihn beherrschte. Seine schwarze Hose, seine Weste, die Staude und den Schlapphut betrachtete er als Ehrenmale einer noblen Profession. Seine Jacke trug er im Moment nicht, doch er hatte sie am Fuß des Gerüsts sorgfältig aufgehängt.

Hier mitten in Solkers hatten die Dörfler die Ulster ihren Bedürfnissen angepasst. Am diesseitigen Ufer waren die Häuser bis direkt ans Wasser gebaut. Ihre steinigen Fundamente bildeten die eine Seite eines Kanals, eine massive Mauer auf der gegenüberliegenden Flussseite die andere. Ein Streifen aus Moos, Algen und Kalk an den Wänden markierte die Grenze, bis zu der die Ulster für gewöhnlich zu steigen pflegte. Dieser Streifen war schon längst unter der Wasseroberfläche verschwunden.

Klaus trug keine Kluft. Warum auch, er war nie auf Wanderschaft gewesen, hatte nie die Entbehrungen erleben müssen, die den wahren Zimmerer schmieden. Adalbert musste über sich selbst lachen. Er hätte nie gedacht, dass er mal zu den alten Männern gehören würde, die verächtlich über die jungen denken. Wo waren nur die Jahre geblieben? Klaus war ein guter Kerl und alles andere als ungeschickt. Warum sollte man ihm das missgönnen.

»Was gibt es denn?«, fragte Adalbert, als er auf der oberen Gerüstebene angekommen war.

Klaus griff nach einer der Streben des Fachwerkskeletts. Mit Leichtigkeit drang er in das weiche Holz ein, das zwischen seinen Fingern faserig zerbröselte. »Völlig verfault. Und so sehen praktisch alle Hölzer in diesem Stockwerk aus. Restaurieren können wir die nicht mehr. Sie müssen vollkommen ausgetauscht werden.«

»Das kommt davon, wenn man billiges rissiges Holz benutzt«, entgegnete Adalbert. »Bietet dem Wasser viel zu viel Angriffsfläche. Unten sieht es besser aus. Da müssen wir hauptsächlich die Ausfachungen tauschen.«

»Das ist gut. Wäre es anders, hätte man das Haus gleich abreißen und ein neues hin bauen können.«

Um Adalberts Augen bildeten sich tiefe Falten, als er herzhaft grinste. »Das zu entscheiden, ist nicht unsere Aufgabe.«

»Ja, da hast du …« Klaus unterbrach sich selbst. »Adalbert, sieh mal dort!«

Der steinerne Sockel des Hauses, an dem sie gerade arbeiteten, war in Richtung des Flusses nach vorn verschoben und bildete hier eine Stufe, die gleichsam als Kanalmauer diente. Auf ihr hatten die Zimmerleute ihr Gerüst errichtet. Normalerweise blieb das Wasser weit unterhalb der Kante dieser Stufe. Heute aber nicht. Dort wo eben noch die Füße des Baugerüstes auf festem Stein stehend zu sehen gewesen waren, schwappte nun Wasser hin und her.

»Verdammt«, fluchte Adalbert. »Was ist das denn? Es hat doch kaum geregnet.«

»Hier nicht, aber …« Klaus stockte. Er lauschte in die Ferne. »Hörst du das?«

»Was? Ich höre nichts.«

Noch war es ganz leise. Ein sanftes Brausen. Doch es kam näher. Und zwar schnell. Schon wenige Augenblicke später hatte es sich zu einem Grollen entwickelt, einem herannahenden Gewitter gleich. Dunkel. Bedrohlich. Was es war, konnte er nicht sagen, denn die Ulster verschwand in einer Biegung hinter dem Nachbargebäude; der Blick flussaufwärts war ihm verwehrt.

»Schnell«, sagte Klaus aufgeregt. »Wir sollten hier runter. Ich glaube, da kommt noch mehr.«

Adalbert sah auf das unruhige Wasser. Immer höher stieg es, immer schneller floss es unter ihnen vorbei. Bei Wind und Wetter zu arbeiten, war seine Devise. Aber alles hat seine Grenzen. »Ja, lass uns hier verschwinden.«

Doch es war schon zu spät. Das Grollen bekam ein Gesicht, als eine gewaltige Welle um die Flussbiegung schoss und die Ulster in einen reißenden Strom verwandelte. Das Wasser schlug schäumend gegen das Haus und zerrte am Baugerüst, das so bedrohlich zu schwanken begann, dass sogar Adalbert ein flaues Gefühl im Magen bekam. Blankes Entsetzen aber erfasste ihn, als er sah, was die Ulster mit sich führte. Baumstämme wirbelten um die Biegung, sicherlich flussaufwärts von den Wassermassen mitgerissen. Sie überschlugen sich in den Wellen, walzten übereinander hinweg, donnerten gegen die Kanalwand auf der gegenüberliegenden Flussseite, prallten im chaotischen Tanz gegeneinander und trieben direkt auf das Baugerüst zu.

»Zurück nach oben!«, schrie Adalbert mit zitternder Stimme. »Aufs Dach!«

So schnell sie konnten, eilten sie die Sprossen wieder hinauf, während der hölzerne Schwarm unaufhaltsam auf sie zuhielt.

»Los, Räuberleiter!«, ächzte Adalbert, als sie auf der obersten Gerüstebene angekommen waren. Er verschränkte die Finger ineinander und hievte Klaus hoch zum Dach.

Rasch suchte sich der junge Zimmermann Halt und streckte ihm den Arm entgegen. »Nimm meine Hand!«, rief er ihm zu, als die ersten Stämme donnernd das Baugerüst rammten und die Erschütterung Adalbert von den Füßen riss. Den sicheren Stand wiederzufinden, war nicht leicht. Die Streben ächzten, und die Balken stöhnten unter dem steten Bombardement des Flusses und seiner Geschosse. Klaus' Hand war nur knapp über ihm, aber auch mit ausgestreckten Armen konnte er sie nicht erreichen. Der junge Zimmermann beugte sich tiefer nach unten, um es Adalbert zu erleichtern. Ihre Fingerspitzen berührten sich schon, doch das sich zur Seite neigende Gerüst vergrößerte die Distanz zwischen ihnen wieder.

»Du musst springen!«, schrie Klaus.

Adalbert nahm zwei Schritte Anlauf und stieß sich so fest vom Gerüst ab, wie es seine alten Knochen erlaubten.

Seine Finger wurden zu Krallen, als sie auf die Hand von Klaus trafen. Verzweifelt versuchte auch der, Halt zu finden, doch es nützte nichts. So schnell, wie Klaus sie ergriffen hatte, entglitten ihm seine Finger wieder. Adalbert landete abermals auf dem Gerüst, das ihm jedoch nur für einen kurzen Augenblick sicheren Tritt unter den Füßen bot.

Das unentwegt peitschende Wasser und die gewaltigen Schläge der Baumstämme hatten die Konstruktion zerbrechlich werden lassen. Die Taue, welche die Streben zusammenhielten, hatten sich gelockert. Mit weit aufgerissenen Augen merkte Adalbert, wie der Boden unter ihm wegkippte, wie sich das rettende Dach immer weiter entfernte, wie Klaus ihm mit vor Schrecken verzerrtem Gesicht noch immer die Hände entgegenstreckte. Das Letzte, was er spürte, waren ein dumpfer Schmerz und das Wasser, das über ihm zusammenschlug. Dann war da nichts mehr.

Thomas trat neben die Eseldame und fuhr ihr mit der Hand über die Flanke. »Ruhig. Ganz ruhig. Wir werden das gleich haben.« Er nahm ihren Hinterlauf und zog ihn vorsichtig nach oben. Das Tier sträubte sich nicht und winkelte sein Bein an. Thomas griff nach einem großen rostigen Nagel und setzte ihn an dem Stein an, der sich im Huf der Eselin verkeilt hatte.

»Meine Güte«, stöhnte er, als er mit aller Kraft versuchte, ihn aus seiner Position zu hebeln. »Wie hast du das denn geschafft? So geht es nicht. Warte mal einen Moment.« Der Junge ging in eine andere Ecke des Raums und kam mit einem Eimer zurück, aus dem er eine ölig schmierige Masse hervorholte. So gut er es konnte, rieb er damit den Hohlraum zwischen dem Stein und dem Huf ein. Dann setzte er den Nagel erneut an. »Bist du bereit?«

Die Eselin wieherte ein lang gezogenes »Ihh-Ahh«, aber das war sicherlich nur Zufall. »Gut, dann zusammen auf drei. Eins ... zwei ... und drei.« Thomas legte sein ganzes Gewicht auf den Nagel, und der Stein schnellte im hohen Bogen durch die Luft, klatschte gegen die Wand, wo die schmierige Masse einen dicken Fleck hinterließ, und blieb regungslos am Boden liegen.

»So, jetzt sollte dir das Laufen wieder leichter fallen. Probier's mal aus.« Er gab dem Tier einen Klaps aufs Hinterteil, und die Eselin lief ein paar Runden. Thomas lächelte zufrieden. »Na, dann hab deinen Spaß. Nachher gehen wir draußen noch ein paar Runden, um zu sehen, ob alles in Ordnung ist.«

In diesem Moment klopfte es an der Tür, und Björn, ein schlaksiger Kerl, nur ein paar Jahre älter als Thomas, öffnete sie. In der einen Hand trug er eine Schaufel, in der anderen einen Eimer, und er war auffällig darum bemüht, diesen möglichst weit von seinem Körper wegzuhalten. Sofort roch Thomas den Grund dafür. »Verdammt! Bleib bloß draußen mit der Scheiße.« Er wich ein paar Schritte zurück, bis er mit dem Rücken an der Wand stand. »Was ist das denn?«

»Ich glaube, Chronos hat Würmer im Darm oder so«, erwiderte Björn. »Auf jeden Fall kommt das seit heute Morgen aus ihm raus. Komm schon, du musst mir damit helfen.«

Thomas presste seinen Arm auf Nase und Mund. »Wenn du glaubst, dass ich dir damit helfe, dann ist dir nicht mehr zu helfen.«

Björn kam herein und setzte den Eimer vor Thomas' Füßen ab. »Felix hat mir noch dreitausend Sachen aufgetragen. Ich komm bis heute Abend nie damit durch, und dann gibt's Stunk. Das Zeug muss weggebracht werden. Aber nicht hier. Irgendwo im Wald. Und nicht einfach wegschütten, sondern vergraben. Das dauert zu lange.«

»Kannst du es nicht einfach in den Bach schütten?«

»Hab ich Felix auch vorgeschlagen, aber beim letzten Mal haben wir doch Ärger von den Leuten flussabwärts bekommen. Komm schon. Wenn du das für mich machst, dann bekommst du für die ganze nächste Woche die obere Koje.«

Thomas wurde hellhörig. Direkt neben der unteren Koje war ein ordentliches Loch in der Wand, und kalte Luft zog die ganze Nacht hinein. Thomas hatte zwar versucht, es abzudichten, aber so richtig war ihm das nicht gelungen. Außerdem war es immer ein beunruhigendes Gefühl, unter Björn schlafen zu müssen, und der Eimer voll Fäkalien erinnerte Thomas auch daran, weswegen. »Zwei Wochen«, war sein Gegenangebot.

Missmutig willigte Björn ein und drückte ihm die Schaufel in die Hand. Thomas nahm den Eimer, wobei er seine Nase so fest zudrückte, dass sie rot anlief.

In sein ›Lager‹ hatte Varrentrapp Ella und Everd eingeladen, doch der Begriff beschrieb nur unzureichend das, was gerade vor ihnen zwischen den Bäumen sichtbar wurde, ›Weiler‹ traf es schon eher. Zwei Dutzend Wagen hatte man auf einer großen Lichtung aufgestellt, bemalt in den schillerndsten Farben und nicht wenige aufwendig verziert. Besondere Aufmerksamkeit zogen die fahrenden Käfige auf sich, in denen die verschiedensten Tiere herumliefen. Einige davon waren Ella und Everd wohlbekannt, bei anderen aber hatten sie nicht einmal den Hauch einer Idee, was für eine Tierart da vor ihnen stehen mochte. Wie beispielsweise das Etwas vor ihnen, einem Biber nicht unähnlich, jedoch ein ganzes Stück größer, ohne den flachen Schwanz und die Schwimmfüße, dafür aber mit einer dicken Schnauze versehen. Ebenso wenig das Rind im nächsten Käfig mit seinem starken Nacken und Hörnern, die an einen quer getragenen Zweispitz erinnerten, oder die gewaltige Raubkatze daneben, die einen einheimischen Luchs wahrscheinlich zum Frühstück verspeist hätte.

»Willkommen in Varrentrapps Menagerie, oder soll ich sagen, einem Teil davon? Der Rest sollte inzwischen im Winterlager in Hamburg angekommen sein. Aber wir nutzen den Herbst gerne, um mit einer abgespeckten Besetzung auch dem Publikum abseits der großen Städte unsere Aufwartung zu machen.«

»Das ist wirklich unglaublich«, honorierte Ella die beeindruckende Sammlung. »Wie haben Sie es nur bis hierher geschafft, ohne dass man von der einen zur anderen Seite des Ulstertals etwas davon gehört hat?«

»Wir sind über die Berge gereist. Ihr Solkers ist das erste Dorf, an dem wir in zwei Tagen vorbeigekommen sind.«

Zwischen den Wagen bildeten sich kleine Gassen und Plätze, bevölkert von Menschen und hier und da auch einem Pferd oder einem Schwein, Tiere, die angesichts ihrer exotischen Kollegen in den Käfigen geradezu bieder und langweilig wirkten. Allenthalben wurde Varrentrapp von seinen Leuten höflich, wenn auch nicht freundlich gegrüßt. Hier und da hielten sie ihn auf, um ihn etwas zu fragen, was den Weg durch das Lager zu einer längeren Reise machte.

»Wir sind gleich da«, versicherte er, als sie um einen der Wagen herumbogen, nur um vor Schreck gleich wieder drei Schritte zurückzuspringen. Zwei Hunde hatten sich vor ihnen aufgebaut und erfüllten das Lager mit höllischem Gebell. Das eine Tier war fast völlig schwarz, das Fell des anderen grau meliert. Die Nackenhaare standen ihnen zu Berge, Speichel spritzte mit jedem Kläffen aus ihren Rachen. Mit gebleckten Zähnen standen sie vor ihnen, aber sie fixierten nicht etwa die beiden Fremden. Varrentrapp war es, in dessen Richtung sie drängten. Nur die Tatsache, dass sie am Wagen festgebunden waren, schien sie davon abzuhalten, den Direktor der Menagerie anzufallen.

Der rührte sich nicht. »Felix!«, donnerte er stattdessen, sodass er das Bellen der Hunde ohne Probleme übertönte. »Was machen diese verdammten Mistviecher hier?«

Einige Leute blieben stehen und sahen ihren Chef an, andere scherten sich nicht darum und gingen weiter ihrer Beschäftigung nach. Irgendwo zwischen den Wagen löste sich die Gestalt eines Mannes, Ende 30 vielleicht, ein großer, muskulöser Typ, mit lockigen dunkelbraunen Haaren und einem Bart, dessen Haare sich nicht einig zu sein schienen, in welche Richtung sie denn genau wachsen sollten.

»Entschuldige, Ignaz!« Der Ton des Mannes klang freundlich, aber keinesfalls untertänig oder gar eingeschüchtert. Als er herantrat, musterte er Ella und Everd kurz, nickte ihnen höflich zu und kniete sich dann zu den Hunden, die ihr Gekläffe nicht eingestellt hatten. »Ich musste einen Balken in ihrem Zwinger reparieren. Ich dachte nicht, dass du so schnell zurückkommst.«

»Aber jetzt bin ich hier, und du weißt, dass ich diese Tölen nicht in meiner Nähe haben möchte.«

Unter Felix' Händen beruhigten sich die Tiere langsam, obgleich sie Varrentrapp noch immer nicht aus den Augen ließen. »Ich weiß«, entgegnete Felix. »Sie sind schon so gut wie verschwunden.« Er löste die Leinen der Hunde und führte sie in einen anderen Teil des Lagers.

»Verzeihen Sie«, sagte Varrentrapp zu Ella und Everd, die die Entschuldigung mit einem Wink abtaten. Dann setzten sie ihren Weg fort, und ihr Gastgeber führte sie vorbei an einem besonders bunten und auffälligen Wagen, dessen Dach von einem Schild überspannt wurde, auf dem in großen Lettern ›*Varrentrapps wandernde Menagerie*‹ zu lesen war. Der Wagen daneben präsentierte sich im Vergleich dazu klein und unscheinbar. Varrentrapp verschwand darin. Gleich darauf kam er zurück mit einem Tablett, auf dem ein Tuch, etwas Wasser, eine Salbe und ein Verband aufgereiht lagen, mit denen er begann, Ellas Arm zu versorgen.

»Das meinten Sie also, als Sie sagten, dass Sie Tiere ›fangen‹, nicht ›erlegen‹.« Ella blickte die Käfige entlang, an denen sie vorbeigekommen waren.

»Ganz genau.«

»Und was haben Sie dann im Wald gesucht?«, legte Everd nach. »Exotische Tiere werden Sie hier wohl kaum finden.«

Varrentrapp grinste schief. »Ich befriedige nicht einfach nur das Bedürfnis meines Publikums nach Exotischem, Herr Edinger.« Er deutete auf einen kleinen Stall direkt gegenüber seinem Wagen. Hinter einem Gitter aus dünnem Draht saß ein Feldhase gemütlich versteckt zwischen aufgetürmtem Heu. »Sehen Sie ihn sich nur an. Seine lang gezogenen Löffel, die leeren schwarzen Augen, der runde Körper, die Schneidezähne. Ist er nicht absolut bizarr? Wir sind jeden Tag von diesen Tieren umgeben und merken gar nicht mehr, was für abartige Geschöpfe die Natur da erschaffen hat, mit ihren Hörnern und Klauen, ihren Schädeln in den seltsamsten Formen. Wann immer ich ein Tier sehe, habe ich das Gefühl, als wäre sein Erscheinungsbild eine Verhöhnung der menschlichen Form. Als ich noch jung war, versuchten uns die Menagerien weiszumachen, dass etwas Menschliches in den Tieren zu finden ist, und dass man ihnen dieses Menschliche entlocken kann. Aber das ist lächerlich. Der Mensch ist all das, was ein Tier nicht ist. Wir Menschen zeugen von der Perfektion, zu der die Natur fähig ist, aber in den Tieren zeigt sich ihre überbordende Fantasie, ihre Ignoranz gegenüber allen Regeln des Anstandes, ihr Sinn für kreatives Chaos.«

»Das klingt aber nicht nach etwas, das man sich gerne ansehen möchte«, unterbrach Ella Varrentrapps Redefluss.

Der schien ein wenig erstaunt über ihre Bemerkung. »Haben Sie als Kind niemals eine Spinne über Ihre Hand krabbeln lassen und waren dabei angewidert, aber zugleich fasziniert von diesem Wesen, dessen Erscheinung so sehr dem widerspricht, das wir als menschlich bezeichnen würden?«

Everd schlenderte hinüber zum Käfig und sah sich das Langohr genauer an, ohne darin jene Abscheulichkeit sehen zu können, die Varrentrapp hier in farbigen Bildern heraufzubeschwören suchte. »Also schön«, sagte Everd. »Sie sind also hier, um ein Tier zu fangen.«

»Ja, aber nicht einfach nur irgendein Tier. Haben Sie vielleicht davon gehört? In den Wäldern hier soll ein Wesen hausen, wie es noch nie zuvor gesehen wurde. Man sagt, es soll einem Wolf nicht unähnlich sein, obwohl die Form seines Körpers nicht ganz dazu passt, seine Gliedmaßen deformiert, gestreckt sind, sodass sie denen eines Menschen ähneln. Vielleicht ein Bindeglied zwischen Tier und Mensch? Ich könnte mir nichts Abscheulicheres vorstellen.«

Ella sah zu Everd hinüber. »Klingt für mich eher nach einem Ammenmärchen.«

»Ich bin viel herumgekommen in der Welt, Fräulein Farning. Wissen Sie, die Natur hat ihre eigenen Methoden, Tiere für den harten Kampf ums Überleben auszustatten und ihnen dafür die ungewöhnlichsten Attribute mitzugeben. Ich habe Tiere von so grotesker Gestalt gesehen, als wären sie einem Gemälde von Hieronymus Bosch entsprungen. Eines mehr oder weniger würde mich nicht überraschen. Auch nicht hier in unseren Breiten.«

»Und? Hatten Sie bei Ihrer Suche schon Erfolg?«

»Das kann ich nicht behaupten. Aber bei unserer Ankunft war der Nebel auch noch dicht wie ein Matrose auf Landgang. Und im Wald hat er sich hartnäckig gehalten. Jetzt, da man wieder etwas sieht, bin ich guter Hoffnung.« Zufrieden legte Varrentrapp das Verbandsmaterial beiseite und warf einen letzten prüfenden Blick auf Ellas Arm. »So, das sollte halten.«

»Vielen Dank«, entgegnete sie.

»Keine Ursache. Es war ja quasi meine Schuld, dass Sie verletzt wurden. Immerhin habe ich den Hirsch aufgeschreckt und im Wald herumgeschossen. Außerd…«

Plötzlich blickte Varrentrapp auf. Eilig zwängte er sich zwischen Ella und Everd hindurch. Sein Ziel waren zwei seiner Leute, die verlegen dreinblickten. Als Ursprung ihrer Verlegenheit ließ sich eine Holzkiste ausmachen, die

die beiden wohl mit Vorsicht hätten transportieren sollen, die aber nun auf die Seite gekippt vor ihnen lag, der Deckel abgefallen. Ihr Inhalt, unschwer als ein Sammelsurium verschiedenster Feuerwerkskörper zu erkennen, hatte sich über den Boden verteilt. Varrentrapp schien über die Sorglosigkeit seiner Angestellten nicht glücklich zu sein. Er stampfte zu Ella und Everd zurück. »Ich muss mich nochmals entschuldigen. Wie man sieht, geht es ohne mich nicht.«

In diesem Moment kam Felix, der die beiden Hunde wohl sicher untergebracht hatte, abermals zwischen den Wagen hervor.

»Ah, Felix!« Varrentrapp wedelte ihn mit der Hand heran. »Könntest du dich wohl um unsere Gäste kümmern? Die Idioten sprengen uns noch das ganze Lager in die Luft, wenn ich sie nicht beaufsichtige.«

Felix nickte.

»Gut, Junge. Ich bin dann beim Wagen mit dem Feuerwerk, wenn du mich brauchst.«

Ella und Everd sahen zu, wie Varrentrapp seine beiden Leute antrieb, das verteilte Sprenggut wieder aufzusammeln und in einen dunkelroten Wagen weit am anderen Ende des Lagers zu verfrachten.

Felix entpuppte sich als ausgesprochen angenehmer Zeitgenosse. Ein handfester Kerl, bescheiden bis in die Zehen. Mit leiser Stimme gab er so vorzügliche Anekdoten aus den Jahren, die er nun schon mit Varrentrapp durch die Lande zog, zum Besten, dass man nicht anders konnte, als ihm gebannt dabei zuzuhören. Everd pflegte, allzu gefälligen Menschen mit einer gewissen Skepsis gegenüberzustehen.

»Na, wie es aussieht, kann sich Herr Varrentrapp mehr

als glücklich schätzen, Sie an seiner Seite zu haben.« Ella lächelte fröhlich, als Felix eine seiner Geschichten beendet hatte.

»Nun ja, wir sind nun mal ein ziemlich gutes Gespann. Das Geschäftliche interessiert mich nicht. Ebenso wenig mag ich es, Tiere zu fangen. Ich kümmere mich lieber um sie. Und um die Menagerie. Manche bezeichnen mich als den ›zweiten Mann‹ hier, auch wenn ich das nicht so gerne höre.«

Everd hatte Felix' Ausführungen nur mit einem Ohr zugehört und stattdessen das Treiben der Menageriemitarbeiter beobachtet. »Sieht aus, als hättet ihr schon 'ne lange Reise hinter euch«, stellte er fest.

Felix sah zu ihm herüber. »Wir sind schon seit dem Frühjahr unterwegs. Haben halb Europa durchstreift. Zuletzt waren wir im Oberfränkischen, und jetzt geht es zurück nach Hamburg.«

»Da seid ihr aber ziemlich vom Weg abgekommen.«

»Ja, wir waren in der Nähe von Erfurt, aber Ignaz hat sich dann für einen Umweg entschieden.«

»Weswegen das denn?«

»Er hat gehört, dass hier in der Gegend vor ein paar Wochen ein seltsames Tier aufgetaucht sein soll, und er hat beschlossen, es für die Menagerie zu fangen. Wenn ihr von hier seid, dann müsstet ihr doch was darüber wissen.«

Everd seufzte innerlich. Bis Erfurt waren die Gerüchte also schon gedrungen. Varrentrapp war wohl der Erste, den sie hierher gelockt hatten, aber mit Sicherheit würden weitere folgen. Das Letzte, was Solkers jetzt brauchte, war eine Schar von Glücksrittern auf der Jagd nach dem einen großen Schuss. Wenn sich die Geschichte um den ›Riesenwolf‹ schon verbreiten musste, konnte es nicht schaden, ihr eine etwas weniger reizvolle Note hinzuzufügen. »Klar, man hört so einiges«, erwiderte er deswegen. »Hirngespinste und Übertreibungen vielleicht, aber wenn auch nur die Hälfte von dem stimmt, was so erzählt wird, dann sollte sich euer Herr Varrentrapp lieber davor hüten, das Biest aufzuscheuchen.«

»Wieso, was erzählt man sich denn?« Felix schien neugierig geworden zu sein.

»Nun ja, drei Meter soll es hoch sein …«

»Ich habe gehört, drei Meter 50 …«, warf Ella ein.

Everd lächelte unmerklich. Sie hatte verstanden. »Vielleicht auch das«, bestätigte er. »Seine Zähne so lang wie der Zeigefinger eines ausgewachsenen Mannes.«

»Als hätte er zwei Reihen von Dolchen in seinem Mund. Einer der Bauern aus dem Nachbardorf hat erzählt, er hätte seinen Bullen – ein riesen Viech, bestimmt 1300 Kilo schwer und im besten Alter – am Morgen auf der Weide gefunden, völlig zerfetzt, nicht mehr als ein Haufen aus blutigen Knochen und Fleischresten.«

»Ja, die Leute trauen sich nicht mehr in den Wald. Zumindest nicht nach Anbruch der Nacht. Und niemals allein oder gar unbewaffnet.«

»Das klingt ja wirklich erschreckend«, bestätigte Felix. »Aber keine Sorge. Wäre nicht das erste Mal, dass ein Tier als gefährlicher dargestellt wird, als es wirklich ist. Persephone dort haben Herr Varrentrapp und ich von einer Reise nach Kleinasien mitgebracht.« Felix deutete auf einen Käfig, in dem eine große goldfarbene Wildkatze mit dunklen Flecken im Fell faul herumlag. »In einem Dorf dort erzählten uns die Leute von einem Leoparden, der über 100 Leute getötet haben sollte. Sie beschrieben ihn als gigantisch, und manche behaupteten, er sei klüger als der klügste Mensch. Wir zogen los, und was wir fanden, war die alte Dame dort. Ich glaube nicht, dass die Gute je einem Menschen etwas zuleide getan hat. Vielleicht war es auch ein anderes Tier, von dem die Dörfler sprachen, aber wir haben nicht einmal eine Spur von einem Leopardenungetüm gefunden. Wahrscheinlich doch nur eine Geschichte. Und selbst wenn. Herr Varrentrapp weiß sich zu helfen. Als Soldat hat er die halbe Welt bereist und danach als Jäger die andere Hälfte. Er hat Tiere gejagt in den Dschungeln von Südamerika und Indien und in der Savanne des Schwarzen Kontinents. Und da treiben sich die wunderlichsten von Gottes Geschöpfen herum. Ein Tier aus den heimischen Wäldern ist für ihn kein Problem, wie groß und wild es auch sein mag.«

»Groß« und »wild« waren auf jeden Fall nicht die Eigenschaften jenes Tieres, das Felix in diesem Moment mit einem laut röhrenden »Ihh-Ahh« unterbrach. Ein Esel war es, den ein Junge gerade über den kleinen Platz zwischen den Wagen führte. »Na, Thomas!«, rief ihm Felix zu. »Hast du das mit dem Huf in Ordnung gebracht?«

Noch bevor Thomas die Gelegenheit bekam, zu antworten, war Ella von ihrem Platz aufgesprungen und zu ihm, genauer zu dem Esel, gerannt. Sie packte den Kopf des Tieres und sah ihn sich genau an. »Mäje?«, fragte sie ungläubig.

Offenbar ja.

»Das ist Mäje«, rief sie zu Everd. »Die Eselin von Aga und Jakob.«

Everd kam zu ihr. »Bist du dir sicher?«

»Ja, ohne Zweifel.«

»Junge«, sagte Everd zu Thomas, »wo hast du das Tier her?«

»Felix hat sie gefunden«, antwortete der. Er schien sich überrumpelt zu fühlen.

»Ich war hier in der Nähe unterwegs«, ergänzte Felix, »und sie kam mir aus dem Wald entgegengelaufen. Ich dachte mir schon, dass sie jemandem aus dem Dorf gehört. Ich wollte sie vorbeibringen, sobald sich die Gelegenheit dazu bietet.«

»Wann war das?«, wollte Everd wissen.

»Vor … drei Tagen. Kurz, nachdem wir unser Lager aufgeschlagen hatten. Aber so struppig, wie ihr Fell aussah, hat sie sich bestimmt ein paar Tage im Wald herumgetrieben.«

»Ist Ihnen sonst irgendetwas aufgefallen?« Ella zeigte sich geradezu euphorisch. »Hatte das Tier noch etwas bei sich? Haben Sie Spuren entdeckt?«

»Nein, ich denke nicht«, erwiderte Felix ein wenig überrascht. »Was ist denn los?«

»Ein Mann aus dem Dorf wird vermisst«, antwortete Ella. »Der Knecht des Bürgermeisters. Wir sind auf der Suche nach ihm. Das Tier gehört ihm und seiner Frau.«

»Das ist ja furchtbar.« Felix wirkte ehrlich bestürzt. »Wenn mir noch etwas aufgefallen wäre, würde ich es gerne sagen, aber da war nur die Eselin. Sonst nichts.«

Einer der Menageriearbeiter kam auf sie zu. »Felix, könntest du mal kommen? Castor und Pollux geben einfach keine Ruhe.«

»Ja natürlich. Würden Sie mich bitte für einen Augenblick entschuldigen?« Felix stand auf und ging mit dem Mann in eine andere Ecke des Lagers, wo die beiden Hunde in ihrem Zwinger unruhig hin und her sprangen und laut bellten.

»Sie mögen ihn nicht.« Thomas war neben Ella und

Everd getreten und sah zu Castor und Pollux. »Herrn Varrentrapp, meine ich. Wenn er ihnen zu nahe kommt, dann benehmen sie sich so. Normalerweise geht er ihnen aus dem Weg. Einmal waren sie nicht richtig angekettet. Als Herr Varrentrapp an ihnen vorbeiging, haben sie sich losgerissen und ihn angefallen. Er hat sie bewusstlos geschlagen. Erschießen würde er sie am liebsten, habe ich ihn sagen hören. Aber er lässt es, denn sie gehören Felix, und der ist ganz vernarrt in die beiden.« Thomas wendete seinen Kopf zu Ella und Everd. »Ich kann verstehen, dass sie Herrn Varrentrapp nicht mögen.«

»Hey, Thomas. Belästige unsere Gäste nicht.« Felix kam wieder zu ihnen herübergelaufen, und Thomas verschwand zwischen den Wagen.

KAPITEL 9

Zur Fütterungszeit wurde es in der Menagerie zunehmend hektisch. Ella und Everd nutzten die Gelegenheit, um Mäje in ihre Obhut zu nehmen und sich zu verabschieden. Den Weg nach Solkers brachten sie rasch hinter sich, und bald lag das Dorf zu ihren Füßen.

»Sieh mal dort.« Everd deutete auf eine Gestalt, die zwischen den Häusern hervortrat und schnellen Schrittes den Berg hinauflief.

Ella hielt die flache Hand über ihre Augen, um sie vor der Sonne zu schützen. »Sieht aus wie Peter Falkner. Ihm gehört die Mühle unten an der Ulster.«

»Scheint irgendwie … aufgebracht zu sein.«

Peter stapfte weiter den Berg hinauf. Sein Kopf war gesenkt, seine Augen auf den Weg vor ihm gerichtet, sodass er Ella und Everd noch nicht bemerkte, selbst als er sie schon fast über den Haufen rannte.

»Hallo, Peter«, machte sich Ella bemerkbar.

Der Müller blickte erschrocken auf. »Oh, Ella. Und Herr Edinger, nicht wahr? Hallo.« Nicht nur die geschwollenen Tränensäcke und die zu Schlitzen verengten, zwischen tiefen Falten versteckten Augen ließen ihn erschöpft aussehen.

»Alles in Ordnung bei dir?«, fragte Ella. »Du wirkst etwas abgehetzt.«

Peter zog ein Tuch aus seiner Tasche. Er wischte sich über die schweißnasse Stirn und durch die schwarzen lockigen Haare, die wie ein Vogelnest dicht um seinen Kopf wucherten. »Die Ulster«, sagte er schwermütig. »Es gab eine Flutwelle. Sie ist über die Ufer getreten.«

»Oh mein Gott! Sind alle in Ordnung?«

Die Augen des Müllers wurden noch ein wenig kleiner. Betrübt senkte er den Kopf. »Adalbert Anders und Klaus Wagner arbeiten doch gerade am Stegemeier-Haus. Das Wasser hat das Baugerüst zum Einsturz gebracht. Adalbert ist mit dem Rücken auf einen Stein im Wasser gefallen. Keuper weiß noch nicht, ob ihm das das Genick gebrochen hat oder ob er ertrunken ist.«

Ella verschlug es die Sprache. Sie mochte Anders.

»Wie kann denn eine solche Flut zustande kommen?«, fragte Everd.

»Genau das will ich herausfinden«, entgegnete der Müller. Er schüttelte die Trauer aus seinem Gesicht und ersetzte sie durch Tatendrang. »Deswegen bin ich auf dem Weg zum Köhlergraben.«

»Dort ist der Mühlenteich«, erklärte Ella. »Wenn die Ulster im Sommer nicht genug Kraft hat, um das Mühlrad anzutreiben, kann man sie daraus mit Wasser speisen.«

»Ich habe keine Idee«, ergänzte Peter, »woher so viel Wasser auf einmal sonst kommen kann. Der Flutwelle nach zu urteilen, muss sich der gesamte Teich auf einen Schlag entleert haben. Irgendwas stimmt da nicht. Ich muss los. Meine Frau ist jetzt schon außer sich. Bis dann.« Er rückte seinen Rucksack zurecht und marschierte weiter.

»Er ist zusammen mit Wilker für die Wartung der Staumauer verantwortlich«, sagte Ella, als er schon außer Hörweite war. »Er macht sich bestimmt Vorwürfe.«

Everd blickte Peter nach.

»Du möchtest mit ihm gehen und dir das ansehen«, stellte Ella fest.

»Zu viele ungewöhnliche Ereignisse auf einmal«, war Everds schlichte Antwort.

Rasch banden sie Mäje an einem Baum fest und liefen dem Müller hinterher.

Der Mühlenteich lag unweit der Dorfgrenze von Solkers in einem Wald. Die Solkerser hatten den Köhlerbach, einen schmalen Zulauf der Ulster, angezapft und das Wasser in ein natürliches Becken geleitet. Zur Ulster hin wurde es von einer Staumauer begrenzt, die eine Einkerbung in der Beckenwand verschloss. Durch ein Schott konnte dem Teich Wasser entnommen und dem Fluss über einen Kanal zugeführt werden. Felder von Brennnesseln machten den Weg durch das Flusstal beschwerlich. Leichter war es, sich dem Teich über den Osthang von oben zu nähern. Schon nach kurzer Zeit tauchte das lang gezogene Gewässer zwischen den Bäumen auf. Das Wasser stand niedrig und schürte die düstere Ahnung, dass sich Peters Vermutung bewahrheiten würde. Sie mussten den Teich ein ganzes Stück umrunden, um die Staumauer zu erreichen. Noch bevor sie die Sperre zu sehen bekamen, wurde der Boden matschiger, durchtränkt geradezu, und kündete von dem, was sie dann zu sehen bekamen.

Die steinerne Mauer selbst war intakt. Doch in ihr klaffte eine riesige Öffnung, durch die noch ein letztes Rinnsal plätscherte. Das Schott, die massive Metallplatte, welches die Öffnung eigentlich hätte versperren sollen, war zur Seite gebogen worden. Nur eine ihrer vier Halterungen war noch im Mauerwerk verankert.

»Das Wasser muss das Schott einfach aus den Angeln gerissen haben«, vermutete Peter. »Wir wussten, dass die

Verankerung nicht mehr so stabil ist, aber wir konnten das bisher noch nicht reparieren. Wir haben Überlauföffnungen in die Mauer geschlagen, damit der Teich nicht zu viel Wasser zurückhalten kann.«

Er deutete auf zwei eckige Löcher auf der linken und rechten Seite der Staumauer einige Meter über dem Schott. Von ihnen trieften giftgrüne Spuren aus Kalk, Algen und anderem Schmodder die Wand hinunter, Ablagerungen des Wassers, das von den Überläufen hinab floss. Im Moment aber waren sie trocken.

»Sie verstopfen leicht«, erklärte er, »deswegen reinigen wir sie alle zwei Wochen, wenn wir zur Wartung hier sind.«

Eiserne Sprossen waren in die Mauer eingelassen. Sie führten bis direkt neben die Überlauföffnungen. Der Müller umklammerte die unterste auf der linken Seite. Eindringlich sah er Ella und Everd an. »Erzählt Frau Falkner nicht, dass ich ohne Sicherung hier hochgeklettert bin. Sonst bekomme ich wieder was zu hören.« Vorsichtig, Schritt für Schritt, begann er, die Staumauer zu erklimmen. Oben angekommen pfriemelte er eine Weile in dem Loch herum, bis er einen braunen Klumpen daraus hervorschaufelte. Mit einem lauten Klatschen landete das Gemisch aus Ästen, Blättern, Steinchen und den Überresten von etwas, das wohl mal eine Maus gewesen war, zwischen Ella und Everd. Dann ein zweiter und ein dritter Klumpen.

Peter kam wieder herunter. Ungelenk setzte er sich vor der Mauer auf den nassen Boden. »Das Loch ist völlig verstopft.« Er klang niedergeschlagen. »Und auf der anderen Seite sieht es bestimmt nicht besser aus.«

»Siehst du«, versuchte Ella, ihn aufzumuntern. »Es war ein Unglück. Und nicht deine Schuld.«

»Nein, du verstehst nicht«, widersprach ihr der Müller mit schwacher Stimme. »Da steckt viel mehr Zeug drin, als das nach zwei Wochen eigentlich der Fall sein dürfte. Die Öffnungen wurden bei der letzten Wartung, meiner letzten Wartung, nicht gereinigt.« Er war ob dieser folgenschweren Nachlässigkeit sichtlich geschockt.

Ella kniete sich neben ihn und nahm seine Hände in die ihren. »Das kann doch nicht sein. Vielleicht gab es eine Strömung, die mehr Unrat als sonst in die Öffnungen gespült hat. Sieh mich an.« Sie blickte dem Müller in die wässrigen Augen. »Du weißt doch, dass du sie gereinigt hast.«

Ellas Worte, die ihm eigentlich Trost hätten spenden sollen, schienen die genau gegenteilige Wirkung zu haben. »Nein …«, begann er stockend. »Ich meine … ich habe es noch nie vergessen. Denke ich. Aber … ich kann mich nicht an die Wartung vor zwei Wochen erinnern. Ich meine, ich weiß, dass ich hier gewesen sein muss, aber wenn ich versuche, mich wirklich daran zu erinnern, dann ist da nichts. Als ob man dich fragt, was du vor zwei Wochen zu Mittag gegessen hast. Du weißt, dass du etwas gegessen hast, aber was genau, ist einfach aus dem Kopf verschwunden.« Das Kinn des Müllers begann zu zittern. Er versuchte, sich zu fangen. »Ich … ich werde mal ein paar Werkzeuge holen. Die Öffnungen richtig sauber machen. Und wir müssen das Schott reparieren.« Er drückte sich vom matschigen Boden auf die Beine und machte sich auf den Rückweg.

Ella wartete, bis er sich ein Stückchen entfernt hatte. »Ob das wirklich ein Unfall war?«

»Was meinst du? Dass der Abfluss absichtlich verstopft wurde?«

»Es wäre doch möglich?«

»Und wer, denkst du, hat das getan?«

»Der Mann im Umhang?«, sprach Ella aus, was sie beide dachten.

In diesem Moment blieb Peter, kurz bevor er zwischen den Bäumen verschwunden wäre, wie angewurzelt stehen und wirbelte herum. War er eben noch schlaff davongetrottet, schien er nun voller Energie, beinahe enthusiastisch. »Donnerstag war Waschtag«, rief er ihnen kryptisch entgegen. »Ich kann mich nicht daran erinnern, die Überflussöffnungen gereinigt zu haben, weil ich es gar nicht getan habe. Wilker und ich wechseln uns immer ab, und die letzten beiden Male haben wir getauscht, weil Frau Falkner unbedingt wollte, dass ich ihr an diesem Tag bei der großen Wäsche helfe. Ich war das letzte Mal vor einem Monat hier, nicht vor zwei Wochen.« Der Müller schien erleichtert, als er sich umdrehte und sich wieder nach Solkers aufmachte.

Ella konnte geradezu sehen, wie sich in Everds Kopf Fäden verbanden, Puzzleteile zusammensetzen, Schleier lichteten und ein vager Verdacht sachte sein Haupt erhob. »Könnte der Bürgermeister es vergessen haben?«, fragte er.

Sie überlegte kurz. »Wilker ist in solchen Dingen ungemein umsichtig. Ich wüsste nicht, dass er auch nur ein einziges Mal eine seiner Pflichten vernachlässigt hat. Gute Güte, er vergisst nicht einmal, jedem einzelnen Dorfbewohner persönlich zum Geburtstag zu gratulieren.«

»Also wohl eher nicht.«

»Dann bleibt uns nur die erste Theorie. Es könnte der Mann mit der Kapuze gewesen sein.«

»Ja, entweder das, oder …« Everd zögerte. Hatte man einen Verdacht einmal in die Welt gesetzt, gab es nur zwei

Arten, auf die man ihn wieder aus ihr verbannen kann: ganz oder gar nicht. Everd wusste das. Aber jetzt war nicht der richtige Zeitpunkt für Zurückhaltung.

»Oder was? Sag schon«, drängte ihn Ella. »Egal, was du denkst, du brauchst mich ohnehin, um der Spur nachzugehen.«

Everd nickte. »Oder der Bürgermeister hatte an diesem Morgen etwas so Wichtiges zu tun, dass die Inspektion des Wasserspeichers darüber vernachlässigt wurde.«

»Ich verstehe dich nicht.«

»Die letzte Inspektion sollte Donnerstag vor zwei Wochen stattfinden.«

»Der Morgen nach dem Verschwinden von Jakob«, flüsterte Ella grüblerisch.

»Genau.«

»Aber wir haben erst am Nachmittag mit der Suche begonnen. Vorher hatte niemand Jakob vermisst.«

»Vielleicht wusste Herchenhahn mehr als ihr anderen.«

»Everd, was sagst du da? Verdächtigst du den Bürgermeister?«

»Als der Schmied gestern bei Aga war, wollte er eine Rechnung beglichen haben für eine Eisenkette und ein Vorhängeschloss.«

»Er hat gesagt, dass Wilker sie am Morgen nach Jakobs Verschwinden bei ihm gekauft hat.«

»Dass er ihn dafür sogar aus dem Bett geklopft hat.«

»Wofür braucht man so dringend eine Eisenkette und ein Vorhängeschloss?«

»Gute Frage, aber nicht die einzige. Es ist ja nicht nur Herchenhahns verpasste Inspektion. Der Verschwundene ist Herchenhahns Knecht, der Mann mit dem Umhang schleicht auf Herchenhahns Hof herum, beobachtet Herchenhahns Magd und hat ein Gift dabei, das auf Herchenhahns Äpfeln landet.«

»Du meintest bisher, es sei aus Versehen passiert.«

»Vielleicht habe ich mich geirrt, aber so oder so …«

»… alle Spuren hängen mit Wilker zusammen.«

»Das kann kein Zufall sein.«

»Everd, mit einer solchen Behauptung kannst du nicht im Dorf auftauchen. Wir haben keine Beweise, nur vage Vermutungen. Wilker ist der Held des Kampfes gegen die Gebrüder Zunderstein. Er war schon Bürgermeister, bevor ein Großteil der Menschen in Solkers geboren war. Bestenfalls würden sie uns auslachen.«

»Dann müssen wir eben Beweise finden. Ohne allzu viel Aufsehen zu erregen.«

Der Kreis der bisherigen Verdächtigen war klein. Ach was, er war praktisch nicht vorhanden. Doch der Gedanke, Wilker darin aufzunehmen, behagte Ella nicht. Sie kannte ihn, seit sie damals nach Solkers gekommen war. In einer Zeit, als ihr die anderen Dorfbewohner noch mit der ihnen eigenen Skepsis gegenüber Zugezogenen begegnet waren, hatte der Bürgermeister sie mit offenen Armen empfangen und so das Eis gebrochen. Doch Everds Argumente konnte sie nicht so einfach wegschieben. Und die Situation in Solkers wurde immer prekärer. Es war nicht der Zeitpunkt, eine deutliche Spur zu ignorieren, egal wie unangenehm sie für Ella sein mochte. »Einverstanden«, musste ihre Antwort deswegen lauten.

Eine dicke dunkelgraue Rauchsäule, die fast senkrecht in den Himmel stieg, markierte Hektors Schmiede. Das Tor stand weit offen, denn sonst hätte sich trotz eines Abzuges dicker Qualm in der kleinen Werkstatt gesammelt. Der Schmied wuchtete ein rot glühendes Stück Eisen auf einen Amboss und begann, es mit seinem Hammer zu bearbeiten. Funken stoben in alle Richtungen.

»Hektor?« Ella stand mit Everd am Rand der Toröffnung, außer Reichweite des herausquellenden Rauches, und fuchtelte mit den Armen. Everd hatte indessen Mühe, den Esel im Schlepptau zu beruhigen, den sie später bei Aga abliefern wollten.

Der Schmied bemerkte die beiden, nickte ihnen zu, fuhr aber mit seiner Arbeit fort. Nach ein paar weiteren Schlägen nahm er das Eisen, das nun nicht mehr so stark glühte, und tauchte es in einen Bottich mit Wasser. Dampf schoss zischend in die Höhe. Er legte sein Werkzeug beiseite und zog seine dicken Lederhandschuhe aus, während er ans Tor kam. »Was gibt es denn?« Schweiß floss ihm über die rußverschmierte Stirn.

»Wilker schickt uns«, begann Ella. »Und zwar geht es um Folgendes: Er hat ein Notizbuch, in das er alle möglichen Aufzeichnungen macht. Ein- und Verkäufe, die Buchhaltung des Hofes und so weiter. Das Buch vermisst er jetzt. Er weiß nur noch, dass er es sicher gehabt hat, als er bei dir war, um die Eisenkette und das Schloss zu kaufen, wegen deren Bezahlung du gestern zu Aga gekommen bist. Deswegen dachten wir, dass wir mit der Suche hier anfangen.«

»Oh, na gut.« Der Schmied nickte. »Also hier liegen gelassen hat er es nicht, denke ich. Das hätte ich gefunden. Ich sag euch aber Bescheid, falls es doch noch auftaucht.«

»Das wäre toll«, sagte Everd. »Wann war Herr Herchenhahn noch mal bei Ihnen? Ohne seine Aufzeichnungen konnte er das nicht genau sagen.«

»Das war vor etwa zwei Wochen.«

»An welchem Tag?«

Hektor begann zu grübeln. »Ich weiß nicht. Wann haben wir denn begonnen, nach Jakob zu suchen?«

»Donnerstag vor zwei Wochen. Am 7.«, erwiderte Ella.

»An dem Tag war es. Das weiß ich noch genau.« Der Schmied legte die Stirn in Falten. »Wo wir gerade von Jakob sprechen. Ich dachte, ihr würdet ihn suchen. Und nicht irgendwelche Bücher.«

Ella reagierte, ohne auch nur eine Sekunde zu zögern. »Tun wir auch. In dem Buch stehen ein paar Sachen, die uns dabei hilfreich sein könnten. Aufzeichnungen über Jakobs Jagd und so weiter; du weißt schon. Und Wilker war sehr früh bei dir?«, setzte sie rasch nach, um nicht von der Fragenden zur Befragten zu werden.

»Gott ja. Ich schlafe ja so schon nicht lange, aber er hat schon um halb sechs gegen meine Hintertür gehämmert.«

»Hat er gesagt, weswegen er so früh zu dir gekommen ist?«

»Nein«, Hektor zuckte mit den Schultern, »aber er brauchte die Sachen wohl dringend. Hat irgendetwas von einer wertvollen Ware geredet. Er war ziemlich kurz angebunden. Hat mich praktisch in die Schmiede geschoben, sich schnell ein Schloss und eine Kette ausgesucht und einige Geldscheine auf den Tisch geworfen. Weil es nicht reichte, hat er mir den Schuldschein ausgestellt.« Hektor deutete auf eine Werkbank, auf der als unordentlicher Stapel das lag, was er wohl als Buchführung betrachtete, zuoberst der Teil des Schuldscheins, der nicht bei Agatha geblieben war.

Ella hatte das Gespräch fest im Griff, und so schlenderte Everd in die Werkstatt und sah sich den Zettel noch einmal an. Auf der Vorderseite war der Schuldschein nicht ungewöhnlich. Datum, die zu bezahlende Summe, Unterschrift; so wie man es kannte. Die Rückseite aber erregte seine Aufmerksamkeit. Denn auch sie war beschrieben. Nein, nicht beschrieben. Bemalt. Eine Zeichnung. Dort, wo Hektor am Tag zuvor das Blatt auseinandergerissen hatte, ragten feine Linien über den zerfaserten Papierrand. Viele waren es nicht, doch mit ein wenig Fantasie ließ sich in ihnen etwas erkennen: Lippen. Ein Kinn. Haare, die daneben herunterfielen. Es sprach für das Talent des Künstlers, dass Everd sofort das Gesicht vor Augen hatte, das hier gezeichnet worden war: das Gesicht von Agatha Rothenberger.

Er legte den Zettel zurück. »Woher hatten Sie das Stück Papier, auf dem der Schuldschein verfasst wurde?«, fragte er eilig, nur um dann seine Stimme ein wenig zu dämpfen. Er wollte nicht zu forsch klingen.

»Wie bitte?« Hektor beäugte Everd argwöhnisch. »Wozu ist das denn wichtig? Was solltet ihr noch mal für Wilker suchen?«

»Nun ja«, warf Ella ein, »Everd hat vielleicht die Idee, dass Wilker das Blatt aus seinem Notizbuch gerissen haben könnte.«

Hatte Everd nicht. Trotzdem nickte er.

Der Schmied schien mit der Erklärung zufrieden zu sein. »Er hat ihn nicht aus einem Buch gerissen. Wilker hatte den Zettel in der Tasche. Er lag zwischen den Banknoten, mit denen er bezahlt hat. Also haben wir es halt da drauf geschrieben. Dann ist er wieder gegangen.«

»Schade.« Ella gaukelte ein enttäuschtes Gesicht vor. »Dann hat er das Buch vielleicht doch nicht mit hier in der Werkstatt gehabt. Hat er zufällig gesagt, wo er danach hinwollte?«

»Könnte er euch das nicht am besten erzählen?«

»Er ist sich nicht sicher. An dem Tag hat ja ein ziemliches Durcheinander geherrscht.«

»Ich habe ihn erst wieder am Nachmittag gesehen, als er die Leute für die Suche nach Jakob zusammengetrommelt hat.« Der Schmied stockte. »Nein, Moment. Etwa eine halbe Stunde, nachdem er gegangen war, kam er mit seinem Wagen hier vorbeigefahren. Ich hatte ihm den falschen Schlüssel für das Schloss gegeben, also wollte er sich den richtigen abholen. Dann ist er weiter die Straße runtergefahren.«

»Aber wo er hinwollte, hat er nicht gesagt?«

»Nein. Vielleicht hat er eine Lieferung gemacht. Der Wagen war zumindest beladen. Kartoffelsäcke oder so.«

»Na schön«, sagte Everd, nachdem er sich noch einmal unbemerkt an der Werkbank zu schaffen gemacht hatte. »Wir haben Ihnen schon genug von Ihrer Zeit gestohlen.«

»Vielen Dank, Hektor«, ergänzte Ella.

Der Schmied stellte sich zurück an seinen Amboss, während Ella und Everd die Werkstatt verließen.

»Dir ist klar, dass wir uns ein paar peinliche Fragen anhören müssen, falls Hektor Wilker von unserem Besuch hier erzählen sollte«, sagte Ella, als sie ein Stückchen entfernt waren.

»Wenn es denn wirklich nur ein paar peinliche Fragen sind. Es könnte auch übler kommen. Wir beeilen uns besser, Beweise für meine Vermutung zu finden. Wir müssen zum Hof. Ich will mir Herchenhahns Wagen ansehen. Falls er da ist, musst du ihn ablenken. Und dann habe ich noch das hier für dich.« Everd kramte in der Innentasche seiner Jacke und förderte die Schuldscheinhälfte hervor. »Sieh dir das an.« Er deutete auf die Linien auf der Rückseite.

Ella nahm das Blatt und hielt es ins Licht. »Was ist das? Ein Gesicht?«

»Findest du nicht, dass es wie Agatha aussieht? Du musst zu ihr und dir die zweite Hälfte besorgen, damit wir sicher sein können. Und du musst sie fragen, ob sie genau diese Zeichnung schon einmal gesehen hat.«

Auf Herchenhahns Gut trennten sich ihre Wege. Der Bürgermeister schien nicht da zu sein. Seit gestern Morgen hatten sie ihn nicht mehr gesehen. Niemand im Dorf schien zu wissen, wo er sein könnte. Natürlich stellte das keinen Beweis für irgendetwas dar. Einen guten Eindruck hinterließ es dennoch nicht.

Agatha war im Gesindehaus. Während Ella mit der Eselin zu ihr ging, machte sich Everd auf zu einem Schuppen hinter dem Stall, in dem Herchenhahn seinen Einspänner untergestellt hatte.

Es war still hier. Nur eine Katze hatte es sich im Wagenkasten bequem gemacht, ließ sich die Herbstsonne, die durch die Lücken zwischen dem Gebälk fiel, auf den Pelz scheinen und leckte dabei ihre Pfoten. Als Everd näherkam, horchte sie auf und zischte dann zwischen seinen Beinen hindurch nach draußen. Das Einzige, was sich neben dem Tier noch auf der Ladefläche finden ließ, war eine feine Schicht aus Staub, die nur da fehlte, wo die Katze sie mit ihrem Fell abgefegt hatte. Der Wagen war schon seit Wochen nicht mehr benutzt worden.

Er war alt. Das aufgequollene Holz zeugte von zahllosen Regenschauern, die das treue Gefährt über sich hatte ergehen lassen müssen, die Bretter waren von tiefen Furchen durchzogen, ebenso wie die vier Räder. Nur an einer Stelle wurde dieses Bild durchbrochen. Vorne im

Wagenkasten, unterhalb des Brettes, das als unkomfortable Alternative zu einem Kutschbock dort angebracht war, zeigte sich das Holz deutlich glatter und auch heller. Everd fuhr mit der Hand über die Stelle. Der feine Staub setzte sich in den Rillen seiner Fingerkuppen fest. Mit dem Auge war sie kaum zu sehen, aber eine leichte gleichmäßige Kuhle ließ sich erfühlen; das Holz war hier vor Kurzem abgeschmirgelt, vielleicht sogar sachte mit einem Hobel bearbeitet worden. Eine schöne Entdeckung, aber was genau sollte sie ihm sagen? Dass Wilker in den letzten Tagen eine Schönheitsreparatur an seinem Fuhrwerk durchgeführt hatte? Das war wohl kaum die Nachricht, die Leutnant Goldbach die Handschellen würde zücken lassen.

Everd wischte seinen Finger ab und trat einen Schritt zurück, um den Wagen noch einmal als Ganzes betrachten zu können. Egal, was Wilker vor zwei Wochen damit transportiert hatte, inzwischen war es längst verschwunden. Und vielleicht waren es tatsächlich nur Kartoffeln gewesen.

Plötzlich fiel ihm etwas ins Auge. Von der Nabe des einen Rades aus zog sich ein langer Riss entlang einer der Speichen, setzte sich auf dem Holzkranz fort und erweiterte sich zwischen diesem und dem Stahlreifen zu einer schmalen Fuge, gefüllt mit ausgetrocknetem Schlamm. Doch da war noch etwas anderes. Everd kratzte den Dreck, so gut er konnte, heraus, und mit ihm förderte er drei kleine Metallkugeln zutage. Eigentlich ließ sich an ihnen nichts Ungewöhnliches erkennen, bis auf die Tatsache, dass es heute nicht das erste Mal war, dass ihm solche Kügelchen in die Hände fielen. Er kramte in seiner Umhängetasche und fischte ein altes, abgenutztes Tuch hervor. In dieses eingeschlagen befand sich die Schrotmunition, die Everd am Morgen aus dem Boden um das Garbener Loch ausgegraben hatte; die Schrotmunition, die aller Wahrscheinlichkeit nach Jakob gehörte. Ein Vergleich ließ keinen Zweifel: Größe, Form, Material; die Kügelchen waren absolut identisch.

Und da war noch mehr. Denn der Dreck, in dem die Schrotkugeln festgesessen hatten, bestand nicht nur aus der feinen braunen Erde, wie sie auf dem Weg zum Basaltsee überall den Boden bedeckte, sondern er war durchsetzt von Sandkörnern. Sand allerdings hatte Everd bei ihrer Erkundung des Garbener Lochs nirgendwo gesehen. Ohnehin war er in dieser Art in einem Mittelgebirge nur an wenigen Stellen zu finden. Seine Entdeckung war ein Volltreffer.

Als Everd wieder auf den Hof kam, war Ella schon da.

»Schau dir das an.« Aufgeregt hielt sie Hektors Hälfte des Schuldscheins in der einen Hand, in der anderen den zweiten Teil des Blattes. Zusammengehalten zeigten die beiden Stücke tatsächlich eine mit feinen geschwungenen Linien kunstvoll gestaltete Zeichnung von Agatha. »Es ist die, von der uns Aga gestern erzählt hat«, berichtete Ella. »Die Skizze, die Jakob noch gemacht hat, am Morgen, als er zur Jagd aufgebrochen ist.«

»Hast du gefragt, ob er die Zeichnung hier hat liegen lassen?«

»Habe ich. Er hat sie mitgenommen. Aga kann sich noch daran erinnern, wie er sie in seine Brieftasche gesteckt hat.«

»Dann hat Herchenhahn Rothenberger an diesem Tag noch mal gesehen.«

»Das habe ich mir auch gedacht. Deswegen habe ich nachgefragt. Aga hat sich von Jakob verabschiedet und dann den Rest des Tages mit Wilker auf dem Hof gearbeitet. Die beiden haben sich erst bei Einbruch der Dunkelheit getrennt. Wilker muss Jakob also irgendwann zwischen Sonnenuntergang und halb sechs Uhr morgens getroffen haben. Er hat nichts davon erzählt. Er hat uns glauben lassen, Aga sei die Letzte gewesen, die Jakob gesehen hat.«

»Und er war an diesem Tag am See, noch bevor ihr dort mit dem ersten Suchtrupp angekommen seid.«

»Wie kommst du darauf?«

»Ich hab die hier gefunden.« Everd reichte Ella die drei Schrotkugeln. »Die haben in einem der Räder von seinem Wagen gesteckt.«

»Das sind Jakobs.«

»Genau die gleichen«, bestätigte Everd. »Der Wagen muss den Pfad am Garbener Loch entlanggefahren sein, nachdem sie dort verstreut wurden.«

Ella nickte. »Aber bevor ich dort den Steinkreis gelegt habe.«

»Ja. Zumindest, wenn wir davon ausgehen, dass Herchenhahn nicht irgendwann später dort vorbeigekommen ist, und sich die Mühe gemacht hat, deine Markierungen wieder hinzulegen, nachdem er mit dem Wagen durchgefahren ist.«

»Schön und gut. Wilker hat an dem Morgen also den See besucht. Aber was hat er dort gemacht? War er vielleicht an dem Kampf beteiligt?«

»Könnte sein. Gut möglich ist aber auch, dass er dorthin gefahren ist, nachdem er beim Schmied den Schlüssel ausgetauscht hatte.«

»Ja, die Kette und das Schloss. Wozu hat Wilker die gebraucht?«

»Um etwas abzuschließen«, schlug Everd vor.

»Beim See?«

»Fällt dir was ein?«

»Es gibt bestimmt Hütten im Wald, die ich nicht kenne«, überlegte Ella. »Ein paar aufgegebene Braunkohlestollen. Aber so etwas hätten die Suchtrupps doch finden müssen.«

»Wer weiß? Der See ist groß und der Wald drum herum dicht. Da kann man problemlos in zehn Metern an einer Hütte vorbeilaufen, ohne sie zu sehen.«

»Wie sollen wir sie dann finden?«

Everd öffnete seine Hand. »Das hat auch an den Rädern geklebt.«

Ella nahm den getrockneten Dreck und ließ ihn zwischen den Fingern zerrieseln. »Sand«, stellte sie erstaunt fest. »Den gibt es nicht an so vielen Stellen am See. Wilker muss mit dem Einspänner hineingefahren sein.«

»Wenn wir den Sand finden, können wir von dort aus gezielter suchen.«

»Sollten wir jetzt Josch Bescheid geben?«

»Das ist noch zu früh. Du hast selbst gesagt, wie hoch angesehen Herchenhahn ist. Mit dem Schuldschein und den Aussagen von Agatha und dem Schmied können wir zwar beweisen, dass er Rothenberger nach Sonnenuntergang noch gesehen hat, ohne jemandem etwas davon zu sagen, aber er muss sich dafür nur eine gute Erklärung einfallen lassen, und schon haben wir nichts mehr. Wir brauchen mehr. Wenn wir das finden, was der Bürgermeister verschlossen hat, haben wir vielleicht etwas in der Hand.«

Eine Stunde lang umrundeten Ella und Everd das Garbener Loch, so gut es ging. Die Gegend um das Seeufer war zum größten Teil von Matsch, Gras und Blättern bedeckt. Sand ließ sich nur an einer Stelle finden. Aus dem basaltenen Berghang an der einen Seite des Gewässers ergoss sich als einziger Zufluss ein kleines Bächlein. Es plätscherte über das schroffe Gestein, um an dessen Fuß rasch und ohne große Umwege im See zu münden. Hier hatte sich über die Jahrtausende hinweg eine beachtliche Sandschicht angesammelt, die unter Everds Füßen knirschte. Hier musste es sein.

Ella starrte in den Wald, der sich rechts des Baches erstreckte. Nur eine schmale Schneise führte durch das Dickicht. »Diese Gegend hier haben wir mehrfach abgesucht. Wenn dort etwas wäre, hätten wir es gefunden.«

»Und was ist mit den Felsen?«

»Ja, sie wurden abgesucht. Einen ganzen Tag lang von …« Ella schluckte, denn ihr war klar, wie entsetzlich das Ende ihres Satzes nach allem, was sie nun wusste, klang. »Es war Wilker … zusammen mit Josch. Wilker meinte noch, dass das Klettern zu gefährlich sei …«

Everd zog seine Mütze vom Kopf und blickte die steinige Schräge hinauf. »Na, aus der jetzigen Perspektive ist das doch geradezu eine Empfehlung für die Felsen.«

Everd ging voran und versuchte mühsam, ein Stolpern zu verhindern, während sich Ella hinter ihm deutlich geschickter anstellte. Mancherorts erleichterten die groben Felsblöcke das Klettern, bildeten sie hier und da doch fast so etwas wie eine Treppe. Doch im nächsten Moment überraschte der Hang dann mit einer so unwegsamen Passage, dass einem nichts anderes übrig blieb, als sie im großen Bogen zu umgehen. Es war ein für die Fährtensuche undankbares Gelände und wäre es auch dann gewesen, wenn die Spuren, nach denen sie Ausschau hielten, nicht schon zwei Wochen alt gewesen wären. So kamen sie nur langsam voran, überprüften jede Ecke genau, jeden Spalt im Gestein, umrundeten jede Stelle zweimal.

Sie waren schon eine ganze Weile unterwegs, als sich ihre Mühe schließlich auszuzahlen schien. Ein Haufen kopfgroßer Steine schmiegte sich an eine fast senkrechte Felswand. Wenn man nicht direkt davor stand, verschmolzen sie unauffällig mit der Wand, doch aus der Nähe konnte man es deutlich erkennen: Sie waren von Menschenhand aufgetürmt worden.

Everd griff nach dem ersten und ließ ihn zur Seite rollen, während sich Ella den nächsten nahm. Ein Dutzend Brocken später klaffte ein Loch in dem Haufen. Beißender Gestank schoss ihnen entgegen. Seit langer Zeit war wohl keine frische Luft mehr hinter die Steine gekommen. Nach wenigen Minuten hatten die beiden den Eingang einer kleinen Höhle, eher eines kleinen Tunnels, freigelegt. Wie tief er war, konnten sie nicht sagen, denn das Tageslicht wurde von den umgebenden Felsen abgefangen.

»Hast du Feuer dabei?«, fragte Everd.

Ella reichte ihm eine Packung mit Streichhölzern, von denen er eines entzündete. Über das restliche Geröll hinweg trat er in den Tunnel. Sehen konnte er noch immer nichts. Die schwarzen Wände schienen das Licht der Flamme vollständig zu verschlucken, und Everds Augen gewöhnten sich nur langsam an die Dunkelheit. Vorsichtig setzte er einen Fuß vor den anderen, wobei er mit der rechten Hand Halt an der Felswand suchte. Als das erste Streichholz abgebrannt war, warf er es zur Seite und entzündete ein zweites. So machte er ein paar weitere Schritte und … schlagartig endete der Tunnel. Verzweifelte Hoffnung ließ Everd noch für einen Moment die Wand vor sich abtasten, sogar noch ein drittes Streichholz dafür verschwenden, doch da war nichts, außer massivem, undurchdringlichem Fels. Sollte das alles sein? Ein kaltes, feuchtes, stinkendes Loch im Berg, kaum zehn Meter tief. Der Ermittler fluchte. Das war es nicht, was er sich von dieser Entdeckung versprochen hatte. Er drehte sich um. Das dritte Streichholz versengte ihm die Finger. Es erlosch, als er es auf den Boden fallen ließ. Ein viertes benötigte er nicht. Die Öffnung des Tunnels lag als blass erleuchteter Kreis vor ihm. Sich eng an die Wand zu seiner Rechten haltend tastete er sich vorwärts, als er plötzlich mit dem Fuß an etwas hängen blieb. Er verlor das Gleichgewicht und stürzte nach vorne. Instinktiv riss er die Hände nach oben, um sich vor dem Aufprall zu schützen, doch der war bei Weitem nicht so schmerzhaft, wie er es bei hartem Stein hätte sein sollen. Ganz im Gegenteil. Er war weich. Zu weich.

»Alles in Ordnung?«, rief Ella von draußen.

»Ja«, erwiderte Everd. »Ich bin über irgendwas gestolpert.« Als der erste Schreck überwunden war, erkannte er, dass er wohl den Erreger des unangenehmen Geruchs entdeckt hatte. Der Boden unter ihm stank widerlich. Everd rappelte sich auf. Er zog die Streichhölzer aus der Tasche und entzündete eines. Das Licht fiel auf einen braunen Jutesack, der längs an der Tunnelwand lag. Und da, kaum zu sehen außerhalb des Scheins, verbarg sich noch etwas. Versenkt in einer Nische im Felsen, stand an die Wand gelehnt ein altes Gewehr, eine Flinte. Zu den Füßen der Waffe lag ein verschlissener Rucksack. Everd seufzte innerlich; das würde übel werden.

Eine Kordel verschnürte den Jutesack an der einen Seite. Vorsichtig, nur mit den Fingerspitzen, öffnete der Ermittler den Knoten und zog den Stoff leicht auf.

»Was ist es denn?« Er sah, wie Ellas Silhouette im Gegenlicht ein Stückchen in die Höhle hineintrat.

Eine sichere Antwort konnte er ihr noch nicht geben, doch man musste kein Hellseher sein, um zu wissen, was der Jutesack in sich barg. »Bleib lieber ein Stückchen weg.«

Zu spät. Sie stand schon neben ihm, und er konnte nicht mehr verhindern, dass sie mit ansah, wie ihnen ein buschiger Schopf lockigen Haares entgegen quoll. Es war nicht einfach nur rot, es war feuerrot. Feuerrot wie eine Rose. Tränen stiegen Ella in die Augen. Sie wich einen Schritt zurück, wendete sich ab. Der Atem schoss ihr in Stößen aus dem Mund. Everd eilte zu ihr und schloss sie in die Arme. Eine Weile standen sie so da.

»Kannst du sein Gesicht freimachen?« Nur zögerlich konnte Ella sich überwinden, ihren Blick auf die Leiche zu richten.

»Willst du das wirklich?«

»Wir müssen sicher sein.«

Everd nickte. Er zog den Jutebeutel ein Stückchen nach unten und legte das Gesicht eines Mannes frei, ein Gesicht, aus dem jegliche Farbe gewichen war und dessen Äderchen sich blau und grün unter der Haut abzeichneten. Er mochte Mitte 30 sein, aber das ließ sich nur noch schwer abschätzen. Sein roter widerspenstiger Haarschopf ging in einen ebenso zerzausten, dichten Bart über. An einer Stelle hinter dem rechten Ohr waren die Haare verfilzt, zusammengeklebt und mit einer bröseligen fast schwarzen Masse verschmiert. Getrocknetes Blut.

Ella lief nach draußen. Everd deckte die Leiche wieder zu und folgte ihr. Sie saß direkt neben der Öffnung auf einem Felsen, das Gesicht in den Händen verborgen. Er setzte sich neben sie, legte seine Hand auf ihre Schulter, und sie schwiegen.

»Wir müssen ihn ins Dorf bringen.« Ellas Worte kamen unvermittelt. Ihre Stimme klang fest, doch es ließ sich kaum erkennen, ob sie mit Everd oder zu sich selbst sprach. Oder mit der Welt um sich herum. »Wir brauchen ein Pferd. Oder einen Karren. Wir müssen Aga … großer Gott, Aga. Wie soll ich ihr das nur beibringen?«

Everd schluckte schwer. Was er nun vorschlagen musste, fand den Weg nicht leicht über seine Lippen. »Du solltest ihr vorerst gar nichts davon erzählen.«

Ella sah ihn entgeistert an.

»Niemandem, meine ich«, fügte er rasch hinzu.

»Was soll das heißen? Wir müssen es ihnen erzählen. Du warst doch bei der Versammlung dabei. Viele denken noch immer, dass er jeden Moment auf den Marktplatz marschiert kommt. Und Aga muss es erfahren. Sie darf sich nicht noch länger Hoffnung machen. Daran geht sie kaputt.«

»Ich weiß, aber …« Es war schwierig für Everd, eine so emotionale Situation unter dem Aspekt reinen Pragmatismus' zu betrachten. »Herchenhahn fühlt sich sicher, solange er nicht weiß, dass jemand die Leiche gefunden hat. Das gibt uns die Möglichkeit, die Situation unter Kontrolle zu behalten. Wenn wir Jakob jetzt ins Dorf schaffen, lässt sich kaum abschätzen, wie Herchenhahn darauf reagieren wird. Wenn es ihm gelingt, den Verdacht von sich abzulenken und auch noch Goldbach davon zu überzeugen, bekommen wir keine zweite Chance.«

Ella wusste gar nicht, was Everd da eigentlich sagte. Sie hörte die Worte, doch sie schienen für sie einfach keinen Sinn zu machen. »Aber er muss beerdigt werden. Es muss ein Seelenamt geben.«

»Ich weiß, und das wird er. Aber er hat es auch verdient, dass sein Mörder erwischt wird.«

»Vielleicht bringt Jakobs Auftauchen Wilker auch aus der Fassung. Vielleicht macht er dann einen Fehler.«

»Möglich. Aber wenn er das nicht tut, wenn er es schafft, alle Beweise zu vernichten, wird er entkommen.«

Ella schien einen Moment für sich sein zu wollen. Also ließ Everd sie alleine, ging zurück in den Tunnel und übernahm die unangenehme Aufgabe, ihren grausigen Fund genauer zu untersuchen, wobei er sich zunächst des Rucksackes und der Flinte annahm, um die Überprüfung von Jakob so lange wie möglich hinauszuzögern. Nach einigen Minuten, die sich für ihn wie Stunden hinzogen, ging er wieder nach draußen, um wenig mehr als die Erkenntnis reicher, dass Jakob die von Ella erwähnte Brieftasche nicht mehr bei sich trug. Womit sich auch geklärt hatte, wie Herchenhahn an die Skizze von Agatha gekommen war.

»War es Mord?«, fragte Ella, als er neben sie trat.

»Ich weiß es nicht. Möglicherweise. Sein Schädel ist eingeschlagen.«

»Wilker hat auf jeden Fall etwas damit zu tun.« Ella knurrte die Worte geradezu. Entschlossenheit funkelte in ihren Augen. »Also gut. Wir lassen ihn hier. Und dann setzen wir alles daran, Wilker seiner Tat zu überführen.« Ihre Stimme klang kämpferisch, doch schnell verlor sich diese Stärke und sie wurde wieder leise und traurig. »Ich war mir sicher, dass der Mann im Umhang wirklich Jakob sein musste. Oder zumindest wollte ich mir sicher sein.

Dann hätte er uns das irgendwie erklären können, und alles wäre wieder gut geworden.«

»Dass alles wieder gut wird, kann ich dir nicht versprechen, aber ich verspreche dir, dass wir dafür sorgen werden, dass man diesen Mistkerl in Ketten legt.«

Ella sah Everd mit großen Augen an. »Ketten«, wiederholte sie wispernd.

Er brauchte einen Augenblick, um darauf zu kommen, was sie meinte. Die Kette und das Vorhängeschloss, die der Bürgermeister beim Schmied gekauft hatte; sie waren nirgendwo aufgetaucht.

»Hat Hektor nicht gesagt«, überlegte Ella, »dass Wilker zu ihm gekommen ist, weil der Schlüssel für das Vorhängeschloss nicht gepasst hat? Wilker hat das Schloss ausprobiert, nachdem er die Schmiede das erste Mal verlassen hatte, als er zurück zu seinem Hof ging, um seinen Einspänner zu holen. Das heißt, was auch immer er abschließen wollte, ist vielleicht auf seinem Hof.«

Sofort machten sie sich an den Abstieg, eilten am Ufer entlang bis zum Pfad, der vom See wegführte Richtung Solkers. Die halbe Strecke hatten sie schon hinter sich gebracht, als Ella abrupt stehen blieb. »Hörst du das?«

Auch Everd hielt an und lauschte. Er wollte Ellas Frage gerade verneinen, als hinter ihnen plötzlich das Geklapper von Hufen zu vernehmen war. Die beiden verließen die Straße, um Platz für den herannahenden Reiter zu machen. Der Hufschlag wurde lauter und lauter, lauter und lauter. Und wieder leiser. Leiser und leiser. Everd versuchte, die Richtung des Geräuschs auszumachen.

»Dort«, sagte er plötzlich und deutete in den Wald. Zwischen den Bäumen ließ sich der Umriss eines Pferdes erkennen, wohl auf einem Weg parallel zu dem, auf dem

Ella und er selbst unterwegs waren. Der Reiter musste sein Tier beinahe zu Tode antreiben, so wie es davonschoss. Schon in den nächsten Sekunden war es verschwunden, und eine Weile später, als sich Ella und Everd längst wieder auf den Weg nach Solkers gemacht hatten, verklang auch der Hufschlag in der Ferne.

KAPITEL 10

Sie gingen durch die Marktstraße. Zwei Fragen schwirrten in ihren Köpfen herum. ›Wer ist der Mann in Jakobs Umhang?‹, lautete die eine, ›Wie genau sollen wir unentdeckt in das Haus des Bürgermeisters kommen?‹, die andere. Zumindest letztere mochte sich mit ein wenig Glück von selbst erledigt haben. Dass Herchenhahn wie vom Erdboden verschluckt schien, konnte im schlimmsten Fall bedeuten, dass er sich abgesetzt hatte, weil die Luft in Solkers für ihn dünn geworden war. Für den Moment aber bedeutete es nur, dass Ella und Everd womöglich freie Bahn hatten, was ihre Arbeit nicht unerheblich erleichtern würde. Die zweite Erleichterung kam in Form der Dunkelheit, die sich langsam über dem Dorf ausbreitete.

Herrmann Althoff kam die Straße vom Marktplatz aus heruntergelaufen. Für einen Besuch beim Bürgermeister war es ohnehin noch zu früh, also fingen sie den Apotheker ab, als er gerade in seinem Haus verschwinden wollte.

»Fräulein Farning. Herr Edinger. Wie ich annehme, sind Sie hier, um zu hören, was ich herausgefunden habe?«

»Also haben Sie etwas herausgefunden?« Ella konnte ihre Neugier nur schwer zügeln.

»Selbstverständlich habe ich das.« Althoff ging voran durch den engen Durchgang in sein Laboratorium. Zwei Körbe mit den Äpfeln standen auf einer der Arbeitsbänke: jener aus der Apotheke selbst und einer, den Ella und

Everd von Agatha bekommen hatten. Einige Früchte lagen daneben, teilweise gepellt, die Reste der Schale über die ganze Arbeitsfläche verteilt.

»Auf den Äpfeln«, begann Althoff zu erklären, »die Sie mir gebracht haben, war Chloralhydrat. Eine ziemlich vielseitige synthetische Chemikalie. Ebenso habe ich es auf der Glasscherbe nachweisen können. Und vor allem in den Haferkörnern, die daran klebten.«

»Die Haferkörner?«

»Es sieht so aus, als hätte man sie darin getränkt. Sie waren richtiggehend aufgequollen.« Der Apotheker sprach weiter, während er sich suchend in seinem Labor umguckte. »Unter anderem wird es auch als Narkosemittel eingesetzt. Allerdings in Lösung. Auf den Äpfeln war es unverdünnt. Deswegen vollzog sich die Vergiftung so schnell und folgenreich.« Was immer er auch vermisste, auf Augenhöhe konnte er es nicht finden, also ging er in die Knie, um unter Schränken und Regalen nachzusehen.

»Können wir vielleicht helfen?«, fragte Ella.

»Wie? Nein. Mein 50g-Gewicht.« Althoff deutet auf einen Holzkoffer. Verschiedene Gewichte für die Abmessung von Zutaten waren darin wie in einem Setzkasten aufgereiht. Einige der Fächer waren leer, die dazu passenden Gewichte lagen auf einer kleinen Feinwaage. Eines aber fehlte. »Da ist es ja. Seltsam«, brummelte der Apotheker, griff unter die Arbeitsbank und zog das kleine Messinggewicht hervor. »Ich war bis eben bei Keuper und den Kranken«, setzte er seinen Bericht fort, als er wieder auf den Beinen war. Er kam Everd dieses Mal deutlich umgänglicher vor als bei ihrer ersten Begegnung. Offensichtlich genoss er es, seine Fähigkeiten als Chemiker endlich adäquat zum Einsatz bringen zu können. »Die Symptome passen zu einer Chloralhydratvergiftung. Keuper hat sofort eine entsprechende Behandlung eingeleitet, auch wenn er mit dieser Art der Vergiftung so gut wie keine Erfahrung hat. Ich konnte die Dosis zwar nur schätzen, aber eigentlich sollten die ersten Patienten im Verlauf der Nacht aufwachen. Die Kinder aufgrund ihrer geringen Körpermasse vielleicht etwas später.« Althoff hielt kurz inne und dachte nach, bevor er ergänzte: »Ihre Köchin demnach vielleicht auch etwas früher.«

»Wo kann dieses Zeug hergekommen sein?«, wollte Everd wissen.

»Mit Sicherheit nicht hier aus der Gegend. In Fulda dürfte man es bekommen.«

»Sie sagten, es wird als Narkosemittel eingesetzt. Vielleicht kommt es aus der chirurgischen Abteilung eines Hospitals?«, schlug Ella vor.

Althoff schüttelte den Kopf. »In einem Hospital eher nicht. Chloralhydrat wird normalerwei…«

Plötzlich flog die Tür des Verkaufsraumes krachend auf, und sofort waren Stimmengewirr und das Stampfen schwerer Stiefel zu hören.

»Was zum …?«, ereiferte sich Althoff und stürzte an Everd vorbei, doch noch bevor er weit gekommen war, baute sich Leutnant Goldbach vor ihm auf, in seinem Rücken Erwin Weber und zwei weitere Männer, die den Gendarmen auch in Bergers Haus begleitet hatten. Althoff wich einen Schritt zurück, als der Trupp in das Laboratorium drängte.

»Guten Tag, Herr Althoff. Ella. Herr Edinger.« Der Leutnant nickte ihnen mit sachlicher Höflichkeit zu.

»Wie zum Teufel können Sie es wagen, hier so hereinzustürmen?«, fauchte der Apotheker erbost.

Als Antwort griff Goldbach in seine Manteltasche und zog ein Dokument daraus hervor. »Dieser Haftbefehl gibt mir das Recht.«

Althoff riss ihm das Papier aus der Hand und überflog es.

Aus dem Augenwinkel konnte Everd zwar einen Blick darauf erhaschen, doch entziffern konnte er es nicht. Allein die Unterschrift ließ sich erkennen. Es war die von Bürgermeister Herchenhahn. »Was soll das?«, fragte er.

Goldbach spannte seinen Kiefer an. Everd konnte nur vermuten, dass dies den hoffnungslosen Versuch darstellte, seinem maskenhaften Gesicht etwas Markanteres zu verleihen.

»Halte ich es für notwendig, diese Frage mit Ihnen zu diskutieren, Herr Edinger?« Der Gendarm tat so, als müsste er über die Antwort nachdenken. »Nein, ich denke, das tue ich ganz und gar nicht.«

»Vorwurf, an der Vergiftung beteiligt zu sein«, fasste Althoff den aus seiner Sicht wichtigsten Teil des Dokuments zusammen.

»Ganz genau«, entgegnete der Leutnant ernst, um dann in eine Beamtenintonation zu verfallen. »Hermann Althoff, Apotheker, ansässig in Solkers, Sie werden verdächtigt, zehn Solkerser Mitbürger vergiftet zu haben oder zumindest an deren Vergiftung beteiligt gewesen zu sein. Deswegen nehme ich Sie vorläufig fest, bis die Ermittlungen in diesem Fall abgeschlossen sind, und Sie gegebenenfalls einem ordentlichen Gericht vorgeführt werden können.«

»Das ist doch lächerlich!«, bellte ihm Althoff entgegen. Er schlug mit der Hand auf den Haftbefehl. »Hat der Bürgermeister das angeordnet? Ich will sofort mit ihm sprechen.«

»Morgen können Sie seine Entscheidung ausführlich mit ihm diskutieren.«

»Ich selbst habe Keuper doch gesagt, welcher Stoff die Bewusstlosigkeit hervorgerufen hat. Ich war den ganzen Tag in der verdammten Scheune und habe versucht, die Wirkung des Giftes zu neutralisieren.«

»Vielleicht ein Ablenkungsmanöver«, wiegelte der Leutnant Althoffs Einwand ab. »Das werden die weiteren Ermittlungen ergeben. Vorläufig sind Sie aber der Einzige im Dorf, der das Wissen und die Ausrüstung besitzt, eine solche Tinktur herzustellen.«

»Aktionismus ist besser als Untätigkeit, nicht wahr?«, sagte Everd in scharfem Tonfall. Der Blick des Gendarmen ließ erkennen, dass der Ermittler mit seiner Bemerkung nicht so weit von der Wahrheit entfernt lag.

Noch bevor jemand ein weiteres Wort sagen konnte, begannen zwei von Goldbachs Handlangern auf dessen Handzeichen hin, das Labor auf die ihnen eigene plumpe Art zu durchsuchen, während Erwin Weber den aufgebrachten Apotheker an beiden Armen festhielt.

»Nimm deine Drecksfinger von mir, du elender Affe!«, fluchte dieser, doch aus dem Griff konnte er sich nicht lösen.

»Sie sollten auf Ihre Worte achten, Herr Althoff«, mahnte der Leutnant. »Wir sind hier in offizieller Funktion.«

»Ist mir scheißegal! Hey, passen Sie auf. Das ist empfindlich.«

Ella trat vor zu Goldbach. »Josch, das kann doch nicht dein Ernst sein.«

»Ella, ich werde nicht fragen, weswegen ich dich und Herrn Edinger hier in Herrn Althoffs Laboratorium angetroffen habe. Aber ich werde auch nicht zulassen, dass ihr mich bei meiner Arbeit behindert.«

Ella wollte vielleicht noch etwas sagen, doch in diesem Moment wurde ihr Gespräch mit dem Leutnant unterbrochen, als sich schlagartig beunruhigende Stille im Labor ausbreitete. Kein Gerumpel mehr von Schubladen, die durchwühlt, und Türen, die geöffnet wurden; keine Männer mehr, die ihre Suche lauthals organisierten; kein Apotheker, der sie dafür verfluchte. Wie angewurzelt standen sie da, die Münder so weit geöffnet wie der Wandschrank in der hinteren Ecke des Raumes, aus dem einer der Gehilfen des Gendarmen das hervorgeholt hatte, was den Grund für das um sich greifende Entsetzen darstellte: einen abgenutzten Rucksack und eine alte Flinte.

Goldbach stockte der Atem, Ella schlug die Hände vor den Mund. Was sie sahen, musste ein Schock für sie sein. Für Everd aber war es vielmehr eine Überraschung, denn er kannte die beiden Gegenstände. In einer unwürdigen Grabstätte unweit des Garbener Lochs hatte er sie gesehen: Sie gehörten Jakob Rothenberger.

Der Leutnant trat nach hinten und nahm den Rucksack an sich. Seine Finger umkrallten den abgewetzten Stoff, sein Körper verkrampfte sich. Er kämpfte mit seiner Contenance, seiner Professionalität. Blitzschnell drehte er sich zu Althoff herum. Wie man jetzt sehen konnte, kämpfte er auch mit blanker Wut, die seinem Gesicht so viel Kontur verlich, wie Everd es zuvor noch nie bei ihm gesehen hatte. Der Kiefer des Gendarmen war angespannt, seine Zähne fest zusammengebissen. Es gelang ihm nur mühsam, einige wenige Worte zwischen ihnen hindurchzuquetschen: »Was hat das zu bedeuten?« Man sah, dass er sich zurückhalten musste, um nicht auf Althoff loszugehen.

Der stand wie versteinert da. Seine Arroganz, die alles überstrahlende Selbstsicherheit war wie ausgelöscht. Sicher versuchte er, nach den richtigen Worten für eine Erklärung zu suchen, doch mehr als ein »Ich habe keine Ahnung, wo das herkommt«, brachte er nicht hervor.

»Schaff ihn hier weg!«, knurrte Goldbach atemlos. »Ich werde mich gleich um ihn kümmern. Nehmt euch den Rest der Apotheke vor und auch die Wohnräume oben. Ich will, dass jeder Zentimeter durchsucht wird ... auch wenn wir schon genug haben, um diesen Kerl an den Galgen zu bringen.« Dann wendete er sich Ella und Everd zu. »Und ihr zwei verschwindet von hier.« Es war klar, dass er keinen Widerspruch dulden würde.

Sie verließen die Apotheke, Althoff und Erwin Weber direkt vor sich. Eine Menschentraube hatte sich draußen gebildet. Sicherlich waren die Leute gekommen, weil sie von Althoff als Verdächtigem im Fall der Bewusstlosen gehört hatten. Und schon jetzt ließ sich die Spannung förmlich greifen, als sie dem Apotheker, der gerade mit seinem Bewacher um die nächste Häuserecke verschwand, hinterherpfiffen und -schrien. Man wollte sich kaum vorstellen, welch Gewitter sich entladen würde, wenn sie von der erschütternden Entdeckung erführen, die gerade in den Mauern der Apotheke gemacht worden war.

»Der Reiter«, sagte Everd finster.

»Was meinst du?«

»Der Rucksack. Die Flinte. Die lagen neben Jakob, als wir ihn entdeckt haben.«

»Und der Reiter hat sie hierhergebracht?« Ella spann Everds Gedankengang weiter. »Herr Althoff soll als Sündenbock herhalten. Wir haben uns zu weit vorgewagt, als wir Hektor ausgefragt und Wilkers Hof durchsucht haben.«

Everd nickte. »Und bestimmt wurden wir auch beim See beobachtet.«

Ella blickte abwechselnd zu den aufgebrachten Dörflern und durch das Schaufenster der Apotheke, hinter dem gerade der Verkaufsraum auf den Kopf gestellt wurde. »Ich gehe zum *Mühlenrad*«, sagte sie bestimmt. »Aga war den ganzen Tag bei Jakobs Eltern und wollte dann dorthin kommen. Ich werde ihr sagen, dass sie dort übernachten soll. Ich will nicht, dass sie in Wilkers Nähe ist. Und du musst mit Josch reden. Ihm erzählen, dass Herr Althoff hereingelegt wurde.«

Everd grinste fies. »Ein, zwei Tage in einer Zelle werden dem Apotheker sicher guttun. Wenn wir Herchenhahn überführen können, kommt er wieder frei.«

»Nicht nur wegen dem Apotheker. Wir brauchen Hilfe.«

»Wir wissen nicht, ob wir ihm trauen können. Du hast gesagt, er hat sich zusammen mit Herchenhahn damals um die Suche in den Felsen gekümmert.«

»Das heißt nichts. Wilker hätte ihn ohne Probleme um den Tunnel herumlenken können. Und selbst wenn: Wir haben nichts mehr zu verlieren.«

»Goldbach wird mir mit Sicherheit glauben, wenn ich ihm den verehrten Bürgermeister anstelle des ungeliebten Apothekers als Schuldigen anbiete.«

»Dann komme ich mit. Mir wird er glauben.«

»Ja klar. Deine Fürsprache hat ja auch schon Wunder gewirkt, als wir in Bergers Wohnung wollten.«

»Spar dir den Sarkasmus. Wir müssen ihm alles erzählen, was wir herausgefunden haben. Jeden einzelnen Hinweis. Und wir müssen ihm sagen, dass wir Jakob gefunden haben.« Sie zog Everd an der Hand zurück in die Apotheke.

Goldbach war alleine im Laboratorium. Als er die beiden hereinkommen sah, lief er zackig auf sie zu. »Ich dachte, ich hätte mich klar ausgedrückt. Wollt ihr dem Apotheker vielleicht Gesellschaft leisten?« Er war kaum wiederzuerkennen. Bisher hatte er sich steif gegeben, militärisch korrekt. Doch nun war da eine ungeahnte Härte.

»Warte, Josch«, versuchte Ella ihn mit sanfter Stimme zu beschwichtigen. »Wir müssen mit dir sprechen. Herr Althoff hat mit Jakobs Verschwinden nichts zu tun. Er wurde hereingelegt.« Der Leutnant durfte keine Gelegenheit bekommen, sie und Everd abführen zu lassen, bevor gesagt worden war, was gesagt werden musste, also sprach sie ohne Punkt und Komma weiter. Sie berichtete von der Chemikalie auf Herchenhahns Scheunenboden, von seinem Kauf in Hektors Schmiede in den frühen Morgenstunden und der Skizze von Agatha. Sie erzählte von der ausgelassenen Wartung der Staumauer, von Schrotkugeln und Sand. Vom Mann mit der Kapuze erzählte sie nichts. Sie mussten Goldbach nicht auf die Nase binden, dass sie am Ende des Tages doch mehr Fragen als Antworten parat hatten. Schließlich war sie an dem Punkt angelangt, an dem Everd und sie vor den felsigen Hängen des Garbener Lochs standen. Sie zögerte, damit herauszuplatzen, was danach kam. Die Situation … Goldbach war schon angespannt genug. Doch sie hatte keine andere Wahl.

»Josch«, sagte sie mit ernster Stimme. »Wir haben dort eine Höhle entdeckt, einen Tunnel im Fels. Der Eingang war mit Steinen verschlossen worden.« Ella atmete tief durch. »Josch, wir haben Jakob gefunden. Er ist tot.«

Sie hatte sich wohl auf einiges gefasst gemacht. Josch hätte wütend werden und sie anbrüllen, verzweifelt hätte er ihre Worte zurückweisen, weinend vor ihr zusammenbrechen können. Mit Sicherheit nicht erwartet hatte sie sein Schweigen, seinen unveränderten Gesichtsausdruck.

»Neben Jakob lagen sein Rucksack und seine Flinte«, ergänzte sie. »Genau dieselben, die ihr gerade hier gefunden habt. Althoff war es nicht. Man will die Schuld auf ihn abwälzen.«

Noch einen ganzen Moment lang schwieg der Leutnant. »Also schön«, sagte er schließlich mit verstörender Gelassenheit, »ich danke euch für diese Informationen. Ich werde das überprüfen und bei den weiteren Ermittlungen in Betracht ziehen.«

»In Betracht ziehen bei den weiteren Ermittlungen?« Ella war fassungslos.

»Das ist also alles!«, schaltete sich Everd nun in das Gespräch ein. »Herchenhahn ist gewarnt. Er könnte sich jeden Moment aus dem Staub machen, und dann finden Sie ihn nie wieder. Dann haben Sie Jakobs Mörder entkommen lassen.«

»Sie sollten darauf achten, was Sie sagen, Herr Edinger.« Goldbach ließ sich von den harschen Worten nicht aus der Ruhe bringen. »Mir einige Hinweise aufzuzählen, ist eine Sache, aber unseren Bürgermeister als Mörder zu bezeichnen ist … unüberlegt. Herr Althoff ist im Moment der Hauptverdächtige. Sollte sich im Laufe der weiteren Ermittlungen ein begründeter Verdacht gegen … ein anderes Mitglied unserer Dorfgemeinschaft ergeben, dann kann ich Ihnen versichern, dass ich diesem mit der gleichen Sorgfalt nachgehen werde wie jedem anderen Hinweis auch.«

»Josch, ich bitte dich.« Ratlos ergriff Ella Goldbachs Arm. »Wir kennen uns jetzt schon so lange. Hat mein Wort denn gar keine Bedeutung für dich?«

Er schüttelte sie ab. »Sind das wirklich deine Worte oder kommen sie von ihm? Hast du all das, von dem du erzählt hast, wirklich gesehen? Die Chemikalien in Wilkers Scheune. Die Spuren an Wilkers Einspänner. Jakobs Rucksack neben seiner Leiche.«

Als Antwort hatte Ella nicht mehr als ein Kopfschütteln zu bieten.

»Das habe ich mir gedacht. Wärst du gleich zu mir gekommen. Hättest du mir sofort gesagt, was ihr herausgefunden habt. Dann vielleicht. Aber du hast es für besser gehalten, nichts zu sagen. Und nun kommst du hierher und erwartest, dass ich seine Geschichte einfach so als die Wahrheit akzeptiere?«

Langsam hatte Everd genug. »Wir erwarten nur, dass Sie die Fakten nicht ignorieren.«

»Die Fakten sind im Moment der Rucksack und das Gewehr von Jakob, die im Schrank von Herrn Althoff gefunden wurden.«

»Und die vor anderthalb Stunden noch in einer Höhle in den Bergen neben Jakobs Leiche lagen.«

»Wofür ich nichts weiter habe als Ihre Aussage, Herr Edinger.«

»Die Sie einfach außer Acht lassen, um Ihr Ego nicht zu verletzen. Ja, Sie mögen keine Detektive. Das habe ich mitbekommen. Aber davon dürfen Sie sich jetzt nicht Ihre Objektivität nehmen lassen.«

»Ja, ich habe etwas gegen private Ermittler. Mir gefällt es nicht, dass Recht und Ordnung zu einem Geschäft verkommen, an dem sich jeder Zivilist bereichern kann. Aber es ist nicht Ihr Beruf, den ich verabscheue, Herr Edinger … es sind Sie … Sie ganz persönlich. Die meisten hier im Dorf interessieren sich nicht für die Dinge, die außerhalb des Tals geschehen. Aber meine Arbeit bringt es mit sich, auch hin und wieder einen Blick nach draußen zu werfen. Ich kenne die Rolle, die Sie in der Gassheimer-Affäre gespielt haben.«

Für einen Augenblick war Everd sprachlos. Er versuchte abzuschätzen, was Goldbach damit meinte. Wie viel genau er wissen konnte. »Da habe ich einen Fehler begangen«, tastete er sich vorsichtig nach vorne. »Aber ich habe ihn wiedergutgemacht. Ich habe das Mädchen zurück zu seiner Familie gebracht.«

»Und was ist mit Anton Ollenhauer? Wird er seine Familie jemals wiedersehen?«

Everd schluckte und senkte den Kopf. So viel also wusste der Gendarm. »Das stand nicht in den Zeitungen.«

»Ich habe Freunde bei der Polizei in Frankfurt. Man erzählt sich das eine oder andere.«

»Ich hatte mit seinem Tod nichts zu tun«, flüsterte Everd. Er sah Ella nicht an, doch er konnte sich vorstellen, was ihr gerade durch den Kopf ging.

»Wäre er Ihnen und Ihrer Bande nicht über den Weg gelaufen, würde er noch leben.« Goldbach bohrte das Messer tiefer in Everds Eingeweide. »Ich denke schon, dass Sie etwas damit zu tun hatten.«

»Es war Notwehr. Wir haben uns verteidigt.«

»Sie haben angegriffen. Ollenhauer war in der Defensive, er hat versucht, das Mädchen zu schützen, das sich in seiner Obhut befand. Sie können Ihre Taten nicht ungeschehen machen, aber stehen Sie wenigstens dazu.«

»Ich wurde begnadigt.«

»Ich weiß nicht, mit welchem Kuhhandel Sie Ihren Kopf aus der Schlinge gezogen haben, aber unschuldig sind Sie mit Sicherheit nicht. Ich kenne Burschen wie Sie. Hier und da haben Sie vielleicht Erfolg, aber die Mittel, die Sie dafür einsetzen, stehen jenseits von allem, an das ich glaube. Ich habe Sie geduldet, weil ich Sie gebraucht habe. Bisher. Jetzt gebe ich Ihnen einen gut gemeinten Rat: Verschwinden Sie von hier. Und dir, Ella, rate ich: Lass dich von ihm nicht hinunterziehen in die Gosse. Du bist mehr wert als zehn von seiner Sorte.«

Der Leutnant drehte sich um und verließ die Apotheke.

Ella wollte etwas sagen, doch Everd unterbrach ihre unausgesprochenen Worte. »Es gibt da dieses Haus in einem Hinterhof irgendwo am Rand von Frankfurt.« Seine Stimme wirkte müde, irgendwie abwesend. »Ich gehe immer wieder dorthin. Ich drücke mich draußen auf der Straße herum. Hin und wieder kommen Leute vorbei. Dann tue ich so, als ob ich selbst nur ein Passant bin. Manchmal wage ich mich dann weiter vor. Beim Tor, das man durchqueren muss, um in den Innenhof zu gelangen, lungere ich eine Weile rum. Ich mustere das Haus ganz genau, um zu sehen, ob sich vielleicht eine Gardine bewegt. Denn wenn da nichts zu sehen ist, kann ich mir einreden, dass niemand zu Hause ist, dass sich das Klopfen nicht lohnt. Meistens, wenn ich da zwei oder drei Stunden stehe, geht irgendwann die Tür auf, und eine Frau kommt heraus. Vielleicht fegt sie Staub nach draußen oder sie bringt den Müll weg. Ihr Haar hat sie in einem einfachen

Knoten im Nacken zusammengeschlungen. Die Ringe unter ihren Augen sind dunkel, die Falten um ihren Mund herum etwas tiefer, als sie es in Anbetracht ihres Alters sein sollten. Ja, ich weiß, wie alt sie ist. Und nicht nur das. Ich weiß praktisch alles über sie. Ein Jahr lang habe ich jeden Fetzen an Information, den ich über sie bekommen konnte, zusammengetragen. Manchmal wünsche ich mir, ich hätte das nicht getan. Dann wäre sie noch immer einfach nur ein Name ohne Gesicht für mich. Sie bemerkt mich nicht. Ich überlege, ob ich sie ansprechen soll. Ich bin das Gespräch mit ihr schon hundertmal in meinem Kopf durchgegangen. Ich will alles sagen können, was ich ihr zu sagen habe, bevor sie die Gelegenheit hat, mich zu unterbrechen. ›Frau Ollenhauer, was Ihrem Mann angetan wurde, tut mir schrecklich leid, aber …‹ Doch ich spreche sie nicht an. Ich halte mich im Hintergrund und warte, bis sie die Tür wieder geschlossen hat. Dann gehe ich so unbemerkt, wie ich gekommen bin.« Everds Kinn begann zu zittern. »Ich hatte nichts mit dem Angriff auf Ollenhauer zu tun«, sagte er bitter. »Ich meine … nicht direkt. Die anderen aus meiner Gruppe haben gekämpft. Ich war in dem Moment auf der Suche nach der Gassheimer-Tochter, ganz am anderen Ende des Anwesens, auf dem wir ihr Versteck vermuteten. Ich habe den Kampf nur aus der Ferne gesehen. Aber solche Details interessieren niemanden. Die Leute sehen genau das Bild von dir, das sie sehen wollen. Am Anfang denkst du noch, dass sie es sich in ihren Arsch schieben können. Aber irgendwann, wenn du immer wieder an ihnen vorbeiläufst und merkst, wie sie dich anstarren, wie sie heimlich über dich tuscheln, dich vielleicht auslachen, sich vor dir fürchten oder sich voller Ekel von dir abwenden, dann gehst du irgendwann nur noch mit gesenktem Kopf und hochgestelltem Kragen durch die Straßen und hoffst, dass dich niemand erkennt. Und wenn du das lange genug gemacht hast, dann …« Everds Miene erstarrte. »Irgendwann glaubst du, dass sie recht haben mit allem, was sie über dich erzählen.« Er sah Ella nicht an. Und er wollte ihr auch keine Gelegenheit geben, ihm irgendwelche tröstenden Worte zukommen zu lassen. »Wolltest du nicht zum *Mühlenrad* und mit Agatha reden?«, murmelte er stattdessen. »Also los, lass uns gehen.«

Sie betraten das Haus durch die Küche. Gedämpfter Lärm war zu hören, der in dem Moment laut anschwoll, als die Tür zur Wirtsstube aufsprang und Gernot, Ellas zweiter Angestellter neben Birte, hereinkam, die Arme beladen mit benützten Bierkrügen. Er zuckte zusammen ob der zwei Gestalten, die da im Halbdunkeln standen, erkannte Ella aber gleich darauf.

»Gute Güte, Fräulein Farning. Sie haben mich vielleicht erschreckt.« Er nickte Everd grüßend zu.

»Entschuldige, Gernot. Wie sieht es denn da drinnen aus? Es tut mir leid, dass du heute alles alleine machen musst.«

Der Schankbursche stellte die Bierkrüge ab. »Das ist schon in Ordnung.« Ganz überzeugend wirkte er nicht. »Wir sind ordentlich besucht. Und der Stammtisch kommt ja auch gleich noch. Aber ich komme zurecht.«

»Das ist schön«, erwiderte Ella. »Ist Aga schon aufgetaucht?«

»Ja, vor ein paar Minuten. Sie sitzt neben der Theke.«

»Gut. Danke.«

Gernot ging zurück an die Arbeit.

»Ich werde sofort mit ihr reden. Es ist besser, dass sie das mit Jakob von mir erfährt, bevor es die Runde macht.«

»Ich trinke so lange was. Ein paar Minuten muss ich sowieso noch warten, bevor es dunkel genug ist, um sich auf Herchenhahns Hof umzusehen.«

Aga saß an einem Tisch etwas abseits der feuchtfröhlichen Grüppchen, die sich in der Wirtsstube verteilt hatten. Ella grüßte den einen oder anderen, als sie sich den Weg zu ihrer Freundin bahnte, die ihr schon von Weitem ein warmes Lächeln zuwarf. Ella spürte, wie geschwächt Aga war, bestimmt von der Reise heute, aber mit großer Sicherheit auch von den letzten beiden Wochen.

»Wollen wir vielleicht hochgehen?«, fragte sie. »Da können wir uns in Ruhe unterhalten.«

Aga nickte, nahm ihr Glas und folgte Ella die Treppe nach oben in eines der Gästezimmer. Ella bot ihr an, sich auf das Bett zu setzen. Sie selbst nahm auf einem Stuhl daneben Platz. Alles, was sie tat, den Gang die Treppe hinauf, das Öffnen der Zimmertür, das Hinsetzen machte sie so langsam, als würde sie sich durch Wasser bewegen.

»Wie geht es Mathilda und Helmuth?« Sie hätte alles getan, um den Moment noch ein wenig hinauszuzögern, an dem sie ihrer besten Freundin erzählen musste, dass ihr geliebter Mann nie wieder durch die Tür ihres Hauses treten, sie nie wieder in die Arme schließen, ihr nie wieder einen Kuss auf die Lippen geben würde.

»Sie halten sich gut. Zumindest nach außen hin«, erwiderte Aga. »Jakob hat mir immer erzählt, wie schwer es ihnen damals gefallen ist, ihn und Ortwin hierher zu schicken. Sie dachten, sie würden ihre Kinder im Stich lassen. Dieses Gefühl kommt jetzt wieder hoch. Weil sie nichts tun können. Ich weiß nie, was ich ihnen sagen soll. Ich versuche, ihnen, so gut es geht, klarzumachen, dass Jakob wieder auftauchen wird, dass wir ihn finden werden. Ich habe ihnen von Herrn Edinger erzählt. Ich glaube, das hat ihnen ein bisschen Hoffnung gegeben.«

Ella konnte sich kaum erinnern, wann die Wangen ihrer Freundin zum letzten Mal nicht von Tränen benetzt waren. Sie drückte sie fest an sich. »Aga«, sagte sie zögerlich. Zu zögerlich, zu verdächtig, denn sofort löste sich die junge Frau aus ihrer Umarmung und sah sie mit großen Augen an.

»Was ist passiert?« Ihre Stimme bebte.

Ella brachte keinen Ton heraus, und das musste sie auch nicht. Sie sah Aga nur an, und diese verstand. Zitternd brach sie zusammen, rutschte vom Bett und blieb auf dem Boden knien. Ella stand ihr bei. Mehr konnte sie im Moment nicht tun.

So saßen sie dort eine Weile, wie lange, konnte Ella nicht sagen, als Aga plötzlich zu ihr aufsah. »Nein«, wisperte sie. »Nein.« Diesmal etwas lauter. »Das kann nicht sein. Du musst dich irren.«

»Es tut mir leid, Aga. Ich habe ihn selbst gesehen.«

»Es muss jemand anderes sein. Jakob. Er ist noch da.«

»Ich weiß, wie sehr du dir das wünschst, aber …«

»Nein.« Agas Blick zeigte sich kämpferisch. Sie weinte nun nicht mehr, sondern sah Ella fest an. »Du irrst dich. Jakob lebt noch. Ich weiß es. Ich weiß es, weil er mich besuchen kommt.«

Ella hielt die Luft an. »Was meinst du damit?«

»In den letzten Nächten ist er zu uns auf den Hof gekommen. Zuerst habe ich nur einen Schatten gesehen. Ich habe mir nichts dabei gedacht. Es hätte Wilker sein können. Aber in der nächsten Nacht kam er wieder. Danach habe ich dann auf ihn gewartet. Und ihn gesehen. Ella, es war Jakob.« Aga sprach eindringlich, betont. Sie wollte Ella überzeugen. Sie wollte sich selbst überzeugen.

»Hast du sein Gesicht gesehen?«

»Ich ...« Aga zögerte. »Nein, aber ich habe ihn erkannt. Seine Kleidung. Seinen Gang. Er war es. Ich kenne meinen Jakob.«

Ella packte sie an beiden Schultern, als ob das ihren folgenden Worten mehr Gewicht verleihen würde. »Dieser Mann, den du gesehen hast, das war nicht Jakob. Ich habe ihn auch gesehen.« Agas Augen weiteten sich. »Ich weiß nicht, wer er ist, aber es ist nicht Jakob. Das darfst du nicht glauben.«

»Warum sagst du so etwas?«, erwiderte Aga anklagend.

»Weil ich dich schützen möchte.«

»Aber was ist, wenn du dich irrst? Was wäre, wenn er verschwinden musste? Ich weiß auch nicht, warum. Vielleicht versteckt er sich vor irgendjemandem. Irgendjemandem, der so gefährlich ist, dass Jakob völlig untertauchen muss. Dass er nicht einmal mir sagen kann, wo er ist. Vielleicht versucht er ja, mich zu beschützen, und ...«

Es hatte keinen Zweck. Im Moment konnte man Aga wohl kaum davon überzeugen, was in ihren Augen nicht sein durfte.

»Also schön. Everd und ich sind kurz davor, herauszufinden, wo dieser Mann mit dem Umhang ... wo Jakob ist. Wir bringen ihn dir zurück. Aber bitte tu mir einen Gefallen: Bleib für ein paar Tage hier im *Mühlenrad*. Ich würde mich wohler fühlen, wenn ich dich in meiner Nähe hätte. Und wenn ich nicht hier bin, dann ist immer noch Gernot da, um nach dir zu sehen. Einverstanden?«

Aga nickte.

Everd ließ seinen Blick durch die Menge wandern. Einen großen Teil der Menschen hatte er in den letzten Tagen schon gesehen, bei der Dorfversammlung vielleicht oder vor der zum Hospital umfunktionierten Scheune. Viele grüßten ihn freundlich, prosteten ihm zu, aber dennoch saß er allein in seiner Ecke, was ihm auch ganz recht war. Der Einzige andere ohne Gesellschaft war Hank, was besonders auffiel, da er an einem der größten Tische des Wirtshauses saß, mit seinen blauen Flecken, Schrammen und Platzwunden als alleinigen Begleitern.

Everd wettete, dass es hier an anderen Abenden hoch herging, mit Gesang, Lachen und Tanz, doch heute war die Stimmung eher gedrückt. Da störte es wohl auch niemanden, dass die Küche momentan kalt blieb. Das bisschen Essen ersetzten die Gäste einfach durch Trinken. Ohne Ella und Birte fühlte sich Gernot sicher wie der letzte aufrecht stehende Krieger an der Front. Sein Feind: trockene Kehlen. Seine Waffen: Krüge über Krüge voll mit Bier in den langsam schwächer werdenden Armen. Doch er hielt sich wacker, der tapfere Soldat.

Ella kam zurück aus dem oberen Geschoss. Sie begrüßte einige Leute, gab wohl hier und da Auskunft über Agathas Befinden und setzte sich dann zu Everd an den Tisch.

»Wie hat sie es aufgenommen?«, fragte er.

»Wie man so eine Nachricht nun einmal aufnimmt. Sie schläft jetzt erst einmal. Und, Everd: Sie wusste von dem Unbekannten.«

Der Ermittler wurde hellhörig. »Wie das?«

»Sie hat ihn gesehen. Mehrmals. Sie ist davon überzeugt, dass es Jakob ist. Dass er sich aus irgendeinem Grund versteckt halten muss, aber bald zu ihr zurückkommt.«

»Hast du ihr das ausreden können?«

»Dafür ist es noch zu früh. Aber sie wird die nächsten Nächte hierbleiben. Dadurch fühle ich mich wohler.«

Gernot drängte sich durch die Gäste und trat neben sie. »Der Stammtisch scheint heute auszufallen.«

Ella sah hinüber zu Hank, der nach wie vor einsam und alleine an seinem Tisch saß.

»Kann ich den Tisch an andere Gäste vergeben? Da hinten wird es langsam ein wenig eng.«

»Jaja, mach das«, sagte sie, als ob sie mit ihren Gedanken gerade woanders wäre. Gernot wollte sich gerade zurück in den Kampf stürzen, als Ella ihn noch einmal zurückrief. »Hat jemand den Stammtisch abgesagt?«

»Nein«, entgegnete der Schankbursche. »Sie sind nur einfach nicht gekommen. Bis auf Hank, meine ich. Es muss kurzfristig etwas dazwischengekommen sein. Als ich vorhin Kai getroffen habe, hat er noch ›Bis nachher‹ gesagt.«

»Gut, danke«, sagte Ella, ohne dabei Hank aus den Augen zu lassen.

Everd beugte sich zu ihr vor. »Ist bei dir alles in Ordnung?«

Sie schüttelte ihre Träumerei ab. »Es ist nichts … denke ich. Nur das erste Mal, dass der Stammtisch ausfällt.«

»Was für ein Stammtisch denn?«

»Ein paar Burschen aus dem Dorf treffen sich jeden Donnerstagabend hier. Nichts Besonderes.«

Everd warf einen Blick aus dem Fenster. »Es ist dunkel geworden. Ich denke, langsam kann ich es wagen, mich auf Herchenhahns Hof umzusehen.«

»Ich komme mit dir.«

»Ich würde Nein sagen.«

»Ich würde nicht auf dich hören. Ich muss sowieso ein paar Dinge für Aga holen. Und ein wenig Rückendeckung kann dir nicht schaden.«

Everd gab sich geschlagen. Es hatte ohnehin keinen Zweck. Sie packten ihre Sachen zusammen und machten sich auf den Weg. An der Tür angekommen suchte Ella noch einmal nach Hank. Plötzlich sah sie Everd mit vor Entgeisterung aufgerissenen Augen an. Noch bevor er fragen konnte, was denn los war, riss sie die Tür auf und eilte nach draußen in die Nacht. Ihm blieb nichts, als ihr zu folgen.

Hermann Althoffs Kissen war nicht mehr als ein Stoffklumpen, die Decke kaum dicker als ein Taschentuch. Die kratzende Bespannung der Matratze stach ihn in den Rücken. Es war dunkel. Zwar gab es ein schmales, mit Gittern gesichertes Fenster, allerdings stand der Mond auf der anderen Seite des Gebäudes, sodass die kleine Zelle nur in einen schwachen Schimmer getaucht war, der einen gerade so die Konturen von Wänden und Möbeln erahnen ließ. In der Polizeiwache herrschte Stille. Alle anderen waren wohl nach Hause gegangen, und ihn ließ man in dieser rattenkotverseuchten Höhle schmoren. Dafür hatte er nicht in Heidelberg studiert. Hatte nicht als Zweitbester seines Jahrgangs das Studium abgeschlossen. Er wäre der Beste gewesen, aber einer der Professoren hegte einen persönlichen Groll gegen ihn. Anders konnte es ja wohl kaum gewesen sein. Und jetzt das. Eingesperrt in ein stinkendes Loch, als ob es nicht schon schlimm genug wäre, sein Talent in diesem elenden Kaff am Ende der Welt zu vergeuden. Doch die sollten sich noch wundern. In ein paar Tagen würde er wieder draußen sein. Herchenhahn und Goldbach würden sich bei ihm entschuldigen müssen, und dann würde er, Familiengeschäft hin oder her, diesen sabbernden Hinterwäldlern endgültig Adieu sagen. Sollten die sich doch jemand anderen suchen für ihre Salben und Tröpfchen und Heiltränke. Aber vorher wollte er denjenigen, der ihm die Beweise untergeschoben hatte, am Galgen baumeln sehen.

Der Apotheker wälzte sich auf seinem Nachtlager hin und her in der Hoffnung, eine Position zu finden, in der er einigermaßen zur Ruhe kommen konnte. Es gelang ihm nicht. Langsam versank er in einen Zustand aus Halbschlaf und Ärger. Wie viel Zeit vergangen war, seit er sich hingelegt hatte, konnte er irgendwann nicht mehr sagen. Ebenso wenig, ob er schon ein Weilchen am Stück geschlafen hatte oder nicht.

Plötzlich schreckte er auf. Ein Knacken aus der Wachstube. Ganz leise nur, aber doch deutlich. Und wieder, dieses Mal etwas lauter. Althoff stand von seiner Pritsche auf und schlich zur Tür. Er lauschte. Wieder ertönte das Knacken, abermals lauter als zuvor und gleich gefolgt von einem zweiten und dritten. Jemand hatte die Polizeiwache betreten. Nein, es waren mehrere Personen.

Ha! Althoff lachte innerlich. Er hatte zwar nicht erwartet, dass diese verdammten Tölpel ihren Fehler so schnell bemerken würden, doch ihm konnte das nur recht sein. Umso schneller konnte er von hier verschwinden, und umso peinlicher würde es für die Obrigkeit werden. Der Apotheker sah sich kurz um und überlegte, welche Pose während der Entschuldigung seine Überlegenheit am besten unterstreichen würde. Sitzend kam nicht infrage, das würde nur unterwürfig aussehen. Aufrecht stehend im Zentrum der Zelle? Nein, sie sollten nicht denken, dass er auf sie gewartet hatte. An die Wand gelehnt vielleicht. Genau, an die Wand gelehnt und dabei weder Goldbach noch Herchenhahn, falls der sich denn überhaupt trauen sollte, aufzutauchen, in die Augen schauen, während sie ihre fadenscheinigen Entschuldigungen vorbrächten. Und wenn sie ihre hohlen Sprüche aufgesagt hätten, würde er einfach an ihnen vorbei aus der Zelle marschieren.

Ein Schlüssel wurde in das Schlüsselloch eingeführt.

Es missfiel ihm ein wenig, dass nicht das ganze Dorf bereitstand, um das Schauspiel mit anzusehen, aber er war sich sicher, dass die ganze Angelegenheit spätestens am morgigen Nachmittag, dem Dorftratsch sei Dank, auch dem letzten Solkerser bekannt sein würde.

Dem Kratzen und Knarren nach zu urteilen widerstrebte es dem Schloss ein wenig, ihn schon so früh gehen zu lassen, aber schließlich öffnete sich die Tür, quietschend wie ein schreiender Säugling.

Dann ging alles ganz schnell. Althoff sah, wie zwei Gestalten in die Zelle stürmten. Weitere schienen draußen im Dunkeln zu warten, aber die konnte er nur erahnen. Eh er sich's versah, packte man ihn bei den Armen, deutlich fester, als es bei seiner Verhaftung der Fall gewesen war. Jemand stopfte ihm einen Stoffballen bis tief in die

Mundhöhle. Ein Tuch um den Mund hielt den Knebel an seinem Platz. Während der Apotheker noch versuchte, Erbrochenes zurückzuhalten, das sich anschickte, ihm die Speiseröhre hinaufzusteigen, stülpte man ihm einen Sack über den Kopf. Althoff zappelte und trat um sich, doch schnell wurde dem mit einem Seil Abhilfe geschaffen, und die Unbekannten schleiften ihn aus der Zelle.

Die Treppe, die zur Wachstube führte, erkannte er noch. Draußen bogen sie nach links ab. In seinem Kopf versuchte er, den Weg, den sie gingen, nachzuvollziehen. Doch er hatte eine lange Zeit außerhalb von Solkers verbracht und seit seiner Rückkehr sein Labor nur selten verlassen, sodass er schnell völlig die Orientierung verlor und sich schließlich nicht einmal mehr sicher war, ob er sich noch zwischen den Häusern des Dorfes befand, oder ob man ihn irgendwo hinaus aufs Land gebracht hatte.

Die Tür stand sperrangelweit offen. Ohne zu zögern, betraten Ella und Everd die Polizeiwache. Es war duster. Niemand schien hier zu sein. Sie durchquerten das Wachzimmer und kamen in einen schmalen Flur, von dem drei Zellen abgingen. Die Türen waren zu, jedoch nicht verschlossen. Alle Zellen waren leer. Doch im Unterschied zu den ersten beiden, in denen man nichts finden konnte als dünne Matratzen auf hölzernen Pritschen und je einen Stuhl, der in der Ecke an der Wand stand, lagen in der dritten eine Decke und ein Kissen am Boden. Der Stuhl war umgestürzt, doch noch immer war eine Jacke über die Lehne gestülpt.

»Althoffs Laborkittel«, flüsterte Everd.

»Ortwin muss mitbekommen haben, dass Jakobs Sachen bei Althoff gefunden wurden. Für ihn war das eine klare Sache. Also hat er seine Jungs zusammengerufen.«

Rasch untersuchte Everd das Zellenschloss. Es war nicht aufgebrochen worden. »Offensichtlich kennen sie jemanden in der Wache.«

»Die Hälfte von ihnen hilft Josch hin und wieder. Die wissen Bescheid.«

»Vielleicht hat Goldbach uns doch geglaubt«, sagte Everd, als sie die Wache wieder verlassen hatten, »dass wir Rothenberger gefunden haben. Wenn er es einem von denen erzählt hat, sähe es nicht gut aus für Althoff. Doktor Keuper hat gemeint, dass die Burschen im Dorf das Recht zuweilen in die eigene Hand nehmen.«

»Ja, normalerweise sind die Strafen derb, aber harmlos. Vieh wird entführt oder Fensterscheiben werden eingeschlagen. Aber nach dem, was sie mit Hank gemacht haben? Die Sache ist diesmal persönlicher als sonst. Besonders für Ortwin.«

»Glaubst du, Althoff ist in Gefahr?«

»Ortwin war schon immer aufbrausend. Und seit Jakob weg ist … Wenn er jetzt von der Leiche gehört hat, traue ich ihm alles zu.«

»Dann müssen wir Althoff finden. Wo würden die Burschen ihn hinbringen?«

Ella zuckte mit den Schultern. »Ich weiß es nicht. Das machen die unter sich aus. Andere haben damit nichts zu schaffen. Aber Hank müsste es wissen.«

»Warum macht er nicht mit?«

»Vielleicht ist das Teil seiner Bestrafung. Zeitweilige Verbannung.«

»Dann werden wir ihn mal fragen.«

»Der erzählt nichts.«

»Auch nicht nach dem, was sie ihm angetan haben?«

»Er wird das als gerechte Strafe akzeptieren. Er muss sie absitzen, dann wird er wieder aufgenommen. So funktioniert es.«

Everd überlegte kurz. »Also gut, ich habe eine Idee, wie wir es aus ihm herausquetschen können. Du gehst schon mal zurück zum *Mühlenrad*. Plaudere ein bisschen mit Hank. Sorge dafür, dass er sich wohlfühlt. Gib ihm ein Bier aus. Ich muss noch rasch etwas besorgen und komme in ein paar Minuten nach.«

KAPITEL 11

Hank zeigte sich nicht sehr gesprächig. Warum sollte er auch? Er saß da, starrte auf das inzwischen dritte von Ella ausgegebene Bier und ließ sie reden. Etwa eine Viertelstunde saßen sie schon dort, als Everd das *Mühlenrad* betrat und sich zu ihnen gesellte. Er hatte Ella nicht verraten, wie genau er es anstellen wollte, den Aufenthaltsort der Burschen zu erfahren, doch sie war bereit, bei allem mitzuspielen. Zu ihrer Überraschung widmete er sich nicht Hank, sondern setzte sich dicht neben sie, während ein Blatt Papier scheinbar unbemerkt auf den Boden segelte. Seine Miene war ernst. »Ella, ich muss dich mal kurz sprechen. Unter vier Augen. Tut mir leid, Herr Apsel.«

Hank winkte ab.

Ella ließ ihm noch ein Bier kommen und ging dann mit Everd in die Küche. Gernot lief direkt hinter ihnen, sodass der Detektiv Ella nach draußen auf den Hinterhof lotste. Er schien ein wenig nervös zu sein und sehr darauf bedacht, dass niemand sie beobachtete. So tigerte er herum und überprüfte die Straße, bevor er das Klohäuschen in der Ecke des Hofes als Schutz wählte.

»Was machen wir hier?«, wollte Ella wissen. »Wir müssen …«

»Althoff ist da«, unterbrach er sie.

»Wie bitte?«

»Ich habe mit ihm gesprochen.« Everds Ton klang verschwörerisch. »Er hat gesagt, dass er Ortwin und seinen

Leuten entkommen konnte. Sie haben es wohl bemerkt, aber er hat ihnen irgendwie vorgegaukelt, dass er in den Wald geflüchtet ist. Stattdessen ist er hierhergekommen, um sich zu verstecken.«

»Das war dumm. Früher oder später werden sie zurück ins Dorf kommen, und wenn es hell wird, sitzt er in der Falle.«

»Das habe ich ihm auch gesagt. Ich konnte ihn davon überzeugen, so schnell wie möglich von hier zu verschwinden. Er kennt jemanden in Oberelsbach, auf der anderen Seite der Berge, einen strammen Tagesmarsch von hier. Da kann er Unterschlupf suchen. Zumindest bis wir den wahren Täter gefunden haben. Wir müssen ihm helfen.«

»Hast du eine Idee, wie wir das machen sollen?«

»Solange ihn Ortwin und die anderen noch im Wald suchen und die Nacht uns Deckung gibt. Wenn er erst einmal ein paar Kilometer vom Dorf entfernt ist, erwischen sie ihn nicht mehr.«

»Hat er dir genau beschrieben, wo sie sich gerade herumtreiben?«

»Ja, das hat er. Wir haben uns einen Weg überlegt, auf dem wir ihn einigermaßen gefahrlos von hier wegschaffen können.«

»Wo ist er gerade?«

»Bei sich zu Hause.«

»Das ist aber gefährlich.«

»Ich weiß. Er packt noch ein paar Sachen zusammen. Geld, Papiere. Ansonsten kommt er nicht weit.«

»Dann gehen wir zur Apotheke und helfen ihm. Althoff ist zwar kein Herzchen, aber den Strick hat er auch nicht verdient.«

Sie machten sich auf zur Apotheke. So sahen sie die

Gestalt nicht mehr, die sich, gleich nachdem sie hinter der nächsten Hausecke verschwunden waren, aus dem Schatten neben dem *Mühlenrad* schälte.

Aga setzte ihren Rucksack auf dem kleinen Tisch ihres Zimmers im *Mühlenrad* ab und begann, auszupacken. Zuoberst lagen zwei kleine Bündel aus gefaltetem Leinentuch. Sie schluckte. Die hatte sie schon vergessen. Sachte nahm sie eines der Päckchen heraus. Sie entfaltete es nicht. Wieso auch, sie wusste ja, was es enthielt: Plätzchen. Jakobs Mutter hatte sie eingepackt. Gewohnheiten lassen sich nur schwer abstellen. Sie tat das stets am Ende eines Besuches. Eines für Jakob, eines für Ortwin. Für den Weg, meinte sie immer, doch meist waren es viel zu viele, sodass Jakob noch tagelang davon essen konnte. Er liebte diese Plätzchen. Schon als er ein Kind war, als er noch bei seinen Eltern lebte, hatte seine Mutter sie für ihn gebacken. Aga aß nie davon. Sie wusste nicht, wie das Gewürz hieß, aber seinen beinahe scharfen Geschmack mochte sie nicht. Vielleicht sollte sie Ortwin Jakobs Päckchen …

Ihr Blick fiel auf die Gasse hinter dem Wirtshaus, vom Vollmond in fahles Licht getaucht. In den letzten Nächten hatte Aga von ihrem geheimnisvollen Besucher kaum mehr gesehen als einen Schatten, der über Wilkers Hof huschte, einen Umriss, der sich vor dem Stall abzeichnete, einen Hauch von seinem Umhang. Aber nicht dieses Mal. Dieses Mal sah sie ihn. Er stand einfach da unten und starrte zu ihr hinauf, im Halbschatten zwar, doch wenn da nach seinen vergangenen Besuchen noch Zweifel gewesen sein sollten, so wurden sie nun mit einem Schlag weggewischt. Es war Jakob. Aga wusste es. Und sie wollte ihn sehen, bei ihm sein. Zwei quälenden Wochen ein Ende bereiten. Doch in dem Moment, in dem sie das Fenster öffnete, tauchte er in den Schatten ein.

Nein, nicht schon wieder. Dieses Mal würde sie ihn nicht so einfach verschwinden lassen.

Hank war es, der da mit seinem zerschundenen Gesicht und dem Verband um den Kopf neben dem Klohäuschen stand und nicht so recht wusste, was er jetzt machen sollte. Althoff war entkommen. Das hatten sie gesagt. Er hatte es genau gehört. Und jetzt war der Apotheker drauf und dran, aus dem Dorf zu verschwinden, und man würde ihn nie wieder erwischen.

Hank konnte den Bann ignorieren und mit seinem Wissen zu den anderen gehen. Schon öfter hatten sie ihm verboten, am Burschengericht teilzunehmen. Als sie den elenden Hundesohn, der Hanks Schwester ein Kind gemacht hatte, im Winter im Sebastiansbrunnen versenkten, sollte er nicht mitkommen. Er tat es trotzdem, und die anderen verstanden das. Auch als sie durch das Dorf zum Haus von Markus Kaltenheim zogen und seine Scheiben mit ihrer eigenen Scheiße einrieben, weil sich Kaltenheim geweigert hatte, das von Gustav Herber gekaufte Vieh zu bezahlen, wollten sie ihn nicht dabeihaben. Hank ignorierte das Verbot. An die Strafe dafür dachte er noch heute mit Schaudern zurück. Auf welche Weise würden sie dieses Mal reagieren?

Vor Hanks innerem Auge begann sich eine Liste der Für und Wider zu formen. Für: Wenn er es nicht tat, würde Althoff entkommen. Wider: Man hatte ihm ausdrücklich verboten, zur Versammlung hinzuzustoßen. Für: Wenn er ihnen Althoff auf dem Silbertablett servierte, würde das die Ungnade, in die er gefallen war, mit Sicherheit samt und sonders wettmachen. Wider: noch mehr Schläge ins Gesicht. Für: Jakobs Mörder durfte nicht ungestraft entkommen. Wider: Wenn sie ihn nicht dabeihaben wollten, sollten sie halt sehen, was sie davon hätten.

Hank scharrte mit dem Fuß auf dem Boden herum. Das war keine leichte Entscheidung.

Aga zog ihre Schuhe an und warf sich ihren Umhang über. Durch die noch immer gut besuchte Wirtsstube wollte sie nicht gehen. Die Küche aber war leer, und so schlich sie durch den Hintereingang nach draußen. Im Schutz der Hausecke blieb sie stehen und suchte die Stelle ab, an der sie Jakob eben noch gesehen hatte. Nun war er weg. Doch im nächsten Augenblick entdeckte Aga ihn wieder.

Er hatte die Straßenseite gewechselt, wohl um den Lichtern des *Mühlenrades* zu entgehen. Offenbar drängte es ihn, so schnell wie möglich aus Solkers herauszukommen. Zumindest wählte er den direkten Weg zum Dorfrand. Nur einmal machte er einen Schlenker, um nicht am Gasthaus Zum Buchenhain vorbeigehen zu müssen. Ohnehin war er darauf bedacht, keine Aufmerksamkeit zu erregen. Zweimal lief er Menschen über den Weg. Beide Male flüchtete er sich sofort in den dunkelsten Schatten und kam erst wieder hervor, als die Schritte der unliebsamen Passanten in der Ferne verklangen.

Aga guckte sich die Art, mit der Jakob durch die Straßen huschte, von ihm ab. Sie schlug die gleichen Haken, nutzte die gleichen Ecken, um sich zu verstecken, immer darauf achtend, ein gutes Stück hinter ihm zu bleiben. Sie folgte ihm ein paar Minuten, bis sie Solkers hinter sich gelassen hatten.

Hier, wo er nicht mehr die Augen der Dorfbewohner und das Licht ihrer Häuser fürchten musste, schien Jakob deutlich sorgloser zu sein, obgleich er es noch immer nicht wagte, einfach mitten auf dem Weg zu spazieren. So ging es noch einmal eine Viertelstunde weiter, bis er die Straße schließlich nach links verließ und in den Wald eintauchte.

Für Aga gestaltete es sich hier schwieriger, ihn nicht zu verlieren und gleichzeitig unentdeckt zu bleiben. Trotz des Vollmondes war der Wald dunkel und unübersichtlich. Unter ihren Sohlen raschelten die Blätter und knackten die Äste. Einmal schien Jakob Verdacht zu schöpfen, blieb stehen und sah sich um, doch Aga gelang es, sich rechtzeitig hinter einem Baum zu verbergen. Sie vergrößerte den Abstand zwischen sich und ihm so weit, wie sie meinte, es gerade noch riskieren zu können, ohne ihn in der nächsten Sekunde zwischen den Bäumen aus den Augen zu verlieren.

Und doch war er plötzlich verschwunden.

Versteckt lag sie hinter einem Ring aus Buchen. Selbst im Hellen hätte man die Kapelle, obgleich sie hoch oben auf der Kuppe des Battensteins lag, vom Tal aus bestenfalls erahnen können. Jetzt in der Nacht aber, nur vom Schein des Mondes beleuchtet, war sie vollkommen verborgen. Zuerst musste man sich auf einen steilen Aufstieg gefasst machen, vorbei an den 14 Stationen eines Kreuzweges, der einen den leidensreichen Marsch Jesu auf der Via Dolorosa nachempfinden ließ. Wenn man dann die 12. oder 13. Station hinter sich gelassen hatte, und der Gipfel des kleinen Berges, der als felsiger Vorsprung aus den Hängen der Rhön hervorstieß, langsam näherkam, empfing einen niemand anderer als Jesus selbst, aus Stein gemeißelt, genagelt an sein Kreuz, flankiert von den beiden Schächern und beweint von seiner Mutter, dem treuen Johannes und Maria Magdalena. Erst dahinter befand sich die kleine Bergkapelle, geradezu unscheinbar im Angesicht der mächtigen Kreuzigungsgruppe und der noch gewaltigeren schroffen Natur der Rhön.

Dies war der Ort, den sich die Burschen von Solkers als einen ihrer Treffpunkte ausgesucht hatten, wenn sie unbeobachtet sein wollten. Hier saßen sie, tranken, sangen Lieder oder übten sich auf der weitläufigen Wiese hinter der Kapelle im Ringkampf. Doch dieses Mal gab es ernstere Angelegenheiten zu verhandeln. Etwa zwei Dutzend von ihnen hatten sich heute Nacht hier versammelt, und es ging ihnen um Gerechtigkeit. Die Art von Gerechtigkeit, wie sie kein Richter und kein Gendarm zu liefern in der Lage war. Nur wenige Lampen erhellten die Szenerie und ließen auf den Statuen der Kreuzigungsgruppe Licht flackern, das ihren Gesichtern einen den Anschein von Leben gab.

Ortwin war aufgebracht. Er wirkte wie ein wilder Stier, schnaubend, mit den Hufen im Sand scharrend. Zwei seiner Kumpels hatten sich vor ihn gestellt, versperrten ihm den Weg.

»Lass mich durch!«, knurrte er. »Es reicht mir jetzt.«

»Wir haben noch nicht abgestimmt«, sagte ein Dritter, der neben ihm an das Jesuskreuz gelehnt stand. »Es wurde noch nicht jeder angehört.«

»Wollen wir denn nur labern und labern, Fabian? Dieser Hurensohn da drüben hat meinen Bruder getötet.« Ortwin deutete mit zitternder Hand in Richtung eines kleinen Holzschuppens, der etwas abseits am Rand der Wiese hinter der Kapelle lag.

»Und wir werden angemessen mit ihm umgehen«, erwiderte Fabian in ruhigem Ton. »Aber wir haben Regeln. Das weißt du.«

»Blödsinn! Du zögerst. Hörst du etwa auf Stefan und sein Gebrabbel?« Ortwin fixierte einen Kerl, der unter dem Kreuz des rechten Schächers saß, mit finsterem Blick.

»Althoff unterliegt eigentlich nicht unserer Gerichtsbarkeit. Stefans Standpunkt ist legitim«, hielt ihm Fabian entgegen.

»Standpunkt? Der Apotheker ist ein Mörder. Das hat nichts mit Standpunkten zu tun.« Ortwin machte einen Versuch, sich zwischen den beiden durchzudrängen, aber sie stießen ihn zurück.

»Ich bin ja nach wie vor der Meinung«, sagte der Linke dieser beiden Wächter, »dass wir herausfinden sollten, ob der Herr Apotheker wirklich ein Werwolf ist. Wenn er einer ist, dann ist er mit dem Teufel im Bunde. Und dann hat er bestimmt den Jakob auf dem Gewissen.«

»Und wie sollen wir das deiner Meinung nach herausfinden, Joachim?«, hakte Fabian nach.

»Na ja, zum Werwolf wird man, wenn man einen Gürtel aus Wolfsfell anlegt. Also durchsuchen wir die Apotheke. Wenn wir so einen Gürtel finden, wissen wir Bescheid.«

»Und wenn nicht?«, bellte Ortwin. »Dann lassen wir ihn laufen? Das werde ich nicht zulassen.«

»Die Gruppe beschließt, die Gruppe führt aus«, dozierte Fabian etwas zu schulmeisterhaft. »Du wirst dich an die Regeln halten wie jeder von uns.«

Ortwin schien kurz davor zu sein, Fabian an die Kehle zu springen und ihm zu zeigen, was er von den Beschlüssen der Gruppe hielt, doch in diesem Moment tauchte eine weitere Gestalt am Fuß der Treppe auf, die mit großen Schritten die letzten Meter zwischen dem Ende des Kreuzweges und der Kapelle zurücklegte.

»Simon?«, fragte Fabian in die Nacht.

»Ja«, antwortete die Gestalt und kam die Treppe hoch.

»Was ist los? Wieso hast du deinen Posten verlassen?«

Simon schob die Schuld von sich, indem er auf seinen Begleiter deutete, der jetzt hinter ihm ins Licht der Lampen trat.

»Hank?«, fragte Fabian ärgerlich. »Hatten wir uns nicht klar ausgedrückt?«

»Ich weiß. Es … es tut mir leid«, antwortete der Verbannte.

»Ich wollte ihn wegschicken«, verteidigte sich Simon. »Aber er hat darauf bestanden, hergebracht zu werden. Er meinte, es sei wichtig.«

Ortwin grinste. »Wenn er das Risiko eingeht, dass seine Fresse noch mehr zerdroschen wird, ist es das vielleicht wirklich.«

»Also gut, rede!«, forderte ihn Fabian auf.

Hank war so nervös, dass die Worte nur stoßweise ihren Weg über seine Lippen fanden. »Ich … ich weiß … ich weiß, wo der Apotheker ist.« Er hielt die Luft an. Er hatte wohl erwartet, dass diese Enthüllung Aufsehen erregen, dass sie mit allgemeiner Euphorie quittiert werden würde, doch was er erntete, war nicht viel mehr als Unverständnis.

»Und du bist hierhergekommen, weil …« Fabian versuchte, ihn dazu zu bringen, mehr als aus seiner Sicht zusammenhangslose Informationsfetzen von sich zu geben.

Hank aber zeigte sich nur verdutzt. »Habt ihr es noch nicht bemerkt?«

»Was bemerkt? Sprich endlich!« Ortwin hatte sichtlich die Schnauze voll, sich mit diesem Taugenichts abzugeben.

»Althoff ist abgehauen und zurück ins Dorf gekommen. Und Ella und dieser Detektiv wollen ihn von dort wegschaffen, damit wir ihn nicht mehr kriegen. Ich hab selbst gehört, wie sie darüber gesprochen haben.«

»Hast deinen Abend allein am Stammtisch verbracht, was? Hast unsere Krüge auch gleich mit geleert.« Ortwin lachte verächtlich.

»Nein«, empörte sich Hank. »Ich meine: Ja, ich hatte sechs, sieben Bier. Aber ich bin nicht betrunken. Und ich weiß, was ich gehört habe.«

»Gut, dann bist du nicht betrunken, sondern einfach nur ein Idiot.«

Das wollte Hank nicht auf sich sitzen lassen. Eilig begann er, in seiner Hosentasche zu kramen. Schließlich hielt er einen zerknitterten Zettel in der Hand, den er Fabian entgegenhielt. »Den hat der Detektiv verloren. Im *Mühlenrad*. Deswegen bin ich überhaupt erst auf die Idee gekommen, ihn zu belauschen.«

Fabian nahm den Zettel und las vor: »Bin entkommen. Brauche Ihre Hilfe, um aus Solkers zu fliehen. Kommen Sie so schnell wie möglich zur Apotheke. H.

Althoff.« Die Worte waren in krakeliger Schrift auf das Papier geschmiert worden. »Ich weiß nicht, was das hier sein soll«, kommentierte Fabian Hanks mutmaßlichen Beweis, »aber Althoff ist da hinten im Schuppen eingesperrt. Kai und Franz bewachen ihn. Ich war vor fünf Minuten selber da, und ich kann dir versichern, dass er gut verwahrt ist.«

»Aber Ella und der Detektiv haben es gesagt. Ich habe sie ganz genau gehört. Sie sagten, Althoff ist entkommen, und sie wollen ihn aus dem Dorf schaffen.«

Fabian seufzte angesichts solch vehementer Renitenz. »Also gut. Komm mit.«

»Das muss ich mir ansehen.« Ortwin gesellte sich mit einem fiesen Grinsen im Gesicht an ihre Seite.

»Meinetwegen«, sagte Fabian und wandte sich an Ortwins Bewacher: »Aber ihr anderen passt auf, dass er keinen Unsinn macht.«

Das Grüppchen ging an der Kapelle vorbei und über die Wiese. »Kai! Franz! Schließt mal auf!«, rief Fabian, noch bevor sie die Hütte erreicht hatten. Keine Reaktion. »Kai? Franz?« Er beschleunigte seinen Schritt, doch Ortwin war ihm schon weit voraus; seine Bewacher konnten nicht mehr verhindern, dass er nach vorne stürmte. Die anderen taten es ihm gleich.

Was sie vorfanden, war eine offene Tür. Und einen Schuppen, der nicht mehr enthielt als ein paar Werkzeuge. Franz lag davor, Füße und Hände gefesselt, den Mund geknebelt. Kai fanden sie ein Stückchen entfernt, ebenfalls geknebelt und verfangen in einem alten Netz. Er wand sich am Boden wie ein Fisch auf dem Trockenen. Fabian half ihm auf und brachte ihn zurück zum Schuppen, wo die anderen inzwischen Franz befreit hatten.

»Verdammt, was ist passiert?«, polterte er.

»Ich weiß es nicht.« Kai rieb sich den Schädel. »Ich habe nur ein Geräusch gehört und wollte nachsehen.«

»Er kam von hinten, die feige Sau«, ergänzte Franz.

»Aber vor fünf Minuten …« Fabian zeigte sich fassungslos.

»Es ging rasend schnell«, erklärten die beiden Überwältigten wie aus einem Mund. »Keine Ahnung, wie er das gemacht hat«, schob Kai nach.

Ortwin schrie seinen Frust in die Nacht und trat fest gegen die Schuppentür, bevor er sie mit einem lauten Donnern zuknallen ließ. »Du elender Vollidiot!«, ging er Hank an, der hinter den anderen Schutz suchte. »Du hast ihn direkt zu uns geführt.« Er versuchte, sich zu sammeln. »Schnell, wir müssen zurück ins Dorf.«

Fabian winkte ab. »Da werden sie jetzt kaum noch sein. Wir müssen überlegen, wohin Althoff fliehen könnte?«

»Willst du sie verfolgen?«, fragte Joachim ängstlich. »Was, wenn der Apotheker tatsächlich einen Wolfsfellgürtel besitzt, und er ihn sich geholt hat?«

»Dann nehmen wir unsere Messer und schlitzen dem Viech die Kehle auf«, zischte Ortwin.

Die anderen Burschen nickten.

»Herr Edinger meinte, dass sie nach Oberelsbach gehen wollen«, traute sich Hank zu sagen.

»Und das ist wahrscheinlich der wahre Kern, um den sich eine jede gute Finte spinnt«, spöttelte Ortwin.

»Vielleicht machen sie es ja trotzdem«, meinte Hank. »Als Ablenkung, meine ich.«

»Ja, oder sie bringen ihn nach Tann. Oder nach Wüstensachsen. Oder gleich nach Fulda.« Ortwin verpasste dem Schuppen einen zweiten Tritt. Der Lärm hatte inzwischen auch die restlichen Burschen angelockt, die um die Kapelle verstreut gewesen waren.

»Wir sollten ganz ruhig bleiben«, sprach Fabian zu allen. »Wir dürfen keine Zeit verlieren. Bildet Gruppen. Zwei das Tal flussaufwärts. Zwei flussabwärts. Zwei in Richtung Walderodt. Zwei versuchen, den Weg in die Berge abzudecken. Los, beeilt euch!«

In Althoffs Haus einzubrechen, bereitete Ella keinerlei Schwierigkeiten. Das Fenster im Laboratorium war derart schlampig gesichert, dass es sie nicht überraschte, wie leicht man hier die Beweise für die Schuld des Apothekers hatte platzieren können. Wie von Everd aufgetragen, suchte sie nur rasch ein paar Kleinigkeiten zusammen, die Althoff bei seiner Flucht wohl helfen würden: ein wenig Geld aus der Kasse vorn im Laden, ein paar Klamotten aus der Wohnung und anderes. Um zum ausgemachten Treffpunkt zu gehen, war es noch viel zu früh. Everd würde eine Weile brauchen; bis zum Battenstein und zurück war es kein Katzensprung. Das *Mühlenrad* hatte inzwischen geschlossen, und die letzten Gäste waren nach Hause gegangen. Deshalb ging Ella dorthin, setzte sich in die dunkle Wirtsstube und wartete. Und wartete. Und wartete.

»Gute Güte, Fräulein Farning, was sitzen Sie denn hier im Dunklen?« Gernot stand in der Tür. Er trug sein Nachthemd. In der Hand hielt er eine Kerze.

»Guten Abend, Gernot. Ich genieße nur die Ruhe und denke ein wenig nach. Und du? So spät noch wach?«

»Ich wollte mir etwas zu trinken holen. Möchten Sie auch etwas?«

»Nein danke.«

Der Schankbursche verschwand in der Küche, das Geklapper von Geschirr ertönte. Kurz darauf kam er wieder zurück, in der Hand ein Glas mit Wasser. »So, ich gehe dann mal wieder ins Bett. Gute Nacht.« Er ging zur Treppe, an deren Fuß er jedoch noch einmal stehen blieb. »Ach übrigens: Frau Rothenberger hat ihren Rucksack oben liegen lassen. Soll ich ihn morgen zu ihr bringen, oder holt sie ihn selber ab?«

Ella drehte sich zu ihm um. »Was meinst du? Ist sie nicht oben?«

»Nein«, entgegnete Gernot arglos. »Sie muss irgendwann gegangen sein. Ich dachte, sie wäre vielleicht doch zurück zu sich nach Hause.«

Noch ehe er richtig ausgesprochen hatte, war Ella von ihrem Stuhl aufgesprungen und an ihm vorbei die Treppe hinaufgeeilt. Die Tür zu Agas Zimmer fand sie unverschlossen vor, den Raum leer. Der Rucksack lag auf dem Tisch, halb ausgepackt; das Bett war noch immer frisch gemacht. Sofort rannte Ella wieder nach unten. Wenn Aga tatsächlich nach Hause gegangen war, musste sie so schnell wie möglich zu ihr.

Aga blieb stehen, hielt den Atem an und lauschte in den Wald in der Hoffnung, Jakob würde doch ein unbedachtes Geräusch von sich geben, aber da war nichts außer dem Rauschen der Bäume und den Rufen der Nachtvögel. Nachdem sie eine Weile bewegungslos gewartet hatte, wagte sie es, ein Stückchen weiterzugehen in die Richtung, in der sie Jakob das letzte Mal gesehen hatte. Ihn wiederzufinden, schien unmöglich. Inzwischen konnte er überall sein. Doch kaum 100 Schritte später lichtete sich der Wald ein wenig, und plötzlich lagen die windschiefen Wände einer alten verfallenen Hütte vor ihr, die vielleicht einst von einem Holzfäller bewohnt worden war.

Im Dach klafften große Löcher, durch die der Wind pfiff. Sie dienten als Abzug für ein kleines Feuer, das da in einem offensichtlich völlig verstopften Kamin brannte. Das einzige Fenster war einst notdürftig mit Brettern zugenagelt worden, doch die hingen nun nur noch von einzelnen Nägeln gehalten schief herab oder waren schon ganz zu Boden gefallen.

Vorsichtig schlich sich Aga heran und spähte hinein. Das Feuer erhellte den einzigen Raum der Hütte nur spärlich und ließ dunkle Schatten an den Wänden tanzen. Abgesehen von einem wackligen Tisch und zwei alten Stühlen schien das Zimmer leer zu sein, bis auf eine Ecke, in der einige Habseligkeiten zu einem unordentlich Stapel aufgetürmt waren, notdürftig zugehängt mit ... Jakobs Umhang.

Die Tür befand sich auf der gegenüberliegenden Seite. Sie war nicht verschlossen, hing jedoch so krumm in den verzogenen Angeln, dass es einiges an Kraft kostete, sie zu öffnen. Mehr, als auf den ersten Blick zu sehen gewesen war, hatte die Hütte nicht zu bieten. Der Haufen der Habseligkeiten stellte die einzige Chance auf Hinweise dar. Zaghaft fuhr Aga mit den Fingern über den Stoff des Umhangs. So lange hatte sie sich danach gesehnt. Sachte hob sie ihn auf, hielt ihn eine Weile fest umklammert, bevor sie sich von ihm trennen konnte.

Das perfekte Gepäck eines Reisenden lag nun vor ihr; so viel wie nötig, so wenig wie möglich: ein Rucksack, ein tragbares Zelt, Geschirr, Feldflasche und einiges andere.

Stück für Stück ging sie den Haufen durch und mit jedem Teil, das sie zur Seite legte, wurde er deutlicher spürbar … der kalte Schauer, der sich seinen Weg ihren Rücken hinunterbahnte. Denn sie kannte diese Dinge nicht. Nicht ein einziges davon. Weder das Messer, das in einer Scheide an der Seite des Rucksackes steckte, noch den fein verzierten Wanderstab, der an der Wand lehnte. Nicht einen der Gegenstände kannte sie, denn nicht einer von ihnen gehörte Jakob.

Sie musste hier weg, bevor der Fremde zurückkam. Hastig griff sie nach dem Umhang und legte ihn dahin, wo sie ihn weggenommen hatte. Es schmerzte, ihn hier zurückzulassen, doch wenn Aga zusammen mit anderen aus dem Dorf wiederkommen wollte, um den zur Strecke zu bringen, der ihrem Jakob was auch immer angetan hatte, dann durfte derjenige nicht bemerken, dass sein Versteck entdeckt worden war.

Ein vernünftiger Gedanke, der jedoch vereitelt wurde durch das Knarren der Tür hinter Aga, begleitet von leisen Atemstößen in ihrem Rücken.

Aga war nicht zu Hause. Auf dem ganzen Gut war keine Menschenseele zu finden. Und doch fühlte sich Ella unwohl. Als ob sie jemand beobachten würde.

Wilkers Hof war für sie immer ein heimeliger Ort gewesen, ein zweites Zuhause, noch bevor das *Mühlenrad* zu ihrem Heim geworden war, damals in den frühen Tagen in Solkers. Doch nun wandelte er sich zu einer unwirtlichen Umgebung, in der sie keine Sekunde länger bleiben wollte als unbedingt nötig.

Sie lief über den Innenhof und war schon fast vorne an der Straße, als etwas sie stocken ließ. Ein dumpfes Dröhnen, wie der Gong einer Glocke in der Ferne. Doch dieses Geräusch hier schien ganz nah zu sein. Zu jeder anderen Zeit, an jedem anderen Ort, hätte Ella es ignoriert. Ein Geräusch von vielen, die einem im Laufe des Tages zu Ohren kommen. Unbedeutend, kaum gehört, schon wieder vergessen. Aber nicht hier. Nicht auf dem Anwesen von Wilker Herchenhahn. Hier gab es inzwischen nichts Unbedeutendes mehr. Also wartete sie einen Moment und lauschte. Da. Schon wieder. Jetzt lauter als zuvor, und trotzdem kaum auszumachen, woher es gekommen war. Vorsichtig drehte sich Ella in die Richtung, in der sie den Ursprung am ehesten vermutete, und harrte aus, bis es ein weiteres Mal ertönte. Hinter dem Haupthaus. Sie machte sich auf, das Gebäude zu umrunden.

Kaum war sie um die Ecke geschlichen, erfüllte das nächste Dröhnen die kalte Nachtluft. Dichter Efeu rankte die Hauswand hinauf, und einige Büsche schmiegten sich eng an das Mauerwerk. Zwischen ihnen war das Geräusch hervorgekommen. Ella sah sich kurz um, dann begann sie, das Gestrüpp zur Seite zu schieben. Dahinter kam nicht mehr zum Vorschein als die grob gehauenen Steine des Haussockels. Sie musste sich geirrt haben. Wieder das Dröhnen. Nein, sie hatte sich nicht geirrt. Es kam auf jeden Fall vom Haus, nur ein Stück neben der Stelle, an der sie gerade gesucht hatte. Auch dieses Mal war es der steinerne Sockel, der sich hinter den Efeuranken verbarg, hier aber war knapp über dem Boden eine metallene Klappe darin eingelassen. Verriegelt, aber nicht abgeschlossen.

Ella wollte den Riegel gerade zur Seite schieben, als das Metall urplötzlich zu vibrieren begann, begleitet von einem weiteren Dröhnen. Sie zuckte zurück. So schnell, wie es gekommen war, verklang es auch wieder, und die Klappe beruhigte sich.

Ohne noch länger zu zögern, öffnete Ella sie und sah sich einem engen Gang gegenüber, der schräg nach unten führte. Es musste eine alte Kohlenrutsche sein. Sie maß vielleicht 30 Zentimeter in Breite und Höhe, und ihr anderes Ende wurde von der Dunkelheit verschluckt. Ella hatte noch nie etwas von ihr gehört. Solange sie Aga kannte, lagerten die Kohlen auf dem Hof in einer kleinen Bude neben dem Haupthaus.

Sie tastete in das Loch hinein. Wie sie sich gedacht hatte: Um Brennmaterial in einen Keller zu befördern, war diese Rutsche schon lange nicht mehr benutzt worden; sie präsentierte sich völlig frei von Kohlenstaub. Das schien aber nicht zu bedeuten, dass sie für gar nichts mehr verwendet wurde. Erde hatte sich auf ihr abgesetzt, noch frisch und feucht. Und noch etwas förderte Ella zutage: sechs Steine, jeder so groß wie ein Hühnerei, die ein wenig tiefer die Rutsche hinuntergefallen waren. Sechs Steine, die … So schnell sie konnte, zog Ella ihre Hand aus dem Loch und presste sich neben der Öffnung an die Wand. Sechs Mal das dröhnende Geräusch. Sechs Steine. Sie mussten die Rutsche hinauf gegen die Innenseite der Klappe geworfen worden sein. Und das bedeutete, dass derjenige, der sie geworfen hatte, da unten am anderen Ende der Schräge saß. Vielleicht beobachtete er Ella, seit sie die Klappe geöffnet hatte. Vielleicht hatte sie ihn fast berührt. Bei dem Gedanken wurde ihr ganz anders. Sie musste sich überwinden, geradezu zwingen, wieder vor die Öffnung zu treten. »Hallo?« Das Wort wollte ihr kaum über die Lippen kommen.

Einen Augenblick lang nur Stille. Doch dann ein Flüstern aus der Dunkelheit. Nur ein einziger Satz. »Bitte befreien Sie mich.«

»Ich glaube, hier sind wir für einen Augenblick sicher.« Everd atmete schnell, doch lange nicht so schnell wie Althoff, der neben ihm saß und kurz davor stand, zusammenzubrechen.

»Wenigstens dieses Mal haben Sie keinen Mist gebaut«, honorierte der Apotheker Everds Bemühungen, ihn zu retten.

Everd war sich nicht sicher, was er da gerade gehört hatte. »Ich habe keinen … Wie bitte?«

»Sparen Sie sich Ihre Empörung. Dank mag vielleicht sein, was Sie von mir erwarten, aber die Tatsache lässt sich nicht leugnen, dass ich niemals in diese Situation gekommen wäre, wenn Sie Ihre Arbeit richtig erledigt und den wahren Mörder von Herrn Rothenberger gefunden hätten. Sie können es aber wiedergutmachen, indem Sie herausfinden, wer versucht hat, mir diesen Mord anzuhängen. Und es würde mich nicht wundern, wenn Sie dadurch, quasi als Draufgabe, auch noch den wahren Mörder finden.«

»Na, dann kann ich mich ja glücklich schätzen.« Ob der Apotheker es merken würde, wenn er ihn statt zum Treffpunkt mit Ella direkt zurück zu den Burschen lotsen würde? Wahrscheinlich nicht. Trotzdem entschied sich Everd dagegen. Weswegen? Vielleicht weil er ganz genau wusste, wie es sich anfühlte, für eine Tat verurteilt zu werden, die man nicht begangen hatte.

Er warf einen Blick über die Wurzel des umgekippten Baumes, die sie als Deckung nutzen. Niemand war zu sehen, und auch zu hören war schon seit einer Weile nichts mehr gewesen. »Kommen Sie, Althoff. Wir müssen los. Der Treffpunkt ist nicht mehr weit von hier.«

Der Apotheker zeigte ihm an, dass er noch ein wenig Zeit zum Verschnaufen brauchte, doch Everd zog ihn auf die Beine und zerrte ihn weiter. Ella hatte ihm den Weg genau beschrieben, und doch erwies es sich als große Herausforderung, sich mitten in der Nacht in einem fremden Wald zurechtzufinden. Dennoch gelangten sie irgendwann auf einen Trampelpfad, der an einem kleinen Teich vorbei zu den Ulsterauen südwestlich von Solkers führte; so wie Ella es gesagt hatte. Sie folgten dem Weg für etwa zwei Kilometer, bis sie schließlich zu der schmalen Brücke kamen, auf der man den Raggersbach, einen Zufluss der Ulster, überqueren konnte. Niemand war dort zu sehen.

»Hallo?«, flüsterte Everd. Vielleicht hatte sie sich irgendwo am Rand des Baches ein Versteck gesucht, um von den Burschen nicht zufällig entdeckt zu werden. Keine Antwort, auch nicht, als er es noch einmal etwas lauter versuchte. »Verdammt! Eigentlich hätte sie hier auf uns warten sollen.«

»Na ja, es wird auch so gehen.« Eben noch ein nervliches Wrack zeigte sich Althoff hier, weit weg von seinen Häschern, geradezu unbekümmert. »Es sind nur zwei, drei Kilometer bis Walderodt. Ich kenne den Wirt dort. Sicherlich wird er mir ein Pferd geben, mit dem ich bis nach Fulda komme. Dort kenne ich ein paar Leute und habe ein Bankkonto.«

»Dann bin ich ja froh, dass ich mir um Sie keine Sorgen

machen muss«, entgegnete Everd in sarkastischem Tonfall. »Wie finden wir Sie, wenn die Sache hier überstanden ist?«

»Das müssen Sie nicht. Ich schicke in ein paar Wochen Leute vorbei, die meine Sachen abholen. Bis dahin sollten Sie es ja wohl geschafft haben, die ganze Angelegenheit aufzuklären. Mich aber sehen diese Hinterwäldler nie wieder.« Mehr sagte er nicht. Er drehte sich einfach um, überquerte die Brücke und verschwand hinter der nächsten Wegbiegung.

Everd verschwendete keinen weiteren Gedanken an ihn. Ella war es, um die er sich Sorgen machte. Wo blieb sie? Sie hätte lange vor ihm hier sein müssen. Er konnte jetzt noch eine Weile warten in der Hoffnung, dass sie bald auftauchen würde. Was aber, wenn ihr etwas passiert war? Dann würde sein Warten zu viel Zeit kosten. Everd beschloss, zurück nach Solkers zu gehen, um nach Ella zu suchen.

»Ich … ich hole Hilfe«, flüsterte Ella. Ob zu der Stimme am Ende der Kohlenrutsche oder zu sich selbst, wusste sie nicht. Im Moment wusste sie gar nichts. Wie ein Schwarm aufgescheuchte Vögel flatterten die Gedankenfetzen durch ihren Kopf. Und einer präsentierte sich dabei größer und breiter und lauter als alle anderen: Hilfe holen.

Aber wo? Wen? So weit voraus konnte sie nicht denken. Befreien Sie mich? Das hatte die Stimme gesagt. Ein Gefangener? Ein Gefangener in Wilkers Keller. Hilfe holen. Einen Schritt nach dem anderen. Zuerst zurück zum Innenhof. Dann auf die Straße. Dann weitersehen.

Doch bis dorthin kam sie gar nicht erst. Schon als sie

die Ecke des Hauses hinter sich gebracht hatte, wurde sie jäh gestoppt: Wilker.

Sofort wollte Ella zurückweichen. Ihm aus dem Weg gehen, aber noch ehe sie etwas tun konnte, umschlossen seine Hände ihre Oberarme. Es mochte so aussehen, als wolle er ihr Halt geben, sie beruhigen, weil er es seltsam fand, dass sie zu dieser Stunde panisch auf seinem Gut herumrannte. Doch sie fühlte sich, als hielte er sie fest.

»Großer Gott, Ella, was machst du denn hier?«, fragte er mit seiner sonoren, gütigen Stimme.

Sie war verwirrt. Was sollte das? Wieso tat er nichts? Wieso stand er nur da und sah sie an, wie er sie immer ansah? Die warmen Augen, das offene, herzliche Lächeln. Nichts an ihm schien entlarvend oder auch nur verdächtig. Er wusste, dass sie Jakobs Leiche entdeckt hatten. Oder nicht? Doch, er musste es wissen. Wusste er auch, dass sie ihn verdächtigten? Falls nicht, durfte sie nicht riskieren, sich zu verraten.

»Es ist … es ist nichts«, antwortete sie so überzeugend wie möglich. »Ich wollte zu Aga, aber sie scheint nicht da zu sein. Da war eine Katze oder so. Ich hab mich erschreckt. Es war ganz dumm.«

»Mit seltsamen Tieren haben wir ja in letzter Zeit wahrlich genügend Ärger. Nicht, dass es doch etwas Größeres war. Ich werde mal nachsehen.«

»Nein.« Ella versuchte, nicht zu erschrocken zu klingen. Sie hatte die Kohlenrutsche nicht verschlossen, den Efeu nicht wieder davorgehängt. Weit stand die Klappe an Wilkers Hauswand offen. Er konnte sie kaum übersehen. Was er bisher wusste oder nicht, würde dann egal sein. »Sie ist da lang gelaufen.« Ella deutete quer rüber zur anderen Seite des Innenhofes.

Wilker aber starrte auf die Hausecke hinter ihr. »Ich denke, ich werde trotzdem zunächst dort nachsehen, wo du sie entdeckt hast.«

Ella hatte immer gedacht, ihn zu kennen, aber offensichtlich war das ein Irrtum. Nicht einmal im Ansatz konnte sie abschätzen, zu welchen Taten er fähig war. Einen Mord hatte er vielleicht schon begangen, warum sollte er vor einem zweiten zurückschrecken? Sie wusste zwar nicht, wer der Gefangene da unten im Keller war, aber mit Sicherheit konnte es Wilker nicht gefallen, wenn jemand ihn entdeckt hatte. Sie machte sich bereit, auf der Stelle loszulaufen, als sei der Teufel hinter ihr her, und wenn man sie im Moment fragte, dann würde er das auch sein.

»Herr Herchenhahn!« Ein Ruf wie eine Erlösung für Ella. Erwin Weber war es, von dem er kam. Er lief auf den Hof und wedelte mit den Armen. Abrupt ließ Wilker Ella los. Er drehte ab, noch bevor er um die Hausecke gebogen war, noch bevor er etwas hatte sehen können. »Was ist denn los, Erwin?«

»Doktor Keuper schickt mich. Wolfgang Berger ist gestorben. Die Leute sind in Aufruhr. Sie müssen sie beruhigen.«

Wilker warf einen langen Blick auf Ella, die sich nicht gerührt hatte und es auch jetzt nicht wagte, einen Mucks zu machen. »Ich muss da hin.« Er ging auf sie zu, bis er ganz nah vor ihr stand. »Und du solltest besser nach Hause gehen«, sagte er mit ernster Miene, die sich sogleich zu einem Lächeln verzog. »Wenn es etwas anderes war als eine Katze, werde ich sicher morgen noch Spuren finden und mich dann darum kümmern.«

Ella nickte. Die Männer begleiteten sie bis auf die Straße. Sie tat so, als würde sie nach Hause gehen wollen, doch sobald die beiden außer Sichtweite waren, blieb sie stehen.

Was sollte sie tun? Hilfe holen, wie sie es vorgehabt hatte? Ein naiver Gedanke. Everd war noch nicht zurück. Und wem sonst hätte sie davon erzählen können. Josch? Von wegen. Der Bürgermeister konnte jeden Moment zurückkommen. Niemanden im Dorf würde man so schnell dazu bringen können, an Wilker zu zweifeln. Spätestens, wenn er die Klappe entdecken würde, wäre ihm klar, dass er aufgeflogen war. Er würde den Gefangenen wegschaffen. Vielleicht den einzigen Beweis für den Mord an Jakob. Nein, mehr als einen Beweis. Ein menschliches Wesen.

Ella ging zurück auf den Hof, vorsichtig und schnell zugleich. Sie wollte so rasch wie möglich von hier verschwinden, und doch hatte sie Angst, durch Lärm auf sich aufmerksam zu machen.

Zwei Eingänge besaß das Haus, die Vordertür, die zum Innenhof führte, und eine Hintertür zum Gemüsegarten, knapp neben der Kohlenrutsche. Beide waren verschlossen, wie hätte es auch anders sein sollen. Ella überlegte kurz, ob Aga vielleicht einen Satz Schlüssel besaß und falls ja, wo er versteckt sein konnte. Da fielen ihr die Gardinen im zweiten Stockwerk auf, die sanft hin- und herwogten; ein Fenster stand einen Spalt weit offen. Eine Bank, eine Regentonne und eine alte Holzkiste waren rasch zu einer provisorischen Treppe zusammengebaut. Eine gewagte Konstruktion, aber es reichte. Das Fenster zeigte sich widerspenstig. Es heulte und quietschte, als Ella es aufzog, um dann mit einem Satz in das Haus hineinzufallen.

Im oberen Stockwerk war sie noch nie gewesen, doch augenscheinlich hatte sie Wilkers Schlafraum erwischt. Sie schlich zur Tür und durch einen kleinen Flur zur Treppe ins Erdgeschoss. Vor dem Esszimmer blieb sie stehen. Noch vor zwei Tagen hatte sie dort friedlich mit Everd und Wilker gespeist. Ob der Gefangene auch da schon direkt unter ihren Füßen eingesperrt gewesen war? Wieso war Wilker ein so großes Risiko eingegangen, als er sie eingeladen hatte? Wieso hatten sie nichts bemerkt? Großer Gott, es hätte ihnen doch auffallen müssen.

Für Grübeleien war jetzt keine Zeit. Ella schob ihre Fragen beiseite und konzentrierte sich auf ihr Ziel. Von der Küche aus konnte man in den Keller gelangen. Zwei- oder dreimal war Ella bisher dort unten gewesen, als sie Aga in der Küche zur Hand gegangen war. Eine Kohlenrutsche hatte sie nie bemerkt, aber wo sonst sollte diese hinführen? Auf der Anrichte stand eine halb abgebrannte Kerze. Daneben lag ein Päckchen mit Zündhölzern.

Sie erhellte die steile Kellertreppe zwar nur spärlich, aber immerhin so gut, dass Ella nicht fürchten musste, zu stolpern und zu stürzen. »Hallo«, flüsterte sie in die Dunkelheit jenseits des Kerzenscheins, als sie nach unten ging. Keine Antwort. Die Treppe endete in einem kleinen Raum, der fast bis unter die Decke mit allerlei Gerümpel vollgestellt war. Das Ende der Kohlenrutsche hätte an der linken Wand sein müssen. War es aber nicht. Zwischen den Böden eines Regals, bestückt mit Vorräten, war nichts zu sehen als die steinerne Mauer, die Ella schon von draußen kannte. Sie ließ den Schein der Kerze in jede Ecke des Raumes fallen, doch auch dort war nichts zu entdecken.

Also gut. Noch mal ganz von vorne. Die Klappe in der Wand. Die Hintertür von Wilkers Garten. Der Abstand zwischen den beiden. Dann der Weg von der Hintertür bis hier in den Keller, wo sie gerade stand. Das passte nicht. Klappe und Hintertür lagen zu weit auseinander. Das bedeutete …

Ella wendete sich der hinteren Wand des Raumes zu, die der Treppe direkt gegenüberlag. Ein großer massiver Schrank stand dort. Unter all dem Gerümpel fiel er nicht auf, doch jetzt, da Ella ihn genauer beäugte, schien er beinahe ein wenig verschämt wegzugucken. So als ob man ihn ertappt hätte.

Sie stellte die Kerze ab und griff nach den Rändern des Schranks. Er wog schwer, zu viel, um ihn einfach so zu verrücken. Aber nicht schwer genug, um der Spitzhacke zu widerstehen, die Ella schließlich als Hebel ansetzte. Der Schrank quietschte, als sie ihn beiseiteschob, und gab den Blick frei auf eine alte hölzerne Tür mit zwei Flügeln. Jeder davon mit einem Griff und diese durch eine Kette miteinander verbunden, eine Kette gesichert mit einem mächtigen Vorhängeschloss. Beides nagelneu. Das musste die sein, die Wilker bei Hektor gekauft hatte.

»Hallo, ist da jemand?« Noch immer antwortete niemand, kein Laut war zu hören. Doch wer immer auch durch die Kohlenrutsche zu ihr gesprochen hatte, er musste hinter dieser Tür sein.

Also gut. Everd hatte ihr einige Möglichkeiten gezeigt, ein Schloss aufzubekommen, damals, als sie noch gemeinsam durch die Straßen von Frankfurt gezogen waren. Manche waren elegant und leise, andere plump, dafür aber schnell. Rohe Gewalt würde hier aber nichts bringen. Das Schloss war zu massiv zu neu. Hier war wohl eine von Everds subtileren, wenn auch langsameren Methoden vonnöten. Zwei dünne Metallstreifen zu finden, erwies sich in diesem Keller als kein Problem. Schwieriger gestaltete es sich, das Schloss damit zu öffnen. Nach mehreren Anläufen aber sprang der Bügel aus der Halterung. Ella legte das Schloss beiseite und wickelte die Eisenkette von der Tür. Vorsichtig zog sie die Flügel auf.

Sie blickte in einen dunklen Raum. Links konnte sie den Ausgang der Kohlenrutsche erahnen, durch den schwach der Mond schien. Sie griff nach der Kerze und streckte sie vor sich. Ella schreckte zurück. Dort stand jemand. Direkt vor ihr. Nur für den Bruchteil einer Sekunde hatte sie ihn im Schein des Lichtes sehen können.

Aber was viel schlimmer war: Auch hinter ihr stand jemand. In der Dunkelheit hatte er sich angeschlichen, leise wie eine Katze. Doch nun war er da, und es gab keinen Grund mehr, heimlich zu tun. Ella wurde gepackt, die Kerze fiel zu Boden. Ein Tuch wurde ihr auf Nase und Mund gedrückt. Die Luft blieb ihr weg, oben wurde zu unten, unten zu oben, und das Letzte, was sie sah, war das sanfte Glimmen des Kerzendochtes, das langsam völliger Schwärze wich.

Aga erstarrte. Sie wagte es nicht, sich umzudrehen, wie ein Kind, das glaubt, nicht gesehen zu werden, wenn es selbst auch nichts sieht. Doch natürlich wusste sie, dass es zwecklos war, nur hier zu stehen und nichts zu tun. Im Moment wartete der Unbekannte hinter ihr zwar noch ab, tat nichts, sprach nicht, atmete nur laut und langsam, gleich aber würde er sie angreifen und überrumpeln. Vielleicht konnte sie ihn irgendwie austricksen, sich ihre Schnelligkeit zunutze machen, zur Tür kommen. Es war ihre einzige Möglichkeit.

Sie nahm ihren ganzen Mut zusammen und wirbelte herum, aber all ihre Fluchtpläne wurden zunichtegemacht von dem überwältigenden Schrecken, der sie durchfuhr, als sie das Wesen erblickte, das sich da vor ihr aufbäumte. Sein Körper glich dem eines Mannes, sogar Kleidung trug es. Das Gesicht aber gehörte nicht zu einem Menschen. Das heißt, doch, es war das Gesicht eines Menschen, gleichzeitig aber auch das eines Tieres. Von der Stirn über die Wangen bis zum Kinn bedeckten dichte schwarze Haare jeden Flecken der Haut. Und finstere Augen funkelten Aga durch diese Haare hindurch an.

Sie schrie auf, stolperte zurück. Sie suchte nach Schutz, wo es keinen gab, wich nach links aus, um wenigstens den Tisch zwischen sich und dem Ungeheuer zu haben. Das Fenster hatte sie jetzt im Rücken. Die angstvoll geweiteten Augen weiter auf die Gestalt gerichtet, tastete sie nach einer Möglichkeit, es zu öffnen, aber ihre Hände wollten keine finden. Das Untier schickte sich an, um den Tisch herumzukommen, sodass Aga in die entgegengesetzte Richtung auswich, immer darauf bedacht, die einzige Barriere, die sie von einem nicht auszumalenden Schicksal trennte, vor sich zu behalten.

Sie stand nun wieder direkt neben dem Haufen mit dem Reisegepäck, und es war weniger ein wacher Geistesblitz als blinde Verzweiflung, die sie dazu bewegte, sich für einen Angriff zu entscheiden. So nahm sie von der Habe, was sie zu greifen bekam, und schleuderte es dem Wesen entgegen. Es hielt sich schützend die Hände vors Gesicht, um das Bombardement aus Töpfen, Besteck, Feldflasche und einem Kompass abzuwehren.

Als Aga die Munition auszugehen drohte, kam die Kreatur zwei Schritte auf sie zu, hielt aber sofort wieder an, denn das, was die junge Frau nun in der Hand hielt, war das Messer, das an der Seite des Rucksackes gesteckt hatte. Wenn es sich dabei denn überhaupt um ein Messer handelte. Es besaß keinen richtigen Griff, sondern war aus einem Stück geschmiedet, hatte keine geschärfte Klinge und eine seltsam geschwungene Form. Aber es war spitz, und das musste im Notfall reichen. Mit beiden Händen umklammerte sie krampfhaft ihre Waffe und hielt sie ungelenk vor sich, als ob das allein schon reichen würde, jeden potenziellen Angreifer in die Flucht zu schlagen. Tatsächlich wich das Wesen zurück. Abwehrend hob es die Arme. »Also gut, das geht jetzt in eine Richtung, die mir nicht gefällt.«

Nur ein Satz, der Aga schwindelig werden ließ. Es hatte gesprochen. Die wilde Bestie vor ihr, das Monster in Menschengestalt hatte gesprochen. Ein Schleier lichtete sich vor ihren Augen, ein Schleier, gespeist von Dunkelheit, von flackerndem Feuer und tanzenden Schatten, von Aberglaube und Spukgeschichten aus alter Zeit, von Adrenalin und Furcht. Was sie zu sehen gemeint hatte, wurde zu dem, was tatsächlich vor ihr stand, und das war nicht mehr als ein Mensch, ungewöhnlich vielleicht mit all seinen Haaren, aber doch ein Mensch. Entspannung machte sich in Agas Körper breit, doch sogleich besann sie sich eines Besseren. Auch ein Mensch konnte ihr gefährlich werden. Gefährlicher vielleicht als jedes andere Wesen.

Sie überlegte kurz, ob sie versuchen sollte, den Unbekannten von der Tür wegzutreiben und zu fliehen. Doch sofort verwarf sie den Gedanken wieder. Dieser Kerl hatte Jakobs Umhang. Er musste etwas wissen. Sie durfte diese Chance nicht verstreichen lassen. »Wer sind Sie?«

»Möchten Sie nicht vielleicht das Messer hinlegen, und dann sprechen wir in Ruhe darüber?«

Aga hielt die Klinge noch ein Stück höher, um zu zeigen, dass sie es ernst meinte.

»Also nicht. Na schön, das … Warum zittern Sie denn so?« Der Unbekannte rollte mit den Augen. »Es sind nur Haare«, sagte er in genervtem Tonfall und fügte ein leises: »Grundgütiger, Bauersleute!« hinzu. Dann wieder laut zu Aga: »Wenn man sich die Kerle in Ihrem Dorf so anschaut, sollte man meinen, dass Sie an Männer mit vielen Haaren gewöhnt sind.«

»Nein, es sind nicht die Haare. Eher die Tatsache, dass ich mitten in der Nacht alleine im Wald in einer heruntergekommenen Hütte einem Fremden gegenüberstehe, der schon seit Tagen nachts um mein Haus schleicht und dabei den Umhang meines seit zwei Wochen verschwundenen Ehemannes trägt.«

Der Unbekannte schien kurz zu überlegen. »In Ordnung. Nachvollziehbar«, war sein abschließendes Urteil. »Passen Sie auf, ich werde Ihnen nichts tun, wenn Sie das Messer weglegen.«

»Und wenn ich das nicht tue?«

»Gott, sind Sie schwer von Begriff. Damit meine ich nicht, dass ich Ihnen etwas tun werde, wenn Sie das Messer nicht weglegen. Ich meine, ich werde Ihnen überhaupt nichts tun. So oder so. Und ich wäre Ihnen dankbar, wenn Sie es ebenso hielten.«

Argwöhnisch beäugte Aga den Mann, der eben noch so unheimlich schien, nun aber völlig harmlos wirkte. Ihre Waffe ließ sie aber nicht sinken.

»Dann also mit Messer«, seufzte ihr Gegenüber. »Seien Sie aber wenigstens vorsichtig damit. Mir zuliebe.«

»Wer sind Sie?«, wiederholte Aga die noch immer unbeantwortete Frage.

»Oh, entschuldigen Sie.« Der Unbekannte ging einen Schritt zurück. Offenbar misstraute er ihr nicht weniger als sie ihm. Die Waffe in ihrer Hand war ein guter Grund dafür. Mit gespreizten Beinen und herausgedrückter Brust baute er sich vor ihr auf, das Kinn leicht angehoben, ein spitzbübisches Lächeln auf den Lippen. »Mein Name ist Vincent. Vincent Carroux, um genau zu sein. Der *wahnsinnige Vincent* für die, die es interessiert. Eine Hälfte der famosen Brüder Carroux.« Als er dies sagte, verdunkelte für den Bruchteil einer Sekunde ein Schatten sein Gesicht, doch sofort kehrte wieder der feste und zugleich verschmitzte Ausdruck wieder. Er machte eine galante Verbeugung mit wirbelnder Handbewegung. »Zu Ihren Diensten. Und um Ihre nächste Frage gleich vorwegzunehmen: Dies hier«, er deutete auf die Haare um seine Augen und auf seiner Nase. »Nun ja. Haare auf dem Kopf und ums Kinn. Haare auf der Brust und dem Rücken, auf dem Bauch. Am Arsch und am Sack. Was ist das schon? Ordinär und langweilig. Mich hat die Natur zu etwas Besonderem auserkoren.«

Es war unglaublich, wie dieser Vincent auf einmal seine Worte, die so klangen, als hätte er sie schon Hunderte Male auf die exakt gleiche Weise von sich gegeben, mit dramatischen Gesten unterstrich. Je länger Aga ihn betrachtete, desto mehr Nuancen fielen ihr in seiner Gesichtsbehaarung auf. Sein Kopfhaar trug er lang und streng nach hinten zu einem Pferdeschwanz zusammengebunden. Er hatte sich buschige Koteletten stehen lassen, die ein ganzes Stück unter den Ohrläppchen endeten. Die Haare von Kopf und Schläfe waren etwas dunkler als jene, die Stirn und Wangen bedeckten. Aga konnte nur mutmaßen, dass sie vielleicht sogar gefärbt waren. Der gleiche Farbton fand sich jedenfalls auch an Wangen und Kinn. Hier hatte er das Haar so wachsen lassen, dass ein schmaler Schnurrbart und ein kleiner Spitzbart heraus stachen, die ihn ein wenig wie einen Musketier aussehen ließen. Durch die vergangenen Tage war Vincent vielleicht nicht so gepflegt, wie es für ihn üblich zu sein schien, aber dennoch konnte man nicht übersehen, dass er sich etwas auf sein Aussehen, ach was, auf seine ganze Erscheinung einbildete.

»Die Brüder Carroux?«, hakte Aga misstrauisch nach. »Seid ihr so etwas wie die Gebrüder Zunderstein?«

»Zunderstein?« Schlagartig war Vincents selbstdarstellerische Attitüde verschwunden. »Nie von denen gehört.«

»Das waren Räuberbrüder, die vor einigen Jahren die Gegend hier unsicher gemacht haben.«

»Räuber? Was … Nein.« Vincent wirkte rechtschaffen beleidigt. »Wir sind keine Räuber. Wir sind Künstler. Ich und mein jüngerer Bruder Balthasar. Früher traten wir als ›Romulus und Remus – die Söhne der Wölfin‹ auf. Abgedroschen, nicht wahr? Balthasar meinte, wir sollten die Leute weniger durch unser Aussehen als durch unsere artistischen Fähigkeiten beeindrucken, also haben wir den Namen …«

»Sie sind Schausteller?«, platzte Aga überrascht, beinahe entsetzt heraus.

»Akrobat, wenn es recht ist«, korrigierte Vincent. »Und noch einiges anderes. Wenn Sie genau auf die Waffe achten würden, mit der Sie mich im Moment bedrohen, würde Ihnen auffallen, dass das in Ihrer Hand ein Wurfmesser ist.«

Aga senkte die Klinge ein wenig. »Wo ist mein Ehemann?«

Die Frage ließ das spitzbübische Grinsen aus Vincents Gesicht verschwinden. Vielleicht war sein ganzes Verhalten, all das charmante Geplänkel, die gewundenen, in einem eigenartigen Singsang vorgetragenen Worte nicht mehr gewesen als eine Vorführung, um ihr Vertrauen zu gewinnen, ihr ein sicheres Gefühl zu geben. Doch dies war nun vorbei. Es war an der Zeit, ernstere Töne anzuschlagen.

»Ihrem Mann gehört der Umhang dort, nicht wahr? Ich weiß nicht, wo er ist. Doch was für mich viel schwerer wiegt, ist die Tatsache, dass ich auch nicht weiß, wo mein Bruder ist.«

»Er ist ebenfalls verschwunden?«

»›Verschwunden‹ trifft es nicht. Wir waren auf der Durchreise. In den Dörfern empfängt man uns selten freudig, wenn nicht der Zirkus die richtige Bühne für unsere Erscheinung bereitet. Deswegen haben wir hier in der Nähe im Wald kampiert. Ich musste pissen, also ging ich ein Stück von unserem Lager weg. Und stürzte in eine Fallgrube. Balthasar hörte meine Rufe. Er zog mich heraus. Da wurden wir wie aus dem Nichts von einem Mann angegriffen, der diesen Umhang dort trug. Er ließ nicht mit sich reden, nannte uns ›Teufelsbrut‹, jagte uns durch den halben Wald. Ich dachte schon, wir hätten ihn abgehängt, doch er tauchte wieder auf, schlug wie ein Berserker auf uns ein. Ich stürzte einen Hang hinunter. Als ich mich wieder gefangen hatte, sah ich meinen Bruder und den Mann kämpfen, nicht mehr als schwarze Umrisse vor dem Grau des Nachthimmels. Ich versuchte, den Hang wieder hinaufzuklettern, aber das nasse Laub, die aufgeweichte Erde ... Für jeden Schritt nach vorne rutschte ich ein Stück zurück. Ich musste mit ansehen, wie mein Bruder zu Boden ging. Als ich die Böschung hinter mich gebracht hatte, waren sie schon längst verschwunden.«

Aga zögerte. Diese Geschichte. Konnte das ihr Jakob sein, von dem er da erzählte? ›Teufelsbrut‹ sollte er sie geschimpft haben? Wenn Aga Vincent so ansah, schien es unvorstellbar, dass man in ihm etwas anderes erkennen konnte als einen Menschen. Aber noch vor wenigen Minuten war sie selbst einem Trugschluss aufgesessen. »Woher haben Sie den Umhang?«, fragte sie weiter.

»Der hing an einem Ast. Ihr Gatte muss ihn während des Kampfes ausgezogen oder verloren haben. Ich dachte mir, wenn der Mann irgendwo herkam, dann aus Ihrem Dorf. Und ich dachte, mit dem Umhang falle ich weniger auf.«

»Warum sind Sie nicht zu unserer Polizei gegangen?«

»Hätten Sie mir geholfen? Wenn Sie mein Gesicht gesehen hätten? Wenn einer wie ich behauptet hätte, jemand aus Ihrem Dorf, also Ihr Ehemann, hätte meinen Bruder entführt?«

Aga wusste nicht, was sie sagen sollte.

»Genau«, erledigte Vincent das für sie. »Deswegen habe ich versucht, selbst etwas herauszufinden. Habe mich in Ihrem Dorf umgesehen. Leute belauscht. Und dann habe ich Sie entdeckt. In einem Kleid aus genau dem gleichen Stoff gefertigt wie der Umhang. Ich hatte gehört, dass Ihr Mann vermisst wird. Sie waren meine einzige Spur. Erst habe ich mich nur auf Ihrem Hof umgesehen, aber dann ist dieser Kerl aufgetaucht. Beim zweiten Mal hätte er mich fast erwischt. Ich wollte Sie da nicht direkt mit reinziehen, aber es wurde eng für mich.«

»Sie waren es die ganze Zeit, der um den Hof herumgeschlichen ist?«, flüsterte Aga.

»Ja, ich …«, begann Vincent, doch er stockte, als sich ihre Augen mit Tränen füllten. »Sie dachten, ich wäre Ihr Mann?«

Aga taumelte. »Er ist tot?«

»Nur weil ich nicht er bin?« Vincent schien entrüstet zu sein, aber sie hörte ihm gar nicht zu. Ella hatte es ihr gesagt. Jakob war tot. Er war tot. Tot. Oder nicht? Ella konnte sich irren. Alle konnten sich irren. Wer konnte schon wissen, was passiert war? Dieser Vincent dort? Seine Geschichte klang gut, sie erklärte einiges. Aber war er nicht Schausteller? Einer, der die Menschen unterhielt? Sich Geschichten auszudenken, mochte ihm im Blut liegen.

»Jetzt passen Sie mal auf«, rief sich Vincent erbost in Agas Wahrnehmung zurück. »Ich will das Wort ›tot‹ nicht hören. Irgendetwas ist nach unserem Kampf passiert. Mit Ihrem Ehemann und mit meinem Bruder. Finden wir den einen, finden wir auch den anderen. Solange man uns keine Leichen vor die Füße legt, ist hier niemand tot.«

Aga nickte sachte.

»Gut. Was würden Sie dazu sagen, wenn Sie das Messer weglegen, und wir alles noch mal in Ruhe durchsprechen?«

Sie sah Vincent an, der ihr die offene Hand entgegenstreckte. Dieser Mann dort trug den Mantel von Jakob. Er stellte die einzige Verbindung zu ihrem verschwundenen Mann dar. Egal, was sie tat, Vincent durfte auf keinen Fall verschwinden bis sie wusste, was genau passiert war. Und das, was Vincent gerade brauchte, um nicht verschreckt zu werden, war Vertrauen. Also musste sie zumindest den Eindruck erwecken, dass sie ihm Vertrauen schenken wollte. Widerwillig ließ sie die Klinge sinken.

»Das ist doch viel besser«, sagte der Akrobat mit sanfter Stimme. »Also gut. Dann denken wir noch mal ganz genau nach. Ihr Mann hat uns ›Teufelsbrut‹ genannt. Ich wünschte, ich könnte behaupten, dass das zum ersten Mal passiert ist. Aber manche Menschen werden … nervös, wenn sie uns sehen. War das der einzige Grund, aus dem er uns angegriffen hat?«

»Jakob war auf der Jagd …«, *nach einem Wolf*, wollte Aga den Satz eigentlich beenden, doch sie brachte es nicht über die Lippen. Wenn Vincents Geschichte stimmte, konnte das nur eines bedeuten: Diesen riesigen Wolf gab es gar nicht. Hatte Althoff stattdessen Vincent gesehen? Oder seinen Bruder? *Jakob war auf der Jagd nach Ihnen und Balthasar*, hätte die Antwort in diesem Fall lauten müssen. Wie würde das in Vincents Ohren klingen?

»Auf der Jagd nach was?«

Aga seufzte. Vertrauen musste wohl Hand in Hand mit einem gewissen Maß an Ehrlichkeit gehen. »Unser Dorfapotheker hatte beim See ein unbekanntes Tier gesehen. Das glaubte er zumindest, aber möglicherweise … war es einer von Ihnen. Wir dachten, das Tier könnte gefährlich sein. Ein großer Wolf vielleicht. Deswegen hat man meinen Mann losgeschickt, um es zu jagen.«

Vincent schien diese Information mit seltsamer Gelassenheit entgegenzunehmen. »Teufelsbrut, Tier … Wie auch immer. Auf jeden Fall müsste er doch seine … Beute, zurück in Ihr Dorf bringen, nicht wahr?«

»Eigentlich ja, aber … er hat es nicht getan.«

»Ja, das habe ich mitbekommen. Und Sie haben ihn auch nicht gefunden.«

»Nein, das haben wir nicht.« Je länger Aga mit Vincent sprach, desto mehr ertappte sie sich dabei, jedem seiner Worte Glauben zu schenken. Sie musste vorsichtig sein. Seine Geschichte mochte stimmen oder nicht. Allein, sie sah sich nicht in der Lage, das zu entscheiden. Aber sie kannte zwei Männer, deren Beruf darin bestand, Dinge aufzudecken. Sie musste Vincent nach Solkers bringen, damit sie mit ihm reden konnten. Aber würde der sich darauf einlassen? Er hatte die Polizei von Solkers gemieden, weil er ihr Misstrauen gegenüber einem Fremden, zumal mit seinem Aussehen, im Angesicht eines Verbrechens in ihrer Mitte gefürchtet hatte. Aga konnte ihm das nicht verübeln. Er wusste ja nicht, dass Josch ein anständiger Kerl war. Also blieb nur eines. »Herr Edinger. Er ist ein Ermittler aus Frankfurt und auf der Suche nach meinem Mann. Meine Freundin Ella hat ihn geholt, weil er einen unvoreingenommenen Blick auf alles hat, was in unserem Dorf passiert. Und er kennt sich mit solchen Dingen aus. Sie müssen ihm alles erzählen, was Sie mir erzählt haben. Vielleicht hilft ihm das weiter.«

Die Idee, sich ungetarnt ins Dorf zu wagen, gefiel dem Akrobaten augenscheinlich nicht.

»Es ist Nacht«, versuchte Aga, ihn zu beruhigen. »Niemand wird uns sehen. Herr Edinger ist bestimmt in seinem Zimmer im Wirtshaus. Sie müssen mit ihm sprechen.«

Es stellte ein Risiko dar, aber auch eine Chance. Eine Chance, die Vincent augenscheinlich nicht verstreichen lassen wollte. »Also gut. Gehen wir.«

KAPITEL 12

DIE SONNE MACHTE noch keine Anstalten, über den Horizont zu schielen, als Everd am *Mühlenrad* ankam. Wo sonst hätte er mit der Suche nach Ella beginnen sollen? Von der Straße aus war kein Licht zu sehen. Die Vordertür fand er verschlossen vor. Er ging zum Hinterhof. Ella hatte ihm gesagt, dass ein Schlüssel zur Küche hinter einem losen Stein in der Außenmauer versteckt lag. Den Stein fand er, doch ein Schlüssel befand sich dort nicht. Jemand war ihm zuvorgekommen. Ja, die Tür zur Küche stand einen Spalt weit offen. Für den Bruchteil einer Sekunde konnte Everd dort eine Bewegung erahnen. Er presste sich an die Hauswand in Deckung. Dicht an den Rahmen gedrückt schob er sich näher an den Spalt heran. Drinnen war es zwar dunkel, doch von irgendwoher schimmerte ein sanfter Hauch von Licht und fasste die Silhouette einer Gestalt ein, eines Mannes, nach Größe und Statur zu urteilen, der nur eine Armlänge von Everd entfernt stand und ihm den Rücken zugekehrt hatte. Kaum vorstellbar, dass Ellas Fernbleiben vom Treffpunkt und der nächtliche Besucher im dunklen *Mühlenrad* ein Zufall sein konnten. Es schien angebracht, ein paar Fragen zu stellen.

So leise wie möglich nahm Everd den Griff der Tür in die Hand; voller Wucht drückte er sie auf. Mit einem dumpfen Schlag wurde der Mann ins Kreuz getroffen und schrie auf. Dann war das Scheppern von Metall zu hören, das rasch wieder verklang. Sofort stand Everd in der Küche, bereit, das Überraschungsmoment für sich zu nutzen. Er aber war der Überraschte, denn er konnte niemanden sehen.

Dafür aber hören. Der Angriff kam aus dem Dunkeln. Er bekam keine Chance, ihn abzuwehren. Wohl auch nicht, wenn sein Gegner ihn vorgewarnt hätte, denn der, der ihn da von den Füßen riss und am Boden festnagelte, war zehnmal stärker als Everd, der nun völlig wehrlos dalag und auf den Arm starrte, der seine Hand auf die Dielen drückte. Ein Arm, den er schon einmal gesehen hatte. Ein Arm, über und über mit dicken, schwarzen Haaren bedeckt. Ein Aufschrei, weniger des Schreckens als der Verwunderung, entfuhr Everd, als sich das ebenfalls dicht behaarte Gesicht, das zu dem Arm gehörte, zu ihm herabbeugte.

»Sie?«, knurrte Vincent, der seinerseits den Ermittler ebenfalls erkannte.

Everd versuchte, sich aus dem Griff seines Gegners herauszuwinden, doch der hielt ihn mit eiserner Umklammerung fest.

»Sie sind Everd Edinger?«

Überrascht stellte er seine kläglichen Verteidigungsversuche ein. »Woher kennen Sie meinen Namen?«

»Ich heiße Vincent Carroux. Agatha Rothenberger hat mich hierhergebracht. Wenn sie recht hat, suchen wir beide das Gleiche, Herr Edinger.«

»Frau Rothenberger? Wo ist sie?«

»Sie ist weg. Als wir Sie hier im Wirtshaus nicht gefunden haben, hat sie sich auf die Suche nach Ihnen gemacht. Sie hat mir gesagt, ich soll hier bis zu ihrer Rückkehr warten.«

»Und das soll ich Ihnen glauben, weil …?«

»Sie müssen nicht, aber sie sollten. Mein Bruder ist verschwunden. Und wenn ich mich nicht völlig irre, sind sein Verschwinden und das von Jakob Rothenberger eng miteinander verknüpft. Sie können mir also zuhören und so vielleicht Ihren Fall lösen, oder wir können das hier so lange weitermachen, bis Ihr Selbstwertgefühl so zusammengeschrumpelt ist wie Ihre Muskeln.«

Everds Blick wanderte von seinem linken Arm, der von Vincents rechter Hand festgehalten wurde, über seinen rechten Arm, den Vincents linke Hand auf den Boden presste, hin zu seinen Beinen, die er nicht rühren konnte, weil Vincents ganzes Gewicht auf ihnen ruhte. »Also schön, aber reden Sie schnell.«

Ellas Kopf war erfüllt von einem dumpfen Pochen. Was war geschehen? Die Stimme. In Wilkers Keller, genau. Da war dieser Mann. Sein Gesicht … voller Haare. Er hatte auf sie gewartet. Sie angegriffen. Nein, nicht er. Ein anderer. Hinter ihr. Und dann wurde alles schwarz. Was hatte er mit ihr gemacht? Alles war so schnell gegangen. Wo war sie jetzt? Wilkers Keller konnte das nicht mehr sein. Die Luft war zwar modrig, aber kühl, und das Zwitschern von Vögeln drang an ihr Ohr. Sie lag am Boden. Blinzelnd öffnete sie die Augen.

Sie fand sich wieder in einem runden, aus groben Felsblöcken gemauerten Raum, einem Turm, um genau zu sein. Moment, nein, kein Turm. Der Boden war uneben und schlammig, und es gab keine Fenster. Das matte Zwielicht des nahenden Morgens fiel vielleicht acht Meter über ihrem Kopf durch eine kreisrunde Öffnung, über die sich eine Holzkonstruktion spannte. Sah das aus wie eine Haspel? Ein Brunnen? Lag sie am Boden eines alten ausgetrockneten Brunnens? Konnte das sein? Acht Meter waren wenig für einen Brunnen, aber möglicherweise war er in den Jahren nach seinem Gebrauch als Müllhalde genutzt oder mit Abraum befüllt worden. Letztlich war es auch egal. Ein Gefängnis blieb ein Gefängnis, egal, als was es früher einmal gedient hatte.

Ganz langsam versuchte Ella, sich aufrecht hinzusetzen. Ihre Arme fühlten sich kraftlos an, und ihr war schwindelig. Es dauerte eine Weile, bis sie saß, kalten, rauen Stein im Rücken. Wie hatte man sie nur hier hineingeschafft? Und viel wichtiger: Wie konnte sie wieder herauskommen?

Ihr erster Gedanke war es, nach Hilfe zu rufen, doch sofort verwarf sie ihn wieder. Wer sollte sie schon hören, außer derjenige, der ihr das angetan hatte? Sie musste einen anderen Weg nach draußen finden. Und sie musste sich beeilen. Zurück ins Dorf gehen. Erzählen, was sie erfahren hatte. Everd suchen. Doch ihre Beine wollten einfach nicht mitmachen. So saß sie einige Minuten, bis sie es wagte, sich an der Wand abzustützen und langsam in die Aufrechte zu schieben. Drei, vier Schritte machte sie zur Probe, dann schwankte sie zurück. Vor ihren Augen begann es zu flimmern. Ihr Magen verkrampfte. Sie erbrach sich. So unangenehm das auch war, nun ging es ihr besser.

Der Schacht maß im Durchmesser nicht mehr als zwei Meter. Einmal rundherum suchte Ella die Wand ab, in der Hoffnung, vielleicht doch einen Ausgang zu finden, doch allein die Idee schien töricht. Alles, was sie ertastete, waren tiefe Furchen zwischen den alten moosüberwucherten Steinen; tief genug, um ihren Fingern und Fußspitzen Halt zu geben. Sie griff nach einem hervorstehenden Quader ein gutes Stück über ihrem Kopf, stieg in eine Spalte knapp über dem Boden und zog sich nach oben. Kaum hatte sie ihren zweiten Fuß von der Erde gelöst, drehte sich der Stein in ihrer Hand aus der Wand und Ella sackte zurück. Ein entmutigender Anfang. Doch nicht entmutigend genug. Sie probierte eine andere Stelle. Diesmal hielt die Brunnenwand stand. Stückchen für Stückchen kletterte Ella nach oben. Jeden neuen Schritt vollzog sie sorgfältiger als den vorherigen, denn mit jedem Schritt entfernte sich der Grund des Brunnens ein wenig mehr von ihr, wurde der Preis eines Sturzes höher. Die Hälfte des Weges lag schon hinter ihr, drei Meter, vielleicht vier, als der Stein unter ihrem Fuß nachgab.

Everd stand mit verschränkten Armen an die Wand gelehnt neben dem Herd. Vincent hatte ihm knapp, aber präzise, geschildert, was alles geschehen war, seit er und sein Bruder Balthasar beim Garbener Loch den jagenden Jakob getroffen hatten. Und seine Geschichte ergab tatsächlich Sinn in Verbindung mit dem, was Everd gemeinsam mit Ella in den letzten Tagen in Erfahrung gebracht hatte. Bis auf ein Detail. »Und was wollten Sie ausgerechnet in Herchenhahns Scheune?«

»Wie gesagt, mir war Agathas Kleid aufgefallen. Also hatte ich den Hof schon eine Weile beobachtet. An dem Tag ist der Bürgermeister immer wieder auf seinen Heuboden gegangen. Ich konnte nicht erkennen, was er dort gemacht hat, aber irgendwann ist Agatha vor der Scheune aufgetaucht und hat nach ihm gerufen. Ich konnte ihn durch das Fenster im Giebel sehen. Er ist ziemlich hektisch geworden, als er ihre Stimme gehört hat. Ich fand das seltsam, also hab ich es mir mal angesehen.«

»Wie konnten Sie so einfach an der Scheunenwand hochklettern?«

»Ich bin Artist, Herr Edinger. Mit der richtigen Technik kann man fast überall hochklettern.«

»Soso. Und haben Sie etwas in der Scheune gefunden?«

»Wie denn? Sie sind mir ja in die Quere gekommen. Wobei … Eine Sache kam mir komisch vor. Haben Sie die Tauben gesehen?«

»Tauben?«

»Hinter den Kisten lagen in einer Ecke drei Tauben. Sie waren tot, denke ich. Ich weiß auch nicht. Das erschien mir merkwürdig. Vergessen Sie's.«

Die einzige Taube, die Everd in jener Nacht bemerkt hatte, war jene, die seinen Anschleichversuch an Vincent vereitelt hatte. Und die war quicklebendig gewesen. Zwei Tage später, als er den Oberboden noch einmal bei Tageslicht abgesucht hatte, waren da auf jeden Fall keine toten Tiere mehr gewesen. Was er dort aber gefunden hatte, war das Chloralhydrat. Und noch immer konnte er nicht sagen, wie es dorthin gekommen war. Natürlich, nach allem, was Everd inzwischen wusste, wäre es leicht gewesen, Herchenhahn die Schuld zu geben, wenn auch nicht dafür, das Dorf mit Absicht vergiftet zu haben, dann doch dafür, eine solch gefährliche Substanz überhaupt hierher geschafft zu haben. Doch sicher konnte sich der Ermittler nicht sein. Bisher war er davon ausgegangen, dass der Kapuzenmann die Vergiftungen zu verschulden hatte. Und noch gab es keinen triftigen Grund dafür, von etwas anderem auszugehen. Konnte er es sich aber leisten, noch mehr Zeit damit zu verbringen, die Glaubwürdigkeit des Akrobaten zu überprüfen? Zeit, die ihm bei der Suche nach Ella fehlen würde. Die Antwort lautete nein. »Na gut«, sagte er deswegen.

»Sie glauben mir also?«

»Zumindest gibt es vorerst keinen Grund, Ihnen nicht zu glauben.« Was nicht hieß, dass Everd seinem Gegenüber auch nur für eine Sekunde den Rücken zudrehen würde. Er schöpfte mit den Händen Wasser aus einer Schale, klatschte es sich ins Gesicht und trocknete sich mit einem Handtuch ab. Nach den Strapazen der vergangenen Nacht hatte er die Erfrischung wirklich nötig. Zugleich gab sie ihm aber auch die Gelegenheit, ein wenig Zeit zu schinden, um zu überlegen, was er jetzt machen sollte.

In diesem Moment ertönte ein Geräusch jenseits der Tür zum Hinterhof. Kurz dachte Everd, dass es Agatha sein musste, die die Suche nach ihm aufgegeben hatte und nun zurückkam. Doch sofort schwoll das Geräusch an zu einem hallenden Stampfen von Füßen, wie es Everd zuvor schon zweimal gehört hatte. Zuerst, als er in der Wohnung von Wolfgang Berger gewesen war, später dann in Hermann Althoffs Laboratorium.

»Verdammt, Vincent, wir müssen hier verschwinden!« Everd deutete zur Wirtsstube, dem einzigen anderen Ausgang aus der Küche neben dem Weg zum Hinterhof.

Doch noch ehe Vincent auch nur die Chance bekam, zu reagieren, knallte die Tür zum Hinterhof auf und Leutnant Goldbach stand in der Küche, einen seiner Helfer neben sich. Ein zweiter hatte den Weg durch die Wirtsstube genommen.

Ellas Herz hämmerte in ihrem Brustkorb. Unter ihren Füßen befand sich nichts als Leere. Sie gab alles, um die Zehen wieder in der steinernen Mauer zu versenken, doch eine Lücke wollte sich einfach nicht finden lassen. Ihre Arme brannten, schienen jeden Moment abzurutschen. Sand rieselte ihr in die Augen, als ihre schmerzenden Finger immer weiter aus den Wandfugen herausrutschten. Es dauerte nur Augenblicke, bis sie sich nicht mehr halten konnte.

Vier Meter ging es nach unten. Ein langer Weg, aber auszuhalten, wenn man die Gelegenheit bekam, ihn einigermaßen kontrolliert zurückzulegen. Ein freier Sturz aber sollte ihr nicht vergönnt sein. Der Brunnenschacht war zu schmal. Sie schrappte an der Wand entlang. Der raue Stein riss die Ärmel ihrer Bluse auf und darunter die Haut. Ebenso an Hüfte und Stirn. Und dann war der Boden da. Ellas Beine knickten zusammen, sie fiel nach vorne gegen die Brunnenwand und von dort in den Matsch, in den sich ihr eigenes Erbrochenes gemischt hatte. Ihre Haut fühlte sich an, als hätte man sie ihr vom Leib geschält.

Sie wollte sofort wieder aufstehen, doch ihr Körper weigerte sich. Also drehte sie sich auf den Rücken und blieb liegen. Zehn Minuten oder eine Stunde? Sie konnte es nicht sagen. Irgendwann ließ das Brennen auf ihrer Haut nach. Vielleicht hatte sie sich auch nur daran gewöhnt. Sollte sie ihre Wunden verbinden? Ihre Kleidung war ja schon zerrissen. Doch die Verbände würden schmutzig und durchtränkt vom abgestandenen Wasser des Brunnenbodens sein. Nein, es musste auch so gehen.

Sie setzte sich auf, wartete noch ein paar Sekunden und schob sich dann in den Stand. Sie musste hier herauskommen. In ihrem schmerzhaft gescheiterten ersten Versuch sah sie keinen Grund, es nicht noch einmal zu tun, sondern nur einen, es behutsamer zu probieren. Zunächst nutzte sie den gleichen Weg, den sie schon zuvor gewählt hatte. Hier konnte sie sicher sein, dass die Mauer sie tragen würde. Irgendwann kam sie an der Stelle an, an der sie zuvor gescheitert war. Was erwartete sie nun? Unsicherheit überkam sie. Ella versuchte, den nächsten Schritt zu machen, doch sie konnte nicht. Vor ihrem geistigen Auge sah sie sich noch einen, noch zwei Meter klettern, dann den Halt verlieren und zurück in den Brunnen stürzen. Dieses Mal mit dem Kopf voran. Sie stellte sich vor, wie sie dort unten liegen würde. Leblos. Ihre Finger verkrampften sich in den Mauerritzen, in denen sie gerade Halt gefunden hatten. Ihre Beine schienen immer schwerer zu werden. Schweiß stand ihr auf der Stirn, der nicht nur der Anstrengung geschuldet war. Ihr Atem ging schnell. Sie hörte ihr Herz bis in den Kopf pochen und jede Stimme der Vernunft übertönen. Zurück. Wieder hinuntersteigen. Einen anderen Weg finden. Aber es gab keinen anderen Weg. Sie würde da unten verrotten. Oder ihr Entführer würde zurückkommen und sein Werk vollenden. Nein. Nein. Ella schloss die Augen und hielt die Luft an. Sie versuchte, in sich hineinzuhorchen und alle Gedanken wegzuschieben, die nichts damit zu tun hatten, in wenigen Minuten aus der Öffnung des Brunnens hinauszusteigen. Nach einigen Sekunden begann sie wieder, ruhiger zu atmen. Langsam, bewusst, durch die Nase ein, durch den Mund aus. Ruhig, ganz ruhig. Immer weiter. Bloß ruhig. Einatmen, ausatmen, einatmen, ausatmen. Immer weiter. Ganz ruhig. Ganz ruhig.

Endlich konnte sie wieder einen klaren Gedanken fassen. Sie musterte die Wand vor sich ganz genau. Sie war nicht nur aus einer Art von Steinen gemauert. Teilweise ließ sich ein Sandstein erkennen, teilweise bestand sie aus Basalt. Ella machte einen kleinen Test. Ja. Während die Sandsteine an vielen Stellen porös waren oder sich leicht aus dem Mauerwerk herausdrehen ließen, waren die Basaltsteine fest in der Mauer verankert. Der Basalt markierte also Ellas Weg.

Von nun an achtete sie ganz genau darauf, ihren Halt nur noch an Basaltbrocken zu suchen, auch diese aber ausgiebig zu überprüfen, bevor sie ihnen zu viel Gewicht zumutete. Wenn sich ein Stein als verlässlicher Handgriff bewährt hatte, so sorgte sie dafür, ihn später auch als Tritt für die Füße zu nutzen.

So kam sie voran, die runde Öffnung mit der Haspel schon fast in Reichweite. Ella konnte ein Seil mit einer Schlaufe erkennen, an dem man sie vermutlich in den Brunnen hinabgelassen hatte. Und schließlich war sie oben, das Ende des Brunnens war erreicht.

Sie ergriff dessen Rand, spannte die zitternden Arme ein letztes Mal an, half mit den Beinen nach, und schaffte es so, sich herauszuziehen. Mit einem Seufzer der Erleichterung landete sie auf einer Wiese.

Das Gelände erkannte sie sofort, sie war schon hier gewesen. Die Wesselsburg, die Ruine einer mächtigen Festung aus dem Mittelalter, die versteckt im Wald auf einem Berg nicht weit entfernt von Solkers lag. Hier vom Brunnen aus überblickte Ella den größten Teil des Burghofes. Viele der Gebäude waren inzwischen abgerissen, vielleicht zerstört in einem Krieg, vielleicht ausgeschlachtet in der Zeit, als die Anlage den umliegenden Dörfern als Steinbruch diente. Der Palas lag in Trümmern, der Bergfried war nicht mehr als ein Gerippe. Von der Kirche waren nur noch die Grundmauern zu erkennen; Stallungen, Wohnhäuser und andere Gebäude aus Holz hatte die Zeit zum Einsturz gebracht. Die einstige Pracht der Burg ließ sich nur noch erahnen.

Der Wald hatte begonnen, sich das Gelände zurückzuerobern. Die Mauerreste waren zu großen Teilen von Ranken und Gräsern überwuchert, Bäume wuchsen überall zwischen den Ruinen und trieben ihre dicken, knorrigen Wurzeln tief in den Stein des einstigen Bollwerks. Eine innere Mauer um die Kernburg war zum größten Teil verschwunden, doch eine zweite, größere, die das gesamte Burggelände umschloss, schien noch völlig intakt.

Durch die Trümmer der einstigen Häuser hindurch ließ sich die Toranlage dieser äußeren Mauer erkennen. Soweit Ella wusste, stellte sie den einzigen Ausgang aus der Ruine dar.

»Herr Edinger. Immer da, wo es Ärger gibt, nicht wahr?« Leutnant Goldbach schien von Everds Anblick weit mehr überrascht zu sein als von Vincents. »Erstaunlich«, war sein einziger Kommentar über den Akrobaten. Dann winkte er seine Männer herbei. »Nehmt ihn fest.«

»Nein, Josch, warte!« Bisher hatte Everd sie noch nicht gesehen, aber nun sprang Agatha aus dem Dunkel des Hinterhofes in die Küche.

Die Helfer des Leutnants hielt der Einspruch der Magd nicht ab. Vincent ließ es über sich ergehen. Vorerst, wie es aussah.

»Was ist denn, Agatha?«

»Du solltest nur mit ihm reden.«

»Und das werde ich auch tun. Auf der Wachstube. Wir müssen vorsichtig sein. Er hat mit Jakob gekämpft, er war vielleicht der Letzte, der deinen Mann gesehen hat. Und er hat dich in eine abgelegene Hütte in den Wald gelockt und dich dort festgehalten.«

Verzweifelt blickte Agatha zu Vincent, dem die Enttäuschung ins Gesicht geschrieben stand, auch wenn er sie zu überspielen versuchte. »Es tut mir leid. Als ich Herrn Edinger nicht finden konnte … Ich dachte, Sie würden wieder verschwinden. Ich wusste nicht, was ich tun soll.«

»Mach dir keine Sorgen«, meinte Goldbach, sie beruhigen zu können. »Du hast alles richtig gemacht. Wir werden Herrn Carroux mitnehmen, und ich werde mich mit ihm unterhalten. Wenn er nichts zu verbergen hat, wird er bald wieder ein freier Mann sein.«

»Kommen Sie schon, Goldbach.« Everd musste sich zurückhalten. »Erst Althoff und nun er?«

»Ich weiß, Herr Edinger. Sie würden lieber einen anderen in Handschellen sehen. Aber Agatha ist eine vertrauenswürdige Person, und ich kann nicht ignorieren, was sie mir anvertraut hat, nur weil sie jetzt in Ihrer Anwesenheit etwas anderes erzählt.«

»Es geht nicht mehr um Eitelkeiten. Ich weiß nicht, wo Ella ist. Sie wollte sich mit mir treffen, ist aber nicht gekommen. Ich muss sie suchen.«

Agatha meldete sich zu Wort: »Vielleicht ist sie noch bei mir zu Hause. Ich habe ihr meinen Schlüssel gegeben. Sie wollte ein paar Dinge für mich holen.«

Everd konnte nicht glauben, was er da gerade gehört hatte. So unvernünftig konnte sie nicht sein. Sie würde sich nicht direkt in die Höhle des Löwen wagen. Sie würde niemals … Doch, natürlich würde sie. Ella war eben so. Verdammt! »Sie müssen mich da hinlassen.«

»Sie gehen nirgendwohin. Zweimal habe ich Sie inzwischen in der Begleitung von verdächtigen Personen angetroffen. Bis nicht auch die letzte Frage geklärt ist, die ich an Sie habe, kommen Sie mit mir. Ich werde jemanden zu Bürgermeister Herchenhahns Hof schicken, der sich dort nach Ella umsieht.«

»Wenn Herchenhahn sie erwischt hat, ist sie vielleicht gar nicht mehr dort. Sie brauchen jemanden, der ihre Spur verfolgen kann.«

»Sagen Sie mir nicht, was ich zu tun habe. Ich habe hier das Sagen.«

»Nichts haben Sie. Egal wie viele Teile des Rätsels um Jakob Rothenbergers Verschwinden auch vor Ihnen liegen, Sie schaffen es einfach nicht, sie zu einem Bild zusammenzusetzen. Die Burschen um Ortwin haben Althoff aus dem Gefängnis entführt. Das wussten Sie noch nicht, habe ich recht? Sie haben keine Ahnung, wo Herchenhahn ist. Und jetzt fehlt auch noch von Ella jede Spur. Sehen Sie es ein: Sie haben den Überblick verloren, falls Sie ihn überhaupt je hatten. Sie haben kein Problem mit mir, weil ich für den Tod von zwei Männern mitverantwortlich bin. Sie haben ein Problem, weil ich in diesem Beruf besser bin, als Sie es jemals waren und als Sie es jemals sein werden. Ohne mich wüssten Sie nichts über den Verbleib von Rothenberger, auch wenn Sie mich zu ignorieren versuchen.« In Everds Tonfall schwang nicht ein Hauch von Häme mit, nicht die kleinste Spur Arroganz. Sachlicher Pragmatismus war es, der seine Zunge führte. »Ich bin in der Lage, Ella rechtzeitig zu finden, Sie nicht. Ich kann Herchenhahn aufspüren, Sie nicht. Und ich habe keine

Zeit, darauf zu warten, dass Sie das einsehen, Ihre Wunden lecken, Ihr Ego vergessen und sich entschließen, mir zu helfen. Also gehen Sie mir aus dem Weg!«

Goldbach schien ganz genau über Everds Worte nachzudenken. Auch wenn er sich als Ermittler nicht mit Ruhm bekleckert hatte, war er kein Dummkopf. Es musste ihm klar sein, dass es nur eine vernünftige Konsequenz gab, die er aus ihnen ziehen konnte. »Abführen!«, bellte er.

Wie mechanische Aufziehsoldaten setzten sich die Helfer des Leutnants in Bewegung. Sie zerrten Vincent in Richtung der Tür. Der wehrte sich nicht, bis er plötzlich in die Knie ging und, ehe sie sich versahen, in einem rasanten Salto durch die Luft wirbelte. Durch den Ruck dieses akrobatischen Kunststückes befreite er sich von den beiden Männern, die nach hinten umkippten.

Everd überlegte nicht lange. So fest er konnte, trat er Goldbach in die Kniekehlen. Der ging zu Boden. Aber was jetzt? Einfach weglaufen? Sie mussten zu Herchenhahns Hof, und der Gendarm wusste das.

Die Lösung kam ausgerechnet von Agatha, die in eine Ecke der Küche hechtete und eine Falltür im Boden aufriss. »Der Speisekeller, schnell!«

Everd griff den noch am Boden knienden Goldbach an beiden Beinen, schleifte ihn quer über den Fußboden und ließ ihn in das Loch hineinfallen. Vincent hatte sich einen seiner Wächter geschnappt und wuchtete ihn hinterher. Den zweiten, der schon wieder aufgestanden war, packten sie gemeinsam und schickten ihn hinter den beiden anderen her. Mit einem lauten Knall ließ Agatha die Falltür zuklappen. Alles, was nicht niet- und nagelfest war, diente als Beschwerung. Von den Flüchen und dem Klopfen aus der Tiefe des Speisekellers ließen sie sich nicht irritieren.

»Sie werden Schwierigkeiten bekommen.« Dankbar ergriff Vincent Agathas Hände.

»Darum kümmere ich mich, wenn es so weit ist. Sie beide müssen Ella und Ihren Bruder finden. Schnell.«

Ella wusste nicht, ob man sie hier eingesperrt und allein gelassen hatte, um sie aus dem Weg zu schaffen, oder ob sich ihr Entführer noch in der Nähe befand. Sie konnte weder jemanden hören noch sehen.

Sie lief los und suchte sofort wieder Deckung hinter einem Baum, kurz kauerte sie dort, dann rannte sie weiter in den Schutz eines mannshohen Mauerrestes, bevor sie den Zwinger zwischen dem inneren und dem äußeren Mauerring erreichte; das Burgtor lag nur mehr wenige Schritte vor ihr.

Sie überlegte, welches der schnellste Weg nach Solkers war, und wo sie als Erstes nach Everd suchen sollte. Hoffentlich hatte man ihn nicht bei seinem Versuch, Althoff zu befreien, erwischt. Vermutlich nicht, nicht Everd. Sicherlich hatte er lange am Raggersbach auf sie gewartet und sich dann, von Sorge getrieben, auf die Suche nach ihr gemacht. Vielleicht …

Das Donnern eines Gewehrschusses riss Ella aus ihren Gedanken. Instinktiv tauchte sie hinter einen Schutthaufen direkt neben sich. Vor ihr, auf der linken Seite der Toranlage, schossen Funken aus der Trommel, auf der die verrostete Kette aufgerollt war, die das Fallgatter in seiner Position hielt. Mit einem Ruck begann die Trommel zu rotieren. Versteckt in der Toranlage knarrte und ächzte der Mechanismus aus Gewichten, Wellen, Seilen und Rollen, der für eine lange Zeit geruht hatte. Die Kette rollte zuerst mühevoll, dann immer schneller, und das Gatter sauste nach unten. Bevor es jedoch seinen Weg beenden konnte, blieb es plötzlich mit einem heftigen Ruck knapp über dem Boden stehen.

»Dass der Schuss nicht dich getroffen hat, hast du deinem Freund Wilker zu verdanken!« Die Stimme hallte durch die Ruinen der Wesselsburg. Ella konnte sie nicht zuordnen. »Also mach lieber nichts Unüberlegtes! Ansonsten bin ich vielleicht nicht mehr so nett!«

Everd und Vincent fanden das Haus des Bürgermeisters unverschlossen vor, und nicht alleine das deutete darauf hin, dass der Hof in Eile verlassen worden war. Eine Vase lag vor dem kleinen Tisch direkt neben der Eingangstür, und niemand hatte sich die Zeit genommen, die überall auf dem Boden verstreuten Blumen wegzuräumen oder das verschüttete Wasser aufzuwischen. Im Wohnzimmer standen Schubladen offen, in denen augenscheinlich hastig gewühlt worden war. Ebenso in der Küche.

Während Everd sich aufmachte, im oberen Geschoss nachzusehen, stieg Vincent in den Keller hinab. Es waren nur wenige Minuten vergangen, in denen Everd eine bemerkenswerte Entdeckung gemacht hatte: eine aus Gerümpel improvisierte Treppe vor Herchenhahns geöffnetem Schlafzimmerfenster, als der Akrobat ihn zu sich rief. Er führte Everd in einen Kellerraum, in dem allerlei Kisten übereinandergestapelt lagerten, und deutete zu einer Tür gegenüber der Treppe. Noch bevor Everd sie erreichte, fiel sein Blick auf eine stabile Eisenkette, die man achtlos auf den Boden geworfen hatte. Ein massives Vorhängeschloss lag auf einem Regal daneben. Beide schienen noch brandneu zu sein.

»Wilker«, erklärte Everd, »hat am Morgen nach Ihrem Kampf mit Jakob beim hiesigen Schmied eine Metallkette und ein Schloss gekauft. Anfangs dachte ich, er hätte damit etwas irgendwo beim See abgesperrt.« Er sah sich das Schloss genauer an. Ein schmales Stück Metall steckte darin. Ein zweites fand er zu Füßen des Regals liegend. »Das hier wurde geknackt. Ella weiß, wie das geht. Ich habe es ihr beigebracht.«

»Also war sie hier.« Vincent schob sich an Everd vorbei durch die Tür. Der Raum dahinter war wenig mehr als eine kleine Kammer. Beim Betreten stolperte er über benutztes Geschirr und einen Krug, in dem sich noch ein Rest Wasser befand, daneben eine alte Öllampe. In einer Ecke stand ein Eimer, der zwar leer war, in dem man aber noch die Reste von Fäkalien sehen und vor allem riechen konnte. Auf der gegenüberliegenden Seite war mit einigen strohgefüllten Säcken ein Nachtlager bereitet worden. Sie standen in einem Verlies, daran gab es keinen Zweifel.

An der linken Wand führte eine Kohlenrutsche schräg nach oben. Die gusseiserne Klappe, die sie normalerweise versperrte, stand offen, sodass das Licht des jungen Tages matt hereinschimmerte. Es fiel auf einen am Boden aufgeschütteten Erdhaufen.

»Sehen Sie sich das an.« Everd deutete auf den Rand der Rutschenöffnung. »Die Klappe muss abgeschlossen gewesen sein. Um sie zu öffnen, wurden die Mauersteine vorne beim Riegel komplett aus der Wand entfernt. Ohne Werkzeuge muss das Tage gedauert haben.«

»Und was soll die Erde?«

Everd tastete in die Rutsche hinein. »Vielleicht hat Herchenhahn sie als Dämmung benutzt, damit keine Geräusche nach draußen dringen.«

Vincent nickte beiläufig. Viel mehr schien ihn im Moment das Strohlager zu interessieren. Schweigend ging er darauf zu, kramte kurz zwischen den Säcken und fischte einen braunen Lederriemen hervor, einen Gürtel, den er mit fester Hand umklammerte.

»Was ist los?«, wollte Everd wissen.

»Das ist meiner.« Vincent versuchte, das Beben in seiner Stimme zu unterdrücken. »Als wir gegen Jakob kämpften, wäre ich beinahe noch einmal in eine seiner Fallgruben gestürzt. Balthasar erwischte mich am Gürtel und zog mich mit einem kräftigen Ruck vom Abgrund weg. Dabei riss das Leder. Um mich zu retten, musste Balthasar Jakob aus den Augen lassen. So konnte er mich den Hang hinunterstoßen und Balthasar mitnehmen. Hätte ich nicht das Gleichgewicht verloren ...« Er widerstand dem Drang, sich in der Zelle zu übergeben, die für die letzten Wochen das Gefängnis seines Bruders gewesen sein musste. »Wir müssen alles durchsuchen«, sagte er aufgebracht. »Das ganze Haus auf den Kopf stellen. Vielleicht finden wir irgendwas. So macht ihr Detektive das doch.«

»Hin und wieder schon, aber so etwas braucht Zeit, die wir nicht haben. Kommen Sie schon, wir müssen nachdenken. Rothenberger fängt Ihren Bruder. Er weiß nicht genau, was er machen soll. Also geht er zu seinem Bürgermeister. Vielleicht kommt es zu einem Streit. Am Ende des Treffens ist Rothenberger jedenfalls nicht mehr am Leben. Jetzt hat Herchenhahn zwei Probleme: eine Leiche und einen Gefangenen. Letzteren sperrt er hier in seinem Keller ein. Die Leiche schafft er an das Garbener Loch.

Vielleicht will er sie Wochen später dort auftauchen lassen, um es wie einen Unfall bei der Jagd aussehen zu lassen. Am Nachmittag kommen die ersten Suchmannschaften zum Basaltsee, sie finden Rothenbergers Lager, seine Fallen und … Moment mal. Es wurden nur Fallgruben direkt am See entdeckt.«

»Ja und?«

»Sie haben gesagt, Rothenberger hat Sie während des Kampfes durch den Wald gejagt. Weil wir seine Sachen am See gefunden haben, bin ich davon ausgegangen, dort wären Sie auf ihn getroffen und der Kampf hätte irgendwo im Wald geendet.«

»Nein, er endete am See. Auf uns losgegangen ist Jakob direkt bei unserem Lager im Wald.«

»Im Wald?«, echote Everd. »Wo im Wald?«

Vincent zuckte mit den Schultern. »Ich weiß auch nicht. Ein Stückchen vom See entfernt. Wir hatten da eine gute Lagerstelle in einem alten Stollen ge…«

»Ein Stollen? Ein Bergwerksstollen?«

Vincent nickte.

»Eingestürzt? Mit einer halb zertrümmerten Lore und einer zweiten vor dem Tunnelausgang?«

»Ja, genau dort.«

»Aber nach dem Kampf haben Sie Ihre Zelte dort abgebrochen?«

»Ja, es war mir zu unsicher.«

Everd wurde euphorisch. »Denken Sie jetzt genau nach. Haben Sie irgendetwas von Ihren Sachen dort zurückgelassen? Irgendetwas, das darauf hinweisen könnte, dass Sie dort waren.«

»Nein, wir hatten nur leichtes Gepäck. Und das habe ich alles in die alte Hütte gebracht.«

Everd schlug seine Hände zusammen. »Warum bin ich darauf nicht früher gekommen?«

»Was? Was meinen Sie?«

»Ich habe eine Idee, wo wir Ella und Balthasar finden könnten.«

Ohne ihre Deckung aufzugeben, versuchte Ella, den Schützen ausfindig zu machen. Niemand war zu sehen, doch zweifellos beobachtete er sie noch immer. Das Fallgatter knarrte. Lange würde es nicht mehr oben bleiben. Sie musste sich beeilen, wenn sie nicht hier eingesperrt werden wollte. Die Toranlage im Schutz des Schutthaufens zu erreichen, schien möglich. Wenn Ella am Rand unter dem Tor hindurchkriechen und danach sofort wieder hinter die Mauer springen würde, hätte ihr Angreifer nur ein paar Sekunden, um sie aufs Korn zu nehmen.

Das Dröhnen und Knirschen des Tores ließ Ella ihre Entscheidung rasch treffen. Auf dem Boden robbte sie in Richtung der Toranlage, den Schutthaufen immer im Rücken, das Fallgatter immer im Blick. Eine Sekunde blieb sie dort liegen, schon war sie auf allen Vieren und kroch in Richtung Ausgang, der nur wenige Meter entfernt lag. Ihre Deckung hatte sie nun verlassen, und jeden Augenblick erwartete sie einen zweiten Schuss.

Sie hatte das Tor fast erreicht, als plötzlich ein Schlag wie der einer Peitsche zu hören war und das Gatter die letzten Zentimeter bis zum Boden herunterrasselte. Speeren gleich bohrten sich seine Balken in die Erde und wirbelten eine Wolke aus Staub auf, die Ella die Sicht nahm, ihr aber auch die Chance gab, so schnell wie möglich zurück zum Schutthaufen zu eilen.

»Du kommst hier nicht mehr raus!«, hallte die Stimme von den Mauern wider. »Wenn du jetzt einfach aus deinem Versteck kommst, bring ich dich zurück zum Brunnen!«

Es war unmöglich, auszumachen, woher die Stimme kam. Von überall, so schien es.

»Sobald Wilker und ich von hier verschwunden sind, informieren wir deine Leute, wo sie dich finden können. Dir wird nichts passieren.«

Jetzt war es wieder still. Nur der Wind in den Baumwipfeln und das Zwitschern der Vögel waren zu hören. Ella atmete schnell. Schweiß stand ihr auf der Stirn. Sie musste weg von hier, sich ein anderes Versteck suchen.

»Du kannst mir glauben.«

Sie zuckte zusammen. Kein Echo mehr. Kein Ruf, der durch die Ruinen hallte. Der Angreifer war direkt neben ihr, flüsterte ihr die Worte ins Ohr. Zitternd drehte sie den Kopf.

Dort stand er. Aufgebäumt. Bedrohlich. Den Kopf bedeckte ein Hut mit breiter Krempe, um den Mund hatte er sich ein dickes Halstuch gewickelt, sodass nur seine Augen frei lagen. Über der Schulter trug er ein Gewehr.

»Los, steht auf!«, befahl er mit gedämpfter Stimme.

Als sie der Aufforderung nicht nachkam, packte er sie am Arm und zog sie grob auf die Beine. Er umfasste ihre Hüfte und warf Ella über seine Schulter, beinahe so leicht, als ob sie ein Säugling wäre. Sie versuchte, sich zu befreien, trat mit den Füßen nach seinem Gesicht und hämmerte ihm ihre Fäuste in den Rücken, aber ihn schien das kaum zu stören, während er Ella zurück ins Innere der Burganlage trug. Sie verließen den Zwinger und bogen hinter den Resten der inneren Mauer schräg nach links ab. Eine Leiter lag dort am Boden, die der Fremde, ohne dabei langsamer zu werden, mitnahm. Ein Stückchen weiter stellte er sie an eine Mauer, die eine höher gelegene Wiese im Halbrund umschloss. Er ließ Ella zu Boden gleiten und deutete ihr an, voranzugehen. Sofort, als sie die ersten Sprossen hinaufgestiegen war, spürte sie, wie sich seine Hand fest um den Knöchel ihres Fußes legte. Tatsächlich hatte Ella überlegt, möglichst schnell die Leiter hinter sich zu bringen und sie dann umzustoßen, noch bevor der Mann ihr hätte nachkommen können. Daran war nun nicht mehr zu denken. Auch einen gezielten Tritt konnte sie ihm nicht verpassen, denn er hielt seinen Kopf sorgfältig außer Reichweite. Er würde sie festhalten, bis auch er die obere Ebene erreicht hätte, und dort wartete sicherlich ein Gefängnis auf sie, dem sie nicht so leicht würde entkommen können wie dem Brunnen; wenn nicht etwas noch viel Schlimmeres.

Es fehlten nur noch wenige Sprossen bis zum Ende der Leiter, als Ella beschloss, die einzige Chance, die sie noch für sich sah, wahrzunehmen. Mit der linken Hand umgriff sie die Leiter, so fest sie konnte, und zog ihren Oberkörper mit aller Kraft in Richtung der Sprossen. Mit der rechten Hand stieß sie sich von der Mauer ab.

»Verdammtes Miststück!«, bellte der Mann, als die Leiter langsam nach hinten kippte, ohne dass er etwas dagegen unternehmen konnte.

Ella gelang es, ihren Knöchel aus seinem Griff zu winden, während sie langsam den Halt verlor. Ihm ging es nicht anders. Gleich darauf flogen sie beide durch die Luft, der Erde entgegen. Ein dumpfes Geräusch ertönte, als ihr

Angreifer auf dem Boden aufschlug. Mit einem krächzenden Keuchen entwich die Luft aus seinem Brustkorb. Ella konnte sich einigermaßen abfangen und rollte über die Wiese ein Stück hinter dem Mann, der dalag und versuchte, wieder zu Atem zu kommen. Der Sturz hatte ihm den Hut vom Kopf geschleudert, und das Tuch war von seinem Mund gerutscht.

Ella erkannte ihn.

Der Waldboden war kühl und feucht vom Tau des Morgens. Nebeneinander lagen Everd und Vincent am Fuß eines flachen Erdwalls auf einem Bett aus Laub, Moos und Erde. Die Feuchtigkeit begann, ihnen die Hosenbeine hinaufzukriechen.

»Was machen wir hier?«, fragte Vincent.

»Es gibt nur drei Personen«, erklärte Everd, »die wissen, wo der Kampf stattgefunden hat: Sie, Ihr Bruder und Jakob.«

»Ja, richtig.«

»Und Sie haben niemandem davon erzählt, nicht wahr?«

»Niemandem außer Agatha und Ihnen. Wem sollte ich auch?«

»Eben.« Ein Tausendfüßler kroch über Everds Hand; er schleuderte ihn ins Gebüsch. »Rothenberger hat Ihren Bruder noch in der Nacht zu Wilker gebracht. Wenn Rothenberger dort gestorben ist und Balthasar eingesperrt wurde, kann niemand von dem Kampf wissen, außer …«

»Außer dem Bürgermeister.«

»Genau, außer dem Bürgermeister. Oder einem Komplizen von ihm.«

»Ein Komplize?«

»Als Ella und ich uns das erste Mal beim Basaltsee nach Spuren umgesehen haben, sind wir auf einen Jäger, Ignaz Varrentrapp, getroffen, der uns erzählt hat, dass er auf der Jagd nach dem ›Riesenwolf‹ ist.«

»Gut, und weiter.«

»Wir haben Varrentrapp direkt vor dem Bergwerksstollen getroffen.«

So ganz wusste Vincent noch nicht, worauf Everd hinauswollte.

»Dieser Wald, die Gegend um den See ist riesig. Und zwei Wochen nach dem Kampf gab es da keine Spuren mehr von Ihnen, die irgendwie zu dem Bergwerk geführt hätten. Wie kommt Varrentrapp darauf, bei dem Stollen nach seiner ›Beute‹ zu suchen?«

»Weil das der Ort war, an dem diese ›Beute‹ beim ersten Mal aufgespürt wurde.«

»Genau, und das muss ihm jemand erzählt haben.«

»Balthasar bestimmt nicht.«

»Also bleibt nur der Bürgermeister, der es von Rothenberger erfahren hat. Varrentrapp hat mit keinem Wort erwähnt, dass er Herchenhahn kennt. Er hat sich uns als ein hier völlig Fremder ausgegeben.«

»Weil er etwas verbergen wollte.«

»Das ist es, was ich glaube.«

»Wenn wir also diesen Varrentrapp finden …«

»… dann finden wir vielleicht auch Herchenhahn, Balthasar und Ella.«

»Und deswegen sind wir hier.« Vincent schob sich dicht am Boden die kleine Erhöhung hinauf und warf einen

Blick über den Erdwall hinweg, wo wie ein beschauliches Dorf mitten im Wald die Wagen von Varrentrapps wandernder Menagerie zu sehen waren.

Mit eng zusammengekniffenen Augen starrte Ignaz Varrentrapp Ella an, während er sich langsam vom Boden aufrappelte. Auffällig hoben und senkten sich die Flügel seiner großen, breiten Nase. Die tief in sein Gesicht gegrabenen Falten bebten bis zu den Mundwinkeln, in denen getrockneter Speichel eine weiße Kruste gebildet hatte.

Das Gewehr lag zwischen ihnen im Gras. Ella wusste nicht, ob sie es vor ihm erreichen konnte, also entschied sie sich, die Flucht zu ergreifen. Vielleicht gab es neben dem Burgtor noch einen anderen Weg aus der Ruine heraus.

Sie ließ die Kernburg hinter sich. Links von ihr erweiterte sich der Zwinger zu einem größeren Platz, um den herum wohl einst die Wohnhäuser der in der Burg lebenden Menschen angeordnet gewesen waren. Einige Steingebäude waren noch halbwegs erhalten. Sie fügten sich direkt in den äußeren Mauerring ein. Von ihnen gingen zu beiden Seiten Wehrgänge ab. Das Eingangstor eines der Häuser lag aus den Angeln gerissen quer vor der Toröffnung. Ella musste klettern, um ins Innere zu gelangen.

Dort war es dunkel. Eine Halle bildete das Zentrum des zweigeschossigen Gebäudes. Ebenerdig gingen links und rechts Türen ab, ebenso wie von einer Empore, die den Raum weiter oben ganz umrundete. Und dort oben war er. Der ersehnte Ausgang. Wie tausend winzige Glühwürmchen tanzte Staub in einem Strahl aus Licht, der durch einen schmalen Bruch im Mauerwerk fiel, gerade so breit, dass sie hindurchpassen würde. Wie sie sich auf der anderen Seite wieder auf den Boden hinablassen sollte, war eine andere Frage. Für den Moment war der Durchbruch alles, was sie brauchte.

Von einer Treppe, die einst zur Empore geführt hatte, war nicht mehr übrig als ein Haufen Schutt. In weiser Voraussicht hatten die einstigen Burgherren aber ein Regal für Ella zurückgelassen, nicht viel mehr als ein paar Holzböden auf Stelzen, aber die perfekte Leiter, wenn es ihr denn gelingen sollte, es bis unter die Öffnung zu schieben. Leichter gesagt, als getan. Es rührte sich keinen Zentimeter. Vielleicht lieber ziehen? Mit aller Kraft riss sie es nach hinten. Nur widerwillig bewegte es sich in ihre Richtung, nicht ohne seinen Unmut mit einem lauten Knirschen von Holz auf Stein herauszuschreien. Ella stand still. Lauschte nach draußen, ob etwas von Varrentrapp zu hören war, der inzwischen auf der Suche nach ihr sein musste. Sie wagte es, noch einmal zu ziehen. Wieder das Knirschen. Jetzt war es auch egal. Ella legte ihr ganzes Gewicht nach hinten und Stückchen für Stückchen schob sich das Regal weiter. Nur noch ein halber Meter, dann konnte sie versuchen, den Durchbruch zu erreichen. 40 Zentimeter. 30. Ein Knacken war zu hören, und noch ehe Ella wusste, was geschah, begann das Regal, sich von der Wand weg zur Seite zu neigen. Der Grund für dieses störrische Verhalten ließ sich leicht ausmachen: Eines der Beine war abgebrochen. Das Regal hatte keinen sicheren Stand mehr und Ella nicht die Kraft, es am Umkippen zu hindern. Sie konnte sich nur noch in Sicherheit bringen und zugucken, wie der Bretterkoloss mit lautem Getöse auf den steinernen Fußboden krachte, um dort zu zerbersten. Niemand konnte das überhört haben, und für Ella war der Durchbruch nun in unerreichbare Ferne gerückt.

Zurück nach draußen zu gehen, schien zu gefährlich. Die Türen des Saals waren ihre einzige Hoffnung. Sie hastete zu der, die ihr am nächsten lag. Versperrt. Die nächste. Versperrt. Die nächste. Ebenfalls versperrt. Die nächste. Offen.

Der Raum dahinter war wohl einst eine Art Waschzimmer gewesen. Ein Zuber lag in einer Ecke direkt neben einer Feuerstelle, an der man das Wasser hatte erhitzen können. Eine Truhe mit schwerem Deckel stand an einer Wand, daneben lagen einige zum Teil zerbrochene Holzbänke, in deren Sitzflächen große kreisrunde Löcher gesägt waren. Hier und da waren Teppiche, die sicherlich einst die Wände der Burg aufs Edelste geschmückt hatten, achtlos liegen gelassen worden.

Von draußen hörte sie Schritte. Schnell zog Ella die Tür hinter sich zu.

Vincent lauschte in den Wald. Everd war schon ein paar Minuten weg. Noch ein wenig länger, und er musste sich wohl aufmachen, ihn zu suchen. Plötzlich zuckte der Akrobat zusammen. Eine Hand fasste ihn an der Schulter. Blitzschnell drehte er sich herum. Es war Everd. Vincent entspannte sich.

Der Ermittler lächelte. »Verzeihen Sie.«

»Und? Haben Sie ihn gefunden.«

»Ich konnte zwei seiner Leute belauschen. Er ist wohl lange vor Sonnenaufgang aufgebrochen und bisher noch nicht wiedergekommen.«

»Und wohin ist er gegangen?«

»Verdammt, ich wusste, dass ich noch was fragen wollte.« Everd schlug sich grinsend mit der flachen Hand gegen die Stirn, wurde aber sogleich wieder ernst. »Wir können nicht einfach da runtergehen. Wir wissen nicht, ob Varrentrapps Leute mit ihm unter einer Decke stecken.«

»Also wollen Sie nur rumsitzen und warten, bis er zurückkommt?«

»Nein, ich habe da einen besseren Vorschlag. Allerdings haben wir ein kleines Problem: Wir müssen ins Lager kommen. Und wir brauchen dort ein paar ungestörte Minuten.«

»Wie wollen Sie das machen?«

Everd klopfte Vincent kumpelhaft auf die Schulter. »Sie werden für eine kleine Ablenkung sorgen.«

Die Schritte tönten nun lauter durch die Eingangshalle. Varrentrapp kam. Für einen Moment herrschte Stille. Dann ein paar schnelle Tritte. Ein Kratzen am Boden. Stille. Zwei Schritte, und schon betrat der Jäger das Zimmer. Die schwere Truhe sah er, zerbrochene Bänke, die Teppiche, den Waschzuber – sonst nichts.

Wie ein Tier auf der Jagd pirschte er sich an die Truhe heran, griff nach ihrem Deckel und riss ihn mit einem Ruck hoch. Nichts. Wütend stapfte er umher. Warf die Bänke zur Seite, schob die Truhe von der Wand weg. Nichts. Einen Moment verharrte er, wohl ein wenig ratlos. Dann stürmte er wieder hinaus.

Ella hatte es nicht gewagt, zu atmen. Sie hatte die Augen geschlossen. Nun öffnete sie sie wieder. Vor sich sah sie das Gitter, dahinter den Teppich, der es verdeckte. Gott sei Dank hatte Ignaz sich nicht die Mühe gemacht, das Stück Stoff anzuheben. Gott sei Dank hatte sie diesen Zugang zu den Abwasserkanälen unter der Burg entdeckt. Ziemlich tief war sie in den Schacht hineingeklettert, der nur zur Hälfte als künstlich angelegt, zur Hälfte als Teil einer natürlichen Höhle erkennbar war und einem Kamin gleich fast senkrecht nach unten führte. Doch noch ging es ein ganzes Stück weiter in die Dunkelheit. Der Brunnen hätte ihr eigentlich eine Lehre sein sollen, doch was konnte sie schon machen. Ignaz war zwar nicht mehr zu hören, aber sicherlich streunte er noch oben herum. Und überhaupt: Dieser Fluchtweg hier war vielleicht besser als jeder andere. Die Abwässer mussten schließlich stets ihren Weg nach draußen gefunden haben.

Sie tastete sich langsam nach vorne, als sie weiter in die Finsternis hinabstieg. Es erwies sich als schwierig, den Schacht beinahe blind hinunterzuklettern, auch wenn sich ihre Augen inzwischen daran gewöhnt hatten. Das wenige Licht, das von der Burg oben bis hier unten vordrang, ließ sie zumindest die Umrisse des Felsens erahnen.

Schon bald hörte sie ein Plätschern, und der Schacht erweiterte sich ein wenig. Unter ihr zeichnete sich in einem Rund matten Gelbs sein Ende ab. Schließlich traten ihre Füße ins Leere. Wie weit unter ihr sich der Boden befand, wusste sie nicht, dem Plätschern nach zu urteilen, konnte er aber nicht allzu fern sein. Ella wagte einen Sprung ins Ungewisse. Sie taumelte bei der Landung und stolperte mit einem Fuß in ein Bächlein, das sich seinen Weg durch eine längliche Höhle bahnte, doch sie schaffte es, sich an den Wänden abzustützen, ehe sie vollends stürzte. Es war hier schon deutlich heller als oben im Schacht. Der Ausgang musste nur wenige Meter vor ihr liegen. Sie folgte dem plätschernden Wasser, und schon kurz darauf trat sie blinzelnd ins Sonnenlicht.

Das hier war die südöstliche Flanke der Anhöhe, auf der die Wesselsburg stand, also musste der Weg nach Solkers irgendwo hinter dem Wald …

»Schön, dass du von allein herauskommst. Ich dachte schon, ich müsste dich holen.« Varrentrapp kauerte oben über dem Höhleneingang auf einem Felsen wie ein Luchs in Angriffsstellung. Ella wich zurück, doch schon stürzte sich der Jäger auf sie, riss sie zu Boden. Sie schlug und trat, doch er war einfach stärker.

»Es reicht mir jetzt mit dir.« Seine Faust traf sie hart ins Gesicht. Sie revanchierte sich mit einer geballten Ladung Rotze, die in seinem Auge landete. Er war wütend, das sah sie ihm an. Und sie spürte es auch, denn sein Griff wurde fester. Ella hämmerte auf ihn ein, versuchte, ihn wegzudrücken, suchte nach einer Möglichkeit, sich festzuhalten, als ihre Finger einen dicken Stein ertasteten. Mit aller Wucht schlug sie ihn gegen die Stirn des Jägers. Ein dumpfes Klatschen ertönte. Er schrie auf. Blut floss ihm die Schläfe hinunter. Ella wollte ein zweites Mal zulangen, doch Varrentrapp hielt ihre Hand fest.

Er grinste gefährlich. »Ich habe gesagt, es reicht jetzt.«

Everd musste zwei-, dreimal hinsehen, um Vincent zu entdecken, obgleich er eigentlich wusste, wo er nach ihm zu suchen hatte. Der Akrobat war ziemlich geschickt darin, sich im Unterholz am Rande der Menagerie zu verbergen und so den Arbeitern aus dem Weg zu gehen. Inzwischen hatte er das Lager bis zur gegenüberliegenden Seite umrundet. Everd beobachtete sorgfältig, was unten zwischen den Wagen vorging, wenngleich er keine Möglichkeit sah, Vincent zu warnen, falls etwas nicht nach Plan verlaufen sollte.

Der Akrobat war nun aus seinem Sichtfeld verschwunden. Wahrscheinlich hatte er sein Ziel erreicht, den großen roten Wagen mit den grünen Rädern, der einen Teil des äußersten Lagerringes darstellte. In wenigen Minuten musste es losgehen.

Die Leute der Menagerie ahnten nichts. Sie gingen ihrem Tagewerk nach, pflegten die Tiere, schleppten Kisten von einer Seite des Lagers zur anderen, saßen an die Wagen gelehnt und reparierten, schnitzten, redeten; es sah aus wie auf einem belebten Marktplatz. Eine Weile schaute der Detektiv ihnen so zu, dann bemerkte er Vincent, der zurück war an der Stelle, an der er ihn zuvor aus den Augen verloren hatte. Everd machte sich bereit.

Als Erstes sah er nur einen dünnen Rauchschleier, der sich beinahe unsichtbar durch die Ritzen zwischen den Balken des rot-grünen Wagens seinen Weg bahnte. Langsam wurde er dichter und schien nun auch dem einen oder anderen der Menageriearbeiter nicht mehr zu entgehen. Einer der Männer stand von seinem Platz auf und ging vorsichtig auf den Wagen zu, ein anderer deutete in Richtung des zunehmenden Qualms. Doch noch bevor auch nur das halbe Lager alarmiert worden war, war es zu spät.

Zuerst hörte man ein Zischen und Rumpeln, dann ein Knallen und Donnern. Spätestens in diesem Moment war es jedem in der Menagerie klar. »Das Feuerwerk!«, hörte

Everd es irgendwo zwischen den Wagen hervortönen. Und dann ging es richtig los. Eine Explosion jagte die nächste. Der rote Wagen wankte hin und her, geschüttelt vom Druck der Detonationen. Aus all seinen Ecken qualmten dicke dunkelgraue Schwaden.

Die Leute liefen wild durcheinander. Manche stürzten zu den Käfigen mit den Tieren, die ob des donnernden Lärms in Panik ausbrachen und der Sinfonie aus Knallen und Zischen ihre eigenen Angstschreie hinzufügten. Andere suchten nach Möglichkeiten, sich dem Feuerwerk zu nähern, um eilig herbeigeschaffte Eimer mit Wasser über ihm zu entleeren. Als die ersten Flammen aus den Wänden des Wagens loderten und eine Stimme rief: »Es darf nicht auf die anderen übergreifen«, nahm Everd das zum Anlass, vorsichtig, doch zugleich rasch von seinem Versteck weg und hin zu der dem Spektakel abgewandten Seite des Lagers zu schleichen, die inzwischen fast völlig menschenleer war. Noch einmal sah er sich nach Vincent um, konnte ihn aber nicht ausmachen. Sicherlich musste der Akrobat achtgeben, um auf seinem Weg zu ihrem gemeinsamen Ziel nicht doch entdeckt zu werden.

Am Wagen von Castor und Pollux hielt sich niemand mehr auf. Die beiden Hunde waren abseits der anderen Tiere untergebracht, außerhalb der Reichweite des ihnen verhassten Varrentrapp. Die Hunde jaulten und bellten, so wie es Everd nicht anders von ihnen kannte, doch im allgegenwärtigen Lärm, der das Lager im Moment erfüllte, ging das wütende Bellen unter.

Große Brocken frisch zerteiltes Fleisch lagen in einem Handkarren ein paar Meter entfernt für die Morgenfütterung bereit, zwei Hundeleinen hingen an der Seite des Hundezwingers. Damit hatte Everd alles, was er brauchte, um die Tiere aus ihrem Käfig herauszuholen. Abgesehen von einer gehörigen Portion Mut selbstverständlich … und einem grundlegenden Verständnis vom Umgang mit Tieren.

Er nahm eine blutige Keule und wedelte damit vor dem Gitter herum. Ihm war es lieber, die Leinen angelegt zu haben, bevor er die Tür öffnete. Castor und Pollux hielten sich argwöhnisch knurrend zurück.

Immer wieder warf Everd einen Blick auf die andere Seite des Lagers, um zu sehen, ob die Zirkusleute nach wie vor ihre ganze Aufmerksamkeit auf das Ablenkungsmanöver richteten. Sie taten es, und inzwischen stand der Wagen lichterloh in Flammen, wenngleich die Feuerwerkskörper wohl langsam ihr Pulver verschossen hatten.

Plötzlich ein Rascheln von links. Everd verharrte bewegungslos, bereit, sich sofort unter den Wagen zu rollen, sobald jemand auftauchen sollte. Es tauchte auch tatsächlich jemand auf, allerdings war es Vincent, den die Hunde mit einem besonders finsteren Knurren empfingen.

»Gute Arbeit«, lobte Everd.

»Selbstverständlich«, erwiderte der Akrobat. »Sind Sie sicher, dass das nicht ein wenig gefährlich war? Es hätte jemand verletzt werden können.«

»Ach was. Das war sorgfältig abgewogen. Die Wagen sind aus massivem Holz. Solange man nicht reingeht, während das Feuerwerk tanzt, ist das völlig ungefährlich. Und damit die Nachbarwagen Feuer fangen, braucht es schon etwas mehr. So schnell entflammt hartes Holz nicht.«

»Wenn Sie meinen. Und? Bekommen Sie das heute noch hin?«

»Wenn es nach mir geht, schon. Was die Hunde betrifft, bin ich mir nicht so sicher. Und falls Sie keine klugen

Ratschläge haben, sollten Sie lieber aufpassen, dass niemand kommt.«

»Ich glaube, dafür ist es zu spät.« Vincent versuchte, sein Gesicht, so gut es ging, in seiner Kapuze zu verstecken.

»Hey, was machen sie da?« Rechts neben dem Wagen stand der Junge, den Ella und Everd während ihres ersten Besuchs bei der Wandermenagerie getroffen hatten. In der Hand hielt er kampfbereit eine Schaufel und machte kein Hehl daraus, dass er auf alles und jeden einschlagen würde, der ihm zu nahe käme. »Sie sind doch der Mann, den Herr Varrentrapp gestern mit hierhergebracht hat«, stellte er fest, während er vorsichtig rückwärtsging, ohne Zweifel, um Alarm zu schlagen.

»Ich schnapp ihn mir«, flüsterte Vincent.

Everds »Nein, warte!« wurde verschluckt vom Geräusch einer Schaufel, die auf den Oberkörper des Akrobaten prallte, der sich gerade anschickte, den Jungen anzugreifen, der so etwas nicht so einfach mit sich machen ließ. Vincent taumelte zurück, stolperte und landete auf seinem Hintern.

Everd musste ein Grinsen unterdrücken. »Warte! Thomas, oder? So heißt du doch?«

Ja, so hieß er, und er stand da, die Schaufel bereit, um jeden weiteren Angriff so erfolgreich abzuwehren wie den ersten.

»Mein Name ist Everd.«

Der Junge fand nicht, dass ihn das dazu veranlassen sollte, die Schaufel zu senken. »Sie wollen Castor und Pollux klauen!«

»Nein, auf keinen Fall. Es ist nur … wir müssen Herrn Varrentrapp finden. Und die Hunde sind so wild drauf, dass ich dachte, sie müssen seinen Geruch noch in der Nase haben, sodass sie ihm hinterherlaufen, wenn wir sie freilassen.«

»Weswegen haben Sie nicht einfach gefragt, wo er ist?«

Es war offensichtlich, dass Thomas nicht so einfach bereit war, sie mit den Hunden abziehen zu lassen. »Du hast recht. Das hätten wir tun sollen. Entschuldige. Aber das hier ist wichtig. Als ich gestern hier war, da hast du zu mir gesagt, dass Castor und Pollux Herrn Varrentrapp nicht mögen, und dass du das verstehen kannst. Und du hast recht. Herr Varrentrapp ist kein guter Mann. Er tut böse Dinge, und wir müssen das verhindern.«

Das reichte Thomas noch immer nicht. »Haben Sie das Feuer gelegt?«

»Nein«, log Everd, ohne mit der Wimper zu zucken. »Nein, aber ich gebe zu, dass wir die Gunst der Stunde genutzt haben.« Er beobachtete den Jungen genau, und der schien ihm zu glauben. »Weißt du, wo Herr Varrentrapp ist?«

»Nein.«

»Und was ist mit den Hunden?«

»Sie einfach freizulassen, bringt nichts. Wenn man will, dass die Tiere einer Spur folgen, muss man mit ihnen umgehen können, und Sie sehen mir nicht danach aus, als ob Sie das könnten.«

Everd blickte zu Vincent. Keiner von beiden hatte eine Ahnung, wie es nun weitergehen sollte.

»Ich kann es«, sagte Thomas plötzlich.

Everd sah in verwundert an. »Du hilfst uns?«

Der Junge nahm Everd die Leinen aus der Hand. »Wie Sie schon meinten«, sagte er, während er den Zwinger öffnete, ohne einen Hauch von Zurückhaltung hineintrat und

Castor und Pollux die Leinen anlegte. »Herr Varrentrapp tut böse Dinge. Und auch wenn er versucht, sie vor uns zu verbergen, bekommt man eine Menge mit, wenn man nur Augen und Ohren offenhält. Man wird misstrauisch, wenn er uns tagelang hier in der Einsamkeit lagern lässt.«

KAPITEL 13

DIESES MAL BEKAM Ella keine Chance, zu entkommen. Von Varrentrapps Armen umschlossen fühlte sie sich wie in einen Schraubstock eingespannt. Der Jäger ließ sie kaum atmen, gab ihr keine Möglichkeit, sich zu rühren. Hilflos musste sie sich von ihm durch einen Bruch im äußeren Mauerring zurück in die Burg tragen lassen.

Sie hielten auf ein kleines steinernes Gebäude direkt neben den Ruinen des Palas zu. Der Zahn der Zeit hatte es gut mit ihm gemeint. Varrentrapp stieß eine schwere Holztür auf, und ein bitterer Geruch strömte Ella entgegen. In der Mitte eines kleinen Raumes war ein Tisch aufgestellt, den durch ein Fenster einfallendes Licht erleuchtete. Ein Mann war darauf festgebunden. Er rührte sich nicht, obwohl sich sein Brustkorb gleichmäßig hob und senkte. Erst als Varrentrapp sie halb um den Tisch herumgetragen hatte, konnte Ella das Gesicht des Gefesselten erblicken. Mit Schrecken musste sie feststellen, dass es kein Unbekannter war, der da vor ihr lag. Zwar war es finster gewesen, doch ohne Zweifel musste dies die Gestalt sein, die sie in der vergangenen Nacht in Wilkers Keller gesehen hatte. Varrentrapp setzte Ella auf eine morsche Bank, die an der Wand stand. Sie hätte loslaufen können, aber noch bevor sie die Tür erreicht hätte, wäre der Jäger bei ihr gewesen.

Erst jetzt bemerkte sie, dass sich noch eine weitere Person im Raum befand. Bisher hatte sie in einer dunklen Ecke gestanden, nun trat sie ins Licht.

»Wilker!«, zischte Ella, doch der beachtete sie nicht und fixierte stattdessen Varrentrapp.

»Verdammt«, knurrte er, bemüht, nicht zu laut zu werden. »Ignaz, wieso bringst du sie hierher?«

»Halt bloß deine Klappe!«, blaffte ihm der Jäger entgegen. »Ich stecke jetzt wirklich tief genug in der Scheiße. Sie hat mein Gesicht gesehen.«

»Und du denkst, es bringt etwas, wenn sie meins auch noch sieht?«

Varrentrapp prustete verächtlich. »Dachtest du wirklich, du hättest noch eine Chance, da herauszukommen? Mach dich nicht lächerlich. Ich habe sie dabei erwischt, wie sie in deinem Keller an deinem kleinen Tierkäfig herumgeschnüffelt hat. Vielleicht wärst du ja mit dem Mord an deinem Knecht durchgekommen, aber …«

»Ich habe ihn nicht getötet!«, donnerte Wilker los, nur um sich sofort selbst wieder zu beschwichtigen. »Ich habe ihn nicht getötet. Es war ein Unfall. Das habe ich dir schon tausend Mal gesagt.«

»Weißt du was? Das ist mir scheißegal. Ich bin nicht derjenige, den du von irgendetwas überzeugen musst. Vielleicht wärst du damit durchgekommen, aber du hast zugelassen, dass ein verdammter Detektiv in deinem Dorf herumschnüffelt. Um Himmels willen, du hast ihn zum Essen in dein Haus eingeladen.«

»Das mache ich immer mit Gästen. Hätte ich es dieses Mal gelassen, wäre das aufgefallen.« Wilker seufzte. »Es hätte nur eine Woche klappen müssen, nur eine Woche hätte er nichts finden dürfen. Dann hätten Ella und Josch von der Suche nach Jakob abgelassen, und gemeinsam mit ihnen hätte ich die anderen auch davon abgebracht. Ansonsten hätte sich alles noch wochenlang hinziehen können.«

»Jaja, ganz wie du meinst. Jetzt mach dich nützlich und fessle sie. Ich muss noch was vorbereiten.« Varrentrapp machte sich an einer Kommode zu schaffen, die an der gegenüberliegenden Wand stand.

Wilker ging zu Ella. Aus einer Tasche neben sich kramte er ein langes Stück Seil hervor und begann, es ihr um die hinter dem Rücken verschränkten Handgelenke zu wickeln.

»Wieso tust du das, Wilker? Wieso hilfst du diesem Kerl?«

»Ich helfe nicht ihm, er hilft mir, weil ich ihn gerufen habe.«

»Den Eindruck bekommt man aber nicht.«

»Pass mal auf, Ella. Ich weiß, dass das hier wirklich übel aussieht, aber du kennst mich doch. Du weißt, dass ich niemals etwas tun würde, was dir oder irgendjemandem sonst aus dem Dorf schadet. In einer Stunde ist alles vorbei, dann verschwindet Ignaz mit …«, Wilker sah von seiner Arbeit auf und blickte zum Tisch in der Mitte des Raumes, »… dem da, und wir können wieder zur Tagesordnung übergehen.«

»Zur Tagesordnung? Jakob ist tot …«

»… und Hermann Althoff wird dafür bestraft werden. Die anderen werden ihre Sühne bekommen, und unser Leben kann weitergehen.«

»Jemand anderes soll seinen Kopf hinhalten für einen Mord, den du begangen hast.«

»Es war ein Unfall. Ich hatte nichts damit zu tun. Jakob kam mitten in der Nacht zu mir und er hatte … das Tier da gefangen.«

»Das *Tier*? Wilker. Sieh ihn dir doch an. Das ist ein Mensch, und das weißt du genau.«

Es schien dem Bürgermeister kaum möglich zu sein, Ella in die Augen zu sehen. Nervös knetete er seine Hände. »Was können wir schön wissen«, nuschelte er hastig, bevor er laut fortfuhr: »Er, Jakob meine ich, war verschreckt und unsicher. Er nannte es immer ›Teufelsbrut‹. Ich glaube, am liebsten wäre er sofort zurück zum See gegangen und hätte es ersäuft.«

»Das ist nicht wahr. Jakob hätte so etwas nie gemacht.«

»Er war außer sich. Du kennst seine Angst vor allem Gottlosen.«

»Sie schluckt deine Geschichte nicht«, rief Varrentrapp von der anderen Seite des Raums herüber. »Du wirst sie wohl auch umbringen müssen.«

»Ach halt die Klappe«, grummelte Wilker zurück. »Als ob du das könntest.«

»Haben wir früher doch ständig gemacht.«

»Ja, im Krieg. Auge in Auge mit bewaffneten Männern, die das Gleiche mit uns machen wollten.«

»Ich dachte nur, nach der Sache mit deinem Knecht wärst du jetzt weniger zimperlich.«

»So kann nur ein Söldner wie du sprechen. Ich war Soldat.« Wilker ließ Varrentrapp links liegen und wandte sich wieder Ella zu. »Jakob wollte meinen Rat. Er wollte wissen, was er damit machen soll. Ich bot an, ihm diese Last abzunehmen …«

»Weil du dir dachtest, dass du mit dem Ding gutes Geld verdienen könntest«, setzte Varrentrapp nach.

Ella hörte Wilkers Zähne knirschen. Seine Wut zügelnd fuhr dieser fort: »Er war sich unsicher, wollte noch die Meinung von Pfarrer Heumüller erfragen. Als Jakob gerade mein Haus verlassen wollte, wachte … es dort auf. Es begann zu fauchen und zu strampeln. Jakob wollte es festhalten. Doch er geriet ins Straucheln, stürzte und schlug sich an der Tischkante den Schädel ein.«

»Weswegen hast du niemandem davon erzählt?«, fragte Ella. »Warum hast du die Leiche versteckt? Die anderen wochenlang nach Jakob suchen lassen?«

»Gute Fragen, nicht wahr, Wilker?«, mischte sich Varrentrapp erneut ein. »Komm schon. Für dich ist die schöne Zeit hier vorbei. Du bist in einen Mord verwickelt, das vergessen die Leute nicht so einfach. Du musst sowieso verschwinden, also spar dir die albernen Ausflüchte.«

»Nein, nein. Wir können das wieder hinbekommen.« Wilker fuhr sich mit den Händen über seine Glatze, während er rasch auf und ab ging. »Nicht wahr? Wir können das wieder hinbekommen«, wiederholte er an Ella gewandt.

Nun reichte es Varrentrapp. Mit einem Satz eilte er durch den Raum. Fest sah er Wilker an. »Du hast mich in diesen Mist reingezogen. Glaub ja nicht, dass du mit heiler Haut davonkommst, während ich alles verliere.« Langsam beugte er sich zu Ella vor, bis sie seinen Atem auf ihrer Haut spüren konnte. »Der Knecht hat das Vieh da gefangen, es zu Wilker geschafft. Der sah seine große Chance, einen Haufen Geld mit so einem Ungetüm zu verdienen, und wollte es ihm abluchsen. Der Knecht war wohl nicht blöd genug und wollte gehen, also griff Wilker ihn an. Du hattest Angst, zu kurz zu kommen, nicht wahr, Wilker? So war es doch früher schon immer. Es kam zu einem Handgemenge, der Knecht stürzte, schlug sich den Schädel ein, Exitus.«

»Nein!«, fauchte der Bürgermeister. »So ist es nicht gewesen.« Sofort schrumpfte er zusammen zu einem Häufchen Elend. »So ist es nicht gewesen«, wiederholte er flüsternd. »Jakob. Er war so ein Dickkopf. Er … er hätte einfach öfter auf mich hören müssen.« Zitternd drehte er sich von Ella fort und machte sich daran, Varrentrapp zu helfen, der schon wieder an der Kommode herumwerkelte.

So konnte sie nicht sehen, an was die beiden dort arbeiteten. Doch es kam ihr ganz gelegen, gab es ihr doch die Gelegenheit, sich an ihren Fesseln zu schaffen zu machen. Zum Glück hatte Varrentrapp sie direkt an die steinerne Wand gesetzt. Sie konnte eine raue Kante an einem der Mauersteine ertasten. Ganz vorsichtig, immer darauf bedacht, dass Wilker oder der Jäger ihren Befreiungsversuch nicht bemerkten, rieb sie mit ihren Fesseln auf und ab.

In eine Nische an der hinteren Wand des Zimmers war ein alter Kamin eingelassen. Tiefschwarz waren die Steine vom Ruß. Dort häufte Varrentrapp Kohle und Holz auf und entzündete ein Feuer, das schon bald so heiß loderte, dass kaum noch Rauch von ihm aufstieg.

Plötzlich erfüllte ein schwaches, lang gezogenes Stöhnen den Raum. Ella erstarrte, als sich Wilker und der Jäger zu ihrem Gefangenen umdrehten.

»Scheiße!«, fluchte der Jäger. »Er wacht auf. Zäher, als ich dachte.«

»Ich weiß.« Mit der Hand fuhr sich Wilker über die schorfige Stelle auf seinem Kopf; die Stelle, an der er sich angeblich zwei Tage zuvor an einem Balken im Keller seines Hauses verletzt hatte.

Varrentrapp indessen langte nach einer kleinen Schatulle auf der Kommode und entnahm ihr den gläsernen, mit Messing umrahmten Zylinder einer Injektionsspritze, auf die er sogleich eine Kanüle aufschraubte. Aus einer

Ledertasche nahm er zwei braune Apothekerflaschen und eine Pipette. Mit dieser gab er drei Tropfen aus der einen Flasche in die andere und befüllte dann die Spritze mit der Mischung. Er trat an die Seite des Tisches, stieß mit der Nadel in den Oberarm des Gefesselten, der nun nicht mehr so flach atmete wie noch kurz zuvor, und in dessen Gliedern sich ganz sachte wieder Spannung aufzubauen schien, und injizierte ihm die gesamte Dosis. Es dauerte einen Augenblick, dann entspannte sich der Körper des Gefangenen wieder vollends. Sein Atmen war kaum noch zu bemerken und über seine Lippen kam nicht einmal mehr der leiseste Seufzer.

»Wir müssen mit dem Chloralhydrat aufpassen«, mahnte Varrentrapp. »Hast ja bei dir im Dorf gesehen, was es anrichten kann.«

Wilker senkte den Kopf und drehte sich sofort von Ella weg, doch der Jäger ließ ihm keine Zeit, in seiner Scham zu versinken. »So, lass uns das hier fertigmachen und dann verschwinden.«

Neben der Schatulle, in der die Spritze gelegen hatte, erkannte Ella ein zweites Etui, an dem er sich nun zu schaffen machte. Sie konnte nicht sehen, was er dieses Mal zutage förderte, bis er näher an den Tisch in der Mitte trat, in seiner Hand ein Skalpell, das bedrohlich funkelte.

Sie hetzten durch den Wald. Everd konnte Castor und Pollux nicht mehr sehen, und auch Thomas schien verschwunden zu sein. Vincent lief ein ganzes Stück vor dem Detektiv. Als Everd noch darüber nachdachte, dass er die anderen jeden Moment vollends aus den Augen verlieren würde, wurde das Dickicht plötzlich abgelöst von einer ansteigenden Wiese, an deren Ende sich die steinernen Mauern einer Burgruine auftürmten.

»Everd, sehen Sie mal.« Vincent stand am Fuß der Anhöhe neben einer alten mächtigen Eiche. An seiner Seite war Thomas, der versuchte, Castor und Pollux unter Kontrolle zu bringen. Die beiden Hunde umkreisten nervös den Baum, schnüffelten und wühlten in der Erde.

Everd sah sich rasch um. »Hier hat wohl ein Kampf stattgefunden«, stellte er fest.

»Sieht ganz so aus«, pflichtete ihm Vincent bei und hielt ihm wie zum Beweis einen großen Stein entgegen, der auf einer Seite mit dunklen Blutflecken gesprenkelt war. Everd tippte die bräunlich-rötliche Masse mit seinem Zeigefinger an. »Schon ein wenig angetrocknet, aber immer noch klebrig. Allzu lange kann es nicht her sein.«

»Vielleicht sind sie in der Ruine.« Vincent blickte hoch zu dem alten Gemäuer.

»Oder sie sind dort hinein.« Everd deutete auf den Eingang einer Höhle nicht weit von ihnen, aus der ein kleiner Bach sprudelte. »Thomas, was ist mit den Hunden?« Nichts mehr war zu bemerken von der Zielstrebigkeit, die Castor und Pollux noch bis eben an den Tag gelegt hatten. Stattdessen irrten sie konfus auf dem Kampfplatz herum.

»Ich weiß es nicht genau«, antwortete der Junge. »Ich glaube, sie haben die Spur verloren. Wenn hier wirklich ein Kampf stattgefunden hat, dann gibt es vielleicht Gerüche von zu vielen verschiedenen Menschen.« Er zog die Tiere ein Stückchen weg, um ihren Nasen die Möglichkeit zu geben, sich neu zu orientieren. Im großen Bogen umrundeten sie die Eiche und schnüffelten durch das

Gras. Plötzlich begannen sie zu knurren und zu bellen. »Sie haben wieder was!«, rief Thomas.

Everd und Vincent eilten herbei. Gemeinsam folgten sie den Hunden, die es zu der Höhle trieb.

»Das müssen sie sein. Worauf warten wir noch?« Vincent ließ sich kaum halten.

»Ganz ruhig«, zügelte ihn Everd. »Wir nehmen Castor und Pollux mit. Vielleicht haben sie Appetit auf ihren Lieblingsfeind. Dann haben wir einen Vorteil. Thomas, du bleibst hier. Und halt dich von der Höhle fern. Falls Varrentrapp oder Herchenhahn fliehen, sollen sie dir nicht in die Arme laufen. Alles klar?«

Alle nickten.

»Gut. Dann los.«

»Was habt ihr vor?«, schrie Ella entsetzt.

Wilker fuhr zusammen. Erst jetzt schien er das Chirurgenmesser zu bemerken. »Großer Gott, Ignaz. Was willst du damit machen?«

»Bevor ich das Exemplar von hier wegbringen kann«, entgegnete Varrentrapp gelassen, »muss es noch vorbereitet werden.«

»Vorbereitet?«

»Hast du noch nie einem Bullen die Hörner abgefeilt?« Der Jäger merkte, dass Wilker nicht recht verstand. »Ich werde ihm die Zunge herausschneiden.«

»Die Zunge? Bist du wahnsinnig? Von so etwas war nie die Rede.«

»Was stellst du dich so an? Ein Löwe hat mächtige Zähne. Deswegen feilen wir sie ihm ab. Ein Tiger kann dich mit einem einzigen Hieb seiner krallenbewährten Hand aufschlitzen. Deswegen ziehen wir ihm seine Krallen. Wir nutzen unseren Verstand, um den Tieren die Waffen zu nehmen, die ihnen die Natur gab. Die alten Römer kannten ein Tier des Schwarzen Kontinents, das sie Crocotta nannten, eine bizarre Mischung aus einem Wolf, einem Löwen einer Hyäne und wer weiß, was sonst noch für Bestien. Egal wie es aussah, auf jeden Fall besaß es ein abscheuliches Maul von einem Ohr bis zum anderen, voll von scharfen, spitzen Fangzähnen, und tödliche Klauen. Und ob du es glaubst oder nicht: Das waren nicht seine gefährlichsten Waffen. Denn es besaß die Fähigkeit, die Stimmen von Menschen nachzuahmen und so andere Menschen anzulocken, um sie dann zu zerreißen. Das hier ist nichts anderes. Nur viel ausgefeilter.«

Atemlos hörte Ella den Worten des Jägers zu. Grausam und unmenschlich klangen sie, doch das Schlimmste war, dass Varrentrapp sie ohne jede Grausamkeit oder Unmenschlichkeit in der Stimme vortrug. Wie konnte er auch unmenschlich gegenüber jemandem sein, den er gar nicht als Menschen wahrnahm? Ella durfte keine Zeit verlieren. Weiter mühte sie sich, ihre Fesseln zu durchtrennen.

»Dieses Tier besitzt keine Reißzähne und keine Krallen, aber seine Fähigkeit, menschliches Verhalten, sogar die menschliche Sprache nachzuahmen, ist viel weiter entwickelt. So erweckt es unser Mitgefühl und erschleicht sich unser Vertrauen. Ich könnte mir keine Waffe vorstellen, die arglistiger ist. Also werde ich sie unschädlich machen.«

Wilker machte einige Schritte von Varrentrapp weg. »Nein. Das geht nicht.«

»Was? Tauben vergiften, um das Betäubungsmittel auszuprobieren, ist in Ordnung für dich, aber hier zögerst du?«

»Sieh ihn dir an. Das ist kein Tier. Du wirst einen Menschen verstümmeln.«

Mit einem Satz stand der Jäger beim Bürgermeister und packte ihn hart an den Oberarmen. »Siehst du, genau, was ich gesagt habe. Täuschung. Aber es ist auch egal.« Varrentrapp deutete auf Ella, die sofort erstarrte. »Sie hat mein Gesicht gesehen. Sie kennt meinen Namen. Sie weiß von meiner Menagerie. Du hast mich hergeholt. Du wolltest, dass ich das zweite Exemplar für dich fange. Und du hast mit keinem Wort gesagt, was für einen Mist du hier verzapft hast. Ich hätte nie von deinem Knecht erfahren, wenn deine Freundin dort es nicht Felix erzählt hätte. Wegen dir bin ich in einen Mord verstrickt. Glaubst du, ich werde einfach so weitermachen können? Glaubst du, dass ich hier im Land bleiben kann? Varrentrapps wandernde Menagerie war einmal. Wegen dir muss ich noch mal ganz von vorn anfangen. Und dieses Tier wird mir das Geld bringen, das dazu nötig ist. Falls das dein Gewissen beruhigt: Dieses Mal wirst auch du nicht zu kurz kommen.« Der Jäger ging zu der Kommode und nahm einen länglichen Eisenstab, den er Wilker in die Hand drückte. »Also nimm das hier und reiß dich zusammen.«

Vincent kam aus dem hinteren Teil der Höhle zurück zu Everd. »Da kann man nur noch ein Stück weitergehen, dann wird der Tunnel zu eng.«

»Castor und Pollux haben auch nichts mehr gefunden und sind wieder nach draußen gerannt.«

»Verdammt!«

»Kommen Sie schon. Es ist noch nicht vorbei. Wir wissen immer noch, dass Varrentrapp hier vor der Höhle war. Vielleicht können die Hunde seine Spur wieder aufnehmen.«

Weiter, immer weiter. Nur noch ein kleines Stück. Der Widerstand ließ schon nach. Viel konnte es nicht mehr sein. So fest wie möglich rieb Ella die Fesseln um ihr Handgelenk über die scharfe Steinkante.

»Du hältst seinen Mund auf«, sagte Varrentrapp zu Wilker. »Und dreh ihn ins Licht, damit ich etwas sehe. Ist das Eisen heiß?«

Wilker ging zum Kamin, der nun als provisorische Esse diente, und zog den Stab aus den Kohlen. Seine Spitze glühte rötlich.

»Gut«, konstatierte der Jäger. »Sobald ich den Schnitt gemacht habe, gibst du sie mir.«

Der Bürgermeister nickte und legte den Stab zurück in das Feuer.

Immer wieder probierte Ella, ob sich das Seil schon auseinanderreißen ließ, aber noch war es zu stabil. Also weiter, immer weiter.

In der linken Hand hielt Varrentrapp eine große eiserne Zange, wohl weniger das Instrument eines Chirurgen als das eines Handwerkers.

Ella spürte, wie sich das Seil langsam auftrennte, Faser um Faser …

Der Jäger legte die Stirn in Falten, als er die Zunge des Gefesselten mit der Zange weit herauszog und sie sich genau ansah, überlegte, wie er den Schnitt machen sollte.

... Faden um Faden ...

Mit ruhiger Hand setzte er das Skalpell an die schlaffe, leblose Zunge.

... Litze um Litze. Plötzlich endete der Widerstand mit einem einzigen Ruck. Ella löste die Schlingen um ihre Hände und sprang auf.

»Verdammt!«, schrie Varrentrapp. »Sie hat sich befreit.« Er kam um den Tisch herumgelaufen, um Ella den Weg zur Tür zu ihrer Linken zu versperren. Sie tauchte nach rechts ab und sprang zum Kamin. Ehe Wilker sich versah, zog sie den Eisenstab aus dem Feuer und streckte den beiden seine glühende Spitze entgegen.

»Ella«, sagte der Bürgermeister in betont beruhigendem Tonfall, »mach keine Dummheit.«

Varrentrapp ging einen Schritt auf sie zu, doch sie stach in seine Richtung, sodass er sofort wieder zurückwich. Diese kurze Ablenkung genügte Wilker, um nach einem Eimer mit Wasser zu greifen, der am Fuß des Tisches platziert war. Ella konnte nicht mehr ausweichen, als er das kühle Nass in ihre Richtung kippte. Das Eisen kühlte sich schlagartig ab, ein Zischen erfüllte den Raum, und weißer Dampf breitete sich in alle Richtungen aus, so heiß, dass Ella hustend ein Stückchen nach hinten flüchtete.

Noch bevor sich der Dampf verzogen hatte, stand Wilker vor ihr, griff nach ihrer Waffe, versuchte, sie aus ihren Händen zu drehen. Doch Ella ließ nicht los. Immer fester zog er daran, immer wilder. Bis sie ihm nichts mehr entgegensetzen konnte. Für sie gab es keinen Zweifel daran, dass er bereit war, ihr den Schädel einzuschlagen, als er mit dem Eisenstab weit ausholte. Seine Blicke waren nicht mit Wut gefüllt, sondern mit Panik. Der Panik eines Mannes in einer ausweglosen Situation, in einem Leben, das seiner Kontrolle völlig entglitten war. Nun sah sich dieser Mann bereit, alles dafür zu tun, um ein wenig davon zurückzugewinnen. Und in jenem Moment wusste Ella, dass dies der letzte Anblick sein musste, den Jakob gesehen hatte.

Doch das Nächste, was sie hörte, war nicht etwa das Sausen des Stabes, der auf sie zustürzte, sondern Wilker, der vor Schmerzen laut schrie, und das Scheppern von Eisen auf Stein. Der Bürgermeister hatte den Stab fallen lassen und hielt sich seine Hand, in der die elegant geschwungene Klinge eines filigran geschmiedeten Messers steckte, und aus der das Blut nur so zu sprudeln begann.

Gekommen war die Rettung von der Tür, die nun offen stand und einen Mann einrahmte, dessen Gesicht Varrentrapp und Wilker unwillkürlich dazu brachte, nachzusehen, ob ihr Gefangener noch immer sicher gefesselt auf dem Tisch zwischen ihnen lag.

Vincent stürmte in den Raum. In seiner Rechten ein zweites Messer, bereit zum Wurf. Direkt hinter ihm Everd, der sofort auf Herchenhahn zuhielt. Der zog die Klinge mit einem Ruck aus seiner Hand, das Gesicht schmerzverzerrt. Ungelenk schleuderte er die Waffe in Richtung des Ermittlers. Der ließ sich davon nicht aufhalten. Mit voller Wucht prallte er auf den Bürgermeister. Den Ellenbogen voran, genau in die Rippen, rammte er Herchenhahn gegen die Wand. Ihn dort halten konnte er nicht.

Everd wurde zurückgedrängt. Er schwang seine Faust nach vorn, doch Wilker wehrte sie mit der Linken ab und antwortete mit einem Hieb seiner Stirn auf Everds Nase. Blutend ging der Detektiv zu Boden. Der Bürgermeister wollte einen Tritt folgen lassen. Everd griff nach dem heranschießenden Bein. Daneben. Der Stiefel hämmerte gegen seinen Schädel. Benommenheit. Für den Bürgermeister die Chance, an Everd vorbei zu hechten, die Flucht zu ergreifen.

Er hatte nicht mit Ella gerechnet. Sie warf sich auf ihn, hielt seine Beine fest umschlossen. Er verlor das Gleichgewicht. Mit rudernden Armen stürzte er vornüber. Strampelnd versuchte er, sich loszureißen. Machte es Ella unmöglich, ihn festzuhalten. Doch schon war Everd wieder zur Stelle. Herchenhahns Hand war sein Ziel. Die Hand, in der eben noch Vincents Messer gesteckt hatte. Mit aller Kraft bohrte Everd seine Finger in die Wunde. Ein schmerzerfüllter Schrei. Gelegenheit genug für Ella, ihren Griff zu sichern. Und für Everd, es ihr gleichzutun. Der Bürgermeister bäumte sich auf, krümmte sich hin und her, schlug, trat. Doch sie hielten ihn am Boden, bis er langsam ruhiger wurde und schwer atmend liegen blieb.

Vincent hatte einen anderen Kampf in einer anderen Ecke des Raumes auszufechten. Das zweite Wurfmesser hatte ihm Varrentrapp aus der Hand geschlagen. Nutzlos lag es am Boden. Nun sausten Fäuste durch die Luft. Es knackte, als sie auf Kiefer, Wangenknochen und Nasen trafen. Tritte wurden ausgetauscht, Schläge angetäuscht und abgewehrt. Varrentrapp sah nicht viel anders aus als bei seinem Kampf gegen den Hirsch im Wald. Für ihn machte es wohl keinen Unterschied. Sein Knie traf Vincents Gesicht. Die Lippe des Akrobaten platzte auf, ein feiner Blutstrom rann durch die Haare an seinem Kinn. Doch er wich keinen Zentimeter zurück. Er packte Varrentrapp und schleuderte ihn auf die Knie, nur um ihn gleich wieder auf die Beine zu ziehen. Der Jäger taumelte unter den Hieben des Akrobaten und prallte hart gegen die Kommode. Einen Augenblick verharrte er dort, den anderen den Rücken zugewandt. Doch zu glauben, er wolle aufgeben, wäre töricht gewesen. Er wirbelte herum. In seiner Hand das Skalpell. Obgleich er nun eine Waffe besaß, bemühte er sich nicht um einen Angriff. Ein schneller Schritt zum Tisch, auf dem Vincents Bruder festgebunden dalag, war sein nächster Zug. »Mal sehen, ob du auch Mitgefühl haben kannst«, knurrte er dem Artisten entgegen. Mit einem einzigen Streich des Chirurgenmessers schlitzte er den Unterarm des Gefesselten auf. Blut quoll aus der Wunde.

Für einen Moment noch blieb Vincent in Varrentrapps Weg stehen. Der Blick des Jägers forderte ihn dazu heraus, es darauf ankommen zu lassen. Dazu war Vincent nicht bereit. Er sprang an die Seite seines Bruders, riss den Ärmel seines Hemdes ab und presste ihn auf die Wunde. Für Varrentrapp gab es nun kein Hindernis mehr. Er stürmte zum Ausgang. Everd widerstand dem Impuls, die Verfolgung aufzunehmen. Ella allein hätte Herchenhahn nicht in Schach halten können. Das Gebell von Castor und Pollux tönte von draußen herein und verklang dann allmählich. Vielleicht hatte Thomas die Hunde losgelassen. Vielleicht konnten sie Varrentrapp verfolgen, ihn vielleicht erwischen.

Ella, Vincent und Everd konnten es hoffen, etwas anderes tun konnten sie nun nicht mehr.

KAPITEL 14

Im glockenhellen Klang der Kinderstimmen schwebte die Melodie des Totenliedes über den Friedhof von Solkers, vorbei an einem Meer aus in Trauer gesenkten Köpfen. Das ganze Dorf schien gekommen zu sein, um sich zu verabschieden, und dieses Zusammentreffen zeigte nichts von der aggressiven Kraft, die nur wenige Tage zuvor die Scheune am Marktplatz erfüllt hatte. An niemandem hier waren die Ereignisse spurlos vorbeigegangen. Wilker Herchenhahn hatte die Menschen, die er vorgab zu lieben und zu beschützen, in ein Leid gestürzt, von dem sie sich für lange Zeit nicht erholen würden.

Drei Mahnmale seiner Taten lagen vor der Gemeinde: die Gräber von Wolfgang Berger, Adalbert Anders und Jakob Rothenberger.

Ella ließ ihren Blick durch die Reihen schweifen, vorbei an Hank, Fabian und den anderen Burschen, an Inga Schmidt, Hannelore Flechtner, Lena und Bert Hasenkamp und Silvia Steutebeck, die alle auf dem besten Weg waren, sich von ihrer Vergiftung zu erholen, auch wenn Doktor Keuper sie für den Fall der Fälle noch immer nicht aus den Augen ließ, hin zu Jooch, der am gegenüberliegenden Ende der Reihe der Trauernden stand. Er tat alles dafür, nicht zu Ella und Everd hinüberzuschauen.

Klaus Wagner wich der Frau von Adalbert Anders nicht von der Seite. Beim Gedanken, dass ihr Mann sein

Leben verloren hatte, ohne von seinen Lieben umgeben zu sein, ohne den Beistand der Kirche, war ihr fast das Herz gebrochen.

Wenn man sie so ansah, konnte es einem fast wie ein Segen erscheinen, dass Wolfgang Berger keine Angehörigen mehr hatte, die er trauernd zurückließ. Martina war es, die diesen Platz einnahm. Sie hatte sich die Aufgabe gestellt, aus seiner Habe eine angemessene Grabbeigabe herauszusuchen. Wie aber sollte sich in einem einzigen kleinen Gegenstand ein ganzes Leben widerspiegeln können? Sie hatte sich für ein Buch entschieden. Was auch sonst? Wie es hieß, konnte Ella nicht erkennen, aber der Einband war alt und abgegriffen. Sicherlich hatte Martina eine gute Wahl getroffen. Mit kleinen Schritten ging sie nach vorn und legte das Buch in die Mitte von Bergers Sargdeckel. Vielleicht konnte er es in seinem anderen Leben noch gebrauchen.

Jakobs Eltern fehlten. Seine Mutter brachte es nicht fertig, sich von ihrem Sohn zu verabschieden, und sein Vater wollte sie nicht alleine lassen. Doch sie würden kommen, da war sich Ella sicher, dann, wenn der oberflächliche Schmerz langsam verblassen würde.

Für Aga lag dieser Zeitpunkt noch in weiter Ferne. Jakob hier zur letzten Ruhe zu betten, stellte den ersten Schritt auf einem langen, mühevollen Weg dar. In den vergangenen beiden Wochen schien es so, als wäre er aus ihrem Leben gerissen worden. Brutal, schnell. Nun aber konnte sie sich von ihm verabschieden. Sie würde nicht mehr wach liegen und sich fragen, ob er irgendwo auf der Welt gerade ebenso an sie dachte wie sie an ihn. Ob es ihm gut ging oder nicht. Ob er dort, wo er war, aus freien Stücken war oder aus Zwang. Ob er sich zu ihr zurücksehnte oder nicht. Ob er noch lebte … oder nicht. Zwei Orte gab es nun, an denen sie Jakob wusste, und an einen davon konnte sie zurückkehren, wann immer sie wollte, und ihm nahe sein. Diese Gewissheit, so grausam sie anmutete, schien gnädiger als ewiges Zweifeln, Bangen und Hoffen.

Ein Glück für den, der in einer solchen Stunde eine stützende Schulter neben sich wusste. Für Aga war dies Birte, noch ein wenig blass um die Nase, aber bereit wie eh und je, ihrer Freundin zur Seite zu stehen. Und es war Ortwin, der als Einziger im Dorf ganz den Schmerz nachfühlen konnte, den Aga nun verspürte. Er stand neben dem Sarg seines Bruders, an seiner Brust den Buchsbaumzweig mit der schwarzen Schleife, der ihn als dessen Träger auswies. Pfarrer Heumüller hatte ihm gesagt, es sei nicht üblich, dass ein Verheirateter von einem Burschen zu Grabe getragen würde. Ortwin hatte ihm entgegnet, das sei ihm einerlei. Damit war diese Sache erledigt gewesen. Nun stand er da mit Hektor, Peter Falkner, Doktor Keuper und den anderen Sargträgern.

Langsam verklang das Totenlied der Kinder. Auch Hildegard Körner und Michael Weber waren unter ihnen. Zwar sahen sie noch schwach aus, doch dank Doktor Keupers Behandlung machten sie rasche Fortschritte. Martin Hesselbach stand in der Mitte der Schar und trug, so wie es üblich war, als weithin sichtbares Zeichen der Trauer die schwarze Fahne.

Die Kinder wichen zur Seite, um den Platz vor den Gräbern freizumachen für die Sargträger. Ortwin gab das Kommando, auf das diese die hölzernen Kisten hinabließen.

Pfarrer Heumüller trat vor die versammelte Gemeinde und erhob die Hände. »Jesus sagte: Ich bin die Auferstehung und das Leben; der Glaubende an mich, auch wenn er stirbt, wird leben, und jeder Lebende und Glaubende an mich keinesfalls wird sterben in Ewigkeit. Wir übergeben diese Leiber der Erde. Christus, der von den Toten auferstanden ist, wird auch unsere Brüder Wolfgang, Adalbert und Jakob zum Leben erwecken. Aus der Erde sind wir genommen, zur Erde sollen wir wieder werden. Asche zu Asche, Staub zu Staub.«

Einer nach dem anderen gingen sie zu den Gräbern, die nebeneinander unter einer kleinen Gruppe Birken, durch deren Blätterdach die Sonne von einem fast wolkenlosen Himmel schien, aufgereiht waren, sodass ein Muster aus goldenem Licht und Schatten um sie herum tanzte. Weihwasser, mit einem Buchsbaumzweig die Särge damit besprenkelt, drei Handvoll Erde. Mehr konnten sie in dieser Welt nicht mehr für ihre Freunde tun.

Mit der Zeit zerstreute sich die Gemeinde, viele machten sich auf zum Tröster, dem Leichenschmaus zu Ehren der Verstorbenen. Ella und Everd aber gingen zu einem kleinen Hain am Rande des Friedhofes. Hier wurden sie schon erwartet. Vincent und Balthasar standen zwischen den Bäumen. Ella hatte sie eingeladen, der Beerdigung beizuwohnen, doch den beiden war es lieber gewesen, sich abseits der Trauernden zu halten.

Während sich Everd zu Vincent gesellte, der auf der anderen Seite eines kleinen Teiches voller Seerosenblätter an einem Baum lehnte, ging Ella zu Balthasar.

»Das war eine sehr schöne Zeremonie«, sagte er.

»Ja, ich denke, das war es. Wie geht es damit?« Ella deutete auf Balthasars Unterarm, um den ein dicker Verband geschlungen war.

Der Akrobat fuhr mit den Fingern darüber. »Das wird verheilen«, sagte er leise. »Wahrscheinlich schneller als die anderen Wunden der letzten Wochen.« Er sagte das nicht selbstmitleidig, sondern mit einer unerschütterlichen Tapferkeit in den Augen. »Sie haben nicht viel mit mir geredet, während ich da unten im Keller eingesperrt war. Die ganze Zeit habe ich mich gefragt, warum man mich gefangen genommen hat, was für ein Plan dahintersteht. Ich meine, man denkt doch, dass die Dinge, die einem widerfahren, einen Grund haben, oder nicht? Woran soll man sich denn sonst festhalten in dieser Welt? Aber es gab keinen Plan. Ich war nur zur falschen Zeit am falschen Ort … mit dem falschen Gesicht. Wenn man das weiß, sieht man die Dinge plötzlich in einem ganz anderen Licht.« Einen Augenblick lang starrte er abwesend an Ella vorbei ins Nichts. Dann besann er sich wieder auf das Hier und Jetzt. »Ich denke, ich habe Glück gehabt. Ihr Bürgermeister hätte auch auf die Idee kommen können, dass es ein zu großes Risiko ist, mich am Leben zu lassen. Aber wenn Sie und Herr Edinger nicht gewesen wären … Ich wollte Ihnen danken.«

Bevor er weitersprechen konnte, winkte Ella ab. »Wie geht es jetzt mit Ihnen weiter?«

»Wenn es nach Vincent ginge, würden wir diesen Varrentrapp durch das ganze Land jagen. Aber was würde das bringen? Als wir bei dem See Rast machten, waren wir auf dem Weg nach Wiesbaden. Vincent will sich dort beim Fürsten vorstellen. Er hofft, dass wir am Hof leben können. Für ihn sind wir ein Geschenk an die Menschheit, das nicht in einem Zirkus verschwendet werden darf.«

»Und Sie wollen das auch?«

»Ich war zufrieden im Zirkus, und ich wäre mit Sicherheit auch dort zufrieden. Vincent wünscht es sich. Und irgendjemand muss sich ja um ihn kümmern.«

Balthasar schaute hinüber zu seinem Bruder, der sich auf der anderen Seite des Sees mit Everd unterhielt.

»Bekommt Agatha Schwierigkeiten?«

»Ich denke nicht. Sie hat uns geholfen, Herchenhahn zu stellen. Und diesen faulen Apfel nicht mehr unter sich zu haben, ist den Dörflern mehr wert als alles andere. Wenn Goldbach sie jetzt für irgendetwas zur Verantwortung ziehen würde, würden sie ihn wahrscheinlich mit Forken und Fackeln aus dem Dorf jagen.«

»Das ist gut. Und der Bürgermeister?«

»Er wird vor Gericht gestellt. Um den Strick wird er kaum herumkommen. Die Aussagen, die Sie und Balthasar zu Protokoll gegeben haben, werden das Ihre dazu beitragen. Von Varrentrapp fehlt noch immer jede Spur. Ich war bei seiner Menagerie. Sein Stellvertreter Felix wird die Leute sicher ins Winterlager nach Hamburg bringen.«

»Balthasar hat mich davon abgehalten, ihn zu suchen.«

»Ihr Bruder hat recht. Eine solche Jagd … ich habe gute Männer an so etwas zugrunde gehen sehen. Goldbach hat seine Beschreibung von Fulda aus an die größeren Städte telegrafiert. Falls er dort auftaucht, erwischen wir ihn vielleicht. Aber ich würde nicht darauf wetten.«

»Vielleicht sollte ich einfach froh sein, dass es doch so glimpflich für uns ausgegangen ist.«

Everd nickte. »Manchmal ist das das Beste, was man tun kann.«

»Ich denke nur die ganze Zeit …«

»Was?«

»Es hätte auch ganz anders kommen können. Wenn Sie in dieser Nacht nicht zufällig bei der Scheune gewesen wären, wenn Sie mich nicht beobachtet hätten, mir nicht gefolgt wären … dann wäre vielleicht alles anders gekommen. Dann wäre mein kleiner Bruder jetzt vielleicht nicht hier.«

»Regel Nummer eins: Zufall ist nur die halbe Miete. Wenn ich nicht durch Sie auf die Spur von Herchenhahn gekommen wäre, dann auf irgendeine andere Weise. Seine Taten haben einen solchen Rattenschwanz hinter sich hergezogen, dass es schwierig war, nicht darüber zu stolpern.«

»Aber es brauchte jemanden, der erkennt, dass der Zufall kein Zufall ist.«

»Dafür bin ich da.«

Ella kam mit Balthasar zu den beiden herüber.

»Wollen Sie nicht doch noch mit zum Tröster kommen?« Sie lächelte sanft. »Es gibt Brezeln.«

Balthasar erwiderte das Lächeln. »Nein, wir wollen die Trauernden nicht stören.«

»Sie würden niemanden stören.«

»Richten Sie einfach unser Beileid aus.«

Ella beließ es dabei. »Das werde ich.«

Die Verabschiedung fiel kurz aus, dann verließen die Brüder Solkers durch den Hain hindurch in Richtung der Felder, von wo aus sie es nicht weit zur Straße hatten, auf der sie ihre Reise nach Wiesbaden würden fortsetzen können.

»Everd«, begann Ella, als Vincent und Balthasar schon ein ganzes Stück entfernt waren. »Ich glaube, ich habe mich nie dafür entschuldigt, dass ich dich angelogen habe, um dich nach Solkers zu locken. Es tut mir leid.«

Everd sah sie an. Sein Blick verriet, dass er die Entschuldigung annahm.

»Was wirst du jetzt machen?«, sprach Ella weiter. »Ich meine, du könntest hier bleiben. Es ist wirklich nicht übel, wenn man sich erst mal dran gewöhnt hat. Und nach allem, was du für das Dorf getan hast, wird sich niemand mehr um deine Vergangenheit scheren.« Sie überlegte kurz. »Na ja, falls Josch irgendeine dumme Bemerkung macht, bekommt er es mit mir zu tun.«

Everd nickte. »Ja, wahrscheinlich könnte ich mich hier ganz gut einleben, aber ich denke, ich sollte zurück nach Frankfurt. Da sind einige Dinge zu regeln. Ich muss ein Gespräch führen, das ich schon viel zu lange vor mir hergeschoben habe.« Er warf einen Blick zum Horizont, wo Balthasar und Vincent nicht viel mehr waren als kleine Punkte, die in wenigen Augenblicken völlig verschwunden sein würden. Sie würden durch die Lande reisen, wie sie es immer getan hatten. Die Leute würden sie anstarren, würden heimlich über sie tuscheln, sie vielleicht auslachen, sich vor ihnen fürchten oder sich voller Ekel von ihnen abwenden. Und die Carroux-Brüder würden erhobenen Hauptes an ihnen vorüberschreiten. »Weißt du?«, sagte Everd, nachdem er eine Weile darüber nachgedacht hatte. »Ich glaube, es ist an der Zeit, dass nicht mehr andere Leute darüber entscheiden, wer oder was ich bin.«

Ella und Everd sprachen nicht mehr, als sie Seite an Seite zum *Mühlenrad* gingen.

EPILOG

Die Flammen schlugen hoch in die Luft und zeichneten einen Schleier aus gelbem Licht vor das Schwarz des Frankfurter Himmels. Sieben Brände in sieben Nächten; ein Feuerteufel hielt die Stadt in Atem. Kaum jemand traute sich noch, in tiefen Schlaf zu sinken, aus Angst, die eigene Straße, gar das eigene Haus könnte das nächste sein. Auch die eilig zusammengestellte Bürgerwehr, die des Nachts durch die Stadt patrouillierte, konnte den Menschen das Gefühl von Sicherheit nicht wieder zurückgeben.

Zwar loderte der Brand auf der gegenüberliegenden Seite des Mains, doch hier, von der Glockenstube der alten Hubertuskirche aus, hatte man einen ausgezeichneten Blick auf die Menschen, die versuchten, ihm Herr zu werden. Viel interessanter mutete im Moment aber der Platz an, der direkt zu Füßen des Gotteshauses lag. Mitten in der Nacht würde man kaum erwarten, dort unten jemanden zu sehen, vor allem, da die Kirche schon vor Jahren aufgegeben worden war. Jetzt aber betrat ein Mann die Szenerie, so gut versteckt, dass man ihn nur entdecken konnte, wenn man wusste, dass er kommen würde. Pitt Smirweiler. Und er war nicht alleine. Drei Polizeibeamte begleiteten ihn.

Es ließ sich nur darüber spekulieren, wie genau die Ermittlungen abgelaufen waren, die Smirweiler schlussendlich hierher geführt hatten. Auf jeden Fall hatte er gute Arbeit geleistet, das musste man ihm lassen. Für ihn waren die Feuer sicherlich schon als Brandstiftung zu erkennen gewesen, lange bevor der Polizei so etwas auch nur im Entferntesten in den Sinn gekommen war. Bestimmt hatte er die Orte der Brände aufgesucht. Verteilt waren sie über die halbe Stadt. Gemeinsamkeiten zwischen ihnen hatte er wahrscheinlich nicht feststellen können. Wohnhäuser befanden sich darunter, ebenso wie Geschäftsgebäude. Werkstätten, ein Theater, ein Lagerhaus. Privater Besitz und solcher, der der Stadt gehörte. Ein nobles Stadthaus wurde ebenso wenig verschont wie Baracken in den Armenvierteln. In den ausgebrannten Ruinen hatte Smirweiler mit ziemlicher Sicherheit die Brandherde ausgemacht, aber weder eine einheitliche Zündquelle noch einen immer wieder auftauchenden Brennstoff finden können. Trotzdem hatte er sich nicht von seiner Fährte abbringen lassen. Vielleicht hatte er die Brände in eine Karte eingezeichnet und versucht, darin ein Muster zu erkennen. Vergeblich. Erst in der heutigen Nacht war ihm der entscheidende Hinweis serviert worden. Denn der Feuerteufel hatte einen Fehler gemacht: Er hatte sich ertappen lassen.

Ein altes Mütterchen konnte ganz genau beschreiben, wie er den Hauseingang des Gebäudes, das jetzt dort drüben vom Feuer langsam verzehrt wurde, aufgebrochen hatte, nur um kurze Zeit später, umgeben von Rauch wieder nach draußen zu kommen. Doch das war noch nicht das Entscheidende. Starr vor Angst hatte sie beobachtet, dass er nicht weggelaufen war. Er hatte sich auf die andere Straßenseite verzogen, um dort einfach so stehen zu bleiben, als ob nichts geschehen wäre, den Blick auf das sich langsam ausbreitende Feuer gerichtet. Sie beschrieb, wie er dastand, als ob er die Welt um sich herum vergessen hätte, und erst, als die immer größer werdenden Flammen mehr und mehr Menschen anzulocken drohten, hatte er sich offenbar schweren Herzens losreißen und verschwinden können.

Da musste es Smirweiler klar geworden sein: Der Feuerteufel zündelte nicht aus Rache oder blinder Zerstörungswut, es ging ihm nicht darum, Menschen zu schaden, und es stellte keinen Akt der Rebellion dar. Er sah gerne zu. So simpel war es. Er genoss es, die Flammen dabei zu beobachten, wie sie sich langsam durch Stein und Gebälk fraßen, die schreienden Menschen, die sich aus den Häusern zu retten versuchten, diejenigen, die alles im Kampf gegen sein Werk gaben; erst das bereitete ihm das volle Vergnügen. Und eines war sicher: Auch wenn er es nicht wagen konnte, jedes von ihm inszenierte Schauspiel vor Ort zu beobachten, so würde er es sich doch nicht entgehen lassen.

Mit diesem Wissen und der Beschreibung des Feuerteufels begann nun Smirweilers Rennen gegen die Zeit. Während die Frankfurter versuchten, Kontrolle über das jüngste Inferno zu erlangen, befragte er noch einmal die Karte, in die er die Brandorte der vergangenen Nächte eingetragen hatte, danach, von wo aus man die Feuer am besten beobachten konnte. Drei Aussichtspunkte waren wohl dafür infrage gekommen. In welcher Reihenfolge er sie absuchen sollte? Ein reines Glücksspiel? Nein, denn nur einer lag in der Richtung, in die das alte Mütterchen den Feuerteufel hatte verschwinden sehen: Der Glockenturm der Hubertuskirche. Es erschien als ebenso passend wie ironisch, dass dieses Gotteshaus, das dem Feuerteufel nun als Loge dienen musste, eben deshalb heute nicht mehr seiner eigentlichen Bestimmung nachkam, weil es vor einigen Jahren völlig ausgebrannt war.

Nun stand Smirweiler also draußen auf der Wendeltreppe zur Glockenstube, die Gendarmen dicht bei sich. Leises Flüstern war zu hören; wahrscheinlich die letzte Absprache vor der Erstürmung. Dann wurde es still, bevor die Tür mit einem lauten Knall aufsprang und die vier Männer in den Raum polterten … um sofort wie angewurzelt stehen zu bleiben. Es gab vielleicht zwei Möglichkeiten, auf die sie erwartet hatten, den Feuerteufel vorzufinden: Entweder eingeschüchtert von diesem Aufgebot an stattlichen Hütern von Recht und Ordnung, das gekommen war, ihn zu holen, oder aber kampfbereit mit einem irren Funkeln in den Augen. Auf jeden Fall aber waren sie sich sicher gewesen, das Überraschungsmoment auf ihrer Seite zu haben.

Stattdessen bekamen sie einen Mann präsentiert, auf den die Beschreibung des Feuerteufels passte, gefesselt in einer Ecke des Raumes am Boden, und einen zweiten, der locker an den Überresten des Glockenstuhles lehnte und sie mit einem leichten Kopfnicken freundlich begrüßte.

»Edinger«, entfuhr es Smirweiler mit ehrlichem Entsetzen, für »Effi« war in dieser Situation offensichtlich kein Platz.

Everd gebot den Gendarmen mit einer einladenden Geste, sich doch an dem Paket zu bedienen, das er für sie geschnürt hatte.

Hämisch grinste er Smirweiler an. Wie gesagt: Everd wusste nicht, was genau Smirweiler schlussendlich hierher zur Kirche geführt hatte, er konnte nur darüber spekulieren, dass dessen Ermittlungen vielleicht so ähnlich abgelaufen waren wie diejenigen, die Everd selbst angestellt hatte. Auf jeden Fall blieb es dabei: Sein Konkurrent hatte gute Arbeit geleistet.

Allein, er war nicht schnell genug gewesen.

Weitere Krimis finden Sie auf den folgenden Seiten und im Internet:

WWW.GMEINER-SPANNUNG.DE

URSULA NEEB
Die Siechenmagd

978-3-8392-1815-0 (Paperback)
978-3-8392-4887-4 (pdf)
978-3-8392-4886-7 (epub)

»Dieser Roman zeichnet ein welthaltiges und lebensvolles Bild des mittelalterlichen Frankfurts und seiner Menschen.«

Ursula Neebs Roman lässt das spätmittelalterliche Frankfurt in all seinen Facetten auferstehen. Mäu, die Tochter des städtischen Abdeckers, sucht in der Stadt am Main ihr Lebensglück – doch im ständisch geprägten Frankfurt bleibt für sie nur ein Platz am Rande der Gesellschaft. Als sie sich auflehnt, zerbricht sie fast an den Regeln und Gesetzen einer Welt, die für Freiheit und Liebe keinen Platz hat.

RITA MARIA FUST
Die Gunst der Königin

978-3-8392-1822-8 (Paperback)
978-3-8392-4901-7 (pdf)
978-3-8392-4900-0 (epub)

»Zwischen Vergangenheit und Gegenwart«

1804. Apotheker Conasmann verfolgt einen teuflischen Plan: Um die Gunst von Königin Luise zu erlangen, versucht er für die preußischen Soldaten ein leistungssteigerndes Mittel auf Opiumbasis zu entwickeln. Dabei überschreitet er alle Grenzen der Moral.

2012 wird der Journalist Oliver Thielsen Zeuge, wie bei dem jährlichen Altstadtlauf einer der Läufer tot umfällt. Als er dann auch noch durch Zufall beobachtet, wie der Apotheker Doktor Lange nachts Kapseln mit weißem Pulver füllt, ist seine Neugier geweckt.

Das Neueste aus der Gmeiner-Bibliothek

Unser Lesermagazin

Bestellen Sie das kostenlose Krimi-Journal in Ihrer Buchhandlung oder unter www.gmeiner-verlag.de

Informieren Sie sich …

www … auf unserer Homepage: www.gmeiner-verlag.de

@ … über unseren Newsletter: Melden Sie sich für unseren Newsletter an unter www.gmeiner-verlag.de/newsletter

f … werden Sie Fan auf Facebook: www.facebook.com/gmeiner.verlag

Mitmachen und gewinnen!

Schicken Sie uns Ihre Meinung zu unseren Büchern per Mail an gewinnspiel@gmeiner-verlag.de und nehmen Sie automatisch an unserem Jahresgewinnspiel mit »mörderisch guten« Preisen teil!